中国古典小说丛书

狄公案

[清] 不题撰人 著

江西美術出版社
全国百佳出版单位

图书在版编目（CIP）数据

狄公案/（清）不题撰人著.--南昌:江西美术出版社,2018.10（2020.5重印）

ISBN 978-7-5480-6193-9

Ⅰ.①狄… Ⅱ.①不… Ⅲ.①侠义小说—中国—清代 Ⅳ.①I242.4

中国版本图书馆CIP数据核字（2018）第140579号

出 品 人：周建森
企　　划：北京江美长风文化传播有限公司
责任编辑：楚天顺　康紫苏
责任印制：谭　勋

狄公案

DIGONG'AN

（清）不题撰人　著

出　　版：江西美术出版社
地　　址：江西省南昌市子安路66号
网　　址：www.jxfinearts.com
电子信箱：jxms163@163.com
电　　话：010-82093808　0791-86566274
邮　　编：330025
经　　销：全国新华书店
印　　刷：北京长宁印刷有限公司天津分公司
版　　次：2018年10月第1版
印　　次：2020年5月第2次印刷
开　　本：690mm×960mm　1/16
印　　张：20.5
ISBN 978-7-5480-6193-9
定　　价：48.00元

“中国古典小说丛书”出版说明

所谓“古典小说”云者，其义有二焉：一曰，但凡古代之小说，皆可谓之“古典小说”；一曰，但凡技法未受泰西影响之小说，亦可谓之“古典小说”。然此特就今人之观念言之耳。

揆诸坟典，“小说”一词，出自《庄子·外物篇》，其言曰：“饰小说以干县令，其于大达亦远矣。”由此观之，庄子所谓“小说”，不过琐屑之言，以其无关道术，故以小说名之耳。

炎汉成、哀之世，刘向、刘歆父子典校秘书，检讨百家学说，取桓谭《新论》“小说家合丛残小语，近取譬论，以作短书，治身治家，有可观之辞”之意，把《伊尹说》《鬻子说》诸书，归为“小说家”之书，而《汉书·艺文志》（以下简称《汉志》）继之。夷考其说，“小说家者流，盖出于稗官，街谈巷语，道听途说者之所造也”（语出《汉志》），此亦非后世之小说也。

唐修《隋书》，其《经籍志》立论本诸《汉志》，以小说为“街谈巷语之说”（《隋书·经籍志》语）。当此之时，小说之名虽同，而其类目稍广，举凡《燕丹子》《世说》《迩说》之属，皆可入诸小说名下。

后晋修《唐书》，其《经籍志》立论与《隋志》无异，以《博物志》隶小说，此为“神异志怪之书”入小说之始。

天水一朝，欧阳文忠公撰《新唐书·艺文志》（以下简称《新唐志》），以《列异传》《甄异传》《续齐谐记》《感应传》《旌异记》等“史部·杂传类”之书移于“小说类”。至是，小说之部类日棼。

及元脱脱修《宋史》，《艺文志·小说类》承《新唐志》之旧而增广之。

明胡应麟以小说繁夥，派别滋多，于是综核大凡，分小说为六类：一曰“志怪”，一曰“传奇”，一曰“杂录”，一曰“丛谈”，一曰“辩订”，一曰“箴规”。至此，小说一类已蔚为大观，脱《汉志》“街谈巷语”之成规。

清修“四库”，《总目提要》（以下简称《提要》）别小说为三派，“其一叙述杂事……其一记录异闻……其一缀辑琐语”，而又损益之。考诸《提要》，则损益可知：一曰，进“丛谈”“辩订”“箴规”为“杂家”；一曰，隶《山海经》《穆天子传》诸书于小说。小说范围，至是乃稍整洁矣。其分目虽殊，而论述则袭诸旧志。

曩者宋元明清之史志，难觅“平话”“演义”之书，此特士夫习气，鄙其为末流所使然也。史家成见，一至于斯。今人刻书，自当脱古人窠臼。

说部诸书，以文体分，有“白话”“文言”之别；以体裁分，有“话本”“传奇”“演义”之别；以内容分，有“佳话”“世情”“侠义”“家将”“神魔”之别。细玩其文，既有劝世之良言，亦有“诲淫诲盗”之糟粕，而抉择去取，转成读说部书之第一要务。以此之故，编者特于说部诸书择其精者，辑之而为“中国古典小说丛书”，凡百余种。

然说部之书浩如烟海，其精者又何限于区区百十之数？此次出版，难免遗珠之憾。然能俾读者因之而省择取之劳，进而得窥说部精要，示人以津梁，则尚不违出版“中国古典小说丛书”之初心。

说部之书，多出自书坊，脱误错乱，在所难免，故于“取其精华，去其糟粕”外，尚需广施校雠，始得成其为可读之书。以此之故，编者多方搜罗以定底本，精排其版以美其观，躬自校雠以正讹误，然后付诸枣梨，装订成书，以飨读者。

限于编者学力有限，书中疏漏之处，在所难免，尚祈广大方家、读者诸君不吝批评斧正。凡能指出书中一二谬误者，皆为吾师，吾人不胜感激之至。

戊戌仲夏上浣，邵鹏军序于丰台晓月里

目　录

第一回

入官阶昌平为令　升公座百姓呼冤

诗曰：

世人但喜作高官，执法无难断案难。
宽猛相平思吕杜，严苛是尚恶申韩。
一心清正千家福，两字公明百姓安。
唯有昌平旧令尹，留传案牍后人看。

自来奸盗邪淫无所逃其王法，是非冤抑必待白于官家。故官清则民安，民安则俗美。举凡游手好闲之辈，造言生事之人，一扫而空之。无论平民之乐事生业，即间有不屑之徒显于法纪，而见其刑罚难容，罪恶难恕，耳闻目睹皆赏善罚恶之言，宜无不革面洗心，改除积习。所以欲民更化，必待宰官清正，未有官不清正而能化民者也。然官之清不仅在不伤财不害民而已，要能上保国家，为人所不能为不敢为之事；下治百姓，雪人所不能雪不易雪之冤。无论民间细故，即宫闱细事亦静心审察，有精明之气，有果决之才，而后官声好，官位正，一清而无不清也。故一代之立国必有一代之刑官，尧舜之时有皋陶，汉高之时有萧何，其申不害、韩非子则固历代刑名家所宗祖者也。若不察案之由来、事之初起，徒以桁杨刀锯一味刑求，则虽称快一时，必至沉冤没世，昭昭天报，不爽丝毫。若再因赂而行，为贪起见，辄自动以五木，断以片言，是则身不修而可治国治民，上清宫闱，下安百姓，岂可得哉。间尝旷览古今，博稽野史，有不能断其无并不能信其有者。如此书中所编之审案之明，作案之奇，访案之细，破案之神，或因秽乱春宫，或为全其晚节，或图财以害命，或因奸以成仇，或误服毒猝致身亡，或出戏言疑为祸首，莫不无辜牵涉，备受苦刑。使非得一人以平反之，变言易服，细访微行，阳以为官，阴以为鬼，卒至得其情，定其案，白其冤，罹其辟，而至奇至怪之狱终不能明。春风倦人，日闲无事，故特将此书之原原本本以备录之，以供纵览。非敢谓警世醒俗，亦聊供阅者之寂寥云尔。

诗曰：

备载离奇事，钦心往代人。
廉明公正者，千古大冤伸。

话说这部书出自唐朝中宗年间，其时武后临朝，四方多事。当朝有一位大臣，姓狄名仁杰，号德英，山西太原县人。其人耿直非常，忠心报国，身居侍郎平章之职，一时在朝诸臣如姚崇、张柬之等人，皆是他所荐。只因武三思倡乱朝纲，太后欲废中宗，立他为嗣。狄仁杰犯颜力争，奏上一本，说："陛下立太子，千秋万岁配食太庙。若立武三思，自古及今未闻有内侄为天子姑母可祀于太庙的道理。"因此才恍然大悟，除了这个念头，退政与中宗皇帝。就称仁杰为国老，迁为幽州都督。及至中宗即位，又加封梁国公的爵位。此皆一生的事迹，由唐朝以来无不人人敬服，说他是个忠臣。殊不知这许多事皆载在历代史书上，所以后人易于知道，还有未载在国史而传流在野史上的，那些事说出来更令人敬服。不但是个忠臣，而且是个循吏；不但是个循吏，而且是个聪明精细仁义长厚的君子。所以武后自僭位以来，举凡近狎邪僻，残害忠良，杀姊屠兄，弑君鸩母，下至民间奇怪案件，皆由狄公剖断分明。自从父母生下他来，六七岁上就天生的聪明，攻书上学目视十行自不必说，到了十八岁时节，已是学富五车，才高八斗。并州官府闻了他的文名，先举了明经，后调为汴州参军，又升授并州法曹。朝廷因他居官清正，就迁他为昌平令尹。到任以来，为地方上除暴安良，清理词讼，自是他的余事。手下有四个亲随，一个姓乔，叫乔泰；一个姓马，叫马荣，这两人乃是绿林的豪客。这日他进京公干，遇了这两人要劫他的衣囊行李。仁杰见马荣、乔泰皆是英雄气派，而且武艺高明，心下想道："我何不将此人收服，将来代皇家出力，做了一番事业，他两人也可相助为理，为不埋没了他这身本领。"当时不但不去躲避，反而挺身出来，招呼他两人站下，历劝了一番。哪知马荣同乔泰十分感激，说："我等为此盗贼，皆因天下纷纷，乱臣当道，徒有这身本领，无奈不遇识者，所以落草为寇，出此下策。既是尊公如此厚义，情愿随鞭执镫，报效尊公。"当时仁杰就将他两人收为亲随。其余一个姓洪，叫洪亮，即是并州人氏，自幼在狄家使唤。其人虽没有那用武的本事，却是一个胆大心细的人，无论何事，皆肯前去，到了办事的时节又能见机揣度，不至鲁莽。此人随他最久。又有一个姓陶，叫陶干，也是江湖上的朋友，后来改邪归正，为了公门的差役。奈因仇家太多，时常有人来报复，所以也投在狄公麾下，与马荣等人结为挚友。从到昌平任之后，这四人皆带他私行暗访，结了许多疑难案件。

这一日，正在后堂看那些往来的公事，忽听大堂上面有人击鼓，知道是出了案件，赶着穿了冠带，升坐公堂。两班皂隶齐集在下面。只见有个四五十岁的百姓，形色仓皇，汗流满面，在那堂口不住的呼冤。狄仁杰随令差人将他带上，在案前跪下，问道："你这人姓甚名谁？有何冤抑，不等堂期控告，此时击鼓何为耶？"那人道："小人姓孔，名叫万德，就在昌平县南门外六里墩居住。家有数间房屋，只因人少房多，故此开了客店。数十年来，安然无事。昨日向晚时节，有两个贩丝的客人，说是湖州人氏，因到外路办货，路过此地，因天色将晚，要在这店中住宿。小人见是过路的客人，当时就将他住下。晚间饮酒谈笑，众人皆知。今早天色将明，他两人就起身而去。到了辰牌时分，忽然地甲胡德前来报信，说：‘镇口有两个尸首杀死地下，乃是你家投店的客人，准是你图财害命，将他治死，把尸首抛在镇口，贻害别人。’不容小人分辩，复将这两个尸骸拖到小人家门前，大言恐吓，令我出五百银两方肯遮掩此事，不然‘这两人是由你店中出去，何以就在这镇上出了奇案？这不是你移尸灭迹？’因此小人情急，特来请大老爷申冤。”狄仁杰听他这番言语，将他这人上下一望，实不是个行凶的模样。无奈是人命巨案，不能听他一面之词就将他放去，乃道：“汝既说是本地的良民，为何这地甲不说他人，单说是你？显见你也不是良善之辈，本县终难凭信，且将地甲带来核夺。”

下面差役一声答应，早见一个三十余岁的人走上前来，满脸的邪纹，斜穿着一件青衣。到了案前，跪下道：“小人乃六里墩地甲胡德，见太爷请安。此案乃是在小人管下，今早见这两口尸骸杀死镇口，当时并不知是何处客人。后来合镇人家前来观看，皆说是昨晚投在孔家店内的客人，小人因此向他盘问。若不是他图财害命，何以两人皆杀死在镇上？而且孔万德说他动身时天色将明，彼时镇上也该早有人行路，即使在路遇见强人，岂无一人过此看见？阖镇上店家又未听见喊救的声音，这是显见的情节，明是他夜间动手将两人杀死，然后拖到镇口移尸灭迹，此乃小人的承认。凶手既已在此，求太爷审讯便了。”狄仁杰听胡德这番话，甚是在理，回头望着孔万德，实不是个图财害命的凶人，乃道：“你两人供词各一，本县未经相验，也不能就此定夺。且待登场之后，再为审讯。”说着，将他两人交差带去，随即传令伺候，预备前去相验。不知后事如何，且看下回分解。

第二回

胡地甲诬良害己　洪都头借语知情

话说狄仁杰将胡德同孔万德两人交差带去，预备前往相验。自己退堂，令人传了仵作，发过三梆，穿了元服，当时带了差役人证，直向六里墩而来。所有那一路居民，听说出了命案，皆知道狄公是个清官，必能申冤理枉，一个个成群结队，跟在他轿后前来观看。到了下昼时分，已至镇上，早有胡德的伙计赵三并镇上的乡董郭礼文备了公馆，前来迎接。狄公先问了两句寻常的言语，然后下轿说道："本县且到孔家踏勘一回，然后登场开验。"说着，先到了客店门首，果见两个尸身倒在下面，委是刀伤身死。随即传胡德问道："这尸首本是倒在此地的么？"胡德见狄公先问这话，赶着回道："太爷恩典。此乃孔万德有意害人，故将两口尸骸杀死，抛弃在镇口，以便随后抵赖。小人不能牵涉无辜，故仍然搬移在他家门前，求太爷明察。"狄公不等他说完，当时喝道："汝这狗头，本县且不问谁是凶手。你既是在公人役，岂能知法犯法，可知道移尸该当何罪？无论孔万德是否有意害人，既经他将尸骸抛弃在镇口，汝当先行报县，说明缘故，等本县相验之后，方能请示标封。汝为何藐视王法，敢将这两口尸骸移置此处！这有心索诈，已可概见。不然即与他通同谋害，因分赃不平先行出首。本县先将汝重责一顿，然后再严刑拷问。”说着令差役重打了二百刑杖。登时喊叫连天，皮开肉绽。所有那镇上的百姓，明知孔万德是个冤枉，被胡德诬害，无奈是人命案件，不敢搀入里面。此时见狄公如此办法，众人已是钦服，说道：“果然名不虚传，好一位精明的清官。”

当时将胡德打毕，他仍是矢口不移。狄公也不过为苛求，带着众人到了孔家里面，向着孔万德问道：“汝家虽是这十数间房屋，但是昨日客人住在哪间屋内？汝且说明。”孔万德道：“只后进三间，是小人夫妇同我那女儿居住。东边两间，是厨屋。这五间房屋从不住客，唯有前进同中进让客居住。昨日那两个客人前来，小人因他是贩丝货的客，不免总有银钱，恐在前进不甚妥帖，因此请他在中进居住。”说着领了狄公到了中进，指着上首那间房屋。狄公与众人进去细看，果见桌上仍有残肴酒迹未曾除去，床面前尚摆着两个夜壶。看了一遍，实无形影，恐他所供不实，问道：“汝在这地方既开了数十年客店，往来的过客自必多住此处，难道昨日只有他两人，以外别无一客么？”孔万德道：“此外尚有三个客人，一是往山西贩卖皮货的，那两个是主仆两人，由河南至此，现因抱病在此，尚在前进睡卧呢。”狄公当时先将那个皮货客人带来询问，说是：“姓高，名叫清源，历年做此生理，皆在此处投寓。昨日那两个客人，确系天色将明的时节出去，夜间并未听有喊叫。至他为何身死，我等实不知情。”复将那个仆人提来，也是如此说法。且言主人有病，一夜未曾安卧，若是出有别故，岂能绝无动静。狄公听众人异口同声，皆说非孔万德杀害，心下更是疑惑，只得复往里面各处细看了一回，仍然无一点痕迹，心下说道：“这案明是在外面身死，若是在这屋内，就作那三人帮同抵赖，岂能一点形影没有？”自己疑惑不定，只得出来。

到了镇口，果见原杀的地方鲜血汪汪，冒散在四处。左右一带并无人家居住，只得将镇里就近的居民提来审问。皆说不知情节，因早间过路人来，方才叫唤起来，知道出了这案，因此鸣了地甲。细细查访，方知是孔家店内客人。狄公心想道：“莫非就是这地甲所为？此时天色已晚，谅也不能相验，我先且细访一夜，看是如何，明早验后再议。”想罢，向着那乡董说道：“本县素来案件随到随问，随问随结，故此今日得报，随即前来踏勘。但是这命案重大，非日间相验不能妥当，本县且在此处权住一宵，明早再行开验。”当时吩咐差役小心看管，自己到了公馆，与那乡董郭礼文谈论一番，招呼众人退去。随将洪亮喊来，说道：“此案定非孔万德所为。本县唯恐这胡德做了这事，反来自己出首，牵害旁人。你且先去细访一会，速来回报。”

洪亮当即领命出来，找了那地甲的伙计赵三，并几个值日的差快，说道：“我是随着太爷来办这案件，又没有苦主家，又没有事主，眼见得孔老爹是个冤抑。我们虽是公门口吃饭的人，也不能无辜啰唣好人，到此时腹中已是饥饿。胡德是此地地甲，难道一杯酒饭也不预备？我等也不是白扰的，太爷的清正谁不晓得？明日回衙之后，总要赏给工食，那时我们也要照还。此时当真令我们挨饿不成？”赵三听见洪亮发话，赶着上来招呼道：“洪都头不必生气，这是我们地甲为案缠手，忘却叫人预备。既是都头与众位饿了，我小人奉请一杯，就在镇上东街酒楼上，胡乱吃一顿罢。”说着，另外派了两人看守尸首，自己与大众来到酒楼。那些小二见是县里的公差，知是为命案来此，赶着上来问长问短，摆上许多酒肴。洪亮道：“我等不比寻常差役，遇了一件案子就大吃大喝，拿着事主用钱，然后还索诈些银两走路。你且将寻常的饭菜端两件上来，吃两杯酒就算了。共计多少饭钱，随后一总给你。”说着，大家坐下。洪亮明知胡德被打之后，为乔泰马荣两人押在孔家，当时向着赵三说道：“你家头儿也太疏忽了，怎么昨日一夜不在家，今日回来知道这案件，就想孔老儿这许多银两。人家不肯，就生出这个毒计，移尸在他家门首，岂不是心太辣了么？究竟他昨夜到何处去的？此乃眼面前地方，怎么连你们巡更皆梭巡不到？

现在太爷打了他二百刑杖，明日还要着他交出凶手呢。你看，这不是自讨苦吃么？”赵三道：“都头，你不知内里情节。因诸位头翁不是外人，故敢说出这话。我们这个地甲，因与孔老儿有仇，凡到年节，他只肯给那几个铜钱，平时想同他挪一文，他皆不行。昨夜胡德正在李小六子家赌钱，输了一身的欠账，到了天亮之时，正是不得脱身，忽然镇上哄闹起来，说出了命案。他访知是孔家出来的人，因此起了这个恶念，想得他几百银子还那赌账，不意太爷如此清明，先将他责罚了一顿，岂不是个害人不成反害自己么？但这案件也真奇怪，明明是天明出的事，我打过五更之后方才由彼处回来，一觉未醒就有了这事。孔老儿虽是个悭吝的人，我看这件事他决不敢做。”洪亮听了他这番话，也是含糊答应，想道：“照他说来，这事也不是胡德了，不过想讹诈他几两银子。现在所欲未遂，重责了二百大板，也算得抵了这罪。但是凶手不知是谁，此事倒不易办。”当即狼吞虎咽吃完酒饭，算明账目，招呼他明日在公馆收取。自己别了大众，来到狄公面前，将方才的话说了一遍。狄公道：“此案甚是奇异。若不是这胡德所为，必是这两人先在别处露了银钱，被歹人看见，尾随到此，今早等他起行的时节，措手不及伤了性命。不然何以两人皆杀死在镇口？本县既为民父母，务必为死者申了冤情，方能上对君王，下对百姓。且待明日验后如何，再行核夺便了。”当时洪亮退了出来，专等明早开验。不知后事如何，且看下回分解。

第三回

孔万德验尸呼错　狄仁杰卖药微行

却说狄公听洪亮一番言语，知不是胡德所为，只得等明日验后再核。一宿无话，次日一早就起身梳洗，用了早点，命人在尸场伺候。所有那些差役，早已吩咐到了孔家门口。

不多一会，狄公步出公馆，登场在公案坐下，先命将孔老儿带来，说道："此案汝虽不知情节，既是由汝寓内出去，也不能置身事外，且将这两人名姓说来，以便按名开验。"孔老儿道："这两人前晚投店时，小人也曾问他，一个说是姓徐，那一个说是姓邵。当时因匆匆卸那行李，未暇问着名字。"狄公点点首，用硃笔批了徐姓男子四字，命仵作先验这口尸首。只见仵作领了硃批，到了场上，先把左边那尸身与赵三及值日的皂役抬到当中，向着狄公禀道："此人是否姓徐，请令孔万德前来看视。"狄公即叫孔老儿到场上去看。老儿虽是害怕，只得战战兢兢地走到场上。但见一颗鲜血的人头牵连在尸腔上面，那五官已被血同泥土污满，勉强看了，说道："此果是前晚住店的客人。"仵作听报已毕，随即取了六七扇芦席铺列地下，将尸身仰放在上面，先用热水将周身血迹洗去，细细验了一会。只听报道："男尸一具，肩背刀伤一处，径二寸八分，宽四分；左胁跌伤一处，深五分，宽径五寸等；咽喉刀伤一处，径三寸一分，宽六分，深与径等；治命。”报毕，刑房填了尸格，呈在案上。狄公看了一会，然后下了公座，自己在尸身上下看视一周。与所报无异，随即标封发下，令人取棺暂厝，出示招认。复又入座，用硃笔点了邵姓。仵作仍照前次的做法，将批领下，把第二个尸身抬到上面，禀令孔老儿去看。孔老儿到了场上，低头才看，不禁一个觔斗吓倒在地，眼珠直向上瞄，口中喃喃的直说不出来。狄公在上面见了这样，知道有了别故，赶着令洪亮将他扶起，等他苏醒过来，说明了再验。尸场上面，那许多闲人团团围住，恨不得立刻验毕，好回转城去，忽见孔老儿栽倒地下，一个个也是猜疑不定，反而息静无声，望着孔老儿，等他醒来，究为何事。此时洪亮将他扶坐在地下，忙令他媳妇取了一盏糖茶灌了下去。好容易方醒转过来，嘴里只说道：“不不……不好了，错……错了。”洪亮赶着问道：“老儿你定一定神，太爷现在上面等你禀明是谁错了。”老儿道：“这尸首错了。前晚那个姓邵的是个少年男子，此人已有胡须，哪里是住店的客人？这人明明的是错了，赶快求太爷申冤呀。”仵作同洪亮听了这话，已是吓得猜疑不定，随即回了狄公。狄公道：“哪里有此事！这两口尸首昨日已在此一天，他为何未曾认明？此时临验，忽然更换，岂不是他胡言搪塞！”说着将孔老儿提到案前，怒问了一番。孔老儿直急得磕头大哭，说道：“小人自被胡德牵害，见两口尸骸移在门首，已是心急万分，忙忙进城报案，哪里敢再细看尸身！且这人系倒在那姓徐的身下，见姓徐的不错，以为他也不错了，岂料出了这个疑案！小人实是无辜，总求太爷开恩。”狄公见他如此说法，心下想道：“我昨日前来，见尸骸却是一上一下倒在这面前。既是他说讹错，这案倒有些眉目，不难访破了。且带胡德来细问。”

当时招呼带地甲。胡德听见传他，也就带着刑伤，同乔泰两人走上前来。狄公道：“汝这狗头，移尸诬害，既说这两人为孔万德杀害，昨日由镇口移来，这尸身面目自必亲见过了，究竟这两人是何形样，赶快供来。”此时胡德已听见说是讹错，现在狄公问他这话，深恐在自己身上追寻凶手，赶着禀道：“小人因由他店中出去，且近在咫尺，故而说他杀害。至那尸身，确是一个少年，那一个已有胡须。因孔万德不依小人停放，两人匆匆进城，以至并在一处。至是否讹错，小人前晚未曾遇面，不敢胡说。”狄公当时又将胡德打了一百，说他报案不清，反来牵涉百姓。随即又将那三个客人传来问讯。皆说前晚两人俱是少年，这个有胡须的实未投店，不知何处人氏，因何身死。狄公道：“既是如此，本县已明白了。”随即复传仵作开验。只得如法行事，将血迹洗去，向上报道：“无名男尸一具，左手争夺伤一处，宽径二寸八分；后背跌伤一处，径三寸，宽五寸一分；肋下刀伤一处，宽一寸三分，径五寸六分，深二寸二分；治命。死后胸前刀伤一处，宽径各二寸八分。”报毕，刑房填了尸格。狄公道：“这口尸棺且置在此处，这人的家属恐离此不远，本县先行标封，出示招认，候凶手缉获，再行定案。孔万德交保释回，临案对质。胡德先行收禁。”吩咐已毕，随即离了六里墩。

一路进城，先到县庙拈香，然后回到衙门，升了公座，各役排衙已毕，退入后堂。一面出了公文，将原案即尸身尺寸形象录明，移文到湖州本地，令他访问家属。随后又请邻村缉获。这许多公事办毕，方将乔泰、马荣传来，说道：“此案本县已有眉目，必是这邵姓所为，务必将此人缉获，此案方可得破。汝两人立刻前去探访，一经拿获，速来回禀。”两人领命前去。复又将洪亮喊来，说道：“那口无名的尸骸，恐即是此地人氏，汝且到四乡左近访察。且恐那凶手未必远扬，匿迹在下乡一带，俟风声稍息然后逃行，也未可知。”洪亮领命去后，一连数日皆访不出来。狄公心下急道：“本县莅任以来，已结了许多疑案。这事明明的有了眉目，难道竟如此难破？且待本县亲访一番。再行定夺。”想罢，过了一夜。

次日一早，换了微行衣服，装成个卖药医生，带了许多药草，出了衙署。先到那南乡官路一带大镇市上走了半日，全无一人理问。心下想道："我且找一个宽阔的店，铺下这药草，看是有人来否。"想着，前面到了个集镇，虽不比城市间热闹，却也是官场大路，客商仕宦凑集其间。见东北角有个牌坊，上写着"皇华镇"三字。走进坊内，对面一个大大的高墙，中间现出一座门楼。门前竖着一块方牌，上写着"代当"两字。狄公道："原来是个典当。我看此地倒甚宽阔，且将药包打开，看有人来医治。"想罢，依着高墙站下。将药草取出，先把那块布包铺在地下，然后将所有的药铺列上面，站定身躯，高声唱道："南去北来休便休，只知欢喜不知愁。世间缺少神仙术，疾病来时不自由。在下姓仁，名下杰，山西太原人氏。自幼博采奇书，精求医理，虽非华佗转世，也有扁鹊遗风。无论男妇方脉，内外各科，以及疑难杂症，只要在下面前，就可一望而知。对症发药，轻者当面见效，重者三日病除。今团访友到此，救世扬名，那位有病症的前来请教。"喊说了一会，早拥下了许多闲人，围成一个圈子。狄公细看一回，皆是些乡间民户，你言我语，在那里议论。内有一个中年妇人，弯着腰，挤在人丛里面，望着狄公说毕，向上问道："先生如此说，想必老病症皆能医了？"狄公道："然也。若无这样手段，何能东奔西走，出此大言？汝有何病，可明说来，为汝医治。"那妇人道："先生说一望而知，我这病却在这心内，不知先生可能医么？"狄公道："有何不能！你有心病，我却有心药。汝且转过面来，让我细望。"说着，那妇人果脸向外面。狄公因他是个妇女，自己究竟是个官长，虽然为访案起见，在这人众之间殊不雅相，当即望了一眼，说道："你这病，我知道了，见你脸色干黄，青筋外露，此乃肝旺神虚之像。从前受了郁闷，以致日久引动肝气，饮食不调，时常心痛。你可是心痛么？"那妇人见他说出病原，登时说道："先生真是神仙，我这病已有三四年之久，从未有人看出这缘故，先生既是知道，不知可有医药么？"狄公见他已是相信，想就此探听口气。不知这妇人说出什么，且看下回分解。

第四回

设医科入门治病　见幼女得哑生疑

却说狄公见那妇人相信他医理，欲想探他的口气，问道："你这病既有数年，你难道没有丈夫、儿子，代你请人医治，就叫你待病延年么？"那妇人见问，叹了一口气道："说来也是伤心，我丈夫早年久经亡故，留下一个儿子，今年二十八岁。向来在这镇上开个小小绒线店面，娶了儿媳，已有八年。去年五月端阳，在家晌午，午后带着媳妇同我那个孙女，出去看闹龙舟。傍晚我儿子还是如平时一样，到了晚饭以后，忽然腹中疼痛。我以为他是受暑所致，就叫媳妇服侍他睡下。哪知到了二鼓以后，忽听他大叫一声，我媳妇就哭喊起来，说他身死了。可怜我婆媳两人，如同天塌下来一般，眼见得绝了宗嗣。虽然开个小店，又没有许多本钱，哪里有现钱办事？好容易东挪西欠，将我儿子收殓去了。但见他临殓时节，两只眼睛如灯球大小，露出外面。可怜我就此伤心，日夜痛哭，得了这心疼的病症。"狄公听他所说，心下疑道："虽然五月天暖，时候或者不正，为何临死喊叫？收殓时节又为什么两眼露出，莫非其中又有别故么？我今日为访案而来，或者这邵姓未曾访到，反代这人申了冤情，也未可知。"乃道："照此讲来，你这病更利害了。若单是郁结所致，虽是本病，尚可易治。此乃骨肉伤心，由心内怨苦出来，岂能暂时就好？我此时虽有药可治，但须要自己煎药配水，与汝服下，方有效验。现在这街道上面，焉能如此费事？不知你可定要医治。如果要这病除根，只好到你家中煎这药，方能妥当。”那妇人听他如此说法，踌躇了半晌，说道：“先生如肯前去，该应我这病要离身。但是有一件要与先生说明。自从我儿子死后，我媳妇苦心守节，轻易不见外人。到了下昼时分，就将房门紧闭。凡有外人进来，他就吵闹不休，说他青年妇道，为什么婆婆让这班人来家。所以，我家那些亲戚皆知他这个缘故，从没有男人上门，近来连女眷皆不来了。家中只有我婆媳两个，午前还在一处，午后就各在各人房内。先生如去，千万仅在堂屋内煎药，煎药之后，随即出去，方好。不然，他又要同我吵闹了。”狄公听毕，心下更是疑惑，说道：“世上节烈的人也有，他却过分太甚。男人前来不与他交言，固是正理，为何连女眷也不上门？而且午后就将房门紧闭，这就是个疑案。我且答应他前去，看他媳妇是何举动。”想毕，说道：“难得你媳妇如此守节，真是令人敬重。我此去不过为你治病，只要煎药之后，随即出来便了。”那妇人见他答允，更是欢喜非常，说道：“我且回去先说一声，再来请你。”狄公怕他回去为媳妇阻挡，赶着道：“此事殊可不必，早点煎药毕了，我还要赶路进城做点生意。谅你这苦人也没有许多钱酬谢我，不过是借你扬名，就此同你去罢。”说着，将药包打起，别了众人，跟着那妇人前去。

过了两三条狭巷，前面有一所小小房屋，朝北一个矮门。门前站着一个女孩子，约有六七岁光景，远远见那妇人前来，欢喜非常，赶着跑来迎接。到了面前，抓住那妇人衣袖，口中直是乱叫，说不出一句话来，那个手指东画西，不知为着何事。狄公见他是个哑子，乃道：“这个小孩子是你何人？为何不能言语？难道他初生下来就是这样么？”说着，已到了门首。那妇人先推门进去，拟到里面报信。狄公恐他媳妇躲避，接着也进了大门，果是三间房屋。下首房内听见有人进来，即走出房门，半截身躯向外一望，却巧与狄公对面。狄公也就望了一眼，但见那个媳妇年纪也在三十以内，虽是素妆打扮，无奈那一副淫眼露出光芒，实令人魂销魄散。眉梢上起，雪白的面孔，两颊上微微的晕出那淡红的颜色，却是生于自然。见有生人进来，即将身子向后一缩，扑通的一声将房门紧闭。只听在里面骂道："老贱妇，连这卖药的郎中也带上门来了。才能清净了几天，今日又要吵闹一晚，也不知是哪里的晦气。"

狄公见了这样的神情，已是猜着了八分："这个女子必不是个好人，其中总有缘故。我既至此，无论如何毁骂也要访个底细。"当时坐下说道："在下初次到府，还不知府上尊姓，方才这位女孩子，谅必是令孙女了？"那妇人见问，只得答道："我家姓毕，我丈夫叫毕长山，我儿子学名叫毕顺。可怜他身死之后，只留下这八岁的孙女。"说着，将那个女孩拖到面前，不禁两眼滚下泪来。狄公道："现已天色不早，你可将火炉引好，预备煎药。但是你孙女这个哑子，究竟是怎样起的？"毕老妇道："这皆是家门不幸。自幼生他下来，真是百般伶俐，五六岁时，口齿爽快得非常。就是他父亲死后未有两月光景，那日早间起来，就变做这样。无论再有什么要事，虽是心里明白，嘴里只说不出来。一个好好的孩子成了废物，岂不是家门不幸么！"狄公道："当时他同何人睡歇？莫非有人药哑么？你也不根究。如果是人药哑，我倒可以设法。"那妇人还没答言，只听他媳妇在房内骂道："青天白日，无影无形的混说鬼话！骗人家钱财，也不是这样做的。我的女儿终日随我在一处，有谁药他？从古及今，只听见人医兽医，从未见能医哑子的人。这老贱妇只顾一时高兴，带这人来医病，也不问他是何人，听他如此混说。儿子死了也不伤心，还看不得寡妇媳妇清静。"唠唠叨叨说个不了。那妇人听他媳妇在房叫骂，只是不敢开口。狄公想道："这个女子必是有了外路，皆因老妇不能识人，以为他安心守节。在我看来，他儿子必是他害死。天下的节妇未有不是孝妇，既然以丈夫为重，丈夫的母亲有病岂有不让他医治之理？这个女孩子既是他亲生所养，虽然变了哑子，未有不想他病好之理，听见有人能医，就当欢喜非凡，出来动问，怎么全不关心，反而骂人不止？即此两端，明明的是个破绽。我且不必惊动，回到衙中再为细访。”当时起身，说道：“我虽是走江湖的朋友，也要人家信服，方好为人医治。你家这女人无故伤人，我也不想你许多医金，何必作此闲气！你再请别人医罢。”说着，起身出了大门。那妇人也不敢挽留，只得随他而去。

狄公到了镇上，见天色已晚：“此时进城已来不及了，我不如今晚在此权住一夜，将此案访明白了，以便明日回衙办事。”想罢，见前面有个大大的客店。走进门来。早有小二前来问道：“你这郎中先生，还是要张草铺暂住一夜，还是包个客房居住？”狄公见里面许多房屋，车辆客载摆满在里面，说道：“我是单身过客，想在这镇上做两日生意，得点盘缠，若有单房最好。”小二见他要做买卖，登时答应：“有，有。”随即将他带入中进，走到那下首房间，安排住下。知他没有行李，当时又在掌柜的那里租了铺盖。布置已毕，问了酒饭，狄公道：“你且将上等便菜端一两件来下酒。”小二应毕，先去泡一壶热茶，然后一件件送了进来。狄公在房中吃毕，想道：“这店中客人甚多，莫要那个凶手也混在里面。此时无事，何不出去查看查看？”自己一人出了房门，过了中进，先到店门外面望了一回。已交上灯时候，但见往来客商仍然络绎不绝。正在出神之际，忽见对面来了一人，望见狄公在此，赶着站下，要来招呼。见他旁边有两三个闲人，又不敢上前来问。狄公早已看见，不等他开口，说道：“洪大爷从何到此？今日真是巧遇，就在这店内歇罢，两人也有个陪伴。”那人见他这样，也就走上前来。不知此人是谁，且听下回分解。

第五回

入浴堂多言露情节　寻坟墓默祷显灵魂

却说狄公在客店门首，见对面来了一人，当时招呼他里面安歇。那人不是别人，正是洪亮，奉了狄公的差遣，令他在昌平四乡左近，访那六里墩的凶手。访了数日，绝无消息，今日午后，也到了这镇上，此时见天色已晚，打算前来住店。不料狄公先在这里，故而想上前招呼，又怕旁人识破。现在见狄公命他进去，当即走上前来说道："不料先生也来此地，现在里面哪间房里？好让小人伺候。"狄公道："就在这前进过去中进那间下首房屋，你且随我来罢。"当时两人一同进内。到了里面，洪亮先将房门掩上，向狄公道："太爷几时来此？"狄公即忙阻止道："此乃客店所在，耳目要紧，你且改了称呼。但是那案件，究竟如何了？"洪亮摇头道："小人奉命已细访了数天，这左近全没有一点形影。怕这姓邵的已去远了。不知乔泰同马荣可曾缉获？"狄公道："这案虽未能破，我今日在此又得了一件疑案，今晚须要访问明白，明日方可行事。"当时就将卖药遇见那毕老奶奶的话说了一遍。洪亮道："照此看来是在可疑之列，但是他既未告发，又没有实在形迹，怎么办法？"狄公道："本县就因这上面，所以要访问。今晚定更之后，汝可到那狭巷里面巡视一番，究看有无动静，再在左近访他丈夫身死时是何境况，现在坟墓葬在那里，细细问明，前来回报。”洪亮当时领命，先叫小二取了酒饭，在房中吃毕。等到定更以后，约离二鼓不远，故意高声喊道：“小二，你再泡壶茶来，服侍先生睡下。我此去会个朋友，立刻就来。”说着出了房门而去。小二见他如此招呼，也不知他是县里的公差，赶着应声，让他前去。

洪亮到了街上，依着狄公所说的路径，转弯抹角到了狭巷，果见一个小小矮屋。先在巷内两头走了数次，只不见有人来往。想道：“莫非此时尚早？我且到镇上闲游一回，然后再来。”想罢，复出了巷口，向东到了街口。虽然是乡镇地方，因是南北要道，所有的店面此时尚未关门。远远见前面有个浴堂，洪亮道：“何不此时就沐浴一次，如有闲人，也可答着机锋，问问话头。”当时到了里面，但见前后屋内已是坐得满满，只得在左边炕上寻了个地方坐下，向着那堂官问道：“此地离昌平还有多远？这镇上共有几家浴堂？”那个堂官见他是个外路口音，乃道：“此地离城只有六十里官道，客人要进城么？”洪亮道：“我因有个亲戚住在此处，故要前去探亲。你们这地方，想必是昌平的管辖了。现在那县令姓甚名谁？哪里的人氏？目下左近有什么新闻？”那个堂官道：“我们这位县太爷，真是天下没有的。自他到任以来，不知结了多少疑难案件。姓狄，名字叫仁杰，乃是并州太原人氏。你客人到迟了，若是早来数日，离此有十数里有个六里墩集镇，出了个命案甚是奇怪。这客人五更天才由客店内起身，天亮的时节倒被人杀死在镇口，不知怎样又将尸首讹错，少年人变做有胡须的，你道奇也不奇？现在狄太爷已相验过了，标封出示招人认领呢！不知这凶手究竟是谁。出了几班公差在外访问，至今还未缉获。”洪亮道：“原来如此！这是我迟到了数日了，不然也可瞧看这热闹。”说着将衣服脱完，入池洗了一会。然后出来，又向那人说道：“我昨日到此，听说此地龙舟甚好，到了端阳就可瞧看，怎么去岁大闹瘟疫，看了龙舟就会身死的道理。”那个堂官笑道：“你这客人，岂不是取笑！我在此地生长，也没有听见过这个奇话。你是过路的客人，自哪里听来？”洪亮道：“我初听的时节也是疑惑，后来那人确有证据，说前面狭巷那个毕家，就是看龙舟之后死的。你们是左近人家，究竟是有这事没有呢？”那个堂官还没开言，旁边有一个十数岁的后生说道：“这事是有的。他不是因看龙舟身死，听说是夜间腹痛死的。”他两人正在这里闲谈，前面又有一人向着那堂官说道：“袁五呀，这件事最令人奇怪。毕顺那个人那样结壮，怎么回家尚是如常，夜间喊叫一声就会死了！临殓时节还张着两眼，真是可怕。听说他坟上还时常作怪呢。这事岂不是个疑案？他那下面儿，你可见过么？”袁五道：“你也不要混说，人家青年守节，现在连房门不常出。若是有了别故，岂能这样耐守。至说坟上作怪，高家洼那个地方，尽是坟冢，何以见得就是他呢！”那人道：“我不过在此闲谈罢了。可见人生在世如浮云过眼，一口气不来，就听人了。毕顺死过之后，他的女儿又变做哑子，岂不是可叹。”说着穿好衣服，望外而去。洪亮听了这话，知这人晓得底细，复向袁五问道：“此人姓什么？倒是个口快心直的朋友呢。”袁五道：“他就是镇上的铺户，从前那毕顺绒线店就在他家间壁。他姓王，我们见他从小长大的，所以皆喊他小王。也是少不更事，只顾信口开河不知利害的人。”洪亮当时也说笑了一声，给了澡钱。出来已是三鼓光景，想道：“这里虽有些眉眼，但无一点实证，何能办事？”一路想着，已到了狭巷。又进去走了两趟，仍然不见动静，只得回转寓中，将方才的话禀知了狄公。狄公道：“既是如此，明日先到高家洼看视一番，再为访察。”一夜已过。

次日一早，狄公起身，叫小二送进点心。两人饮食已毕，向着小二说道：“今日还要来此居住，此时出去寻些生意，午前必定回来。现有这银两在此，权且收下，明日再算便了。”当时在身边取出一锭碎银交与小二，取了药包，出门而去。到了镇口，见有个老者在那里闲游。洪亮上前问道：“请问老丈，此地到高家洼由哪条路去？离此有多少路程？”那老者用手指道：“此去向东，至三岔路口转弯，向南约有里半路，就可到了。”洪亮说了声道谢，两人顺着他的指示一路前去。果见前面有条三岔路口，向南走不多远，看见荒烟蔓草，白骨垒垒，许多坟地列在前面。洪亮道：“太爷来是来了，你看这一望无际的坟墓，晓得哪个冢圹是毕家的呢？”狄公道：“本县此来专为他申理冤枉，阴阳虽有隔别，以我这诚心，岂无一点灵验？若果毕顺是因病身死，自然寻不着他的坟墓。若是受屈而死，死者有知，自来显灵。”说着就向坟冢一带四面默祷了一遍。

此时已是午正时候，忽然日光惨淡，当地起了一阵怪风，将沙灰刮起有一丈高下，当中凝结一个黑团，直向狄公面前扑来。洪亮见了这光景，已唬得面如土色，浑身的寒毛竖立起来，紧紧地站在狄公后面。狄公见黑团子飞起，复又说道：“狄某虽知你是冤抑，但这荒冢如云，怎能知你尸骸所在？还不就此在前引路！”说毕，只见阴风瑟瑟，渐飞渐远，过了几条小路，远远见有个孤坟堆在前面。那风吹到彼处，忽然不见。狄公与洪亮也就到了坟前，四面细望，虽不是新葬的形象，却非多年的旧墓。狄公道：“既是如此显灵，你且前去找个当地乡民，问这坟墓究否是毕家所葬，我且在此等你。”洪亮心里虽怕，到了此时也只得领命前去。约有顿饭时候，带了一个白发的老翁到面前，向着狄公说道：“你这郎中先生也太走时了，乡镇无人买药，来到这鬼门关做生意么？老汉正在田内做生活，被你这伙计胡缠了一会，说你有话问我，你且说来，究为何事？”不知狄公如何说法，且看下回分解。

第六回

老土工出言无状　贤令尹问案升堂

却说狄公见那老汉前来，说道："你这太无礼了。我虽是江湖朋友，没什么声名，也不至如此糊涂，到此地卖药。只因有个缘故，要前来问你。我看这座坟地，地运颇佳，不过十年，子孙必然大发，因此问你，可晓得这地主何人？此地肯卖与不卖？"老汉听毕，冷笑了一声，转身就走。洪亮赶上一步，揪着他，怒道："因你年纪长了，不肯与人斗气。若在十年前，先将你这厮恶打一顿，问你可睬人不睬。你也不是个哑子，我先生问你这话，为什么没有回音？"那人被他揪住，不得脱身，只得向洪亮说道："非是我不同他谈论，说话也要有点谱子，他说这坟地子孙高发，现在这人家后代已绝嗣了，自从葬在此处，我们土工从未见他家有人来上坟，连女儿都变哑了，这坟地的风水，还有什么好处？岂不是信口胡言？"洪亮故意说道："你莫非认错不成？我虽非此地人氏，这个所在也常到此。那个变哑子的人家姓毕，这葬坟的人家那里也是姓毕么？"那老汉笑道："幸亏你还说知道。他不姓毕，难道你代他改姓么？老汉田内有事，没工夫与你闲谈。你不相信，到六里墩问去，就知道了。"说着，将洪亮的手一拨，匆匆而去。狄公等他去远，说道："这必是冤杀无疑了，不然，何以竟如此奇验？我且同你回城再议。”当时洪亮在前引路，出了几条小路，直向大道行去。

到了下昼时节，腹中已是饥馁，两人择了个饭店，饱餐一顿，复往前行。约至上灯时分，已至昌平城内。主仆进了衙门，到书房坐下。此时所有的书差见本官这两日未曾升堂，已是疑惑不定，说道：“莫非因命案未破，在里面烦闷不成？不然想必又私访去了。”你言我语，正在私下议论，狄公已到了署内，先问：“乔泰、马荣可曾回来？”早有家人回道：“前晚两人已回来一趟，因老爷不在署中，故次日一早又去办公。但是那邵姓仍未访出，不知怎样。”狄公点了点首，随即传命值日差进来问话。当时洪亮招呼出去，约有半杯茶时之久，差人已走了进来，向狄公请安站下，狄公道：“本县有硃签在此，明早天明速赴皇华镇高家洼两处，将土工、地甲一并传来，早堂回话。”差人领了硃签，到了班房，向着众人道：“我们安静了两天，没有听什么新闻，此时这没来由的事，又出来了。不知太爷又听见何事，忽然令我到皇华镇去呢。你晓得那处的地甲是谁？”众人道：“今日何垲还在城内，怎么你倒忘却了？去岁上卯时节，还请我们大众在他镇上吃酒，你那里如此善忘！明日早去，必碰得见他。这位太爷是迟不得的，清是清极了，地方上虽有了这个好官，只苦了我们，拖下许多累来，终日坐在这里，找不到一文。”那个差人听他说是何垲，当时回到家中，安息了一夜。

次日五更，就忙忙的起身。到了皇华镇上，先到何垲家内将公事丢下，叫他伙计到高家洼传那土工，自己就在镇上吃了午饭。那人已将土工带来，三人一齐来到县内，差人禀到已毕，狄公随即坐了公堂。先将何垲带上，问道：“你是皇华镇地甲么？哪年上卯到坊？一向境内有何案件？为何误公懒惰，不来禀报？”何垲见狄公开口就说出这几句话来，知他又访出什么事件，赶着回道：“小人是去岁三月上卯，四月初一上坊，一向皆小心办公，不敢误事。自从太爷到任以来，官清民安，镇上实无案件可报。小人蒙恩上卯，何敢偷懒？求太爷恩典。”狄公道：“你既是四月到坊，为何去岁五月出了谋害的命案，全不知道呢？”何垲听了这话，如同一盆冷水浇在身上，心内直是乱跳，忙道：“小人在坊昼夜梭巡，实是没有这案。若是有了这案，太爷近在咫尺，岂敢匿案不报？”狄公道：“本县此时也不究罪，但是那镇上毕顺如何身死？汝既是地甲，未有不知之理，赶快从实供来。”何垲见他问了这话，知道里面必有缘故，当时回道：“小人虽在镇上当差，有应问的事件，也有不应问的事件。镇上共计有数千人家，无有一天没有婚丧喜事。毕顺身死，也是泛常之身，他家属既未报案，邻舍又未具控，小人但知他是去年端阳后死的，至如何身死之处，小人实不知情，不敢胡说。”狄公喝道：“汝这狗头，倒辩得清楚。本县现已知悉，你还如此搪塞，平日误公已可概见。”

说着，又命带土工上来。那个老汉听见县大爷传他，已吓得如死的一般，战战兢兢地跪在案前道：“小人高家洼的土工，见太爷请安。”狄公见老汉这形样，回想昨日他跑的时节，心下甚是发笑，当时问道：“你叫什么？当土工几年了？”那人道：“老汉姓陶，叫陶大喜。”这话还未说完，两边差人喝道：“你这老狗头，好大胆量！太爷面前敢称老汉，打你二百刑杖，看你说老不老了。”土工见差人吆喝，已吓得面如土色，赶着改口道：“小人该死！小人当土工有三十年了，太爷今日有何吩咐？”狄公道：“你抬起头来，此地可是鬼门关了么？你看一看，可认得本县？”陶大喜一听这话，早又将舌头吓短，心下说道：“我昨日是同那郎中先生说的此话，难道这话就犯法了？这位太爷不比旁人，眼见得尊臀上要露丑了。”急了半晌，方才说出话道：“太爷在上，小人不敢抬头。小人昨日鲁莽，与那卖药的郎中偶尔戏言，求太爷宽恕一次。”狄公道：“汝既知罪，且免追究。汝但望一望本县与那人如何？”老汉抬头一看，早已魂飞天外，赶着在下面磕头，说道：“小人该死！小人不知是太爷，小人下次无论何人再也不敢如此了。”

众差看见这样，方知狄公又出去访过案件。只见上面说道：“你既知道那个坟冢是毕家所葬，他来葬的时节是何形象？有何人送来？为何你知道他女儿变了哑子？可从实供来。”老汉道：“小人做这土工，凡有人来葬坟，皆给小人二百青钱，代他包冢堆土等事。去岁端阳后三日，忽见抬了一个棺柩前来，两个女人哭声不止，说是镇上毕家的小官。送的两人一个是他妻子，那一个就是他生母，小人本想葬在那乱冢里面，才到棺柩面前，忽听里面咯咋咯咋响了两声，小人就吓个不止。当时向他母亲说道：“你这儿子身死不服，现在还是响动呢。莫非你们入殓早了？究竟是何病身死？”他母亲还未开口，他妻子反将小人哭骂了一顿，说我把持公地，不许他埋葬。那个老妇人见他如此说法，也就与小人吵闹起来了。当时因他是两个女流，不便与他们争论，又恐这死者是身死不明，随后破案之时必来相验，若是依着乱冢，岂不带累别人？因此小人方将他另埋在那个地方。谁知葬了下去，每日夜晚就鬼叫不止，百般不得安静。昨日太爷在那里时候，非是小人大胆，实因不敢在那里耽搁。这是小人耳闻目见的情形，至这死者果否身死不明，小人实不知情，求太爷的恩典。”狄公听毕，道：“既是如此，本县且释汝回去，明日在那里伺候便了。”说罢，陶大喜退了下来。随即传了堂谕，派洪亮协同差快，当晚赶抵皇华镇上，明早将毕顺的妻子带案午讯。吩咐已毕，自己退入后堂。那些差快一个个摇头鼓舌，说道：“我们在这镇上，每月至少也要来往五六次，从未听见有这件事。怎么太爷如此耳长，六里墩的命案还未缉获，又寻出这个案子来了，岂不是自寻烦恼？你看这事凭空而来，叫我们向谁要钱？”彼时你言我语，谈论了一会，只得同洪亮一齐前去，不知后事如何，且看下回分解。

第七回

老妇人苦言求免　贤县令初次问供

却说洪亮领了堂谕，同差快当日赶到皇华镇上，次日就到了毕顺家内。敲了两下大门，听里面有个中年妇人答道：“谁人敲门？这般清早就来吵闹，你是哪里来的？”说着，已到门口，将门开了。见有三四个大汉拥在巷内，赶将两手叉着两个门扇，问道：“你们也该晓得我家无官客在内，两代孀居已是苦不可言，你这几个人究为何事，这一早来敲门打户？”洪亮正要开言，那个差人先说道：“我们也是上命差遣，概不由己，不然在家中正睡呢，无故的谁来还这路头债！只因我们县太爷有堂谕在此，令我们这洪都头一同前来，叫你同你家媳妇立刻进城，午堂回话。你莫要如此阻拦在门口，这不是说话的所在。”说着将毕顺的母亲一推，众人一拥而进。到了堂屋坐下，见那下首房门还未开下。洪亮当时取出堂谕，说道：“公事在此，这事是迟不得的。你媳妇现在何处？可令出来，一齐前去见太爷。说过三言五句，就不关我们大众的事了。”毕顺的母亲见是公差到此，唬得浑身抖颤，说道：“我家也未为非作歹，怎么要我们婆媳到堂？难道有欠户告了我家，说我们欠钱不还么？可怜我儿子身死之后，家中已是度日为难，那里有钱还人？我虽是小户人家，从未见官到府的献丑，这事如何是好？求你们公差看点情面，做点好事，代我在太爷面前先回一声，我这里变卖了物件，赶紧清理是了。今日先放了宽限，免得我们到堂。”说着，两眼早流下泪来，洪亮见他实是忠厚无用的妇人，乃道：“你且放心，并非有债家告你，只因太爷欲提你媳妇前去问话，你且将他交出，或者做点人情不带你前去。”洪亮还未说完，毕顺的母亲早叫嚷起来，哭道：“我道你们真是县里差来，原来是狐假虎威来恐唬我们百姓。他既是个官长，无人控告，为何单要提我媳妇？可见得你们不是好人，见我媳妇是个孀居，我两人无人无势，故想出这坏主见将他骗去，不是强奸，就是卖了为娼，岂不是做梦么！你既如此，祖奶奶且同你拼了这老命，然后再揪你进城。看你那县太爷问也不问。”说着，一面哭一面奔上来就揪洪亮。旁边那两上差快忍耐不住，将毕顺的母亲推了坐下，喝道：“你这老婆子，好不知事。这是洪都头格外成全，免得你抛头露面，故说单将你媳妇带去。你看错了意见，反说我们是假的。天下事假得来，堂谕是太爷亲笔写的，难道也假来么？我看你也太糊涂，怪不得为媳妇蒙混。不得遇见这位青天太爷，恐你死在临头还不知道。”众人正在这里揪闹，下首房内门扇一响，他媳妇早站了出来，向着外面喊道：“婆婆且站起来，让我有话问他，一不是你们啰唣，二不是有人具控，我们婆媳在这家中又未做那犯法的事件，古语说得好，钢刀虽快，不斩无罪之人。他虽是个地方官，也要讲个情理。皇上家里见有守节的妇女，还立祠旌表，着官府春秋祭祀。从未有两代孀居地方官出差啰唣的道理。他要提我不难，只要他将案情说明，我两人犯了何法，那时我也不怕到堂辩个明白。若是这样提人，无论我婆媳不能遵提，即便前去，那时难请我两人回来，可不要说我得罪官长。”众差快听他这番言语，如刀削的一般，伶牙俐齿，说个不了，众人此时反被他封住，直望着洪亮。洪亮笑道：“你这小妇人，年纪虽轻，口舌到来得伶便，怪不得干出那惊人的事件。你要问案情提你何事，我们也不是昌平县，但知道凭票提人。你要问，你到堂上问去，这番话前来唬谁？”当时丢了个眼色，众人会意，一拥上前将他揪住，也不容他分辩，推推拥拥出门而去。毕顺的母亲见媳妇为人揪了去，自己虽要来赶，无奈是一个孤身，怎经得这班如狼似虎的公差阻挡，当时只是哭喊连天，在地下乱滚了一阵。众人也无暇理问。

到了镇上，那些店家铺户见毕家出了此事，不知为着何故，皆拥上来观看。洪亮怕闲人嘈杂，高声说道：“我们是昌平县狄太爷差来的，立刻到堂讯问。你们这左右邻舍的此时在此阻着去路，随后提质邻舍可不要躲避。这案件不是寻常的案子。”说着，那些闲人深恐牵涉在身上，也就纷纷的退去，洪亮趁此一路而来。约至午正时分，已到了署内，当即进去禀知了狄公。狄公传命大堂伺候，自己穿了冠带，暖阁门开，升坐公案。早见各班书案吏役齐列两旁，当即命带人犯。两边威武一声，早将毕顺的妻子跪在阶下。狄公还未开口，只见他已先问道：“小妇人周氏叩见太爷，不知太爷有何见谕，特令公差到镇提讯，求太爷从速判明。我乃少年孀妇，不能久跪公堂。”狄公听了这话，已是不由不动怒，冷笑道：“你好个孀妇两字，你只能欺那老妇糊涂，本县岂能为你蒙混！你且抬起头来，看本县是谁？”周氏听说，即向上面一望，这一惊不小，心下想道：“这明是前日那个卖药的郎中，怎么做了这昌平知县？怪不得我连日心慌意乱，原来出了这事。设若为他盘出，那时如何是好？”心内虽是十分惧怕，外面却不敢过形于色，反而高声回道：“小妇人前日不知是太爷前去，以致出言冒犯。虽是小妇人过失，但不知不罪，太爷是个清官，岂能为这事迁怒？”狄公喝道：“汝这淫妇，你不认得本县。你丈夫正是少年，理应夫妇同心，百年偕好，为什么存心不善，与人通奸，反将亲夫害死？汝且从实招来，本县或可施法外之仁，减等问罪。若竟游词抵赖，这三尺法堂，当叫你立刻受苦。你道本县昨日改装是为何事？只因你丈夫身死不明，阴灵未散，日前在本衙告了阴状，故而前去探访。谁知你目无法纪、毁谤翁姑，这忤逆两字已是罪不可逭。汝且从实供来，当日如何将丈夫害死，奸夫何人。”周氏听说他谋弑亲夫，真是当头一棒，打入脑心，自己的真魂早已飞出神窍，赶着回道：“太爷是百姓的父母，小妇人前日实是无心冒犯，何能为这小事想出这罪名诬害。此乃人命攸关之事，太爷总要开恩，不能任意的冤屈呢！”狄公喝道：“本县知你这淫妇是个利口，不将证据还你，谅你也不承认。你丈夫阴状上面写明你的罪名，说他身死之后，你恐他女儿长大随后露了机关，败坏你事，因此与奸夫通同谋害，用药将女儿药哑。昨日本县已亲眼见着，你还有何赖？再不从实供明，本县就用刑拷问了。”此时周氏哪里肯招？只顾得呼冤叫屈，说道：“小妇人从何处招起？有影无形的，起了这风波。三尺之下，何求不得？虽至用刑拷死，也不能胡乱承认的。”狄公听了，怒道：“你这淫妇，胆敢当堂顶撞本县！拼着这一顶乌纱不要，任了那残酷的罪名，看你可儆刑抵赖？左右，先将他拖下，鞭背四十！”一声招呼，早上来许多差役，拖下丹墀，将周氏上身的衣服撕去，吆五喝六，直向脊背打下。不知周氏究竟肯招与否，且看下回分解。

第八回

鞫奸情利口如流　提老妇痴人可悯

却说周氏被打四十鞭背，哪里就肯招认，当时呼冤不止，向着堂上说道："太爷是一县的父母，这样无凭案件，就想害人性命，还做什么官府？今日小妇人拼打死在此，要想用刑招认，除非三更梦话。钢刀虽快，不杀无罪之人。你说我丈夫身死不明，告了阴状，这事谁人作证？他的状呈现在何处？可知道天外有天。你今为着私仇，前来诬害，上司衙门未曾封闭。即便官官相护，告仍不准，阳间受了你的刑辱，阴间也要告你一状。诬良为盗，尚有那反坐的罪名，何况我是经年的孀妇。我拼了一命，你这乌纱也莫想戴稳了。"当时在堂上哭骂不止。狄公见他如此利口，随又叫人抬夹棍伺候。两旁一声威武，扑通一声，早将刑具摔下。周氏到了此时，仍是矢口不移，呼冤不止。狄公道："本县也知道你既淫且泼，量你这周身皮肤，想不是生铁浇成。一日不招，本县一天不松刑具。"说着又令左右动手。此时那些差快，望着周氏如此辩白，彼此皆目中会意，不肯上前。内有一个快头，见洪亮也在堂上，赶着丢了个眼色。两人到了暖阁后面，向他问道："都头，昨日同太爷究竟访出什么破绽，此时在堂上又叫人用刑。设若将他夹死，太爷的功名，我们的性命……怎么说告阴状起来，这不是无中生有？平时甚是清正，今日何以这样糊涂。即是他谋弑亲夫，也要情真事确，开棺验后方能拷问。都头此时可上去先回一声，还是先行退堂访明再问，还是就此任意用刑？你看这妇人一张利口，也不是恐唬的道理。若照太爷这样，怕功名有碍。”洪亮听了这话，虽是与狄公同去访察，总因这事相隔一年，从无有人告发，不能因那哑子就作为证据，心内也是委决不下，只得走到狄公身边，低声回了两句。狄公当时怒道：“此案乃是本县自己访问，如待有人告发，今这死者冤抑也莫能申了，本县还在此地做什么县令？既然汝等不敢用刑，本县明日必开棺揭验。那时如没有伤痕，我也情甘反坐。这案总不能因此不办。”说着，向周氏道：“你这淫妇，仍是如此的巧辩。本县所说，你应该听。临时验出治命，谅你也无可抵赖了。”当时先命差媒将周氏收禁，一面出签提毕顺的母亲到案，然后令值日差到高家洼安排尸场，预备明日开棺。这差票一出，所有昌平县的书役，无不代狄公担惊受怕，说这事不比儿戏，虽然事有可疑，也不能这样办法。设若验不出来，岂不白送了性命？

不说众人在私下窃议，单说那个公差到了皇华镇上，一直来至毕顺家门首，已是上灯时分，但见许多闲人纷纷扰扰，在那巷口站住，说道：“原来前日狄太爷在这镇上，我说他虽是个清官，耳风也不能如此灵通。现在既被他看出破绽，自然彻底根究了。那个老糊涂还在地下哭呢，这不是天网恢恢，疏而不漏？但是狄太爷也不能因这疑案，就拷了口供。照此看来，随后总有大发作的时节。”彼此正在那里闲谈，差人已到巷内，高声喊道：“诸位闲人可分开了，我们数十里跑来，为的这件公事，此时拥在这里，也无意味，要看热闹，明日到高家洼去。”说着，分开众人，到了里面。果见那老妇人嘴里哭道：“这不是天突下的祸！昨日以他真是个郎中先生，哪知是改扮的装束。我媳妇同我住在一处，即便有两句忤逆的话，也不是邪路上的事，要他起这风波何事？我明日也不要命了，进城同他拼了这条老命。”那个差人走了上去，喝道：“你这人好不知事，太爷为你好，代你儿子申冤，你反如此混说。你既要去拼命，可巧极了，太爷现在堂上，立等回话，就请你同去，免得你媳妇一人在监内。”说着，将他拖起要进城去。毕顺的母亲见又有差人前来，正是伤心的时节，也不问青红皂白，揪着他衣领哭个不止，说道：“我这家产物件也不要了，横竖你那狗官会造言生事，准备一命，同他控告。老娘不同你前去，也对不起我那媳妇。”当时也就出了大门同走。那个差人见他遭了这事，赶着向何垲说道：“我们虽为他带累，跑了这许多路径，但见这样也实是不忍。这个小小门户也不是容易来的，哪样物件不用钱置？你可派两个伙计代他看这一夜，也是你我的好事。”何垲当时也就答应下来。见他两人趁着月色，连夜的前去。到了三更以后，已至城下。所幸守门将士均是熟人，听说县里的公差，赶紧将门开了，放他两人进去。此时狄公已经安歇，差人先将毕顺的母亲带入班房，暂住一夜。

次日一早，等狄公起身，禀到已毕，随即又升坐大堂，将人带上。狄公问道：“你这妇人，虽是姓毕，娘家究是何姓？本县前日到你镇上，可知为你儿子的事件。只因他身死不明，为汝媳妇害死，因本县在此是个清官，专代人家申冤理枉，因此你儿子告了阴状，求我为他申冤。今日带汝前来，非为别事，可恨你那媳妇坚不承认，反说本县有意诬害。若非开棺相验，此事断不能分辨。死者是你的儿子，故此提你到案。”毕顺的母亲听见这话，哪里答应！当时回道：“我儿子已死有一年，为什么要翻看尸骨？他死的那日晚上我还见他在家。临入殓之时，又众目所见。太爷说代我儿子申冤，我儿子无冤可申，为何乱将我媳妇拷打？这事无凭无证，你既是个父母官，就该访问明白。这样害人，是何道理？我娘家姓唐，在这本地已有几代，哪个不知道是个良善的百姓，要你问他则甚？莫非又要拖累别人么？今日在此同你说明，不将我媳妇放出，我也不想回去。拼着一命死在此地，也不能听你胡言胡语，害了活的又寻找那死的。”说着，就在堂上哭闹不止。狄公见他真是无用老实的人，一味为媳妇说话，心下甚是着急，说道：“你这妇人，如此糊涂，怪不得你儿子死后深信不疑，连本县这样判说你还是不能明白，可知本县是为你起见，若是开棺验不出伤痕，本县也要反坐。只因那死者阴魂不服，前来告状，你今不肯开验，难道那冤枉就不申么？本县既为这地方的官府，不能明知故昧。准备毁了这乌纱，也要辨个水落石出，这开验是行定了。”说着，令人将他带下，传令明早辰时前去，未时登场。当即退堂，到了书房里面，先备详文申详上宪。所有外面那些差役人等，虽是猜疑不定，说狄公鲁莽，无奈不敢上去回阻，只得各人预备了相验的用物。

过了一夜，次日天色将明，众差役已陆续前来。先发了三梆，到大堂伺候。到了辰时，狄公升了公座。先传原差并承验的仵作，说道：“这事比那寻常案件不同，设若无伤，本县毁了这功名是小，汝等众人也不能无事。今日务将伤痕验明，方好定案治罪，为死者申冤。”众差听命已毕，随即将唐氏、周氏两人带到堂上。狄公又向周氏说道：“你这淫妇，昨日情愿熬刑，只是不肯招认。可知你欺害得别人，本县不容你蒙混。今日带同你婆媳前往开验，看汝再有何辩。”周氏见狄公如此利害，心下说道：“不料他这样认真，但是此去未必就验得出来，不如也咬他一下，叫他知道我的利害。”当时回道：“小妇人冤深如海，太爷挟仇诬害，与死者何干？我丈夫死有一年，忽然开棺翻乱，这又是何意见？如有伤痕，小妇人自当认罪。设若未曾伤害，太爷虽是个印官，律例上有何处分，也要自己承认的，不能拿着国法为儿戏，一味的诬害平人。”狄公冷笑了一声，不知说出什么，且看下回分解。

第九回

陶土工具结无辞　狄县令开棺大验

却说狄公见周氏问他开棺无伤，诬害良民，律例上是何处分，狄公冷笑了一声道：“本县无此胆量，也不敢穷追此案。昨已向你婆婆说明，若死者没有伤痕，本县先行自己革职治罪。此时若想用言恐唬，就此了结这案件，在别人或可为汝蒙混，本县面前也莫生此妄想。”传令将唐氏、周氏先行带往尸场。一声招呼，那些差役也不由他辩白，早已将他两人拖下，推推拥拥上了差轿，直向高家洼而去。狄公随即也就带同刑件仵作等人，上轿而来。一路之上，那些百姓听着开棺揭验，皆说轻易不见的事件，无不携老扶幼，随着轿子前去看望。

约有午初时分，已到皇华镇上。早有何垲同土工陶大喜前来迎接，说道：“尸场已布置停妥，请太爷示下。”狄公招呼他两人退去，向着洪亮道：“汝前日在浴堂里面听那袁五说，那个洗澡的后生就开店在毕顺左近，汝此刻且去访一访，是何名姓，到高家洼回报本县。今日谅来不及回城，开验之后，就在前日那客店内暂作公馆。”吩咐已毕，复行起轿前行。没有一会时节，早已到了前面，只见坟冢左首搭了个芦席棚子，里面设了张公案，所有听差人众皆在右首芦席棚下，挖土的器具已放在坟墓面前。狄公下轿，先到坟前细看了一遍，然后入了公座。将陶大喜同周氏带上，问道："前日本县在此，汝说这坟冢是毕家所葬，此话可实在么？此事非比平常，设若开棺揭验不是毕顺，这罪名不小。那时后悔，就迟了。"陶大喜道："小人何敢撒谎？现在他母亲妻子全在此地，岂有讹错之理！"狄公道："非是本县拘执，奈周氏百般奸恶，他与本县还问那诬害良民的处分呢。若不是毕顺的坟冢，不但阻碍这场相验，连本县总有罪名了。汝且具了结状，若不是毕顺，将汝照例惩办。"随向周氏说道："汝可听见么？本县向来为百姓理案，从无袒护自己的意见。可知这一开棺，那尸骸骨就百般苦恼，汝是他结发的夫妻，无论谋弑怎样，此时也该祭拜一番，以尽生前的情义。"说着，就令陶大喜领他前去。可怜唐氏见狄公同他媳妇说了这话，眼见得儿子被翻尸倒骨，一阵心酸，早忍不住号啕大哭。揪着周氏说道："我的儿呀，我毕家就如此败坏，儿子身死已是家门不幸，死之后还要遭这祸事！遇见这个狗官，教我怎不伤心？"只见周氏高声说道："我看你不必哭了，平时见在家，容不得我安静。无辜带了回去，找出这场祸事，现在哭也是无益。既要开棺揭验，等他验不出伤来，那时也不怕他是官是府。皇上立法叫他来治百姓的，未曾叫他害人。那个反坐的罪名，也不容他不受。叫我祭拜，我就祭拜便了。"当时将他婆婆推了过去，自己走到坟前，拜了两拜。不但没有伤心的样子，反而现出那淫泼的气象，向着陶大喜骂道："你这老狗头，多言多语，此时在他面前讨好，开验之后，谅你也走不去。你动手罢，祖奶奶祭拜过了。"陶大喜为他骂了这一顿，真是无辜受屈。因他是个苦家，在尸场上面不敢与他争论，只得转身来回狄公。狄公见周氏如此撒泼，心下说道："我虽欲为毕顺申冤，究竟不能十分相信。因是死者的妻子，此时开棺翻骨，就该伤悲不已，故令他前去祭拜，见他的动静。哪知他全不悲苦，反现出这凶恶的形象，还有什么疑惑？必定是谋弑无疑了。"随即命土工开挖。陶大喜一声领命，早已与那许多伙计铲挖起来。

没有半个时辰，已将那个棺柩现出。众人上前，将浮土拂去，回禀了狄公，抬至验场上面。此时唐氏见棺柩已被人挖出，早哭得死去活来，昏晕在地。狄公只得令人搀扶过去，起身来至场上，先命何垲同差役去开棺盖。众人领命上前，才将盖子掀下，不由得一齐倒退了几步，一个个吓得吐舌摇唇，说道：“这事真奇怪了，即便身死不明，决不至一年有余两只眼睛犹如此睁着。你看这形象，岂不可怕！”狄公听见，也就到了棺柩旁边，向里一看，果见两眼与核桃相似。露出外面，一点光芒没有，但见那灰色的样子，实是骇异，乃道：“毕顺，毕顺，本县今日特来代汝申冤，汝若有灵，赶将两眼闭去，好让众人进前。无论如何，总将你这案件讯问明白便了。”哪知人虽身死，阴灵实是不散，狄公此话方才说完，眼望着闭了下去。所有那班差役以及闲杂人等，无不惊叹异常，说这人谋死无疑了，不然何以这样灵验？当即狄公转身过来。内有几个胆大差役，先动手将毕顺抬出了棺木，放在尸场上面，先用芦席遮了阳光。仵作上来禀道：“尸身入土已久，就此开验恐难现出，须先洗刷一翻，方可依法行事，求太爷示下。”狄公道：“本县也知这缘故，但是他衣服未烂，四体尚全，还可以相验，免令死者再受洗刷之苦。”仵作见狄公如此说，只得将尸身的衣服轻轻脱去。那身上的皮肤已是朽烂不堪，许多碎布贴在上面，欲想就此开验，无奈那皮色如同灰土，仿佛不用酒喷辨不出伤痕所在，只得复行回明了。狄公令陶大喜择了一方宽展的闲地，挖了深塘，在左近人家取来一口铁锅，就在那荒地上与众人烧出一锅热水。先用软布浸湿，将碎布揩去，复用热水在浑身上下洗了一次。然后仵作取了一斗碗高粱烧酒，四处喷了半会，用布将死者盖好。

此时尸场上面如人山人海相似，皆挤作一团，望那仵作开验。只见他自头脸两阳验起，一步一步到小腹为止，仍不见他禀报伤痕，众人已是疑惑。复见他与差役将尸身搬起，翻过脊背，从头顶上验至穀道，仍与先前一般，又不见报出何伤。狄公此时也就着急，下了公案，在场望着众人动手。现在上身已经验过，只得来验下半部。腿部所有的皮肤骨节，全行验到，现不出一点伤痕。仵作只得来禀狄公说：“小人当这差使，历来验法皆分正面阴面，此两处无伤，方用银签入口，验那服毒药害。毕顺外体上下无伤，求太爷示下。”狄公还未开口，早有那周氏揪着那仵作，怒道：“我丈夫身死一年，太爷无故诬害，说他身死不明，开棺揭验。现在浑身无伤，又要银签入口，岂不是无话搪塞，想出这件来害人！无论是暴病身亡，即便被这狗官看出破绽，是将他那腹内的毒气，这一年之久也该发作，岂有周身无伤无毒腹内有毒之理？他不知情理，你是有传授的，当这差使非止一年，为何顺他的意旨令死者吃苦？这事断不能行。”说着，揪了仵作，哭闹不休。狄公道：“本县与你已言定在先，若是死者无伤，情甘反坐。这项公事昨晚已申详上宪，岂能有心搪塞？但是历来验尸，外体无伤须验内腹，此是定律。汝何故揪着公差，肆行撒泼，难道不知王法么？还不从速放下，让他再验腹内。若果仍至无伤，本县定甘反坐便了。此时休得无礼。”周氏听道：“我看太爷也不必认真，此刻虽是无伤，还可假词说项。若定与死者作对，验毕之后仍无毒物，恐那反坐的罪名，太爷就掩饰不来了。”一番话说得仵作不敢动手，不知狄公当时如何，且看下回分解。

第十回

恶淫妇阻挡收棺　贤令尹诚心宿庙

却说周氏一番话，欲想狄公不用银签入口，狄公哪里能行，说道："本县验不出伤痕，理合认罪，岂能以人命为儿戏，反想掩过之理。正面阴面既是无伤，须将内部验毕方能完事。"当时也不容周氏再说，命仵作照例再验。只见众人先用热水由口中灌进，轻轻在胸口揉了两下，复又从口内吐出。两三次以后，取出一根细银签子，约有八寸上下，由喉中穿入进去。停了一会，请狄公起签。狄公到了尸身前面，见那仵作将签子拔出，依然颜色不变，向着狄公道："这事实令人奇怪。所有伤痕致命的所在，这样验过，也该现出。现在没有伤痕，小人不敢承认这事。请太爷先行标封，再请邻村相验，或另差老年仵役前来复验。"狄公到了此时，也不免着急，说道："本县此举虽觉孟浪，奈因死者前来显灵，方才那两眼紧闭即是明证。若不是谋弑含冤，焉能如此灵验！"当时向周氏说道："此时既无伤痕，只得依例申详，自行请罪。但死者已经受苦，不能再抛尸露骨弃在此间，先行将他收棺标封，暂厝便了。"周氏不等他说完，早将原殓的那口棺木打得分散，哭道："先前说是病死，你这狗官定要开验。现在没有伤痕，又想收殓。做官就这样做的么？我等虽是百姓，未经犯法总不能无辜拷打。

昨日用刑逼供，今天草菅人命，这事如何行得？既然开棺，就不能收殓。我等百姓，也不可这样欺罔的。一日这案不结，一日不能收棺。验不出伤来，拼得那侮辱官长的罪名，同你拼了这命。”说着，就奔上来，揪着狄公撒泼。唐氏见媳妇如此，也就接着前来。两人并在一处，闹骂不止。狄公到了此时，也只得听他缠扰。所有那些闲人，见狄公在此受窘，知他是个好官，皆上来向周氏说道：“你这妇人，也太不明白。你丈夫已受了这洗刷的苦楚，此时再不收殓，难道就听他暴露？太爷既允你申详请罪，谅也不是谎你。且这事谁人不知，欲想遮掩也不能行。我看你在此胡闹，也是无用，不如将尸身先殓起来，随他一同进城，到衙门候信，方是正理。”周氏见众人异口同词，心想：“我不过这样一闹，阻他下次再验。难得他收棺，随后也可无事了。”当时说道：“非是我令丈夫受苦，奈这狗官无故寻隙。既是他自行首告，我就在他衙门坐守便了。此刻虽然入殓，那时不肯认罪，莫谓我哄闹公堂。”说着，松手下来，让众人布置。无奈那口旧棺已为他打散，只得赶令差役奔到皇华镇上，买了一口薄棺。下晚时节，方才抬来，当即草草殓毕，厝在原处，标了存记。然后带领人众向皇华镇而来，就在前次那个客店住下。唐氏先行释回，周氏仍然管押。

各事吩咐已毕，已是上灯多时。狄公见人众散后，心下甚是疑虑。只见洪亮由外面进来，向着狄公道：“小人奉命访查，那个后生姓陈名瑞鹏，就在这镇上开设店铺。因与毕顺生前邻舍，故他死后不免可惜。至这案情，也未必知道。但说周氏于毕顺在日，时常在街前嘻笑，殊非妇人道理。毕顺虽经管束几次，只是吵闹不休。至他死后，复反终日不出大门，甚至连外人皆不肯见。就此一端，所以令人疑惑。此时既验无实证，这事如何处置？以死者看来，必是冤抑无疑，若论无伤，又不好严刑拷问，太爷还要设法。而且六里墩那案，已有半月，乔泰、马荣俱未访得凶手。接连两案，皆是凭空而起，一时何能了结？太爷虽不以功名为重，但是人命关天，也要打点打点。”

两人正在客寓谈论，忽听外面人声鼎沸，一片哭声到了里面。洪亮疑是唐氏前来胡闹，早听外面喊道：“你问狄太爷，现在中进呢。虽然是人命案件，也不能这样紧急。太爷又不是不代你申冤，好好歇一歇，说明白了，我们替你回。怎么知道就是你的丈夫？”洪亮知又出了别事，赶了前来访问。哪知是六里墩被杀死那无名男子的家属前来喊冤。洪亮当时回了狄公，吩咐差人将他带进。狄公见是个四十以外的妇人，蓬头垢面，满脸的泪痕，方走进来即大哭不止，跪在地下直呼：“太爷申冤！”狄公问道：“你这人是何门氏？何以知道那人是汝丈夫？从实说来，本县好加差捕缉。”那个妇人道：“小妇人姓汪，娘家仇氏，丈夫名叫汪宏，专以推车为业，家住治下流水沟地方，离六里墩相隔有三四十里。那日因邻家有病，请我丈夫到曲阜报信，来往有百里之遥，要一日赶回，是以三更时节就起身前去。谁知到了晚间，不见回来。初时疑惑他有了耽搁，后来等了数日，曲阜的人已回来，问起情由，反说我丈夫未曾前去。小妇人听了这话，就惊疑不定，只得又等了数日，仍不见回来，唯有亲自前去寻找。哪知走到六里墩地方，见有一口官柩招人领认。小妇人就请人将告示念了一遍，那所开的身材年岁，以及所穿的衣服，是我丈夫汪宏，不知何故被人杀死。这样冤枉，总要求太爷理清楚呢。”说着，在地下痛哭不止。狄公见他说得真切，只得解劝了一番，允他到期缉获。复又赏给了十吊钱，令他将尸柩领去，汪仇氏方才退出。狄公一人闷闷不已，想道：“我到此间，真是为国为民，清理积案。此时接连出这无头疑案，不将这事判明，何以对得百姓？六里墩那案尚有眉目，只要邵姓获到，一鞫就可清楚。唯毕顺这事，验不出伤来，却是如何了结？仍看那周氏如此凶恶，无论他不容我含糊了事，就是我见毕顺两次显灵，也不能为自己的功名，不代他追问。唯有回衙默祷阴官，求他暗中指示，或可破了这两案。”当时烦闷了一会，小二送进酒饭，勉强吃了些饮食。复与洪亮两人出去私访了一次，仍然不见端倪，只得胡乱回转店中，安歇了一夜。

次日一早，乘轿回衙，先绕道六里墩，见汪仇氏将尸棺领去，方才回转衙中，先具了自请议处的公事，升坐大堂，将周氏带至案前，与他说了一遍道："本县先行请罪，但这案一日不明，一日不离此地。汝丈夫既来告那阴状，今晚只待本县出了阴差，将他提来，询问明白，再为讯断。"周氏哪里相信？明知他用话欺人，说道："太爷也不必如此做作，即便劳神问鬼，他既无伤痕，还敢再来对质么？太爷是堂堂阳官，反而为鬼所弄，岂不令人可笑。既是详文缮好，小妇人在此候信便了。"当时狄公听他这派讥讽的话头，明知是当面骂他，无奈此时不好用刑惩治，只得令原差仍然带去。自己退入后堂，具了节略，将那表章写好。然后斋戒沐浴，令洪亮先到县庙里招呼，说今晚前来宿庙，所有闲杂人等，概行驱逐出去。然后回来取了行李，俟至下昼时分，进了点饮食，也不鸣锣开道，只带了洪亮一人来至庙内。

早有主持迎接进去，在殿上点了香烛。狄公命他出去，自己行礼已毕，将表章跪诵一遍，在炉内焚去。命洪亮在下首伺候，一人在左边，将行李铺好，先在蒲团上静坐了一会，约至定更以后，复至神前祷告一番。无非谓"阴阳虽隔，司理则同。官有俸禄，神有香火，既受此职，应问此事，叩我冥司，明明指示"这几句话。祷毕，方到铺上坐定，闭目凝神，以待鬼神显圣。不知狄公此次宿庙将这两案可否破获，且看下回分解。

第十一回

求灵签隐隐相合　详梦境凿凿而谈

却说那狄公在那庙祷告已毕，坐在蒲团上闭目凝神，满想蒙眬睡去，得了梦验，便可为死者申冤。哪知日来为毕顺之事过于烦神，加之开棺揭验，周氏吵闹，汪仇氏呼冤，许多事件团在心中，以致心神不定。此时在蒲团上面，坐了好一会工夫，虽想安心合眼，无奈不想这件事来，就是那一件触动，胡思乱想，直至二鼓时分依然未曾闭眼。狄公自己着急，说道："我今日原为宿庙而来，到了此刻尚未睡去，何时得神灵指示？"自己无奈，只得站起身来，走到下首，见洪亮早经睡熟，也不去惊动于他，一人在殿上闲步了几趟。转眼见神桌上摆着一本书相似，狄公道："常言观书引睡魔，我此时正睡不着，何不取他消遣？或者看了困倦起来，也未可知。"想着，走到面前。取来一看，谁知并不是什么书卷，乃是郡庙内一本求签的签本。狄公暗喜道："我不能安睡，深恐没有应验，现在既有签本在此，何不先求一签，然后再为细看。若能神明有感，借此指示，岂不更好。"随即将签本在神案上复行供好，剔去蜡花，添了香火，自己在蒲团上拜了几拜，又祷告了一回，伸手在上面取了签筒，嗦落嗦落摇了数下，里面早穿出一条竹签。狄公赶着起身，将签条拾起一看，上面写着五字，乃是“第二十四签”。随即来至案前，将签本取过，挨次翻去。到了本签部位，写着“中平”二字，按下有古人名，却是骊姬。狄公暗想道：“此人乃春秋时人，晋献公为他所惑，将太子申生杀死，后来国破家亡，晋文公出奔，受了许多苦难。想来，这人也要算个淫恶的妇人。”复又望下面看去，只见有四句道：

不见司晨有牝鸡，为何晋主宠骊姬。
妇人心术由来险，床笫私情不足题。

狄公看毕，心下犹疑不决，说道：“这四句大概与毕顺的案情相仿，但以骊姬比周氏，虽是暗合，无奈只说出起案的原由，却未将破案的情节叙出。毕顺与他本是夫妇，自然有床笫私情了。至于头一句，不见司晨有牝鸡，你看我前日私访到他家中之时，他就恶言厉声骂个不了，不但骂我，而且骂他婆婆，这明明是牝鸡司晨了。第二句是说毕顺不应娶他为妻。若第三句，只是不要讲的，他将亲夫害死，心术岂不险毒？签句虽然暗合，但是不能破案，如何是好？”自己在烛光之下，又细看了两回，竟想不出别的解说来，只得将签本放下。，听见外面已转二鼓，就此一来，已觉得自己困倦。转身来至上首床上，安心定意，和衣睡下。

约有顿饭时刻，朦胧之间见一个白须老者走至面前，向着喊道：“贵人连日辛苦了。此间寂寞，何不至茶房品茗，听那来往的新闻。”狄公将他一看，好似个极熟的熟人，一时想不出名姓，也忘却自己现在庙中，不禁起身随他前去。到了街坊上面，果见九流三教，热闹非常。走过两条大街，东边角上有一座大大的茶坊，门前悬了一面金字招牌，上写“问津楼”三字。狄公到了门口，那老者邀他进内。过了前堂，一方天井，中间有一六角亭子，内里设了许多桌位。两人进了亭内，拣着空桌坐下。抬头见上面一方匾额，现出三个金字，乃是

“指迷亭”三字。亭口一副黑漆对联，上联是：

寻孺子遗踪，下榻传为千古事。

问尧夫究竟，卜圭难觅四川人。

狄公看罢，问那老者道：“此地乃是茶坊，何为不用那卢仝、李白之派俗典，反用这孺子、尧夫，又什么卜圭下榻，岂不是文不对题？而且下联又不贯串。尧夫又不是蜀人，何以说四川两字？看来实是不雅。”那老者笑道：“贵人批驳虽然不错，可知他命意遣词，并非为这茶坊起见，日后贵人自然晓得。”狄公见他如此说法，也不便再问。忽然自坐的地方并不是个茶坊，乃变了一个耍戏场子，敲锣击鼓，满耳冬冬。不下有数百人，围了一个人圈子，里面也有舞枪的，也有砍刀的，也有跑马卖线破肚栽瓜的，种种把戏，不一而足。中间有一个女子，年约三十上下，睡在方桌上面，两脚高起，将一个头号坛子打得滚圆。但见他两只脚一上一下，如车轮相似。正耍之时，对面出来一个后生，生得面如傅粉，唇红齿白，见了那个妇人，不禁嘻嘻地一笑。那妇人见他前来，也就欢喜非常，两足一蹬，将坛子踢起半空，身躯一拗，竖立起来，伸去右手将坛底按住。只听一声喊叫：“我的爷呀，你又来了。”忽然坛口里面跳出一个十二三岁女孩子，阻住那男子的去路，不准与那女子说笑。两人正闹之际，突然看把戏的人众纷纷散去，顷刻之间，不见一人。所有那个坛子以及男女孩子，均不知去向。

狄公正然诧异，方才同来的老者复又站在面前说道：“你看了下半截，上半截还未看呢，从速随我来罢。”狄公也不解他究是何意，不由得信步前去。走了许多荒烟蔓草的地方，但见些奇禽怪兽盘了许多死人在那里咬吃。狄公到了此时，不觉心中恍惚惧怕起来。瞥见一个人身睡在地下，自头至足如白纸仿佛，忽然有一条火赤炼的毒蛇由他鼻孔内穿出，直至自己身前。狄公吓了一跳，直听那老者说了一声“切记”，不觉一身冷汗，惊醒过来。自己原来仍在那庙里面，听听外边更鼓，正交三更。扒坐起来，在床边上定了一定神，觉得口内作渴。将洪亮喊醒，将茶壶担揭开，倒了一盏茶递与狄公。等他饮毕，然后问道：“大人在此半夜，可曾睡着么？”狄公道：“睡是睡着的，但是心神觉得恍惚。你睡在那边，可曾见什么形影不成？”洪亮道：“小人连日为访这案件东奔西走，已是辛苦万分，加之为大人办这毕顺的案茫无头绪，满想在此住宿一夜，得点梦兆，好为大人出力，谁知心地糊涂，倒身下去就睡熟了，不是大人喊叫，准是到此时还未醒呢。小人实未曾梦见什么，不知大人可否得梦？”狄公道：“说来也是奇怪，我先前也是心烦意乱，直至二鼓时分依然未曾合眼。后来无法，只得起身走了两趟，谁知见神案上有个签本。”说着就将求签对洪亮说了一遍，又将签句破解与他听。洪亮道：“从来签句类皆隐而不露，照这样的签条，已是很明白了。小人虽不懂得文理，我看并不在什么古人上推敲。上面首句有‘鸡子司晨’四字，或者天明时节有什么动静。从来奸情案子，大都多是明来暗去。鸡子叫的时节，正是奸夫偷走时候。第二句是个空论，第三句‘妇人心险’，这明是夜间与奸夫将人害死，到了天明方装腔作势的哭喊起来。你看那日毕顺看闹龙舟之后，家来已是上灯时分，再等厨下备了晚饭，同他母亲等人吃酒，酒后已到了定更时分，虽不能随他吃就遂去睡觉的道理，不免还要谈些闲话，极早到进房之时已有二鼓。再等他睡熟，然后周氏再与奸夫计议，彼此下手谋害，几次耽搁，岂不是四五更天方能办完此事！唐氏老奶奶说他媳妇夜间喊叫，哭他儿子身死，不过是个约计之时。二更是夜间，四更五更也是夜间。这是小人胡想，怕的周氏害毕顺之后，正合这‘牝鸡司晨’四字。如正在此时谋害，这案例容易办了。”狄公见他如此说法，乃道：“据你说来，也觉在理。姑作他不在此时，你又如何办理？”洪亮道：“这句话显而易见，有何难解？我们多派几个伙计，日间不去惊动，大人回衙，仍将周氏交唐氏领回。他既到家，若真没有外路则已，如有别情，那奸夫连日必在镇上或衙门打听，见他回去，岂有不去动问之理？我们就派人在他巷口左右，通夜的梭巡，唯独鸡鸣的时节格外留神。我看如此办法，未有不破案之理。”狄公见他言之凿凿，细想这形影，倒有几分着落，乃道：“这签句你破解的不错了，可知我求签之后，身上已是困倦，睡梦之中所见的事情，更是离奇。我且说来，大家参详。”洪亮道：“大人所做何梦？签句虽有点影像，能梦中再一指示，这事就有八分可破了。不知大人还是单为毕顺这一案宿庙，还是连六里墩的案一齐前来？”狄公道：“我是一齐来的。但是这梦甚难破解，不知怎么又吃起茶来，随后又看见玩把戏的，这不是前后不应么？”当时又将梦中事复说了一遍。洪亮道：“这梦小人也猜详不出。请问大人，这孺子两字怎讲？为何下面又有下榻的字面，难道孺子就是小孩子么？”狄公见他不知这典故，胡乱的破解，乃笑道：“你不知这两字缘由，所以分别不出。我且将原本说与你听！”不知狄公所说如何，且看下回分解。

第十二回

说对联疑猜徐姓　得形影巧遇马荣

话说狄公见洪亮不知这“孺子”典故，乃道：“这孺子不是作小孩子讲，乃是人的名字。从前有个姓徐的，叫做徐孺子，是个地方上的贤人。后来有位陈蕃，专好结识名士，别人皆不来往，唯有同这徐孺子相好。因闻他的贤名，故一到任时，即置备一张床榻，以便这徐孺子前来居住。旁人欲想住在这榻上，就如登天向日之难。这不过是契重贤人的意思，不知与这案件有何关合。”洪亮不等他说完，连忙答道：“大人不必疑惑了，这案必是有一姓徐的在内，不然那奸夫即是姓徐，唯恐这人逃走了。”狄公道：“虽如此说，你何以见得他逃走了？”洪亮道：“小人也是就梦猜梦。上联头一句乃是寻孺子遗踪，岂不是要追寻这姓徐的么？这一联有了眉目，且请大人将‘尧夫’原典说与小人听。”狄公道：“下联甚是清楚。尧夫也是个人名，此人姓邵，叫康节，尧夫两字乃是他的外号。此乃暗指六里墩之案，这姓邵的本是要犯，现在访寻不着，不知他是逃至四川去了，也不知他本籍是四川人在湖州买卖。你们以后访案，若遇四川的口音，须要留心盘问。”洪亮当时应答说：“大人破解的不差，但是玩坛子的女人以及那个女孩，阻挡那个男人去路，并后来见着许多死人，这派境界皆是似是而非，这样解也可，那样解也可。总之，这两案总有点端倪了。”

两人谈论一番，早见窗格现出亮光，知是天已发白。狄公也无心再睡，站起身将衣服检理一回，外面住持早已在窗外问候，听见里面起身，赶着进来请了早安。在神案前敬神已毕，随即出去呼唤司祝，烧了面水，送进茶来，请狄公净面漱口。狄公梳洗之后，洪亮已将行李包裹起来，交与住持，以便派人来取。然后又招呼他，不许在外面走漏风声，住持一一遵命。这才与狄公两人回衙而去。

到了书房，早有陶干前来动问，洪亮就将宿庙的话说了一遍。当即叫他到厨下取了点心，请狄公进饮食，两人在书房院落内伺候。到了辰牌时分，狄公传出话来，着洪亮协同值日差，先将皇华镇地甲提来问话。洪亮领命出去，下昼时分，何垲已到了衙中。狄公并不升堂，将他带至签押房内。何垲叩头已毕，站立一旁。狄公道：“毕顺这案件，明是身死不明，本县为他申冤起见，反而招了这反坐的处分。你是他本镇的地甲，难道就置身事外？为何这两日不加意访察，仍是如此延宕。岂不是故意藐法！”何垲见狄公如此说法，连忙跪在地下，叩头不止。说道：“小人日夜细访，实不敢偷懒懈怠。无奈没有形影，以致不能破案，还求大人开恩。”狄公道：“暂时不能破案，此事也不能强汝所难。但是你所辖界内，共有许多人家，镇上有几家姓徐的么？”何发见问，禀道：“小人这地方上面，不下有两三千家。姓徐的也有十数家，不知大人问那一个？求大人示明，小人便去访问。”狄公道：“你这人也太糊涂，本县若知这人，早已出签提质，还要你询问么？只因这案情重大，访问有一徐姓男子，通同谋害。若能将此人寻复，便可破了这案，因此命汝前来。你平时在镇上，可曾见什么姓徐的人家与毕顺来往？若是看见有一两人在内，且从实说来，以便提县审讯。”何垲沉吟了一会，望着上面说道：“小人是去年四月上坊，这件案是五月出的，不过一月之久。小人虽小心办公，实未知毕顺早时交结的何人，不敢在大人面前胡讲。好在这姓徐的不多，小人回去挨次访查，也可得了踪迹的。”狄公道：“你这个拙主见，虽想得不差，可知走漏风声即难寻觅。且这人既做这大案，岂有不远扬之理？你此去务必不得声张，先从左近访起。似有了形影，赶紧前来报信，本县再派役前去。”何垲遵命，退了下来，回转镇上不提。

这里狄公又命洪亮、陶干两人，等到上灯时候，挨城而出，径自毕顺家巷口探听一回，当夜不必回来。一面暗暗的跟着何垲，看他如何访缉。你道狄公为何不叫他两人与何垲同去？皆因前日开棺之时，洪亮在皇华镇上住了数日，彼处人民大半认得，怕他日间去被人看见，反将正凶逃走。何垲是地方上的地甲，纵有点问张问李，这是他分内之事，旁人也不至疑惑。又恐何垲一人得了凶手，独力难支，拿他不住，因此令洪亮同陶干晚间前去，一则访访案情，二则见何垲在坊上还是勤力还是懒惰，也可知道。这是狄公的用意。

当日布置已毕，家人掌上灯来，一人在书房内，将连日积压的公事看了一会，用过晚饭。正拟安歇，忽然窗外扑通扑通跳下两人，把狄公吃了一惊。抬头一见，乃是马荣、乔泰。当时请安已毕，狄公问道：“二位壮士这几日辛苦，但不知所访之事如何？”马荣道：“小人这数日虽访了点形影，只是不敢深信，恐前去有了讹错，或是寡不敌众，反为不美，因此回来禀明大人。”狄公道：“壮士在何处看出破绽，赶快说来，好大家商量。”乔泰道：“小人自奉命之后，他向东北角上，小人就在西南角上，各分地段私下访查。前日走到西乡跨水桥地方，天色已晚，在集上拣了个客店住下。但听同寓的客人闲谈，说高家洼这事，多半是自家害的自家人。小人见他们说得有因，也就答话上去，问道：‘你们这班人所说何事？可是谈的孔家客店的案么？’那人道：‘何尝不是？我看你也非此地口音，何以知道这事？莫非在此地做什么生意？’小人见他问了这话，只得答着机锋说道：‘我乃山西贩皮货客人，日前相验之时，我们有个乡亲也是来此地买卖，却巧那日就住在这店内，后来碰着谈论起来，方才晓得。闻说县里访拿得很紧，还有赏格在外。你们既晓得自家人所杀，何不将此人捉住，送往县内，一则为死者申冤，是莫大功德，二则多少得几百银子，落得个快活。你我皆是做买卖的朋友，东奔西走，受了多少风霜，寻钱敬本，还不知道有这美事，落得寻点外水，岂不是好？’那班人笑道：‘你这客人说得虽是，我们也不是傻子，难道不知钱好？只因有个缘故在内。我们是贩卖北货的，日前离此有三四站地方，见有一个大汉，约在三十上下，自己推着一辆小车，车上两个极大的包裹，行色仓皇，忙忙的直向前走。谁知他心忙脚乱，对面的人未尝留心，冬的一声，那车轮正碰在我们大车之上，登时车轴震断，将包裹撞落在地下。我们当他总要发急，不来揪打，定要大骂一番。哪知他并不言语，跳下车将车轴安好，忙将包裹在地下拾起，趁此错乱之际，散了一个包袱，里面露出许多湖丝，他亦不问怎样，并入大包里面，上好车轴，仓皇失措推车向前奔去。听他口音，却是湖州人氏。后来到了此地，听说出这案，这人岂不是个正凶？明是他杀了车夫，匆匆逃走了。这不是自家害的自家么？不然焉有这样巧法，偏遇着这人也是湖州人氏？只怕他去远了。若早得了消息，岂不是个大大的财爻。’这派话，皆是小人听那客店人说的，当时就问了路引，以便次日前去追赶。却好马荣也来这店中住宿，彼此说了一遍。次早天还未明，就起身顺着路径一路赶去。走了三四日光景，到了邻境地方，有一所极大的村庄，见许多人围着一辆车儿，阻住他的去路。小人们就远远地瞧看，果见有个少年大汉，高声骂道：‘咱老子走了无限的关隘，由南到北，从不惧怕与人。天大的事也做过了，什么稀奇的事！损坏你的稻田，也不值几吊大钱，竟敢约众拦阻。若是好好讲说，老子虽然无钱，给你一包丝货，也抵得你们苦上几年。现在既然撒野，就莫怪老子动手了。’说着，两手放下车辆，举起拳头，东三西四，打得那班人抱头鼠窜，跑了回去。后来庄内又有四五十号好汉，各执锄头农器，前来报复。哪知他不但不肯逃走，反赶上前去，夺了一把铁铲，就摔倒几人。小人见那人实非善类，欲想上去寻拿，又恐寡不敌众，只得等他将众人打退，向前走去。两人跟到个大镇市上，叫什么双土寨，见他在客寓内住下，访知他欲在那里卖货，有几日耽搁，因此趱赶回来，禀知大人。究竟若何办法。”狄公听了这话，心下甚是欢喜，眉头一皱，计上心来，且先派人捉拿凶手。不知后事如何，且看下回分解。

第十三回

双土寨狄公访案　老丝行赵客闻风

却说狄公听马荣说出双土寨来，心下触机，不禁喜道：“此案有几分可破了。你们果曾访这人姓甚名谁？果否在寨内有几天耽搁？若是访实，本县倒是有一计在此，无须动那手脚，即可缉获得此人。”乔泰见狄公喜形于色，忙道：“小人们访是访实在了，至于他姓名，因匆匆寻他卖货的根底，一时疏忽，未能问知。不知大人何以晓得这案可破？”狄公就将宿庙得梦的事告诉于他。说：“卜圭的圭字，乃是个双土，这贩丝的人就在双土寨内出货，而且又是个湖州人。岂非应了这梦？你两人可换了服色，同本县一齐前去，拣了个极大的客寓住下。访明那里谁家丝行，你即投在他行中，即说我是北京出来的庄客，本欲到湖州贩卖蚕茧，回京织卖京缎，只因半途得病，误了日期，恐来往已过了蚕市，闻你家代客买卖，特来相投。若有客人贩丝，无论多少，皆可收买。他见我们如此说法，自然将这人带出，那时本县自有道理。”马荣、乔泰两人领命下来，专等狄公起身。狄公知此去有几日耽搁，当夜备了公出的文书，申详上宪。然后将捕厅传来，说明此意，着他暂管县印，一应公事代拆代行，外面一概莫露风声，少则十天，多到半月，即可回来。捕厅遵命而行，不在话下。

狄公此时见天色不早，即在书房安歇了一会。约至五更时分，即起身换了便服。带了银两，复又备了邻书移文藏于身边，以便临时投递。诸事已毕，与马荣、乔泰两人暗暗地出了衙署，真是人不知鬼不晓，直向双土寨而来。

夜宿晓行，不到三四日光景，已到了寨内。马荣知这西寨口有个张六房，是个极大的老客寓，水陆的客人皆住在他家。当时将狄公所坐的车辆在寨外歇下，自己同乔泰进了寨里。来到客店门首，高声问道："里面可有人？咱们由北京到此，借你这地方住个一半天。咱家爷乃是办丝货的客商，若有房屋，可随咱来。"店内堂官见有客人来住店，听说又是个大买卖，赶着应道："里面上等的房屋，爷喜那里住，听便便了。"当时出来两人，问他行李车辆。马荣道："那寨口一辆轻快的车辆，就是咱家爷的，你同我这伙伴前去，咱到里面瞧一瞧。"说着，命乔泰同堂官前去，自己进内。早有掌柜的带他到里面，拣了一间洁净单房，命人打扫已毕，复行出了店门。见狄公车辆已歇在门口，正在那里解卸行李，当时搬入房内，开发了车价。早有小二送进茶水。众人净面已毕，掌柜进来问道："这位客人尊姓？由北京而来，到何处去做买卖？小店信实通商，来往客人皆蒙照顾。后面厨下点心酒肴各式齐备，客人招呼便了。"狄公道："咱们是京城缎行的庄客，前月由京动身，准备由此经过，一路赶到湖州，收些蚕茧。不料在路得病，误了日期，以致今日才至贵处。这里是南北的通衢，听说今年丝价较往常如何？"掌柜的道："敝地虽离湖州尚远，彼处的行情也听得人说。春间天气晴和，蚕市大旺，每百两不过三十四五两关叙。前日有个贩丝的客人，投在南街上薛广大家行内，请他代卖，闻开盘不过要了三十八九两码子。比较起来，由此地到湖州不下有月余的路程，途费算在里面，比在当地收买还倒廉许多。"狄公听了这话，故作迟疑道："不料今年丝价如此大减，只抵往常三分之二。看来虽然为病耽搁，尚未误正事。你们这地方丝行，想必向来是做这项生意的了，行情还是听客人定价，抑是行家作价？行用几分？可肯放期取银？”掌柜的说道：“我们虽住在咫尺，每年到了此时，但听见他们议论，也有买的，也有卖的。老放庄客的人由此经过，皆道这里的规矩。俗言道，隔行如隔山，其中细情因此未能晓得。客人想必初来此地，还不知尊姓大名。”狄公见他动问，乃道：“在下姓梁，名公狄。皆因时运不佳，向来在京皆做这本行的买卖，从未到外路去过。今年咱们行内老庄客故了，承东家的意思，放咱们前来。哪知在路就得了病症，现在你们这里行情既廉，少停请你带咱们前去一趟，打听打听是哪路的卖客。如果此地可收，咱也不去别处了。”掌柜见他是个大本钱的客人，难得他肯在此地，不但图下次主顾，即以现在而论，多住一日即落他许多房金，心下岂不愿意。连忙满口应承，招呼堂官办点心，忙酒饭，照应得十分周到。

到了下昼时分，狄公饮食已毕，令乔泰在店看守门户，自己同马荣步出店外，向着掌柜的说道：“张老板，此刻有暇，你我同去走走。”掌柜见他邀约，赶紧答应。出了柜台，说道：“小人在前引路，离此过了大街，三两个弯子就是南寨口，那就到了。”说着，三人一路同去。果然好一个大寨子，两边铺户十分齐整。走了一会，离前面不远，掌柜请狄公站下，自己先抢一步。到那人家门首，向里问道：“吴二爷，你家管事的可在家？我们店内新来一缎行庄客，从北京到此，预备往南路收货。听说此地丝价倒廉，故此命我引荐来投宝行，客人现在门首呢。”里面那人听他如此说法，忙答道：“张六爷，且请客人里面坐。我们管事的到西寨会款子去了，顷刻就回来的。”狄公在外面见他们彼此答话，说管事的不在行内，心下正合其意，可以探得这小官的口气，忙向张六说道：“老板，咱们回去也无别事，既然管事的不在这里，进去稍待便了。”当时领着马荣，到了行内。见朝南三间敞屋，并无柜台等物，上首一间设的座起，下首一间堆了许多客货。门首白粉墙上写了几排大字：“陆承顺老丝行，专代南北客商买卖。”狄公看毕，在上首一间坐定。小官送上茶来，彼此通名道姓，叙了套话，然后狄公问道:“方才这张老板说，宝号开设有年，驰名远近。不知令东是哪里人氏？是何名号？现在卖客可多？”吴小官道:“敝东即是本地人氏，住此寨内已有几代，名叫陆长波。不知尊驾在北京哪家宝号？”狄公见他来问这话，心下笑道:“我本是访案而来，哪里知道京内的店号！曾记早年中进士时节，吏部带领引见，那时欲置办鞋帽，好像姚家胡同有一缎号，代卖各式京货，叫什么‘威仪’两字，我且取来搪塞。”乃道:“小号是北京威仪。”那小官听他说了“威仪”二字，赶忙起来笑道:“原来是头等的庄客，失敬失敬！先前老敝东在时，与宝号也有来往，后因京中生意兴旺，单此一处转运不来，因此每年放庄到湖州收买。今年尊驾何以不去？”狄公见他信以为真，心下好不欢喜，就将方才对张掌柜说的那派谎言说了一遍。

正谈之间，门外走进一人，约在四五十岁的光景，见了张六在此，笑嘻嘻地问道:“张老板，何以有暇光顾？”张六回头一看，也忙起身笑道:“执事回来了。我们这北京客人，正盼着呢。”当时吴小官又将来意告诉了陆长波，狄公复行叙了寒暄，间现在客货多寡，市价如何。陆长波道:“尊驾来得正巧。新近有一湖州客人，投在小行。此人姓赵，也是多年的老客丝货，现在此处。尊驾先看一看，如若合意，那价银格外克己便了。”说着，起身邀狄公到下首一间，打开丝包看了一会。只见包上盖着签记，乃是“刘长发”三字，内有几包斑斑点点，现出那紫色的颜色，无奈为土泥护在上面，辨不清楚。狄公看在眼内，已是明白，转身向马荣道:“李三，往常你随胡大爷办货，谅也有点眼色，我看这一堆丝货不十分清爽，光彩混沌，怕的是做茧子时蚕子受伤了，你过来也看一看。”马荣会意，到了里面先将别的包皮打开，约略看了几包，然后指着有斑点的说道:“丝货却是道地，恐这客人一路上受了潮湿，因此光芒不好。若这一包，虽被泥土护满，本来的颜色还看得出，见了外面，就知这里面了。不知这客人可在此处？他虽脱货取财，咱们到要斟酌斟酌。”狄公见马荣暗中有话，也就说道：“准是在下定价买了。好在小号用得甚多，就有几包不好，也可勉强收用。但请将这赵客人请来，凭着宝行讲明银价，立即可银货两交，免得彼此牵延在此。”陆长波见他如此说法，难得这样买卖，随向吴小官道：“赵官人今日在店内打牌，你去请他即刻过来，说有人要收这全包呢。”小官答应一声，匆匆而去。张掌柜也就起身，向狄公说道：“此时天已将晚，过路客人正欲下店，小人不能奉陪了。”复又对陆长波说了两句客气话，一人先行。

狄公见小官走后，心下甚是踌躇，深恐此人前来不是凶手，那就白用了这番心计；又恐此人本领高强，拿他不住，格外为难。只得向马荣递话道：“凡事不能粗鲁，若我因有了耽搁，不肯在这寨内停留，岂不失了这机会。所幸有赵客人在此卖货，真是天从人愿。临见面时，让我同他开盘，你们不必多言，要紧要紧。”马荣知他的用意，当时答应遵命，坐在院落内，专候小官回来。不多时，果然前日半路上那个大汉一同进门。不知此人如何，且看下回分解。

第十四回

请庄客马荣交手　遇乡亲蒋忠谈心

却说狄公在陆公行内，等吴小官去请那赵客人前来。不多一会，马荣已看见前日在路上推车的那个大汉一同进门。当时不敢鲁莽，望着狄公，丢个眼色。狄公会意，将那人一望，只见他身高八尺，生来黑漆面庞两道浓眉，一双虎目，身穿薄底靴儿，短襟窄袖玄色小袄，脚下丢裆叉裤。那种神情，倒似绿林中的朋友。狄公上下打量了一番，暗暗说道："此人明是个匪类，那里是什么贩丝的客人！而且浙湖的人形，似皆气格温柔，衣衫齐整，你看他这种行行的神情，明是咱们北方气概。且等一等，看他如何。"只见陆长波见他进来，当时起身来笑道："常言买鸡找不到卖鸡的人，你客人投在小行，恨不得立刻将货脱去，得了丝价，好回贵处。一向要卖，无这项售户。今日有人来买，你又抹牌去了。这位梁客人，是北京威仪缎庄上的，往年皆到你们贵处坐庄。今因半途抱病，听说小行有货，故此在这里收买。所有存下的货物，皆一齐要收，但不过要价码克己。小行怕买卖不成，疑惑我等中间作梗，因此将你请来，对面开盘，我们单取行用便了。"那人听了陆长波这番话，转眼将狄公上下望了一回，坐下笑道："我的货卖是要卖，怕这客人有点欺人！我即便肯卖与他，他也未必真买。"

陆长波见他这话说得诧异，忙道："赵客人，你休要取笑。难道我骗你不成？人家若远的路程来投在小行，而且威仪这缎号牌子谁人不知？莫说你这点丝，即便加几倍，他也能售。你何以反说他欺人？倒是你奇货可居了。"狄公见这大汉说了这两句话，心下反吃了一惊，说道："此人眼力何以如此利害？又未与他同在一处，何以知我不是客商？莫非他看出什么破绽？如果为他识破，这人本事就可想了，虽有马荣在此，也未必能将他获住。"当时还故示周旋，起身作了一揖，说："赵客人请了。"大汉见他起身，也忙还了一揖，道："大人请坐，小人见谒来迟，望祈恕罪。"这一句更令狄公吃惊不小，分明是他知道自己的位分，复又假作惊异道："尊兄何出此言？咱们皆是贸易中人，为何如此称呼？莫非有意见外么？还不识尊兄台甫何名，排行几位？"大汉道："在下姓赵，名万全。自幼兄弟三人，第三序齿。不知大人来此何干？有事但说不妨，若这样露头藏尾，殊非英雄本色。俺虽是贸易中人，南北省份也走过许多码头，做了几件惊人出色的事件。今日为朋友所托，到此买卖，不期得遇尊公。究竟尊姓何名，现居何职，俺这两眼相法，从来百不失一。尊公后福方长，正是国家栋梁，现在莫非做那里一县令宰么？"狄公被他这番话说得哑口无言，反而深悔不是。停了半晌，乃道："赵兄，你我是买卖起见，又不同你谈相，何故说出这派话来？你既知我的来历，应该倾心吐肝，道出真言，完结你的案件。难道你说了这派大言，便将俺恐吓不成？"说道，望马荣丢了个眼色，起身站在那陆长波背后。

马荣到了此时，也由不得再不动手，当即跳出了门外，高声喝道："狗强盗，做了案件想哪里逃走！今日俺家太爷亲来捉汝，应该束手受缚，归案讯办。可知那高家洼之事，不容你逃遁了。"说着，两手摆了架落，将门挡住，专等他出来动手。陆长波见他们言语不对，忽然动起手来，如同做梦一般。不知是素来有仇，也不知无故起衅，摸不着头脑，只呆呆地在里面叫喊说："你们可不要动气。生意场中，以和平为贵，何以还未交易，就说出这尴尬话来，莫非平时有难过么？”还未说完，早见大汉掀去短袄，露出紧身小衣，袖头高卷，伸开两手，一个箭步踊出门外，向马荣骂道：“你这厮也不打听打听，来至太岁头上动土。俺立志除尽这班贪官污吏、垄断奸商，你竟敢来寻死。不要走，送你到俺老家去。”只见左手一抬，用个猛虎擒羊的架势，对定马荣胸口，一拳打来。狄公见了这样，已吓得面如土色，深恐马荣招架不住。只见他将身子向左边一偏，用了个调虎离山的形势，右手伸出两指，在大汉手寸上面一塱，望下一沉，果然赵万全将手头缩回，不敢前去。原来马荣也是会手，这一下撞在他血道上面，因此全膀酥麻，不能再进。马荣见他中了一下，还不就此进步，登时调转身子，趁势在他肋下一拳捣去。赵万全见他手足灵便，也就不敢轻视，一手护定周身，一手向前刁他的手掌。马荣那里容他得手，随即改了个大鹏展翅的格式，将身一纵，约有一二尺高下，提起左足欲想踢他的左眼。谁知这一来，正中赵万全之计，但见他望下一蹬，两手高起，说声：“下来罢！”早将马荣的腿兜住。但听咕咚一声，摔在地下。狄公这一惊不小，深恐他就此逃走。里面陆长波也吓得面面相觑，唯恐打杀人命，赶着出来喊道：“赵三爷，你是我家老主顾客人，向来未曾鲁莽，何以今日一言不合，就动手动脚起来。设若有个险错，小行耽受不起，有话进来好说。”

众人正闹之间，街坊上面，早已围拥着许多人来，言三语四，在那里乱说。忽然人丛里面有二三十多岁的汉子，身材高大，虎背熊腰，见马荣睡在地下，赶着分开众人，高声喊道：“赵三爷，不要胡乱，都是家里人。”随即到了马荣面前，叫道：“马二哥，你几时到此？为何与咱们兄弟斗气。这几年未曾见面，令咱家想得好苦。听说你洗手不干那事了，怎么会到这里来？”说着，一手将马荣扶起。马荣将他一望，心下好不欢喜，说道：“大哥，你也在此！俺们里面再谈，千万莫放这厮走了，他乃人命的要犯。”说着，那人果将赵万全邀入行内，招呼闲人散开。然后向马荣说道：“这是俺自幼的朋友，虽是生意中人，与俺们很有来往。二哥何故与他交手？现在何处安身？且将别后之事说来。谁人不是，俺与你俩赔礼。”

原来此人也是绿林中朋友，与马荣一师传授，姓蒋名忠。虽然落身为盗，却也很有义气，此时已经改邪归正，在这双土寨当个地甲。赵万全本是山东沂水县人氏，因幼年父母双亡，跟蒋忠的父亲学了一身本领，所有医卜星相件件皆精。到了十八岁时，见本乡无可依靠，亲戚本家俱皆亡故，因想湖州有个姑母很有钱财，因而将家产变去，做了盘缠，到湖州投亲。他姑母见他有如此手段，就收他在家中。过了数月，然后荐至丝行里面，学了这项生理。后来日渐长大。那年回家祭祖，访知这双土寨是南北的通衢，可以在此买卖，他就回到湖州向姑母说明，凑了几千银本，每年春夏之交由湖州贩丝来卖。却值蒋忠洗手在曲阜县上卯，为了这寨内的地甲，彼此聚在一处，更觉得十分亲热。今日赵万全正在他家抹牌，忽然吴小官喊他做生意去了，好久不见回来，蒋忠因此前来探望，不意却与马荣交手。此时马荣见他问别后之事，连忙说道：“大哥有所不知，自从你我在山东王家寨作案之后，小弟东奔西走，受了许多辛苦。后来一人思想，人生在世不过百年，转眼之间就成了废物，若不在中年做出一番事业，落了好名，岂不枉为人世。而且这绿林之事，皆是丧心害理的，钱财今日得手，不过数日依然两手空空。徒然杀人害命，造下无穷的恶孽，到了恶贯满盈的时节，自己也免不得一刀之苦，所以一心不干。却好这年在昌平界内遇见这位狄大人，做了县令，真是一清如水，一明似镜，因而与乔五哥投在他麾下，做个长随。数年以来，也办了许多案件。只因前日高家洼出了命案，甚是离奇，直至前日始寻出一点形影，故而到此寻拿。”说着，就将孔万德客店如何起案，如何相验，如何换尸的缘由，说了一遍。然后又指着狄公道：“这就是俺县主太爷，姓狄名仁杰。你们这里也是邻境地方，昌平官官声应该听见。”蒋忠听了这番话，掉转头望着狄公，纳倒便拜，说道："小人迎接来迟，求大人恕罪。"狄公连忙扶起道："壮士请坐，你也不是在本县管下，本无统属，焉有迎接之理？但是这案，马壮士既然说明，还望壮士将这人犯交本县带回讯办。"蒋忠还未开言，赵万全忙道："这事小人受人之愚了。此案实非小人所干，如有见委之处，万死不辞。且待小人禀明大人，便可明白了。方才马二哥说那凶手姓邵，是四川人氏，小人乃是姓赵，本省人氏，这一件就不相合。但是这人现在何处，叫什么名号，小人却甚清楚。大人在此且住一宵，明日前去，定可缉获。"狄公听了此言，不知如何办法，且看下回分解。

第十五回

赵万全明言知盗首　狄梁公故意释奸淫

却说赵万全说他不是正凶，那个犯事之人地方名姓他皆知道。狄公听了此言，心下甚是疑惑，暗道："看他这身材膂力，实不是个善类，莫非他故意谎言，希冀逃走？那可就费事了。"当时一人对答不来，马荣知道他的意思，乃道："大人不必疑惑，既然蒋大哥说出这缘故，想必他不是这案内人犯，既他口称知道，但请他说明，同小的前去便了。"蒋忠也就说道："赵三哥，你就在大人前言明，何以知这案件。你我行事，也须光明正大的方好。若照这姓邵的丧心害理，无论官法不容，即便你我碰见这厮，也不能饶了他的狗命。究竟现在何处，你若碍于交情不便动手，我这管下与昌平也是邻村，同去捉获也是分内之事。"赵三道："说来也是可恼，连我都为他所骗了。这人姓邵，名礼怀，是湖州土著的人氏，一向与我来往。每年新蚕见市，他也带着丝货到各处跑码头。只要谁地方价好，他就前去卖货。虽无一定的地方，总不出这山东山西两省。前月我在湖州时，他是在我先动身的，并同了一个邻行的小官一并前来。日前在半路上，对面碰见，但见他一人推着一辆车儿在路行走。我见他是孤客年轻，不知行道儿的规矩，故上前问道：'你怎么一人在此，徐相公到何处去了？'他向我大哭不止，说那伙伴在路途暴病身亡，费了许多周折，方才买棺收殓，现在暂厝在一个地方。就此一来，货又误了日期，未能卖出，自己身旁路费又完，正是为难之际。总是为朋友起见，不然早已回去了。我见他说得情真语切，问他现到何处前去？他说暂时万不能转杭州，怕徐家家属在他身上要人，那时就费事了。当时就同我借了三百银子，将姓徐的这丝货交我代卖，他说到别处码头售货去了。谁知他做了这没良心的坏事，岂不是连我受他之愚吗？”狄公听了此言，忙道：“照你如此说法，他已是远走去了，你焉能知他的所在？”赵万全道：“大人有所不知。这人有个师父，乃是我同门的师兄，先前以为邵礼怀是个诚实的后生，将女儿就给他为妻。谁知过门之后，夫妻不睦，就将妻子气死。后来听说他有了外路，结识了一个有夫之女，住在这左近一带，叫做什么齐团菜地名。彼时因不关我事，故而未曾追问。现在他既犯了这案，只要将这地名访出来，那就好办了。虽说他跟我师兄学了数年棍棒，纵有点本领，谅也平常，只要我前去，万无不获之理。”

狄公听他所言，也就深信不疑，向着众人说道：“本县到任以来，也私访过许多地方，这齐团菜地方，从未听人说过，你们可曾晓得么？”此时陆长波见他们各道真言，知狄公是地方上的父母官，真是意想不到，赶忙过来叩头，说道：“小人有眼不识泰山，冒犯虎威，统求恕罪。”狄公道：“你乃贸易之人，与本县本无大小。生意场中，理应如此，何得谓之冒犯？但你是土著的人民，方才赵壮士所说这个地名，你可知道么？”陆长波细想了一会，只是想不出来，说道：“大人要知地段，除非移文到各府州县，将府县志查看，或者可知。不然，这偌大的山东省，从何处访问？”此时天已黑暗，小官掌上灯来。马荣道：“大人此会也不必久坐了，沿途受了风霜，也该安歇安歇。既有赵万全同小人在此，还怕日后这案不破么？我看乔泰在寓内，也是望得心焦，不如前去店中吃了晚饭，大众计议个章程，以便分头办事。

或者张老板知道这齐团菜地名，也未可知。”狄公见他说得在理，当即起身向赵万全道：“壮士且至敝寓，共饮一杯，以便彼此谈论。”赵三也不推辞。当时就起身，一同出了陆长波家的门，来至张六房内。蒋忠就将狄公前来访案的话向张六说明，大众直吓得鼓舌摇唇，说道：“我等在寨内听往来人说，昌平县狄太爷是个好官，真是名不虚传。由彼处到此，也有数百里路程，居然不惜劳苦前来访案，实不愧民之父母了。”当时也就进入里面，复行叩头已毕。当晚备了酒肴，众人也不分什么主仆上下，一齐入席饮酒。乔泰见赵万全帮同捉案，更是欢喜非常，向着狄公说道：“大人在此虽得了一位壮士，依小人愚见，还是明早一同回去，暗暗的访问这地方，方可有益于事。若要在此地将人缉获，恐暂时未必如愿。就此一来，这寨内正是人人知道，若再耽搁数日，南北往来的客商传到别处，露了捉拿要犯的风声，反而令他得信。而且毕顺家那案，不知洪亮访缉得如何，那人胆量又小，即便有了事件，一人也未必能动手，岂不是顾此失彼？不如回去，两件事皆可兼顾得到。”狄公也以为然。当时上了几件美肴，撤去残杯，大众安歇，一宿无话。

次日一早，马荣先起身雇了车辆，然后进来将狄公喊醒。梳洗已毕，用过早点，给了房饭钱，与赵三、乔泰一路出了客店，别了蒋忠、张六等人，坐上车头，只听鞭响一声，催动马匹，拖着车子，直奔大路而去。

在路非止一日，闯关过寨，一路的打听，皆不知这齐团菜究竟是何地名。到了第五日上，已到昌平城下。狄公在城外就将车价给过，命乔泰、马荣背着包裹，先到衙门报信，自己同赵万全慢慢地信步来至城内。到了本衙里面，先到书院坐下，命人到捕厅内送信。登时过来，回明了公事，印卷交还。狄公敷衍了几句，然后告辞出去。这里家人送进茶水，替狄公拂去灰尘。净面已毕，随即回道：“洪亮、陶干自大人去后，已回来过两次，说何垲连日十分严查，所有那些管下姓徐的户口皆是当地良民，无什么形迹可疑的，地方因此不敢乱拿。每日早晚，他二人又在巷口昼夜巡查，但见唐氏一人出入，不时在家还啼哭叫骂。昨日陶干回衙，问大人可曾回来，若回来时节，务必将周氏交保释回，方好见他的动静。若这样，实访寻不出。”狄公点点头，当下传命大堂伺候。登时门役一声高喊，所有书差皂役，各自前来伺候。

不多一会，狄公穿了冠带，暖阁门开，一声威武，狄公当中坐下。书办将连日的案卷捧上，狄公手披目诵，约有顿饭时节，已将连日的公事办清，然后标了监签，命值日差将周氏带堂审问。两边齐声答应，早将监牌接下。转眼之间，已将周氏带到堂上。狄公还未开言，先听淫妇问道：“你这狗官，请我出监为何？莫非上级来了文书，将汝革职么？你且将公事从头至尾念与我听，好令堂下的百姓知道个无辜受屈，不能诬害好人。”狄公道：“汝这贱货，休要逞言。本县自己请处，此件不关你事。是否革职，随后自有人知晓。只因你婆婆在家痛哭，无人服侍，免不得一人受苦，因此提汝出来交保释去，好好服侍翁姑。日后将正凶缉获，那时再捕捉到案，彼此办个清白。”周氏不等他说完，乃道：“太爷如此恩典，小妇人岂不情愿。但是我丈夫死后，遭那苦楚，至今凶手未获，又验不出伤来，这‘谋害’二字，小妇人实担受不起。若这样含糊了事，个个人皆可冤枉人了，横竖也不遵王法。若说我婆婆在家痛哭，儿子死后验尸，媳妇身在牢狱，岂有不哭之理？这总是他人命苦，遇了这狗官，寻出这无中生有的事来。前日小妇人坐在家中，太爷一定命公差将我提来，行刑拷问。此时小妇人安心在狱，专等上级来文，太爷又无故放我回去。这事非小妇人违命，但一日此案不结，一日不能回家。不但这谋害的罪名难任，恐我丈夫也不甘心。还求太爷将我收监罢。”狄公被他一派言词说得半晌无言，还是马荣在旁边答道：“你这妇人，何不知好歹？可知太爷居官，为的代百姓申冤理屈。你这案虽未判白，太爷已自行请处了，难道这公事还谎你不成？凶手也是要缉获的，此时放你回去，不过是一点仁恩。太爷的意思，你反胡言唐突，岂非不知好歹！我看你就此令婆婆保去，落得个婆媳相聚。”周氏听了这番话，早已喜出望外，只因在堂上，不能一说就行，怕被人疑惑，既然马荣说了这话，乃道：“论这案情，我是不能就走。既你们说我婆婆苦恼，也只得勉强从事。但是太爷还要照公事办的。至于觅保一层，只好请你们同我回去，令我婆婆画了保押。”狄公见他答应，当时命人开了刑具，雇了一乘小轿，差马荣押送皇华镇而来。不知后事如何，且看下回分解。

第十六回

聋差役以讹错讹　贤令尹将盗缉盗

却说狄公见周氏答应回去，当时命人开去刑具，差马荣押送皇华镇而去。周氏回转家中，与唐氏自有一番言语，不在话下。

单说狄公自他去后，退入后堂，将多年的老差役传了数名进来，将齐团菜地名问他们可曾知道。众人皆言，莫说未曾去过，连听都未曾听见。狄公见了这样，自是心下纳闷。内中忽有一七八十岁老差役，白发婆娑，语言不便，见狄公问众人的言语，他听不明白，说道："蒲萁菜？八月才有呢。太爷要这样菜吃，现在虽未到时候，我家孙子专好淘气，栽了数缸蒲萁，现在苗芽已长得好高的了。外面虽然未有，太爷若要，小人回去拖点来，为太爷进鲜。"众人见他耳聋胡闹，唯恐狄公见责，忙代他遮饰道："此人有点重听，因此言语不对。所幸当差尚是谨慎，求太爷宽恕。"狄公见他牵涉得好笑，乃道："你这人下去罢，我不要这物件。"哪知这差役听说狄公不要，疑惑他爱惜新苗，拖了芽子，随后不长蒲萁，乃道："太爷不必如此，小人家中此物甚多，而且不是此地的原种，是四川寨来的。"狄公听了此话，不觉触目惊心，诧异道："我那日梦中，见'指迷亭'上对联有句'卜圭须问四川人'，上两字已经应了，乃是暗指的双土寨，下三字忽然在这老差役口中说出，莫非有点意思？从来无头的难案，类皆无意而破。我问的齐团菜的地名，他就牵到蒲萁菜的食物，此刻又由蒲萁菜引起四川寨来，你看这菜呀寨呀，口音不是仿佛么？莫以为他是个聋子，倒要细问细问。”当时向众差说道：“汝等权且退去，这人本县有话问他。”众人见本官如此，虽是心下暗笑，说他与聋子谈心，当面却不敢再说。各人只得打了千儿，退了出来。

这里狄公问道：“你这人姓什么？卯名是那个字？在此衙门当差现有几年了？”那人道：“小人姓应，卯名叫应奇，当差已四五十年了。”狄公道：“你方才说，那蒲萁菜不是此地的原种，是什么四川寨来的。本县好此物，你可将这地名说与我听，那地方的原种有何好处？离此究有多远？”应奇道：“太爷问这地名，除了小的，别人也不知道。他们皆说我聋，办事不甚清楚，我看他们手明眼快的人，反不如我晓得道地。这是太爷的恩典，待我们宽厚，虽有了小过，并不责罪小人，不过是怜我年老的意思，他们就心内不服，人前背后说小的坏话。幸亏太爷做了这县令，若换别人来此，小人这卯名久被他们用坏话夺去了。”狄公见他所问非所答，噜噜苏苏地说个不了，乃高声说道：“本县问你这四川寨离此多远，你怎么牵到别项去了？也不与你谈家常，你可从快说来，本县还有话问你。”应奇道：“非是小人胡牵，实是气他们不过。这四川寨，乃是这山东莱州府一地方的寨名。前朝有位四川客人贩货到此，得了利钱，每年就在这地方买卖。后来日渐起色，开了店铺，不到一二十年，居然成了个富户。到他儿孙手里，格外比先前富足，那一带人家推他为首户，因此起了这一座寨了。皆为他上代是四川人氏，故命名为四川寨。后来时运已过，人家败坏，不甚有名，当地人民以讹错讹，改名为蒲萁寨，因那个地方蒲萁又大，味口又厚。小人早年还未耳聋，也是奉差出境访案，从那里经过，同本地老年人闲谈，方才知道这细底。办案之后，就带了许多蒲萁回来，历年栽种，故此比外面的胜美许多。太爷要吃，小人就此回去送来便了。”

狄公听毕，心下大喜道：“原来四川人三字，有如此转折在内。照此看来，这邵礼怀必在那个地方了。”随向应奇说道：“你说这四川寨曾经去过，本县现有一案在此，意欲差你帮同前去，你可吃这苦么？”应奇道：“小人在卯，为的是当差。两耳虽聋，手足甚便。只因为众人说了坏话，故近两任太爷皆不差小人办事。太爷如能差遣，岂有不去之理？而且这地方虽是在外府，也不过八九天路程，就可来往的。太爷派谁同去，即请将公文备好，明早动身便了。”狄公当时甚是欢喜，先命他退去，明日早堂领文。然后到了书房，将方才的话对赵万全说明。万全道：“既有这差役知道，也是天网恢恢，疏而不漏。此去务要将这厮擒获回来，分个水落石出，好与死者申冤。”当时议论妥当。傍晚时节，马荣已由皇华镇回来，大众又谈说了一回。当夜收拾了包裹，取了盘川。

次日一早，狄公当堂批了公文，应奇在前引路，赵万全与马荣、乔泰三人一同起身。在路行程非止一日。这日过了登州地界，来至莱州府城。应奇道：“三位壮士连日辛苦，可在府城内安歇一宵罢。四川寨离此只有六七十里了，明日早则午后，迟则下昼时分，就可抵寨。到了那里就要办案，恐早晚不能安睡。”马荣听他说得有理，当即命他先进城去，找个僻静客寓。然后三人一同进城，先到莱州府衙门投了公文，等了回批出来，已是向晚时节。却好应奇已在衙前等候，说西门大街有个客店，可以居住，明日起早出城又甚顺便，马荣当时叫他引路，来至客寓门首。店小二将包裹接了进去，在后进房间住下，净面饮食，自不必言。

马荣恐应奇耳聋牵话，露出马脚，当时向小二道：“我们这位伙伴有点重听，你有何话但对我说便了。此地离蒲萁寨还有多远？那里买卖可好否？”小二道：“从此西门出去，不上七十里路就抵东寨。”马荣道：“过了东寨呢？”小二道：“那就是中寨了。”马荣心下疑惑，忙问道：“究竟这寨子共有多远？难道不在一处么？”小二道：“客人是初到此地，故不知这地方缘故。这蒲萁寨共有三处，分东西中，中寨最为热闹，油坊、典当、绸缎、钱庄无行不备。西寨专住的居民户口，各店的家眷。东寨极其冷淡，虽是个水陆码头，不过几家吃食店、客寓而已。一带有七八百练兵扎住在内，是为保护寨子设的。你客人还是过路到别处有事，还是到寨中找哪家买卖？”马荣道：“我们是过路的，听说这地方是个有名所在，相巧在那里办点丝货。不知哪家行号出名？”小二道：“客人要办湖丝么？在此地收买不上算了。无论没有道地的好货，即便有两家代买，也是由贩丝客人转来的，价钱总不得划廉。前日立大缎号，听说有个客人住在他家，托销每百两约银五十四五两呢。比较起来，在当地买不止双倍。客人何不在我们本地买点土丝用呢？虽然光彩不佳，织出那山东绸子，也还看得下去。”马荣也不再问，当时含糊答应。开了房门，听那小二出去，向着赵万全道：“这立大绸号不知在中寨何处，你明日前去，作何话说他？虽本事平常，总之是个会手，若不动手，恐不能够就缚的。”赵万全道：“这事有何难办？你我明日到了寨内，叫乔泰、应奇找个客店住下，姑作不认识样子，暗下接应。我一人到立大号，问明这厮。见了他面，仍以丝上的话头起见，只要将他引到寓所，那就不怕他插翅飞去了。”四人计议已定。

次日一早，给了房饭银两，直出西门而去。一路之上，果然车驮骡载，络绎于途。到了午后，已离东寨不远，抬头见前面有一土围，如同城墙仿佛，上面也竖立许多旗号，随风飘荡，射日光昌。围子外有一条通江的大河，来往船只却也不少。四人渐走渐近，西寨出头，近是旱道，与青州交界。应奇道：“那条路上甚是难行，现在六七月天气，高粱秸子正长得丛茂，不但有强人截住，即以两边秸子遮盖，暖就要暖煞了。因此这道儿上行人甚少，大都绕别处大路而行。我们此去，倒要留心，如姓邵的得手好极，若不然他向西逃走，那可就费事了。这青州道不是玩的。”赵万全听了，笑道：“俺虽生长这省内，但听说青州常有强人，今日到此，倒要见识见识。我想马、乔二位哥，也未必惧怕么。”马荣笑道：“虽如此说，也是他小心的好处。若是办得顺手，我们也不去寻事做了。若他看反了味，拿着这条路欺吓我们，谁还未见识过事？到临时，也只得较量较量。”

正走之间，已至中寨。当时赵万全与他三人分开，招呼晚间在寨口等候。应奇虽听不清切，见乔泰同马荣令他分路走开，也就会意，随他两人进寨，找寻客店去。这里赵万全在前行走，进寨约有十多个铺面，见有一个大大的布店，向前欠身问道：“借问一声，此地有个立大缎号，在哪地方？”不知里面有人答应如何，且看下回分解。

第十七回

问路径小官无礼　见凶犯旧友谎言

却说赵万全见有个大大的布店，高声问道："借问，贵地有个立大缎号在哪地方？"里面坐了个中年伙计，见他来问，忙忙地起身，指道："前去四岔路向南转弯，一带有几家楼房，那可就到了。"万全道谢一声，转身依着指引走了前去。果见面前铺户林立，虽然路途是土块筑成，却也平坦非常。到了四叉口，早有一派楼房列于前面，过两三家店面，当中悬着一面招牌，上写"立大缎号"四字。赵万全背着包裹，匆匆走入里面，向那伙计问道："借问，这地方可是立大缎庄？"里面那人气冲冲地骂道："现有招牌在外，你这厮难道目不识丁，前来乱问！"赵万全虽是贸易中人，恃着自己一身本领，哪里忍得下去，登时怒道："你这厮何太无礼？咱老子若认得字，还问你何用？你也不是害病起来，不能开口，问你一句，就如此冲撞么？"谁知那人也是个暴烈性子，不容他破口，跳出柜台高声喝道："你是何处的杂种，也不打听打听，敢到这蒲箕寨来撒野。不要走，吃我一拳。"说着，举手就对着赵万全的腰下打来。万全见了笑道："这人岂不是个冒失鬼？问问路径，就动起手来。不叫他在此丢丑，随后何能再擒小邵？"当时并不着忙，将包裹顺在右边，提起左腿，对定那人寸关就是一脚。只听咕咚一声，一个跟斗横于街上。万全哈哈笑道："你这人如此手段，也在老子面前动手。今日姑且饶汝性命，向后若遇人问路，可不要再讨苦吃了。"那人被他踢了一脚，爬起身来，仍要交手。店中早拥出数人，将那人阻住，说道："小王，你真讨的什么？人家不来寻你，已是难得的事件，你做错了，还不晓得，为何拿个过路的使气？"当时又上来两人，向赵万全赔礼说："客人且请息怒，此人方才错了一笔交易，约有四五两银子，挨小号执事呼斥了几句，正自心下懊悔，却巧贵客前来问路，以致无辜冒犯。且看下等薄面，进内奉茶。"万全见众人赔礼，也就随了大众，到店堂坐下。果见前后有四五人进楼房，山架上各货齐备，因说道："在下到底非为别故，只因有位同行契友，一向在贵处贩货湖丝，今有要事与他面商，访了许多日期，方知在宝寨立大庄内。特恐店号相同，生意各别，因此借问一句。不料这人无礼太甚，岂不令人可恼。还未请教，尊兄贵姓大名？宝庄除绸缎而外，可别售蚕丝么？"那人见问，忙道："在下姓李，名生。小号虽是缎庄，那湖丝也还兼售。不知令友何人？尊兄高姓？"万全道："敝友姓邵，名礼怀，浙江湖州人氏，与小可是同乡至好。如在宝号，请出一见。"

哪知这话还未说完，里面早跳出一人，高声喊道："我道何人有此手段，原来是赵三哥来了，且请客厅叙话罢。"万全抬头一望，不禁喜出望外，正是邵礼怀出来招呼。当时故作欢容，随他进内。到了客厅坐下，邵礼怀问道："三哥在曲阜做庄，何以知小弟在此？此来有何见谕？"万全道："一言难尽。愚兄身负奇冤，此仇不能不报。无如这地方虽是家乡故里，奈因举目无亲，以致被人欺负，欲想回转湖州请人报复，又因路途遥远，往返为难。因思吾弟是个英雄，特来相投，望助愚兄一臂之力。"邵礼怀听他这番言语，也就信以为真，诧异道："老哥何出此言，且请讲明，小弟自当为力。"赵万全就作成一派谎话，说陆长波人面兽心，如何吞吃他丝价，如何不肯付银，如何请了好手将他打伤，说得个千真万确。邵礼怀不禁起身，怒道：“不料那厮欺人太甚！老哥在那里买卖已非一日，他赚了银钱也不知多少，此时他既翻脸无情，小弟岂有不相助之理。”说着又命打水送茶，忙个不得了。万全心下骂道：“你这丧心的狗贼，还说人家翻脸无情，少时也叫你现了本相。”当时说道：“兄弟可无须照应，愚兄还有朋友，现在街坊寻找下落，只因俺但知你在这山东省内一个蒲萁寨地方，却不知哪一府州县，多亏遇了几个旧友，从前也是绿林中人，知道这个所在，故而一同前来寻觅贤弟。你此时也无须招呼，且同你出去将他三人寻到，谅你这寄寓也不便我等众人居住，不如在客店安顿下来，还有事商议。”邵礼怀也不知细底，只得同他出了店堂，向着柜上说道：“我与这朋友上街有事，多半今晚不能回来。若执事问我，你等告诉他便了。”说毕，同万全出了店门。先到大街上走了一回，未能遇见，因问道：“你这朋友可曾到此地来过？这寨内不下有数百里宽阔，市面林立，若这样寻找，怕到晚上也不能碰头。你们可曾约在什么地方等候么？”万全道：“我因匆匆找你，临别时节叫他在寨口等我。此时天已不早，或者已到那里，我们再回转去吧。”

两人转身正向东走，却巧对面遇见马荣，深恐他骤然来问，乃道：“马大哥，你待久了。只因我们这小弟苦苦攀谈，因此耽搁了工夫。现在他二人曾寻到寓么？”马荣见邵礼怀与他同来，心下暗暗欢喜，也就上前招呼，说：“客店即在前面，此时可去一歇罢。”说着，在前引路，三人到了前街，走到里面。早有店主认得礼怀，忙道：“这客人是大爷的朋友么？”礼怀道：“皆是我的乡亲，你们务必照应周到，随后房金照我一共算给。”店主连声答应，叫小二取了钥匙，将房间开下。乔泰、应奇也由外面进来，众人一同坐下，彼此通名道姓，说了一会。马荣、乔泰顺着万全的口气，报了履历，无非说从前在绿林买卖，专好结交好汉英雄，因赵三哥受了这屈，故此同来奉约，相助一臂。邵礼怀见他们言语爽快，也就高谈阔论，命小二备了酒肴，代大众接风，彼此欢呼畅饮。

约至三更以后，方才散席，赵万全道：“愚兄的情节，贤弟是尽知的了。但此事迫不及待，这三位还有别事要办，究定何日动身？你这里丝货可曾脱清？愚兄的意思，明日在此耽搁一天，可将款项完齐，一路前去干了此事，也好回转家乡。”邵礼怀听他这话，当时发了一怔，说道：“小弟的货物虽已卖脱，但是各款须要秋后方可交完，暂时万不能回转湖州。总之，老哥之事定然同去，报复这狗头便了。诸位初到此地，也该稍息两日。今日已过，准于大后朝动身何如？”马荣怕万全过于催促，反令他生疑惑，忙在旁插言道：“赵三哥也不必过急，迟早这口气总要出的，也不拘在这一两日上。就停两日动身何妨？”邵礼怀笑道：“还是马大哥圆通，此时已是夜深，我还要回转店去，你们且请安歇罢。”说着，令小二点了个提灯，别了大众，出门而去。

这里马荣将明间格扇关上，灭了灯光，即将房门关好，低声向赵万全言道：“人是碰着了，但是这地方是他管下，即便动手，未必能听我们如愿。你这调虎离山的计策虽好，可知这一路上难免不得风声。设若为他听见，说高家洼出了命案，缉获凶手，那时再将我们形迹一看，他也是惯走江湖的人，岂有不知的道理？若在半路为他逃走，岂不可惜。”应奇道：“你们还久当差事的，难道这点尴尬不知！昨日曲阜县已投了公文，好在邵礼怀有两日耽搁，明日无论谁人进城一趟，请县派差在半路接应。我们将他诱出寨门，在半路摆布，还怕他逃到何处呢？”众人计议已定，各自安歇不提。

次日一早，邵礼怀已着人来请，说：“昨日匆匆，店内未曾接风，今早执事奉请诸位过去一叙，一则为大众接风，二则专程赔礼。”赵万全听了这话，向着来人道：“我们本拟今日前去拜谒，稍停一会当即过去。”那人答应而去。这里马荣道：“你们此时自然到他那里。我是要进城办事的，他若问我，就说我访友去了，大约明午方可回来。”

万全答应，先是马荣出去，方才同应奇、乔泰来到缎庄里面。邵礼怀与执事人已在门口观望，见他们已至面前，随即邀入客厅。叙了一会儿寒温，用了早点，谈论些南北风景，已有午正时节。当中设了酒席，执事人向赵万全道："昨日邵客人道及尊意，约他同去曲阜。此事本应遵命，唯款项各节一时难清，小庄当此青黄不接之时，又难垫付，是以去后还须回来。如尊驾不弃，何妨候尊事平复，同来一游，稍尽地主之谊。"万全知他是敷衍的套话，当时谦恭了一回，与礼怀约定了后日动身。酒过数巡，大家席散。不知万全能否拿获邵礼怀，且看下回分解。

第十八回

蒲萁寨半路获凶人　昌平县大堂审要犯

却说赵万全席散之后，约定后日一准动身，午后在寨内各街游玩了一会。到了上灯时节，马荣已是回来。乔泰心下疑惑，暗道："他来往也有一百余里，何以如此快速？莫非身有别故么？"奈邵礼怀同在一处，不便过问，因说道："马大哥回来么？朋友可曾遇见？邵兄正在记念呢，谓今日杯酒盘桓，少一尊驾。"马荣也就答话说道："小弟今日未能奉陪，抱罪之至。"邵礼怀也是谦恭了两句，彼此分手。来至寓中，万全见礼怀已走，忙道："马哥何以此刻即回，莫非未到衙门么？"马荣道："应该这厮逃走不了。去未多远，巧遇从前在昌平差快，现在这莱州当个门总。我将来意告知于他，他令我们只管照办，临时他招呼各快头在半途等候。此人与我办几件案子，凡事甚为可靠，此去谅无虚言。好在只有明日一天，后日就要起身的，即便他误事，将他押至本地衙门，也可逃走不去。"万全更是欢喜。

光阴易过，已至三天。这日五更时候，邵礼怀先命人送来一个包袱，另外一百两银，随后本人到了店内，将房饭开发清楚。五人到缎庄内告辞，由此起身。出了东寨，直向曲阜大道而来。走至巳正光景，离寨已有二三十里，陡然万全停下不走。邵礼怀笑道："老哥虽是北方人氏，这行道儿的劲儿，还比不得小弟呢。”万全也不开口。又走了一二里路径，见来往的行人比先前少了许多，站定身躯，向着邵礼怀说道：“愚兄有句话动问贤弟。”邵礼怀道：“老哥何事，尽管说来，你我两人计议。”万全方要向下说去，马荣与乔泰早已走拢过来，高声说道：“赵三哥，你既领我们到此，此事也不关你问了，俟我等同他攀谈。请问你由湖州到此，有一贩丝姓徐的，是与你同行的么？高家洼杀死两人，夺了车辆，你可知与不知？常言道：杀人抵命，天理昭彰。你若明白一点，咱们还是好好交情，留点面子与姓邵的。你讲罢。”邵礼怀见他三人说了这话，如同冷水流入满身，不由得心中乱跳，面皮改色，知道不是事，赶着退了一步，到了大路道口，向着赵万全骂道：“你这狗头，咱道你受人欺负，特去为你报仇，谁知你用暗计伤人。小徐是俺杀了，你能令俺怎样？”说着掀去长衫，露出紧身短袄，排门密扣，紧对当中。万全冷笑道：“你这厮到了此时，还这样强横，可知小徐阴灵不散。他与你今日无冤，往日无仇，背井离乡，不过为寻点买卖，你便图财害命，丧尽良心。可知阴有阎罗，阳有官府。现在昌平县狄太爷登场相验，缉获正凶。你若是个好汉，与俺们一同投案，在堂上辩个三长两短，放释出来，免得连累别人。若想在此逃走，你也休生妄想。”

话还未毕，只见马荣迈步进前，用了个独手擒王势，左手直向他喉下戳来。邵礼怀知遇了对头，还敢怠慢？忙将身子一偏，伸手来分他那手。马荣也就将手收转，用了个五鬼打门势，两腿分开，照定他色囊踢去。邵礼怀见来得凶猛，随即运动气功，将两卵提了上去，反将两腿支开，预备他裆下踢来，用那道士封门法，将他夹起，摔他个跟斗。乔泰在旁看得清楚，深恐马荣敌他不住，忙由背后一拳打来。邵礼怀晓得不好，只得将身子一蹿，到了圈外，迈步想往东逃走。赵万全哈哈笑道：“俺知道就有这诡计。为你逃走，也不来此一趟了。”说着身动如飞，扑到面前，当头将他挡住。邵礼怀心下焦急，高声向万全道："老哥也不必追人追急了。此事虽小弟一时之错，与老哥面上，从无半点差池，何故今日苦苦相逼？你道我真逃走不去么？"当时两手舞动猴拳，上下翻腾，如雪舞梨花相似，紧对万全上身没命打来，把个马荣与乔泰倒吓得不敢上前，不知他有多大本领。赵三见了，笑道："你这伎俩，前来哄谁？你师父也比不得我，况你这无能之辈，欲想在俺面前逃走，岂非登天向日之难？"当时也就将两袖高卷，前后高下，打着一团。众人在旁看得如两个蜻蜓一般，你去我来，不知是谁胜谁负。约有一时之久，忽然赵万全两手一分，说声："去吧！"邵礼怀早已一个跟斗跌了圈外。马荣眼明手快，跳上前去将他按住。乔泰身边取出个竹管，吹叫两下，远远来了许多差快，木拐铁尺，蜂拥而来。乃是马荣昨日遇见那个门总，约定在此埋伏。此时走进前来，见凶犯已获，赶着代礼怀将刑具套上。一干人众，推推拥拥直向莱州城而来。

到了州衙，天已将黑，随即请本官过堂。也不深问口供，饬令借监收禁。哪知就此一来，赵万全虽是负义出头，代死者申雪，找到这蒲萁寨内，谁知倒令莱州府的差快骚扰了许多钱财。俟他们去后，请官出了签票，说立大缎庄和邵礼怀通同谋害，是他的窝家。这日将差役下去，把个执事人吓得魂飞天外，叫屈连天。花了许多使用，复又命合寨公保，方才将这事了结。此是闲话，暂且不提。

且说马荣在莱州府照壁后寻到了客店，住宿一宵。次日清早，由官府出了文书，加监押送。当时在监内提出凶犯，上路而行。过府穿州，不到十日光景，已到昌平界内。马荣先命应奇前去禀到，报知狄公。到了下昼之时，抵了衙署。狄公见天色已晚，传命姑且收禁。当时将马荣等人传了进去，问了擒获的缘由，又将赵万全称赞一番，令他各自安歇。一宿无话。

次日早晨，狄公升堂，将邵礼怀提出。此时早惊动左近百姓，说高家洼命案已破，无不拥至衙前，群来听审。只见邵礼怀当堂跪下，狄公命人开了刑具，向下问道："你这人姓甚名谁，何方人氏，向来作何生理？"但听下面答道："小人姓邵，名礼怀，浙江湖州人氏。自幼贩湖丝为业。近因山东行家缺货，特由本籍贩运丝来借叨利益，不知何故公差前去，将小人捉拿来署，受此窘辱，心实不甘。求大人理楚。"狄公冷笑道："你这厮无须巧饰了，可知本县不受你欺骗的。你为生意中人，岂不知道个守望相助。为何在高家洼地方，将徐姓伙伴杀死，后又夺取车辆，杀死路人。这案情由，还不快快供来！"邵礼怀听了这话，虽是自己所干，无奈痴心妄想，欲求活命，不得不矢口抵赖说："大人的恩典。此皆赵万全与小人有仇，无故牵涉。小人数千里外贸易为生，正思想多一乡亲便多一照应，岂有无辜杀人之理？这事小人实是冤枉，求大人开恩。"狄公道："你还在此搪塞。既有赵万全在此，你从何处抵赖？"随即传命万全对供。万全答应，在案前侍立。狄公道："这狗头在公堂上面还不招认，你且将他托售丝货的缘由，在本县前诉说一遍。"万全就将当时原原本本驳诘了一番，说他托货之时，言下徐姓暴病身死，此时为何改了言语？邵礼怀哪里招供，直是呼冤不止。狄公将惊堂一拍，喝："这大胆的狗头，现有人证在此，还是一派胡言。不用大刑，谅汝不肯招认。"两边一声吆喝，早将夹棍摔下堂来。上来数人，将邵礼怀按住，行刑的差役将他左腿拖出，撕去鞋袜，套上绒绳、只听狄公在上喝叫："收绳！"众差威武一声，将绳收紧。只见邵礼怀将脸一苦，咯吓一响，鲜血交流，半天未曾开口。狄公见他如此熬刑，不禁勃然大怒，复又命人取过一小小锤头，对定棒头猛力敲打。邵礼怀虽学过数年拳棍，有点运功，究竟禁不住如此匪刑，登时大叫一声，昏晕过去。

执刑差役赶着上来回禀，取了一碗阴阳冷水，打开命门，对面喷去。不到半刻光景，礼怀方渐渐醒来。狄公喝道："汝这狗头，是招与不招？可知你为了几百银两，杀去两人，累得两家老小。以一人去抵两命，是已死有余辜，还在此任意熬刑，岂非是自寻苦恼？”邵礼怀仍然不肯招认。狄公道：“本县不与你个对证，你皆是一派游供。赵万全姑作诬扳，孔客店你曾居住，明日令孔万德前来对质，见你尚有何辩？”当时拂袖退堂，仍将邵礼怀收监，补提孔万德到堂对质。不知后事如何，且看下回分解。

第十九回

邵礼怀认供结案　华国祥投县呼冤

却说狄公见邵礼怀不肯招认，仍命收入监内，随即差马荣到六里墩，提孔万德到案。马荣领命去后，次日将胡德并汪仇氏一干原告，与孔万德一同来城。狄公随即升堂，先带孔万德问道：“本县为你这命案费了许多周折，始将凶手缉获。唯是他认苦挨刑，坚不吐实，以此难以定案。但此人果否是正凶不是，此时也不能遽定，特提汝前来。究竟当日那姓邵同姓徐两人到你店中投宿时，你应该与他见面了，规模形样谅皆晓得。这姓邵的约有多大年岁，身材长短，汝且供来。”孔万德听了这话，战战兢兢地禀道：“此事已隔有数月，虽十分记忆不清，但他身形年貌，却还记得。此人约有三十上下的年纪，中等身材，面黑长瘦。最记得一件，那天晚间令小人的伙计出去沽酒，回来在灯光之下见他饮食，他口中牙齿好像是个黑色。大人昨日公差将他缉获来案，小人并不知道，在先又未与他见，并非有意诬栽。请大人提出，当堂验看，如果是个黑齿，这人也不必问供，那是一定无疑了。且小人还记得他那形样，一看未有不知的。”狄公见他指出实在证据，暗道：“天下事可以谎说得，这物件是他生成的样子，且将他提出看视。”当时在堂上标了监签，禁子提牌将邵礼怀带到案前，当中跪下。狄公道："你这厮昨日苦苦不肯招认，今有一人在此，你可认得他么？"说着用手指着孔万德，令他认识。邵礼怀抬头一看，见是六里墩客店的主人，知是强辩不来，只得大声骂道："你这老畜是谁？向与你未曾识面，何故串通赵万全，挟仇害我。"孔万德不等他说完，一见了面，不禁放声哭道："那客人，你害得我好苦呀！老汉在六里墩开设有数十年客店，来往客人无不信实，被你害了这事，几乎送了性命。不是这青天太爷，哪里还想活么？当时进店时节，可是你命我接那包裹的，晚间又饮酒的么？次日天明给我房钱，皆是你一人干的。临走还招呼我关门。哪知你心地不良，出了镇门就将那个徐相公害死。一个不足，又添上一个车夫。我看你也不必抵赖了，这青天太爷，也不知断了多少疑难案件，你想搪塞也是徒言。"复向狄公道："小人方才说他牙齿是黑色，请太爷看视，他还从哪里辩白？"狄公听了此言，抬头将邵礼怀一望，果与他所说无异。当时拍案叫道："你这狗头，分明确有证据，还敢如此乱言。不用重刑，谅难定案。"随即命左右取了一条铁索，用火烧得飞红，在丹墀下铺好，左右两人将凶犯绰起，走到下面，将磕膝露出，对定那通红的链子，纳了跪下。只听哎哟一声，一阵青烟，哧哧的作响，真是痛入骨髓，把个邵礼怀早已昏迷过去。再将他两腿一望，已是皮肉焦枯，腥味四起。只见执刑的差役将大炉移到阶下，命人取过一碗滴醋，向炉中一泼，登时酸烟四起，透入脑门。约有半盏茶时，邵礼怀沉吟一声，渐渐地苏醒。狄公道："你是招与不招？若再迟延，本县就另换刑法了。"邵礼怀到了此时，实是受刑不过，只得向上禀道："小人自幼在湖州丝行生理，每年在此坐庄。只因去岁结识了一个妇人，花费了许多本钱，回乡之后负债累累。今岁有一徐姓小官，名叫光启，也是当地的同业，约同到此买卖。小人见他有二三百金现银外，七八百两丝货，不由陡起歹意，想将他治死，得了钱财与那妇人安居乐业。一路之间虽有此意，只是未逢其便。这日路过治下六里墩地方，见该处行人尚少，因此投在孔家客店。晚间用酒将他灌醉，次日五鼓动身，彼时他还未醒，勉强催促他行。走出了镇口，背后一刀将他砍倒。正拟取他身边银两，突来过路的车夫，瞥眼看见，说我拦街劫盗，当时就欲声张。小人唯恐惊动居民，也就上前将他砍死，得了他的车辆，推着包裹物件，得路奔逃。谁知心下越走越怕，过了两站路程，却巧遇了这赵万全，谎言请他售货，得了他几百银子，将车子与他推载。此皆小人一派实供，小人情知罪重，只求太爷开恩，俯念我家有老母。”狄公冷笑道：“你还记念着家乡，徐光启难道没有老小么？”说着，命刑房录口供，入监羁禁，以便申详上宪。当时书役将口供录好，高声诵念了一遍，命邵礼怀盖了指印，收下监牢。

狄公方要退堂，忽然衙前一片哭声，许多妇女男幼揪着二十四五岁的后生，由头门喊起，直叫申冤。后面也跟着一个四五十岁的妇人，哭得更是悲苦，见狄公正坐堂，当时一齐跪下案前，各人哭诉。狄公不解其意，只得令赵万全先行退去，然后向值日差言道：“你问这干人为何而来？不要许多人，单叫他原告上来问话，其余暂且退下，免得审听不清。”值日差领命，将一众人推到班房外面、将狄公吩咐的话说了一遍。当时有两个原告跟他进来。狄公向下一望，一人是中年的妇人，一个是白发老者。两人到了案前，左右分开跪下。狄公问道：“汝两人是何姓名？有什么冤抑前来扭控？”只听那妇人先来开口道：“小妇人姓李，娘家王氏。丈夫名唤在工，是本地县学增生。只因早年亡故，小妇人苦守柏舟，食贫茹苦。膝下只有一女，名唤黎姑，今年十有九岁，去岁经同邑史清来为媒，聘于本地孝廉华国祥之子文俊为妻。前日彩舆吉日，甫咏于归。未及三朝，昨日忽然身死。小妇人得信，如同天突一般，赶着前去观望。哪知我女儿浑身青肿，七孔流血，眼见身死不明，为他家谋害。可怜小妇人只此一女，满望半子收成，似此苦楚，求青天申雪呢。”说毕，放声大哭，在堂下乱滚不止。狄公忙着命媒婆将他扶起，然后向那老者问道：“你这人可是华国祥么？”老者禀道：“老身便是国祥。”狄公道：“佳儿佳妇，本是人生乐事，为何娶媳三朝即行谋害。还是汝等翁姑凌虐，抑是汝家教不严，儿子做出这非礼之事？从实供来，本县好前去登场相验。”狄公还未说毕，华国祥已是泪流满面，说道：“举人乃诗礼之家，岂敢肆行凌虐。儿子文俊虽未功名上达，也是应试的童生，而且新婚燕尔，夫妇和谐，何忍下此毒手？只因前日佳期，晚间儿媳交拜之后，那时正宾客盈堂，有许多少年亲友欲闹新房。举人因他们是取笑之事，不便过于相阻。谁知内中有一胡作宾，乃是县学生员，与小儿是同窗契友，平日最喜嬉戏。当时见儿媳有几分姿色，生了妒忌之心，评脚论头，闹个不了。举人见夜深更转，恐误了吉时，便请他们到书房饮酒。无奈众人异口同声，定欲在新房取闹。后来有人转圜，命新人饮酒三盅，以此讨饶。众人俱已首肯，唯他执意不行。后来举人笑斥他几句，他就恼羞成怒，说：‘取闹新房，金吾不禁。你这老头，如此可恼，三朝内定叫你知我的利害便了。’举人当时以为他是戏言，次日并复行请酒。孰料他心地窄狭，怀恨前仇，不知怎样将毒药放在新房茶壶里面。昨晚文俊幸而未曾饮喝，故而未曾同死。媳妇不知何时饮茶，服下毒药，未及三鼓便腹痛非常，登时合家起身看视，连忙请医求救，约有四鼓，已一命呜呼。可怜一如花似玉的美人，竟为这胡作宾害死。举人身列缙绅，遽遭此祸，务求父台申雪。”说着也是痛哭不止。狄公听他们各执一词，乃道：“据你两造所言，这命案明是这胡作宾肇祸。但此人不知可曾逃逸？”华国祥道：“现已扭禀来辕，在衙前伺候。”狄公当时命带胡作宾到案。

一声传命，早见仪门外也是个四五十岁的妇人领着一个后生哭喊连声，到案跪下。狄公问道：“你就是胡作宾么？”下面答道：“生员正是胡作宾。”狄公随向他喝道：“还亏你自称生员，你既身列胶庠，岂不达周公之礼？冠昏丧祭，事有定仪，为何越分而行，无理取闹？华文俊又与你同窗契友，夫妇乃人之大伦，为何见美生嫌，因嫌生妒，暗中贻害？人命关天，看你这一领，也是辜负了。今日他两造具控，本县明察如神，汝当日为何起意，如何下毒，从速供来，本县或可略分言情，从轻拟罪。若谓你是黉门秀士，恃为护符，不能用刑拷问，那就是自寻苦恼了。莫说本县也是科第出身，十载寒窗，作了这地方官宰，即是那不肖贪婪之子，遇了这重大的案件，也是个国法人情，不容袒护。而且可知本县是言出法随的么？”狄公说了一番，不知胡作宾如何回言，且看下回分解。

第二十回

胡秀才戏言招祸　狄县令度理审情

却说狄公将胡作宾申斥一番，命他从实供来。只见他含泪回言，匍匐在地，口称："父台暂息雷霆，看生员细禀。前口闲房之事，虽有生员从中取笑，也不过少年豪气，随众笑言。那时诸亲友在他家中，不下有三四十人，生员见华国祥独不与旁人求免，唯向我一人拦阻，因恐当时便允，扫众人之兴，是以未曾答应。谁知忽然挟长面斥生员，因一时面面相觑，遭其驳斥，似乎难为情，因此无意说了句戏言，教他三日内防备，不知借此为转圜之话，而且次日华国祥复设酒相请，即有嫌隙，已言归于好，岂肯为此不法之事，谋毒人命。生员身列士林，岂不知国法昭彰，疏而不漏？况家中现有老母妻儿，皆赖生员舌耕度日，何忍作此非礼之事，累及一家？如谓生员有妒忌之心，他人妻室，虽妒亦何济于事。即便妒忌，应该谋占谋奸，方是不法人的奸计，断不至将他毒死。若说生员不应嬉戏，越礼犯规，生员受责无辞。若以生员谋害人命，生员实是冤枉，求父台还要明察。"说毕，那个妇人直是叩头呼冤，痛哭不已。狄公问他两句，乃是胡作宾的母亲，自幼孀居，抚养这儿子成立。今因戏言遭了这横事，生怕在堂上受苦，因此同来，求狄公体察。狄公听了他三人言词，心下狐疑不决，暗道："这华李两家，见了儿女身死，自然是情急具控。唯是牵涉这胡作宾在内，说他因妒谋害，这事大有拟疑。莫说从来闹新房之人断无害新人性命之理，即以他为人论，那种风流儒雅，不是谋害人命的人。而且他方才所禀的言词，甚是入情入理。此事倒不可造次，误信供词。"停了一晌，乃问李王氏道："你女儿出嫁未及三朝，遽尔身死，虽觉身死不明，据华国祥所言，也非他家所害。若因闹新房起见，胡作宾下毒伤人，这是何人为凭？本县也不能听一面之词，信为定谳。汝等姑且退回，具禀补词，明日亲临相验，那时方辨得真伪。胡作宾无端起衅，指为祸首，着发县学看管，明日验毕再核。"李王氏本是世家妇女，知道公门的规矩，理应验后拷供，当时与华国祥退下堂来，乘轿回去，专等明日相验。唯有胡作宾的母亲赵氏，见儿子发交县学，不由一阵心酸，号啕大哭。无奈是本官吩咐的，直待望他走去，方才回家，预备临场判白。这也不在话下。

但说华国祥回家之后，知道相验之时闲人拥挤，只得含着眼泪命人将厅堂及前后的物件搬运一空。新房前后搭了芦席，虽知房屋遭其损坏，无奈这案情重大，不得不如此办法。所幸他尚是一榜人员，地方上差役不敢啰唣。当时忙了一夜。唯有他儿子见了这个美貌娇妻，两夜恩情，忽遭大故，直哭得死去活来。李王氏痛女情深，也是前来痛哭。这一场祸事，真叫神鬼不安。

到了次日，当坊地甲先同值日差前来布置。在厅前设了公案，将屏门大开，以便在上房院落验尸，好与公案相对。所有那动用物件，无不各式齐全。华国祥当时又请了一妥实的亲戚，备了一口棺木，以及装殓的服饰，预备验后收尸。各事办毕，已到巳正时候，只听门外锣声响亮，知是狄公登场。华国祥赶急具了衣冠，同儿子迎接出去，李王氏也就哭去后堂。狄公在福祠下轿，步入厅前。国祥邀了坐下，家人献上茶来。文俊上前叩礼已毕。狄公知是他儿子，上下打量了一番，也是个读书儒雅的士子，心下实是委决不下，只得向他问道："你妻子到家甫经三天，你前晚是何时进房的么？进房之时，他是若何模样？随后何以知茶壶有毒，他误服身亡？”文俊道：“童生因喜期诸亲前来拜贺，因奉家父之命往各家走谢。一路回来，已是身子困倦，适值家中补请众客，复命之后，不得不略与周旋。客散之后，已是时交二鼓，当即又至父母膝前稍事定省，然后方至房中。彼时妻子正坐在床沿下面，见童生回来，特命伴姑倒了两盏浓茶，彼此饮吃。童生因酒后已在书房同父母房中饮过，以至未曾入口，妻子即将那一盏吃下，然后入寝。不料时交三鼓，童生正要睡熟，听他隐隐的呼痛。童生方拟他是积寒所致，谁知越痛越紧，叫喊不休。正欲命人请医生，到了四鼓之时，已是魂归地下。后来追本寻源，方知他腹痛的缘由，乃是吃茶所致。随将茶壶看视，已变成赤黑的颜色，岂非下毒所致？”狄公道：“照此说来，那胡作宾前日吵闹之时，可曾进房么？”文俊道：“童生午前即出门谢客，未能知悉。”华国祥随即说道：“此人是午前与大众进房的。”狄公道：“既是午前进房的，这茶壶设于何地？午后你媳妇可曾吃茶么？泡茶又是谁人？”华国祥被狄公问了这两句，一时反回答不来，直急得跌足哭道：“举人早知有这祸事，那时就各事留心了。且是新娶的媳妇，这琐屑事也不便过问，哪里知道得清楚？总之这胡作宾素来嬉戏，前日一天也是时出时进的。他乃有心毒害，自然不为人看见了。而况他至二更时候，方与众人回去，难保午后灯前背人下毒。这事但求父台拷问他，自然招认了。”狄公道：“此事非比儿戏，人命重案，岂敢据一己偏见深信不疑？即令胡作宾素来嬉戏，这两日有伴姑在房，他亦岂能下手？这事恐另有别故。且请将伴姑交出，让本县问他一问。”华国祥见他代胡作宾辩驳，疑他有心袒护，不禁作急起来，说道：“父台乃民之父母，居官食禄，理合为民申冤。难道举人有心牵害这胡作宾不成？即如父台所言，不定是他毒害，还就此含糊了事么？举人尚身在缙绅，出了这事尚且如此怠慢，那百姓岂不是冤沉海底么？若照这样，平日也尽是虚名了。”狄公见他说起混话，因他是个苦家，当时也不便发作，只得说道：“本县也不是不办这案。此时追寻，正为代你媳妇申冤的意思。若听你一面之词，将胡作宾问抵，设若他也是个冤枉，又谁人代他伸这冤呢？凡事俱有个理解。而且此时尚未问验，何以就如此焦急？这伴姑本县是要讯问的。”当时命差役入内提人。华国祥被他一番话，也是无言可对，只得听他所为。

转眼之间，伴姑已伏俯在地。狄公道：“你便是伴姑么？还是李府陪嫁过来，还是此地年老仆妇？连日新房里面出入人多，你为何不小心照应么！”那人见狄公一派恶言厉声的话，吓得战战兢兢，低头禀道：“老奴姓高，娘家陈氏。自幼蒙李夫人恩典，叫留养在家，作为婢女。后来蒙恩发嫁与高起为妻，历来夫妇皆在李家为役。近来因老夫人与老爷相继物故，夫人以小姐出嫁，见老奴是个旧仆，特命陪伴前来。不意前晚即出了这祸事了。小姐身死不明，叩求太爷将胡作宾拷问。”狄公初时疑惑是伴姑作弊，因他是贴身的用人，又恐是华国祥嫌贫爱富另有别项情事，命伴姑从中暗害，故立意要提伴姑审问。此时听他所说，乃是李家的旧人，而且是他携着大的小姐，断无忽然毒害之理，心下反没了主意。只得向他问道：“你既由李府陪嫁过来，这连日泡茶取火，皆是汝一人照应的了。临晚那壶茶，是何时泡的呢？”高陈氏道：“午后泡了一次，上灯以后又泡了一次。夜间所吃，是第二次泡的。”狄公又道：“泡茶之后，你可离房没有？那时书房曾开酒席。”伴姑道：“老奴就吃夜饭出来一次，余下并未出来。那时书房酒席，姑少爷同胡少爷也在那里吃酒。但是胡少爷认真，晚间愤愤而走，且说下狠言，这毒药半是他下的。”狄公道：“据你说来，也不过是疑猜的意思。但问你午后所泡的一壶，可有人吃么？”伴姑想了一会，也是记忆不清。狄公只得入内，相验尸骸。不知后事如何，且看下回分解。

第二十一回

善言开导免验尸骸　二审口供升堂讯问

却说狄公听了伴姑高陈氏之言，更是委决不下，向华国祥说道："据汝众人之言，皆是独挟己见。茶是灯后泡的，其时胡作宾又在书房饮酒，伴姑除吃晚饭又未出来，不能新人自下毒物。不然，即要在伴姑身上追寻了。午后有无人进房，他又记忆不清，这案何能臆断？且待本县勘验之后，再为审断罢。"说着起身到了里面。

此时李王氏以及华家大小眷口，无不哭声震耳，说："好个温柔美貌的新娘，忽然遭此惨变。"狄公来至上房院落，先命女眷暂避一避，在各处看视一遭。然后与华国祥走到房内，见箱笼物件俱已搬去，唯有那把茶壶并一个红漆筒子，放在一张四扇漆桌子上，许多仆妇在床前看守。狄公问道："这茶壶可是本在这桌上的么？你们取了碗来，待本县试他一试。"说着，当差的早已递过一个茶盏。狄公亲自取在手中，将壶内的茶倒了一盏，果见颜色与众不同，紫黑色，如同那糖水相似，一阵阵还放出那派腥气。狄公看了一回，命人唤了一只狗来，复着人放了些食物在内，将他泼在地下。那狗也是送死，低头哼了一两声，一气吃下。霎时之间，乱咬乱叫，约有顿饭时节，那狗已一命呜呼。狄公更是诧异，先命差役上了封标，以免闲人误食，随即走到床前，看视一遍。只见死者口内漫漫地流血，浑身上下青肿非常，知是毒气无疑。转身到院落站下，命人将李王氏带来，向着华国祥与他说道：“此人身死，是中毒无疑。但汝等男女两家，皆是书香门第，今日遭了这事，已是不幸之事，既具控请本县究办，断无不来相验之理。但是死者因毒身亡，已非意料所及，若再翻尸寻骨，死殖难安。死者固更觉含冤，生者亦关体面。本县愚见，莫如以中毒身亡定案，俟后审出正犯，即以此作抵，免得此时翻尸相验。此乃本县怜惜之意，待地命汝两造前来说明缘故，若不忍死者吃苦，便具免验结来，以免日后翻悔。”华国祥还未开言，李王氏向狄公哭道：“青天老爷，小妇人只此一女，因他身死不明，故而据情报控。既老爷如此定案，免得他死后受苦，小妇人情愿免验了。”华文俊见岳母如此，总因夫妇情深，不忍他遭众人摆布，也就向国祥说道：“父亲且允了这事罢。孩儿见媳妇死得太惨，难得老父台成全其事，以中毒定案，此时且依他收殓。”华国祥见儿子与死鬼的母亲皆如此说，也不肯过事苛求，只得退下，同李王氏具了免验的甘结。然后与狄公说道：“父台令举人免验，虽是顾惜体面之意，但儿媳中毒身亡，此事众目所见，唯求父台总要拷问这胡作宾，照例惩办。若以盖棺之后具有甘结，一味收殓，那时老父台反为不美了。”狄公点点首，将结取过，命刑役皂隶退出后堂，心下实是踌躇。一时不便回去，坐在上房，专看他们出去之时有什么动静。

此时里里外外，自然闹个不清。仆众亲朋俱在那里办事，所幸棺木一切昨日俱已办齐，李王氏与华文俊自然痛入酸肠，泪流不止。狄公等外面棺木设好，欲代死者穿衣，他也随着众人来到房内。但闻床前一阵阵腥气，吹入脑髓，心下直是悟不出个理来。暗道：“古来奇案甚多，即便中毒所致，这茶壶之内无非被那砒霜信石，服在腹中纵然七孔流血，立时毙命，何以有这腥秽之气？你看他尸身虽然青肿，皮肤却未破烂，而且胸前膨胀如瓜，显见另有别故。莫非床下有什么毒物么？”一人暗自揣度，忽有一人喊道：“不好了，怎么死了两日，腹中还是掀动，莫非作怪么？”说着，登时跑下床来，吓得颜色都变，跑了。观看那些人，见他如此说，须大着胆子到他那里观看，复又没有动静，以至众人俱说他疑心。

当时七上八下，赶将衣服穿齐，只听阴阳生招呼入殓，众人一拥下床，将尸身升起，抬出房间入殓。唯有狄公，等人众出去之后，自己走到床前细细观看一回，后又在地下瞧了一瞧，但见有许多血水点子，里面带着些黑丝，好像活动的样子。狄公看在眼内，出了后堂，在厅前坐下，心下想道：“此事定非胡作宾所为，内中必有奇怪的事件。华国祥虽一口咬定，不肯放松，若不如此办法，他必不能依断。”主意想定，却好收殓已毕，狄公命人将华国祥请出，说道：“此事似在可疑，本县断无不办之理。胡作宾虽是个被告，高陈氏乃是伴姑，也不能置身事外，请即交出，一齐归案讯办，以昭公允。若一味在胡作宾身上苛求，岂不致招物议？本县断不苛待尊仆便了。”华国祥见他如此说法，总因他是地方的父母官，案件要听他判断，只得命高陈氏出来，当堂申辩。狄公随即起身乘轿回衙。此时唯胡作宾的母亲感激万分，知道狄公另有一番美意，暗中买嘱差役，传信与他儿子，不在话下。

单说狄公回到署中，也不升堂理件，但传命将高陈氏交官媒看管，其余案件全行不问。一连数日皆是如此。华国祥这日发急起来，向着他儿子怨道：“此事皆是汝这畜生误事。你岳母答应免验，他乃是个女流，不知公事的利弊。从来做官的人，皆是省事为是，只求将他自己脚步站稳，别人的冤抑他便不问了。前日你定要请我免验，你看这狗官至今未曾发落。他所恃着，我们已具了甘结，虽然中毒是真，那胡作宾毒害是无凭无据，他就借此迟延，意在袒护那狗头。岂不是为你所误？我今日倒要前去催审，看他如何对我。不然，这上控的状子是免不了的。”说着，命人带了冠带，径向昌平县而来。你道狄公为何不将这事审问，奈他是个好官，从不肯诬害平人。他看定这事非胡作宾所为，也非高陈氏陷害，虽然知道这缘故，只是思不出个原由，毒物是何时下入，因此不便发落。

这日午后，正与马荣将赵万全送走，给了他一百银路费，说他心地明直，于邵礼怀这案勇于为力。赵万全称谢一番，将银两璧还，分手而去。然后向马荣说道："六里墩那案，本县起初就知易办，但须将姓邵的缉获就可断结。唯是毕顺验不出伤痕，自己已经检举。哪知一波未平，一波又起，华国祥媳妇又出了这件疑案。若要注意在胡作宾身上，未免于心不忍。前日你在他家也曾看见，各样案情皆是不能拟定。虽将高陈氏带来，也不过是阻饰华国祥催案的意思。你手下办的案件已是不少，可帮着本县想想，再访邻村地方有什么好手仵役，前去问他，或者得点眉目。"两人正在书房议论，执帖上进来回道："华举人现在堂上，要面见太爷，问太爷那案子是如何办法。"狄公道："本县知他必要来催审，汝且出去，请会一面。"招呼大门伺候，那人答应退去。

顷刻之间，果见华国祥衣冠齐整，走了进来。狄公只得迎出书房，分宾主坐下。华国祥开言问道："前日蒙父台将女仆带来，这数日之间，想必这案情判白了。究竟谁人下毒，请父台示下，感激非浅。"狄公答道："本县于此事思之已久，因一时未得其由，故未率尔审问。今尊驾来得甚巧，且请稍坐，待本县究问如何？"说着，外堂已伺候齐备。狄公随即更衣，升堂问案。先命将胡作宾带来。原差答应一声，到了堂口，将他传入。胡作宾在案前跪下，狄公道："华文俊之妻本县已登场验毕，显系中毒身亡。众口一词，皆谓汝一人毒害，你且从实招来，这毒物是何时下入？"胡作宾道："生员前日已经申明，嬉戏则有之，毒害实是冤枉，使生员从何招起？"狄公道："汝也不必抵赖，现有他家伴姑为证。当日请酒之时，华文俊出门谢客，你与众人时常出入新房，乘隙将毒投下，汝还巧言辩赖么？"胡作宾听毕，忙道："父台的明见，既他说与众人时常出入，显见非生员一人进房。既非一人进房，则众目昭彰，又从何时乘隙？即便是生员下入，则一日之中为时甚久，岂无一人向茶壶倒茶？何以别人皆未身死，独新人吃下就有毒物？此茶是何人倒给，何时所泡？求父台寻这根底。生员虽不明指其人，但伴姑责有攸归。除亲朋进房外，家中妇女仆婢岂无一人进去？不在这上面追问，虽将生员详革，用刑拷死，也是无口供招认，求父台明察。"不知狄公如何办理，且看下回分解。

第二十二回

想案情猛然醒悟　听哑语细察行迹

却说狄公听胡作宾一番申辩，故意怒道："你这无耻劣生，自己心地不良，酿成人命，已是情法难容。到了这赫赫公堂，便当据实陈词，好好地供说，何故又牵涉他人，冀图开脱？可知本县是明见万里的官员，岂容你巧言置辩。若再游词抵赖，国法俱在，便借夏楚施威了。"胡作宾听了这话，不禁叩头禀道："生员实是冤枉。父台如不将华家女仆提案，虽将生员治死，这事也不能明白。且从来审案，断无偏听一面的道理。若华国祥抗不遵提，其中显有别故，还求父台三思。"狄公听罢，向他喊道："胡作宾，本县见你是个县学生员，不忍苦苦的苛责。今日如此巧辩，不将他女仆提质，谅你心也不甘。"随即命人提高陈氏。两边威武一声，早将伴姑提到，在案前跪下。狄公言道："本县据你家主所控，实系胡作宾毒害人命，奈他矢口不认，汝且将此前日如何在新房取闹，何时乘隙下毒，一一供来，与他对质。"高陈氏道："喜期吉日那晚间所闹之事，家主已声明在先。总因家主面斥恶言，以致他心怀不善，临走之时令我等三日之内小心防备。当时尚以为戏言，谁知次日前来，乘间便下了毒物。约计其时，总在上灯前后。那时里外正摆酒席，老奴虽在房中，昏黄之际也辩不出来。而且出入的人又多，即以他一人来往，由午前至午后已不下数次。多半那时借倒茶为名，乘此放下。只求青天先将他功名详革，用刑拷问，那就不怕他不供认了。”狄公还未开言，胡作宾向他辩道：“你这老狗才，岂非信口雌黄，害我性命？前日新房取闹，也非我一人之事，只因你家老爷独向我申斥，故说了一句戏言关顾面目，以便好出来回去，岂能便以此为凭证！若说我在上灯前后倒茶下毒，此语更是诬陷。自从午前与众亲朋在新房说笑了一会，随后不独我未曾进去，即别人也未进去。上灯前后，正你公子谢客回家之时，连他皆未至上房，与大众在书房饮酒，这岂不是无中生有，有意害人？而况那时离睡觉尚远，彼时岂无别人倒茶？何以他人不死，单是你家小姐身死？此必是汝等平时嫌小姐夫人刻薄，或心头不遂，因此下这毒手，害他性命，一则报了前仇，二则想趁仓促之时，掳掠些财物。不然，即是华家父子通同谋害，以便另娶高门。这事无论如何，皆不关我事。汝且想来，由午前与众人进房去后，汝既是陪嫁的伴姑，自必不离他左右，曾见我复进去过么？”高陈氏被他这一番辩驳，回想那日，实未留意，不知那毒物从何时而来。况且，晚间那壶茶既自己去泡，想来心下实是害怕，到了此时难以强词辩白，全推倒在胡作宾身上，无奈为他这番穷辩，又见狄公那样威严，一时惧怯，说不出来。狄公见了这样，乃道：“汝说胡作宾午后进房，他并未曾进去。而且先前所供，汝出来吃晚饭时，胡作宾正与你家少爷在书房饮酒，你家老爷也说他是午前进房。据此看来，这显见非他所干。汝既是多年的仆妇，便该各事留心，而且那壶茶是汝自己所泡，岂能诬赖于他？本县度理准情，此案皆汝所干，若不从实招出，定用大刑伺候。”高陈氏见了这样，吓得战战兢兢，叩头不止，说道：“青天老爷息怒，老奴何敢生此坏心，有负李家老夫人大德。而且这小姐，是老奴携带长大，何忍一朝下此毒手？这事总要求太爷究寻根底。”狄公听毕，心下想道："这案甚是奇怪。他两造如此供说，连本县皆为他迷惑。一个是儒雅书生，一个是多年的老仆，断无为害之理。此案不能判结，还算什么民之父母？照此看来，只好在这茶壶上面追究了。"一人坐在堂上，寂静无声，思想不出个道理。忽然值堂的家人送上一碗茶来，因他审案的时辰已久，恐他口中作渴。狄公见他献上，当将盖子掀开，只见上面有几点黑灰浮于茶上。狄公向那人道："汝等何以如此粗心？茶房献茶，也不令用洁净水烹饮，这上面许多黑灰，是哪里而来？"那人赶着回道："此事与茶夫无涉。小人在旁边看见，正泡茶时，那檐口屋上忽飘下一块灰尘，落于里面，以致未能清楚。"狄公听了这话，猛然醒悟，向着高陈氏说道："汝说那壶茶是汝所泡，这茶水还是在外面茶坑坊内买来，还是在家中烹烧的呢？"高陈氏道："华老爷因连日喜事，众客纷纷，恐外面买水不能应用，自那日喜事起，皆是家中自烧的。"狄公道："既是自家烧，可是你烧的么？"高陈氏道："老奴是用的现成开水，另有别人专管此事。"狄公又道："汝既未烧，这烧水地方是在何处呢？"高陈氏道："在厨房下首闲屋内。"狄公一一听毕，向着下面说道："此案本县已知道了。汝两人权且退下，分别看管，候本县明日揭明此案，再行释放。"当时起身，退入后堂。

此时华国祥在后面听他审问，在先见他专代胡作宾说话，恨不得挺身到堂，向他辱骂一阵，只因是国家的法堂，不敢造次。此刻又听他假意沉吟，分不出个皂白，忽然令两造退去，心下更是不悦。见狄公进来，怒颜问道："父台从来听案，就如此审事的么？不敢用刑拷问，何以连申诉驳诘皆不肯开口呢？照此看来，到明年此日也不能断个明白。不知这里州府衙门未曾封闭，天外有天。到那时莫怪举人越控。"说着，火气不止，即要起身出去。狄公见了，笑道："尊府之事，本县现已明白，且请少安毋躁。明日午后，定在尊府分个明白。此乃本县分内之事，何劳上宪控告？若明日不能明白，那时不必尊驾上控，本县自己也无颜做这官宰，此时且请回去吧。”华国祥听他如此说来，也是疑信参半，只得答道：“非是举人如此焦急，实因案出多日，死者含冤，于心不忍。既老父台看出端倪，明日便在家恭候了。”说着，起身告辞，回转家内。

这里狄公来至书房，马荣向前问道：“太爷今日升堂，何以定说明日判结？”狄公道：“凡事无非是个理字。你看胡作宾那人，可是个害人的奸匪么？无非是少年豪气，一味嬉戏，误说了那句戏言。却巧次日生出这件祸事，便一口咬定于他。若本县再附和随声，详革拷问，他乃世家子弟，现在遭了此事，母子两人已是痛苦非常，若竟深信不疑，令他供认，那时不等本县究办，他母子必寻短见。岂非此案未结，又出一冤枉案件！至于高陈氏，听他那个言语，这李家乃是他恩人，更不忍为害。所以本县这数日思前想后，寻不出这案的缘由，故此不肯升堂。今日华国祥来催审，本县也只得敷衍其事，总知道这茶壶为害。不料茶房献茶与本县，上面有许多浮灰，乃是屋上落下。他家那烧茶的地方，却在厨下闲屋里面，如此这般的推求，这案岂不可明白么？”马荣听毕，说道：“太爷的神察，真是无微不至。但是如此追求，若再不能断结，则案情比那皇华镇毕顺的事，更难办了。”

正说之间，洪亮与陶干也由外面进来，向狄公请安已毕，旁立一边。狄公问道：“汝等已去有多日，究竟看出什么破绽？早晚查访如何？”洪亮道：“小人奉命之后。日间在何垲那里居住，每至定更之时以及五更时节，即到毕家巷口访察。一连数日，皆无形影。昨晚小人着急，与陶干两人施了夜行的工夫，蹿在那屋上细听。但闻周氏先在外面向着婆婆叫骂了一回，抱怨他将太爷带至家中医病。小人以为是他的惯技，后来那哑子忽然在房中叫了一声。周氏听了骂道：‘小贱货，又造反了。老鼠打降，有什么大惊小怪。’说着，只听扑通一声，将房门关起。当时小人就有点疑惑，他女儿虽是哑子，不能见老鼠就会叫喊起来。小人只得伏于屋上细听，好像里面有男人声音。欲想下去，又未明见进出的地方，不敢造次。后来陶干将屋瓦揭去，望下细看，又不见什么形迹。因此小人回来，禀明太爷，请太爷示下。”狄公听毕，问道：“何垲这连日查访那姓徐的，想已清楚。他家左近可有这姓么？”不知洪亮如何回答，且看下回分解。

第二十三回

访凶人闻声报信　见毒蛇开释无辜

却说洪亮见狄公问何垲这连日访查那姓徐的可有着落，洪亮道：“何垲俱已访竣了，皆是本地的良民。虽管下有十五六家姓徐，离镇的倒有大半。其余不是年老之人在镇上开张店面，便是些小孩子，与这案皆牵涉不来，是以未曾具禀。”狄公道：“据汝两人意见，现今若何办法呢？”洪亮道：“小人虽听有声音，因不见进出的所在，是以未敢冒失下去。此时禀明太爷，欲想在那邻居家披缉披缉。因毕家那后墙与间壁的人家公共的，或北墙内有什么缘故。这人家小人已访明，虽在乡村居住，却是本地有名人家，姓汤，叫汤得忠。他父亲曾作过江西万载县，自己也是个落第举子，目下在家课读。小人见他是个绅缙，不敢冒昧前去。”狄公听了，想道：“这事也未必的确，这墙岂是出入的地方？”当时也不开口，想了一会，复又问道：“你说这墙是公共之墙，还是在他床后，还是在两边呢？”洪亮道：“小人当时掀屋细看，因两边全是空空的，只有床后靠着那墙，却为床帐遮盖，看不清楚。除却在这上面推求，再无别项破绽。”狄公拍案叫道：“此事得了。你且持我名帖，今晚到皇华镇上，明早同何垲到这汤家，说我因地方上公事，请汤举人前来相商。看他是何形景，仅明晚前来回禀。本县明早到华家办那命案。”洪亮答应下来，当时领了名帖，转身退去，不在话下。

次日一早，狄公青衣小帽，带了两名值日差并马荣、乔泰，步行至华国祥家内。一径来至厅前，彼时华国祥正命人在厅前打扫，见县官已进里面，只得逊同入座，命人取自己冠带。狄公笑道：“本县尚不拘形迹，尊驾何必劳动。但是令媳之事，今日总可分明，且请命那烧茶的仆妇前来，本县有话动问。”华国祥不解何意，见他绝早而来，不便相阻，只得将那人唤出。狄公见是一个十八九岁的丫头，走到面前，叩头跪下。狄公道：“这也不是公堂，无须如此。汝叫什么名字？向来是专管烧茶么？”那丫头禀道：“小女子名唤彩姑，向来服侍夫人。只因近日娶小奶奶，便命专司茶水。”狄公道：“那日高陈氏午后倒茶，你可在厨房里么？”彩姑道：“正在那里烧水。后来上灯时节，因回上房有事，高奶奶来了去泡茶，却未看见。迨小女子有事之后，回转那里，炉内茶水已泼在地下。询问起来，方知高奶奶泡茶之时，炉子已没有开水，他将炉子取下，放在檐口，复行添炭着火，烧了一壶开水。只用了一半，那一半正拟到院落添加冷水，不意左脚绊了一跤，以致将水泼于地下。随后小女子进来，另行添好，他方走去。此是那日泡茶的原委，至别项事件，小女子一概不知。”狄公听毕，随命马荣回衙，将高陈氏带来。马荣领命而去。

不多一会，将人带到，狄公大声喝道：“汝这狗头，如此狡猾。前日当堂口供，说那日向晚泡茶，取的是现成开水。今日彩姑供说，乃是汝将火炉移在檐口，将水烧开，只倒了一半，那水又在檐口泼去，显见汝所供不实。汝尚有何辩？”高陈氏被这番驳斥，吓得叩头不止，但说求太爷恩典，“老奴因在堂上惧怕，一时心乱，胡口所供，以免太爷复问，其实老奴无别项缘故。”狄公怒道：“可知你只图一时狡猾，你那小姐的冤枉为你耽搁了许多时日了。若非本县明白，岂不又冤枉那胡作宾？早能如此实供，何致令本县费心思虑，只想不出个缘故。

此时暂缓掌频，俟这案明白，定行责罚。”当时起身向华国祥道：“本县且同尊驾到厨房一行，以便令人办事。”华国祥到了此时，也只得随他而去。

当时狄公到了里面，见朝东三间正屋，是锅灶的所在。南北两边共是四个厢房。狄公问彩姑道：“汝等那日烧茶，可是在这朝北厢房里么？”彩姑道：“正是这个厢房，现在泥炉子还在里面呢？”狄公走进里面，果然不错。但见那厨房的房屋古旧不堪，瓦木已多半朽坏。随向高陈氏问道：“汝那晚将火炉子移在何处檐口？”高陈氏向前指道：“便在这青石上面。”狄公依着他指点的所在，细心向檐口望去，只见那椽子已突下半截，瓦檐俱已破损。随向高陈氏说：“汝前所供不实，本应掌汝两颊，姑念汝年老昏聩，罚汝仍在这原处烧一天开水，以便本县在此饮茶。”华国祥见狄公看了一会，也说不出个道理，此时忽然命高陈氏烧茶，实不是审案的道理，不禁暗怒起来，向着狄公说道：“父台到此踏勘，理应预备茶点。若等这老狗才烧水，恐已迟迟不及。既他所供不实，理合带回严惩，以便水落石出。若这样胡闹，岂不反成戏谑么？”狄公冷笑道：“在尊驾看来似近戏谑，可知本县正要在这上寻究此事。自有本县专主，尊驾且勿多言。”

随即命人取了两张桌椅，在厨房内坐下，与那些厨子仆妇混说些闲话。停一会，便催高陈氏添火，或而掀扇，或而倒茶，闹个不了。及至将水烧开，泡了茶来，他又不吃。如此有十数次光景，高陈氏正在那里掀火，忽然檐口落下几点碎泥，在他颈项里面，赶紧用手在上面拂去。狄公已早看见，随即喊道：“汝且过来。”高陈氏见他叫唤，也只得走过。到了他面前，狄公道：“汝且在此稍等一等，那害你小姐的毒物，顷刻便见了。”高陈氏直是不敢开口，华国祥更不以为然。起身反向上房而去。狄公也不阻他，坐在那椅上，两眼直望着檐口。又过了有盏茶时，果然见那落泥的地方露出一线红光，闪闪地在那檐口，或出或现，但不知是什么物件。狄公心下已是大喜，赶着向马荣道：“你们可看见么？”马荣道：“看是看见了，还是就趁此取出如何？”狄公忙道：“且勿动手。既有这个物件，先将他家主人请来，一同观看。究竟那毒物是怎样下入，方令他信服。从来本县断案，不肯冤屈于人，若不彻底根究，岂得谓民之父母！”当时彩姑见了这样，赶着跑入上房，报与华国祥知道。里面众人一听，真是意外之事，无不惊服狄公的神明。华国祥也随即出来观看。狄公道：“这案庶可明白了。且请稍坐片刻，看这物究竟怎样。”

当时华国祥抬头细瞧，但见火炉一股热烟冲入上面，那条红光被烟抽得蠕蠕欲动，忽然伸出一个蛇头，四下观望，口中流着浓涎，仅对炉内滴下。那蛇见有人在此，顷刻又缩进里面。此时众人无不凝神屏气，吓得口不敢开。狄公向华国祥道：“原来令媳是为这毒物所伤，这是尊驾亲目所睹，非是本县袒护胡作宾了。尊处房屋既坏，历久不修，已至生此毒蛇。不如趁此将他拆毁。”说着，命那些闲杂人等一概走开，令马荣与值日差以及华家打杂的人，各执器具，先拥入屋内，将檐口所有的椽子捣下。只见上面响了一声，有一尺多长的火赤炼蹿入院落里面，欲想逃走。早被马荣看见，正欲上前去捉，乔泰早取了一把火叉，对定那蛇头叉了一下，那蛇登时不得走动。复又一叉，将他打死。众人还恐里面仍有小蛇，一齐上前，把那一间房屋拆毁个干净。狄公命人将蛇带着，到了厅前。

此时里面得信，早将李王氏接来。狄公坐下，向华国祥言道：“此案本县初来相验，便知令媳非人毒害。无论胡作宾是个儒雅书生，断不致干这非礼之事，唯进房之时闻有一派骚腥气，那时便好生疑惑。复来临验之时，又有人说他肚内掀动。本县思想，用毒害人无非是砒霜信石，即便服下，但七窍流血而已，岂有腥秽的气味？因此未敢遽断。日来思虑万分，审讯高陈氏的口供，他但说茶是自己所泡，泡茶之后，胡作宾又未进房。除他吃晚饭出来，其余又未离原处，又未见别人进去。难道新人自己毒害？今日听彩姑之言，这明是当日高陈氏烧茶之时，在檐口添火，那烟冲入上面，蛇涎滴下。其时他未看见，便将开水倒入茶壶。其余一半却巧为他泼去，以致未害别人。缘原祸端，乃是高陈氏自不小心，以至令媳误服其毒，理应将他治罪。唯是他事出无心，老年可悯，且从轻办理。令媳无端身死，亦属天命使然，仍请尊驾延请高僧，讽经忏悔，超度亡魂。胡作宾无辜受屈，本应释放，奈他嬉戏性成，殊非士林的正品，着发学戒饬，以警下次。”说毕，又向李王氏道：“你女儿身死的缘由，今已明白。本县如此断结，汝等可服么？”李王氏哭道：“照此看来，却是误毒所致，这皆是我女儿命苦。太爷如此讯结，也是秉公而论，还有何说呢？”狄公见他应允，当即命众人具结销案。不知后事如何，且看下回分解。

第二十四回

探消息假言请客　为盗贼大意惊人

却说狄公见众人应允，命他们具结销案。华国祥自无话可说，唯有李王氏见那条毒蛇在狄公面前，不禁放声大哭。狄公又命人用火将蛇烧灰，以作治罪。就此一来，已是午后，当即起身回衙。将胡作宾由学内提来申斥一番，令他下次务要诚实谨言，免召外祸。此时胡作宾母子自是感激万分，申冤活命，在堂上叩头不止。狄公发落已毕，退入后堂。

且说洪亮昨日领了名片，赶至皇华镇，与何垲说明缘故。次早一早便来至汤家门首，先命何垲进去，向里面问道："汤先生在家么？"里面见有人询问，出来一个老头儿答道："你是哪里来的？问我家先生何干？"何垲笑道："原来是朱老爹，地方上的公食人皆不认得了？"那人将何垲一望，也就笑道："你问他何事？现在还未起身呢。"何垲听说了这句，转身向洪亮丢了个眼色。两人信步到了里面，在书房门口站定，洪亮向何垲道："你办事何以这懈怠！既然汤先生在家，现在何处睡觉，好请他起来讲话。"那老家人见洪亮是公门口的打扮，赶着问道："你这公差有何话说，可告知我进去通知他。"何垲答道："他是狄太爷差来，现在名片在此。因地方上事，请你家先生进衙相商，不能有缓。”那老人在洪亮手内将名片接过，进了书房。穿过一个小小的天井，朝南正宅三间两厢。此时何垲也跟那人到了里面，心下想道：“如他住在这上首房内，便是毕家那墙相连了。”

正想之间，忽见那人走到下首房间，何垲心下好不自在，暗道：“这个想头又完了。人尚不在房内居住，墙上还有何说？”一人暗暗地说话，忽然上首房内出来一人，年约二十五六，生得眉清目秀，一表非凡，好个极美的男子，见老家人一进来，赶着问道：“是谁来请先生？”老人道：“这事也奇怪，我们先生虽是个举子，平日除在家课读，外面的事一概不管。不知县里狄太爷为着何事，命人前来请他，说地方上有公事与他商量，你看这不是奇怪么？怕的他也未必前去。”那少年人听他说狄太爷，不禁面色一变，神情慌张，说道：“你何不回却他，说先生不与外事便了，为何将人带入里面？”何垲听了这话，将那人复上下一望，却巧这人的房间便在毕家墙后，心下甚是疑惑，赶紧接话问道：“你公子尊姓？可是在此住馆的么？我们太爷非为别事，因有一处善举没有人办，访问这汤先生是个用心君子，故命差人持片来请。”说着，见老人已走到房内，高声喊了两声。只听里面那人醒来，问道：“我昨日一夜代众学生清理积课，直至天明方睡，你难道未曾知道？何故此时便来叫喊。”只听老者回道：“非是我等不知。因县狄太爷差人来请，现有公差立等回话。”汤得忠道：“你为什么不代我回报他？此时且去将我名帖取来，向来人传说，拜上他贵上太爷，说我是牖下书生，闭户读书，不与外事。虽属善举，地方上绅士甚多，请他转请别人罢。”老人得了这话，只得出来对何垲回复了一遍。当时洪亮在书房已早听见，见何垲出来，说道：“汤先生不肯进城，在我看来唯有回去禀知太爷，请太爷自己前来罢。此事还不可懈怠，莫要误事方好。你此时照原话赶速进城去吧。”说着，两人出了大门，那老者将门关上。

彼此到了街上，何垲向洪亮说道：“你可看见那人没有？”洪亮道："这事也是徒然。汤得忠是在那边房间居住，有什么看见？"何垲道："你还不知呢。这边房内有人同老者说话，你未听见么？是个少年男子，见我们说县里差来的，他那神情就不如先前。我所以出来叫你赶速回去，这句话仍是看他的动静的。他如惧怕你我，出门他必到别处去了。你此时可赶速回城，禀明太爷，请太爷自己前来，姑作拜汤先生的话说。到了里面，借话问话，再为察看。我此时便在这左近等候，看他可出来与否，顺便打听他姓甚名谁。"彼此计议停当，已是辰牌时候，洪亮随即来至城中，将方才的话禀了狄公。狄公心下甚是欢喜，当时传齐皂役，带同马荣、乔泰、陶干三人，乘轿而来。

一路之上不敢怠慢，到了上灯时分，方至镇上。先命马荣仍在从前那个客寓内住下。所有衙役皆不许出去走漏风声，说本县到此。客店主人也是如此吩咐。众人自领命而行。当时将行李卸下，净面用茶，饮食已毕，狄公向马荣道："你们四人今夜分班前去。洪亮同汝在毕家屋上等候，若有动静，便喊拿贼，看他下面如何。乔泰同陶干在汤家门前守候，若有人夜半出来，便将他获住。本县此时不去，正恐夜晚办事不成，令凶人走去。"四人领命下来，各自前去不提。

且说马荣与洪亮两人出了店门，洪亮道："我近来为这事吃了许多辛苦，方有这点眉目。今夜若再不破案，随后便难办了。我想你这身本事，何事不可行得？现有一计在此，不知你肯行不肯。"马荣道："你我皆是为主人办事，只要能做，何处不去？你且说与我听。"洪亮道："汤家那个后生，实是令人可疑。唯恐他识破机关，一连数日安分守己，不与那周氏来往，我们虽在屋上再听数日，也不能下去。莫若你扮作窃贼，由房上蹿入他里面，在他房中偷看动静，是不比外面较有把握？恐你早经洗手，不干此事，现今请你做这买卖，怕你见怪，故而不便说出。你意下究竟若何？"马荣笑道："我道何事。此计甚是高明，今夜便去如何。"说着，两人到了何垲家内，坐谈了一会。

约有二鼓之后，街上行人已静，马荣命洪亮竟在毕家巷口等候，自己一人先到了汤家门口。脱去外衫，蹿身上屋，顺着那屋脊过了书房，将身倒挂在檐口，直向里面观望。见书房灯光明亮，当中坐着一个四十上下的先生，两边有五六个门徒，在那里讲说。马荣暗道："这样岂是个提案的地方？我且到后进住宅内再瞧一瞧。"照样运动蛇行法，转过小院落，挨着墙头到了朝南的屋上。举头见毕家那边也伏着一人，猛然吃了一惊，再定神一看，却是洪亮。两人打了一个暗哨。马荣依旧伏在檐口，见上首房内也有一盏灯，里面果然有个二十余岁的后生，面貌与洪亮所说一点不错，但见那人不言不语，一人坐在那椅上，若有所思的神情。停了一会，起身向书房内望了一望，然后又望望墙屋，好像一人言语的神情。马荣正然偷看，忽听前面格扇一响，出来一人，向房内喊道："徐师兄，先生有话问你。"马荣在上面听见一个徐字，心下好不欢喜，赶即将身躯收转在檐瓦上面，伏定。但听那少年也就应了一声，低低说道："偏生今夜乱喊乱叫的。"说着，出了房门，到书房而去。

马荣见他已去，知这房内无人，赶着用了个蝴蝶穿花形势，由檐口飞身下来。来到院落，由院落直蹿到正宅中间。四下一望，见有一个老者伏在桌上打盹。马荣趁此到了房内，先将那张灯吹熄，然后顺着墙壁细听了一回，直是没有响动，心下委决不下。复用指头敲了一阵，那声音也是着实的样子，心下着急起来，将身一横，走到那张客床前面，将帐幕掀起，攒身到了床下。两脚在地下蹬了两下，却是个空洞的声音，马荣道："分明是这地下的尴尬了。"当时将几块方砖全行试过，只有当中的两块与众不同。因在黑暗之中，瞧不清楚，只得将两手在地下摸了一摸，却是一踏平阳，绝无一点高下。心下想道："就要将这方砖取起，下面的门路方可知道。他这样牢固，教我如何想法？"正在为难之际，两手一摸，忽然一条绳子系于床柱子上。马荣以为他扣着什么铁器，以便捎那方砖。当时以为得计，顺手将绳子一拖，只听哗啦一声，早将床帐倒了下来。马荣这一惊不小，正想逃走，书房里面早来数人，高喊：“有贼！”走到院落，忽见灯光已灭，众人恐有暗算，不敢进去。唯有那个少年，格外着急，赶着将老者叫醒，去点灯火。马荣已趁此时蹿到外面，望上一纵，到了屋上。众人虽然看见，只是叫喊，绝无一人上前捉拿。马荣此时见已脱身，索性也不回去，伏在瓦上听下面动静。不知那少年如何进房，且看下回分解。

第二十五回

以假弄真何垲捉贼　依计行事马荣擒人

却说马荣躲在屋上，听下面的动静，只听那少年跑到书房，忙忙地点了个烛台，转身到了正宅，向着那老者喊道："你也不是死人，有贼由你面前走过，一点也不知道，难道睡死过去！"那老者被他骂了两句，直是不敢开口。众人拥进房中，唯听那少年走到床前，高声说道："这瘟贼也不过将床帐倒下，我道你偷取不计外，还见什么要紧的地方呢。"众人说道："你物件未曾偷去，已是幸事，还说什么戏谑话。现在先生尚住在书房，吓得不敢出来，我们且去告知他一声。"说着，大众在里面照了一番，又回书房而去。马荣在屋上听得清楚，随即心生一计。扒过墙头，招呼洪亮两人蹿身下去，来至何垲家内。三人一齐到了客寓，将以上的话禀明了狄公，如此如此议论了一会。狄公心下大喜，随命何垲依计而去。

三人复行，到了汤家门口。何垲敲门喊道："朱老爹，快来开门。你家可是闹贼么？现在已被我们捉住，速来帮我捆他。"里面听了这话，正是贼走之后未曾睡觉，听是何垲叫门，众学生甚是得意，也不禀知汤得忠，早将大门开下。只见何垲揪着一人，骂道："你这厮，也不访这地方是谁的管辖，他家是何等之人。不是为我看见，你得手走了，明日汤先生送官究办，我便为你吃苦。今早县里狄太爷，还来请他老人家办地方的善举，说不去明早便亲自来此。若是知道这窃案，我这屁股还不是板子山倒下来么？”何垲在门外揪骂，众学生不知是计，赶着到里面报与汤得忠知道。汤得忠随即出来，果见何垲还揪在门口，见他出来，连忙说道：“人现在已获到了，你先生如何发落？这是我们的责任，明早县太爷到此，请你老人家要方便一句，小人这行当方站得稳。”汤得忠见何垲如此说项，也是信以为真。取了个烛台，将马荣周身一看，骂道：“你这狗强盗，看你这身材高大，相貌魁梧，便该做出一番事业。何事不可吃饭，偏要做这偷儿，岂不可恨。我今日积点功德，放你去吧。”何垲见汤得忠如此说项，乃道：“你老人家是个好心，将他放走，随即又到别处作案了，这事断不能行，要放他，等县太爷来放。今日权行扭在这门首，以见我们地甲平时尚不松懈。但有一件，他方才在那里掠走的，请你们带我进去看一看。”说着，向马荣道：“你且跟我进来，好好实说，由什么地方进门，走那里出去的。”一面说，一手扭着马荣向门里走来。他的意思，就想趁此混进里面，好寻那床下的着落。哪知里面听了这话，赶着出来一个少年人，马荣将他一看，正是那个姓徐的。向着何垲阻道：“你这人也太固执了，我们先生尚且叫你放他，你那里不行这方便，一定要惊官动府，以见你的能为。若说县太爷明日前来，我家又未报案，要他来踏勘何事？若说你的责任，汤先生已知道，即便在县太爷面前保举你两次，也不过得点犒赏，这贼人就吃了大亏，何必乃尔！我同先生说，譬如为他偷去失了钱财，给你二两银子吃酒，这事算了罢。”马荣听了，暗暗骂道：“你这狗头，不是你有欺心之事，肯这样慷慨？”只见何垲问道：“你这位相公尊姓？还是在此宿馆，还是府上的住宅，请汤先生在家教读呢？”这人还未开口，旁边学生笑道：“你毛贼倒会捉，当地人家还不知道他姓徐，这房子便是他家的。近因家眷不住在此，故请本地汤先生来此教馆，他一人在此附从，所以门口单贴汤家的扳条。此时既徐相公如此说项，你便将这人放去吧。”何埕笑道：“原来姓徐，这就是了。听说城内出了个案子，也是姓徐，无论是与不是，且请你同我去一趟。”说着脸色一变，向汤得忠说道：“汤先生，我实对你说，你道他真是窃贼，我真是送贼来的么？你老人家虽是个举子，何以教化不严，令学生做出这非礼之事？间壁巷内毕顺的案子，至今未曾明白，官令自己请到上宪的处分，现已摘去顶戴。我们为这事，也不知受了多少苦楚。日前太爷宿庙，说凶手是个姓徐的，密令我们访查，方知在你家内。因此命这马壮士扮作偷儿，前来窥探，又被你们惊走。现在狄太爷住在张家客寓内，请你两人前去一见，辩个明白，便不关我们的事了。”说毕，将马荣一松，向前一把将那个少年揪住。马荣也就上去拖了汤得忠。汤得忠正欲分辩，只见何埕高喊一声，外面早有乔泰、洪亮三人一齐进来，不由分说，簇拥着向街前走去。到了客店，狄公正恐他两人维持不住，已带着许多差役，执着灯球，前来迎接，见已将人获到，随命差役同洪亮分身前去，将毕周氏立刻提到，以免他逃走。洪亮领命而去，暂且不提。

单说何埕揪着那个少年，见狄公前来，上前回禀了各节。狄公道：“此人乃是要犯，汝同乔泰、马荣先行将他管押，明早俟踏勘之后，再行拷问。”何埕答应下来，马荣、乔泰随即取出刑具，将他套上。汤得忠是一榜人员，不敢遽然上刑，狄公命将他一人带入店内，先行询问。马荣只得将汤得忠交与值日差，自己与乔泰到何埕家内，管押正凶。狄公就趁此到了汤得忠家，在书房坐下。所有众学生听见先生皆被地甲捉去，这一吓非同小可，左近的连夜跑了回去，以免牵涉在案内。留下几个远处的学生，一时未能逃走，只得坐在里面，心胆悬悬，不知竟为何故。忽然见许多高竿的灯笼走了进来，一个个穿着号衣，嘴里说道：“我们太爷来了，你等可要直说，他如何与周氏同谋。”众人也不知何事，听了这话，俱皆哑口无言。但见一人当中坐下，青衣小帽，儒服儒巾，向着上首那个学生问道：“你姓什么？从汤先生有几年了？那个姓徐的，何方人氏？叫什么名号？汝等从实说来，不关汝事。”那学生道：“我姓杜，名唤杜俊夫，是今岁春间方来的。那姓徐的名叫德泰，乃是这里的学长，先生最喜欢他，与先生对房居住。我等就住在这书房旁边那间屋内。”狄公当时点点首，起身说道：“既为本县将他捉去，汝等且同我到他房内看视一番，好作凭证。”

众人不敢有违，当即在前引路，到了房内。狄公命差人将床架子移到别处，低身向前一看，果是方砖砌成在地下，床下四角有四条麻绳扣于下面。狄公有意将绳子一绊，早见床前两根床柱应手而倒，扑通一声磕在地下。再细为一看，方知那绳子系在柱脚之上，柱脚平摆在床架上面，以至将绳子轻轻一绊，便倒了下来。狄公看毕，复取了个烛台，命人找寻了一柄铁扒，对着中间那两块方砖拼力的撬起。忽听下面铜铃一响，早现出一个方洞，如地窖相仿。再朝下面望去，黑漆漆的辨不出个道理。当时狄公恐下面另有埋伏，不敢命人下去，向着陶干道：“既有这暗道，这人犯就是不错了。汝且在此看守，俟天明再来察看。”说毕，将所有的学生开了名单。只见众人无不目瞪口呆，彼此呆望，不知房内何以有这个所在。狄公一一问毕，命他不需逃走：“此事与汝等无涉。”吩咐之后，回转店中。

此时已转四鼓，乔泰上前禀道：“太爷走了片时，小人将汤得忠盘问了一番。他实是不知此事，看他那样，倒是个古道的君子。此时已是夜深，太爷安歇一会，好在人已缉获，明早再问不迟。”狄公道：“本县知道了。但是洪亮已去多时，毕周氏何以仍未提来？莫非他闻风逃走不成？”两人正在闲谈，早听门外人声喧嚷。洪亮匆匆进来，说周氏已是提到，请太爷示下，还是暂交官媒，还是带回衙署？不知狄公如何发落，且看下回分解。

第二十六回

见县官书生迂腐　揭地窖邑宰精明

却说狄公听周氏已经提到，命洪亮先在客店内看押，俟明早带回衙审讯。洪亮领命下来。狄公已是困倦，当时进房和衣而睡。

次日辰牌时分，起身净面，诸事已毕，先令陶干将汤得忠带来。狄公将他一望，却是迂缪拘谨之人。因他是个举子，不敢过于怠慢，当时起身问道：“先生可是姓汤，名叫得忠么？”汤得忠道：“举人正是姓汤。不知父台黉夜差提，究为何事？举人自乡荐之后，闭户读书，授徒乐业，虽不敢谓非礼勿言，非礼勿动，那逾矩犯规之事从不敢开试其端。若举人之为人，仍欲公差提押，官吏入门，正不知那刁监劣生、流氓奸宄更何以处治。举人不明其故，尚求父台明示。”狄公听他说了这派迂腐之言，却是个诚实的举子，乃道：“你先生品学兼优，久为本县钦敬。可知薰莸异类，玉石殊形，教化不齐便是自己的过失。先生所授的门生，其品学行为也与先生一样么？”汤得忠听道：“父台之言虽是合理，但所教之学生，俱属世家子弟，日无暇晷，夜读尤严，功课之深，无逾于此。且从来足不出户，哪里有意外之事？莫非是父台误听么？”狄公笑道：“本县莅任以来，皆实事求是，若不访有确证，从不鲁莽从事。你先生说，所授门徒皆世家子弟，难道世家的子弟尽是循规蹈矩的么？且问你姓徐的学生，从学几载了？他所作所为，皆关系人命案件。那等行为，不法已极，你先生可否知道？”汤得忠道：“这更奇了。别人或者可疑，唯有他断无非礼之事。不能因他姓徐，便说他是命案的凶手。方才贵差说毕家那命案，父台宿庙，有一姓徐的在内，此乃梦幻离奇之事，何足为凭！而且此事实系父台孟浪，绝无形影之案，遽行开棺揭验，以至身招反坐，误了功名。比时不能够顾全自己，便指姓徐的为凶手。莫说他父兄在籍，属在缙绅，即以举子而论，地方有此殃民之官，也不能置之不理了。”狄公见他矢口不移，代那徐德泰抵赖，不禁怒道：“本县因你是个举子，究竟是诗文骨肉，不肯牵涉无辜。你不知自己糊涂，疏于主察，反在此顶撞本县。若不指明实证，教你这昏聩的腐儒岂能心服？”说毕，命人仍将他看管，带徐德泰审问。陶干答应一声，随命值日差到何垲家内，将人犯带来。差人奉命前去。

不多一会，人已带到。狄公见他跪在地下，细细将他一望，那副面目却是个极美的男子，心下暗道：“无怪那淫妇看中于他。可恨他一表人才，不归于正，做了这犯罪之事，本县也只得尽法惩治了。”当即大声喝道：“汝就叫徐德泰么？本县访你已久，今日既已缉获，汝且将如何与周氏通奸，如何谋害毕顺，从实供来，免致受刑吃苦。可知本县立法最严，既已前次开棺自行请处，若不将这事水落石出，于心也不肯罢休。汝且细细供词，本县或可施法外之仁，超豁汝命。不然，那真凭实据也不容你抵赖的。”徐德泰见狄公正言厉色，虽是心下惧怕，当此一时总不肯承认，乃道：“学生乃世家子弟，先祖先父皆作外官，家法森严，岂敢越礼？而况有汤先生朝夕与处，饮食同居，此便是学生的明证。父台无故黉夜提质，牵涉奸情，这事无论不敢胡行，连目睹耳闻皆未经过，还求父台明察侦访，开释无辜，实为德便。”狄公笑道：“你这派巧语胡供，只能欺你那昏聩的先生。本县明察秋毫，岂容汝饰辞狡赖。此案若不用刑拷问，定难供认。且同你前去，将房中地窨揭起，究竟通于何处，那时众目昭彰，虽你百喙千言，也不容辩赖。”说毕起身，命马荣同众差带回汤得忠并徐德泰两人前去起案。

众人正要出去，忽然外面哭喊连声，一路骂入里面。只听那妇人言道：“你这狗官，将我媳妇放回还未有多日，果真是缉获凶手提去对质倒也罢了，忽又无影无形地牵涉好人。半夜三更许多男子拥入我家内，这是什么缘故？提人是他，放人也是他。今日不将这事办明，莫说我年老无用，定与他到兖州扭控，预备耽这忤辱官长的罪名，横竖也不能活命。”一面哭着向里走来。狄公知是唐氏，赶着说道：“他来得正巧，可将他一并带去，免致他不知这暧昧的地方。”又命人到何垲家中，将周氏提来。吩咐已毕，然后人众出了店门，来至汤得忠家内。

此时皇华镇上无不知道这事，前来看破此案，纷纷拥拥挤在门前。狄公先进去，在书房坐定，等众人到齐，随后来至徐德泰房中，指着那个地窨问道：“你既是读书子弟，理应安分守己，为何在卧床之下挖这一个地窨，有何用处？下面还有什么害人之物么？”徐德泰到了此时，全不开口。马荣上前禀道：“太爷既已将方砖挖起，下面无非是个暗门，通于别处，小人且下去探一探。”说着向乔泰取了烛台，到里面一照，只见有二三尺深一个深塘，直通那墙壁。上下皆是木板砌成，并无泥土。马荣跳了下去，往前走了两步，复见有个铜铃悬在中间，知是个暗号，便将铃绳一抽，响亮一声，见前面有块木板忽然开下，却是一个小小圆洞，有四五层坡台。马荣举步由坡台上去，约有四尺见方一个所在，四面俱看不出门路，不知由何处通着间壁。正在各处观望，将头一抬，早见上面有块方砖为头顶起，心下好不欢喜，随将烛台递与乔泰，两手举过头顶，将那方砖取过，隐隐的上面射进亮光。再伸头向洞外看去，正是那毕顺房中床柱之下。马荣见案已破，自己站在房内，命乔泰开了房门，由毕家大门绕至街上，到了汤家门口。众人见他由外面进来，心下无不诧异。只见他向唐氏说道："尊府的后门已经瞻仰了，请你前来观看罢。"狄公正在房中等下面消息，忽听乔泰在前进说话，知已通到间壁，有意如此，为众人观看。当即问道："可是通到那边？"乔泰道："正在那床脚之下，且请太爷下去一看。"狄公道："你且将汤先生与唐氏带来，陪本县一齐下去，方令他心下折服。"说着，众差已将两人提到，陆续的由原处到了毕家。此时汤得忠直急得目瞪口呆，恨不能立刻身死。狄公向他说道："这事你先生是亲目所睹，不必出门，可是干了那人命案件。岂非你知情故昧，教化不严？"复向毕唐氏道："你儿子仇人今已缉获，这个所在是在你媳妇房中寻出。怪不得他终日在家闭门不出，却是另有道路。岂非汝二人心地糊涂，使毕顺遭了这弥天大害。"唐氏到了此时，方知为媳妇蒙混。回想儿子身死，不由痛入骨髓，大叫一声，昏于地下。汤得忠见学生做出这不法之事，自己终日同处，不知这件隐情，明知罪无可诿，也是急得两眼流泪，向着狄公说道："此事举人实是不知，若早知有此事件，断不能有意酿成。现在既经父台揭晓，举人教化无方，也只好甘心认罪，请父台将徐德泰究办便了。"狄公见他这样，反去安慰了两句。然后命人用姜汤将唐氏灌醒。只见他咬牙切齿，爬起身来，要去寻他媳妇，与徐德泰拼命。狄公连忙阻道："汝这人何以如此昏昧？从前本县为你儿子申冤，那样向你解说，你竟执迷不悟。此时案已揭晓，人已获到，正是你儿子报仇之日，便该静候本县拷问明白，然后治刑抵罪，为何又无理取闹，有误本县的正事？"唐氏听了这话，只得向狄公叩头，哭道："非是我取闹，只因被这贱妇害得太毒。先前不知道，还以太爷是仇人，现在彰明昭著，恨不得立刻食他之肉。若非太爷是个清官，我儿子真是冤沉海底了。"说毕，复又痛哭不已。

狄公命人将他扶去，吩咐汤得忠将所有的学生概行解馆，房屋暂行发封，地窖命人填塞。唐氏无须带案，俟审明定罪，再行到堂。吩咐已毕，早有马荣、何垲将闲人驱逐出去。所有人犯，俱皆上了刑具，带到客店。然后狄公也回转寓内，吃了午饭，乘轿回衙。众差也押着人犯进城而去。不知后事如何，且看下回分解。

第二十七回

少年郎认供不讳　淫泼妇忍辱熬刑

话说狄公将地窖揭起，将一干人犯带回衙署，到了下昼，已至城内。众人进署，狄公先命将汤得忠交捕厅看管，奸夫淫妇分别监禁，以便明早升堂。自己到了书房，静心歇息，一心想道："我前日那梦，前半截俱灵验了，上联是个寻孺子遗踪，下榻空传千古谊。哪知这凶手便是姓徐，破案的缘由又在这榻下二字上。若不是马荣扮贼进房，到他床下搜寻，哪里知道还隔着墙壁就通奸之理？这个地窖，确确在他床柱下，此诚可谓神灵有感了。"一人思想了一会，然后安寝。

到了次日，一早升堂。知周氏是个狡猾的妇人，暂时必不肯承认，先命人将徐德泰提出，堂口跪下。狄公问道："本县昨日已将那通奸地方搜出，看你这年幼的书生，不能受那匪刑的器具。这事从何时起意？是何物害死毕顺？且照实供来，本县或可网开三面，罪拟从轻。"徐德泰道："此事学生实未知情，不知这地窖从何而有。推原其故，或者是从前地主为埋藏金银起见，以致遗留至今。只因学生先祖出任为官，告老回来，便在这镇上居住，买了这所房屋。起初毕家的房子，与这边房屋是一时同起，皆为上首房主赵姓执业。自从先祖买来，以人少屋多，复又转卖了数间，将偏宅与毕家居住。这地窨之设，或因此而有。若谓学生为通奸之所，学生实是冤枉，叩求父台格外施恩。”狄公听了，冷笑道：“看你这少年的后生，竟有如此巧辩。众目所睹的事件，你偏洗得干干净净，归罪在前人身上。无怪你有此本领，不出大门便将人害死了。可知本县也是个精明的官吏，你说这地窨是从前埋藏金银，这数十年来，里面应该尘垢堆满，晦气难闻，为何里面木板一块未损，灰尘也一处没有呢？”徐德泰道：“从前既用木板砌于四面，后来又无人开用，自然未能损坏。”狄公道：“便作他是为埋藏金银，何以又用那响铃呢？这事不用大刑，谅你断不招认。”吩咐左右，用藤鞭笞背。两边一声吆喝，早将他衣服撕去，一五一十，直望背脊打下。未有五六十下，已是皮开肉绽，鲜血直流，喊叫不止。狄公见他仍不招认，命人住手，将他推上，勃然怒道：“这也是你天网恢恢，备受刑惨。你既如此狡猾，且令你受了大刑，方知国法森严，不可以人命为儿戏。”随即命人将天平架移来。顷刻之间，已预备妥当。只见两人将徐德泰发辫系于横木上面，两手背绑在背后，前面有两个圆洞，里面安好的碗底，将徐德泰的两个磕膝直对在那碗底上跪下，脚尖在地，脚跟朝上。等他跪好，另用一根极粗极圆的木棍在两腿押定，一边一个公差，站定两头，高下的乱踩。可怜徐德泰也是个世家公子，哪里受过这苦楚！初跪之时，还可咬牙忍痛，此刻直听叫喊连声，汗流不止。没有一盏茶时，即渐渐的忍不住疼痛，两眼一昏，迷晕过去。狄公命人止刑，用醋慢慢地熏醒，将他搀扶起来，在堂上走了数次，渐渐的可以言语，然后又到案跪下。狄公问道：“本县这三尺法堂，虽江洋大盗，也不能熬刑挨过，况你这年少书生，岂能受此苦楚？可知害人性命，天理难容。据实供词，免致受苦。本县准情酌理，或非你一人起意，汝且细细供来。避重就轻，未为不可。”徐德泰到了此时，知已抵赖不过，只得向上禀道：“学生悔不当初，生了邪念。只因毕顺在世时节，开一个绒线店面，学生那日至他店中买货，他妻子坐在里面，见了学生进去，不禁眉目送情。

初时尚不在意，数次之后，凡学生前去，他便喜笑颜开，自己买卖。因此趁毕顺那日出去，彼此苟合其事。后来周氏又设法命毕顺居住店中，自己移住家内，心想学生可以时常前去。谁知他母终日在家，并无漏空，以此命学生趁先生年终放学，暗贿一匠人凿了这地道。由此便可时常往来，无人知觉。无奈周氏心地太毒，常说这暗去明来终非长久之计，一心要谋害她丈夫。学生执意不允。不料那日端阳之后，不知如何将他害死，其时并不知情。次日这边哭闹起来，方才知道。虽晓得是他害死，哪里还敢开口。迨毕顺棺椁埋后，他见学生数日未去，那日夜间忽然前来，向学生说道：'为你这冤家，将结发的丈夫结果，你反将我置之脑后。不如我此时出首，说你主谋行事。你若依我主见，做了长久夫妻，只要一两年后，便可设法明嫁与你。'学生那时成了骑虎之势，只得满口应允。从此无夜不到他那里。至前日父台入门破案，开棺揭验，学生已吓得日夜不安。不料开验无伤，复将他释放。连日正与学生计算，要择日逃走，不意父台访问明白，将学生提案。以上所供，实无半句虚词。至如何将毕顺害死，学生虽屡次问他，俱不肯说，只好请父台再行拷问了。此皆学生一时之误，致遭此祸，只求父台破格施恩，苟全性命。"说毕，在地下叩头不止。狄公命刑房录了口供，命他在堂上对质。

随即又提毕周氏，差人取监牌在女监将人提出。狄公道："汝前说毕顺暴病身亡，丈夫死后足不出户，可见你是个节烈的女子。但是这地窖直通你床下，奸夫已供认在此，你还有何辩？今再不供招，本县就不像从前摆布了。"周氏见徐德泰背脊流红，皮开肉绽，两腿亦是血流不止，知是受了大刑，乃道："小妇人丈夫身死，谁人不知是暴病？又经太爷开棺揭验，未有伤痕，已经自行请处。现在上宪来文，摘去顶戴，复又爱惜功名，忽思平反，岂不是以人命为儿戏？若说以地窖为凭，此房屋本是毕家向徐家所买，徐姓挖下这所在，后人岂能得知？从来屈打成招，本非信谳。徐德泰是个读书子弟，何时受过这重刑？鞭背踩棍，两件齐施，他岂有不信口胡言之理。此事小妇人实是冤枉。若太爷爱惜功名，但求延请高僧将我丈夫超度，以赎那开棺之咎。小妇人也可看点情面，不到上宪衙门控告，太爷的公事，也可从轻禀复，彼此含糊了事。若想故意苛求，硬行诿害，无论徐德泰世家子弟不肯甘休，小妇人受了这血海冤仇，生不能揭汝之皮，死必欲食汝之肉。这事曲直，全凭太爷自主，小妇人已置生死于不问了。”狄公听他这番话头，不禁怒气冲天，大声喝道：“汝这贱妇，现已天理昭彰，还敢在法堂巧辩。本县若无把握，何以知这徐德泰是汝奸夫？可知本县日作阳官，夜为阴宰，日前神堂指示，方得了这段隐情。汝既任意游词，本县也不能姑情。”说毕，命人照前次上了夹棍。登时将他拖下，两腿套入眼内，绳子一抽，横木插上。只听哎哟一声，两眼一翻，昏了过去。狄公在上面看见，向着徐德泰说道：“此乃他罪恶多端，刑辱未满，以故矢口不移，受此国法。当日他究竟如何谋害，汝且代他说出。即便非尔同谋，事后未有不与你言及，你岂有不知之理？”徐德泰到了此时，已是受苦不住，见狄公又来返问，深恐复用大刑，不禁流下泪来，向上说道：“学生此事实不知情，现已悔之无及。若果同谋置害，这法堂上面也不敢不供，何肯再以身试法？求父台还是向他拷问。”狄公见徐德泰如此模样，知非有意做作，只得命人将周氏松下，用凉水当头喷醒。过了好一会工夫，方才转醒过来，瘫卧地下，两腿的鲜血已是淌满面前。徐德泰站在旁边，心下实是不忍，只得开言说道：“我看你不如供罢。虽是你为我受刑，若当日听信我言，虽然不能长久，也不致遭此大祸。你即将他害死，这也是冤冤相报，免不得个抵偿，何必又熬刑受苦！”周氏听他如此言语，恨不得向前将他恶打：“足见得男子情薄，到了此时，反而逼我供认。你既要我性命，也怪不得反言栽你了。”当时哼了一声，开言骂道：“你这无谋的死狗。你诬我与你通奸，毕顺身死之时你应该全行知道，何以此时又说不知呢？若说你未同谋，既言苟合在先，事后你岂有不问的道理？显见你受刑不过，任意胡言，以图目前快活。不然便是受了这狗官买嘱，有意诬我。若问口供，是半字没有。”这片言语，不知狄公如何审问，且看下回分解。

第二十八回

真县令扮作阎王　假阴官审明奸妇

却说周氏在堂上任意熬刑，反将徐德泰骂了一顿，说他受了狄公买嘱，有意诬彼。这番言语，说得狄公怒不可遏，即命掌了数十嘴掌，仍是一味胡言。狄公心下想道："这淫妇如此挨苦，不肯招认。现已受了夹棒，若再用匪刑处治，恐仍无济于事。不若如此恐吓一番，看他怎样。"想毕，向着周氏道："本县今日苦苦问你，你竟矢口不承。若再用刑，恐目前送你狗命。特念你丈夫已死，不能复生，且有老母在堂，若竟将你抵偿，那老人更无依靠。汝若能将实情说出，虽是罪无可逭，本县或援亲老留养之例，苟全你性命。你且仔细思量，是与不是。今日权且监禁，明日早堂再为供说。"言毕，命人仍将男女带去，收入监牢，然后退堂。

到书房坐定，传命马荣、乔泰四人一齐进来。当即到了里面，狄公向马荣说道："这案久不得供，开验又无伤处，望着这奸夫淫妇一时不能定谳，岂不令人可恼。现有一计在此，必如此这般方可行事。唯有毕顺在日的身形，汝等未经见过，不知是何模样。若能访问清楚，到了那时，也不怕他不肯把认。"马荣道："这事何难？虽然未曾见过，那时开棺之时，面孔也曾看见，不过难十分酷肖。若要依样葫芦，这倒是条妙计。”狄公道：“汝既说不难，此时便去寻觅。虽不十分像样，那一时之际也可冒充得来。”马荣答应下来，自去办理。狄公又命乔泰、陶干、洪亮三人分头办事：“二鼓之后一律办齐，以便本县审讯。”众人各自前去不提。

且说周氏在堂上见狄公无理可谕，复用这几句骗言以便退堂，心下暗想道：“可恨这徐德泰无情无义，为他受了多少苦刑，未曾将他半字提出。他今日初次到堂，便直认不讳，而且还教我认供，岂非我误做这场春梦么！”又道：“你虽不是有心害我，因为熬刑不过，心悔起来，拼作一死以便抵命。不知你的罪轻，我的罪重，你既招出我来，横竖那动手之时你不知道。无论他如何用刑，没有实供，没有伤痕，总不能奈何我怎样。”一人在牢只顾胡思乱想，那知到了二鼓之后，忽然鬼叫一声，一阵阴风吹入里面，不禁的毛发倒竖，抖战起来，心下实是害怕。谁知正怕之际，忽然监门一开，进来一个蓬头黑面的恶鬼。到了里面，将他头发揪住，高声骂道：“你这淫妇，将丈夫害死，拼受严刑，不肯招认，可知你丈夫告了阴状，现在立等你对质，赶速随我前去。”说着，伸出那极冰极冷手，拖着就走。周氏到了此时，已吓得神魂出窍，昏昏沉沉，不由得随他前去。

只见走了些黑暗的所在，到了个殿阁的地方，许多青面獠牙的人站在阶下。堂口设了多少刑具，刀山油锅，炮烙铁磨，无件不有。当中设了一张大大的公案，上面摆了许多案卷，中间也无高照等物，唯有一对烛台上点着绿豆大小的绿蜡烛，光芒隐隐，实是怕人。周氏到了此时，知是森罗殿上，不可翻供，心下一阵阵同小鹿一般，目瞪口呆，半句皆不敢言语。再将上面一望，见当中坐着一个青面的阎王，纱帽黄须，满脸怒色。上首一人，左手执着一本案卷，右手执定一支笔，眼似铜铃，面如黑漆，直对着自己观望。下面侍立着许多牛头马面，各执刀枪棍棒。周氏只得在堂口跪下。见那提他的阴差走上去，到案前单落膝禀道：“奉阎罗遣差，因毕顺身死不明，冤仇未报，特在案下控告他妻子周氏谋害身亡。奉命差提被告，现在周氏已经到案，请阎罗究办。”只见中间那个阎王闻言怒道：“这淫妇既已提到，且将他叉下油锅，受毕阴刑，再与他丈夫对质。”话犹未了，那些牛头马面舞动刀枪，直望下面跑来。到了周氏面前，一阵阴风忽然又过，周氏才要叫喊，肩背上边已中了一枪，顷刻之间血流不止。两边正要齐来动手，忽听那执笔的官吏喊道：“大王且请息怒。周氏虽难逃阴遣，且将毕顺提来问讯一番，再为定罪。”那阎王听毕，遂向下面喊道：“毕顺何在？将他带来。”两边一声答应，但见阴风飒飒，灯影昏黄，殿后走出一个少年幼鬼，面目狰狞，七孔流血。走到周氏面前，一手将他拖住，吼叫两声“还我命来！”周氏再抬头将他一望，正是毕顺前来，不禁望后一栽，倒于地下。复听上面喊道：“毕顺，你且过来。你妻子既已在此，这阎罗殿前还怕他不肯承认？为何在殿前索命！汝且将当时临死之时是何景象，复述一遍，以便向周氏质讯。”毕顺听了这话，伏于案前，将头一摔，两眼如铜铃大小，口中伸出那舌头有一尺多长，直向上面禀道：“王爷不必再问，说来更是凄惨。那供词上面尽是实情，求王爷照上面问他便了。”那阎王听了这话，随在案上翻了一会，寻出一个呈状，展开看了一会，不禁拍案怒道：“天下有如此毒妇谋害的计策，真是想入非非。设非她丈夫前来控告，何能晓得他这恶计！左右待我引油锅伺候。若是他有半句迟疑，心想抵赖，即将他叉入里面，令他永世不转轮回。”两边答应一声，早有许多恶鬼阴差纷纷而下，加油的加油，添火的添火，专等周氏说错了口供，即将他叉入。周氏看了这样，心下自分必死，唯有不顾性命自认谋害情事，上前供道：“我丈夫平日在皇华镇开绒线店面，自从小妇人进门之后，生意日渐淡薄，终日三顿饮食维艰。加之婆婆日夜不安，无端吵闹，小妇人不该因此生了邪念，想另嫁他人。这日徐德泰忽至店内买物，见他少年美貌，一时淫念忽生，遂有爱他之意。后来又访知他家产富有，尚未娶妻，以至他每次前来，尽情挑引，遂至乘间苟合。且搬至家中之后，却巧与徐家仅隔一墙，复又生出地窖心思，以便时常出入。总之，日甚一日，只可处暂，未克处常，以此生了毒害之心，想置毕顺于死地。却巧那日端阳佳节，大闹龙舟，他带女儿玩耍回来。晚饭之后，带了几分酒意。当时小妇人变了心肠，等他睡熟之时，用了一根纳鞋底的钢针，对定头心命下，他便一声大叫，气绝而亡。以上是小妇人一派实供，实无半句虚语。”只见上面喝道：“你这淫妇，为何不害他别处，独用这钢针钉他的头上呢？”周氏道：“小妇人因别处伤痕治命，皆显而易见，这钢针乃是极细之物，钉入里面，外有头发蒙护，死后再有灰泥堆积，虽再开棺揭验，一时看验不出伤痕。此乃恐日后破案的意思。”上面复又喝道：“你丈夫说你与徐德泰同谋，你为何不将他吐出？而且又同他将你女儿药哑，这状呈写得清清楚楚，你为何不据实供来。显见你在这森罗殿前，尚敢如此狡猾。”周氏见他如此动怒，深恐他一声吆喝，又下油锅，赶紧在下面叩头道：“此事徐德泰实不知情。因他屡次问我，皆未向说。至将女儿药哑，此乃那日徐德泰来房，为他看见，恐他在外混说露了风声，因此想出主意，用耳屎将他药哑。别事一概没有，求王爷饶命。”周氏供毕，只听上面喝道：“谅你这一个妇人，也逃不了阴曹刑具。今且将汝放还阳世，俟禀了十殿阎王，那时且要汝命，来受那刀山油锅之苦。”说毕，仍然有两个蓬头散发的恶鬼将他提起，下了殿前，如风走相似，提入牢中，复代他将刑具套好。周氏等他走后，吓出一身冷汗，抖战非常。心中糊糊涂涂，疑惑不止：“若说是阴曹地府，何以两眼圆睁，又未睡熟，那里便会鬼迷。若说不是，这些牛头马面、恶鬼阴差，又从何处而来？”一人思想，心下实是害怕，遥想这性命不保。

看官你道这阎王是谁？真个是阴曹地府么？乃是狄公因这案件审不出口供，虽再用刑，无奈验不出伤痕，终是不能定谳，以故想出这条计策。命马荣在各差里面找了一人，有点与毕顺相同，便令他装作死鬼。马荣装了判官，乔泰与洪亮装了牛头马面，陶干与值日差装了阴差。其余那些刀山油锅，皆是纸扎而成。狄公在上面，又用黑烟将脸涂黑，半夜三更又无月色，上面又别无灯光，只有一对绿豆似的蜡烛，那种凄惨的样子，岂不像个阴曹地府？此时狄公既得了口供，心下甚是欢喜。当时退入后堂，以便明日复审。不知后事如何，且看下回分解。

第二十九回

狄梁公审明奸案　阎立本保奏贤臣

却说狄公扮作阎罗天子，将周氏的口供吓出，得了实情，然后退堂入内，向马荣道：“此事可算明白。唯恐他仍是不承便，又要开棺揭验，那时岂不又多此周折？汝明日天明，骑马出城，将唐氏同那哑子一并带来。本县曾记得古本医方，有耳屎药哑子用黄连三钱、人黄五分可以治哑，因此二物乃是凉性，耳屎乃是热性，以凉克热，故能见效。且将他女儿治好，方令他心下惧怕，信以为真，日间在堂上供认。”马荣答应下来，便在衙中安歇了一会。等至天明，便出城而去。

狄公当时也不升堂，先将夜间的口供看了一会。直至下昼时分，马荣将两人带回来至后堂，狄公先向毕顺的母亲说道：“你儿子的伤痕致命，皆知道了。汝且在此稍等，俟将这孩子哑病治好，再升堂对质。唯恨你这老妇糊涂，儿子在日终日里无端吵闹，儿子死后又不许察看隐情，反说你媳妇是个好人。”当时便命刑房将徐德泰的口供念与他听。老妇听毕，不禁痛哭连天，说：“老妇人疑惑媳妇静守闺房是件好事，谁知他早有此事，另有出入的暗门呢。若非太爷清正，我儿子虽一百世也无人代他申这冤仇。”狄公道：“此时既然知道，则不必鲁苏了。”随即命人将医药治好，命那哑子服下。

不有一两个时辰，只见那哑子作呕非凡，大吐不止。一连数次，吐出许多痰涎在那地下。狄公又令人将他扶睡在炕上，此时如同害病相似，只是吁喘。睡了一会，旁边递上一杯浓茶，使他喝下。那女子如梦初醒，向着唐氏哭道："奶奶，我们何以来至此地？把我急坏了。"老妇人见他能开言说话，正是悲喜交集，反而说不出话来。狄公走到他面前，向女孩子说道："你不需惧怕，是我命汝来的。我且问你，那个徐德泰徐相公，你可认得他么？"女孩子见问这话，不禁大哭起来，说道："自从我爹死后，他天天晚间前来。先前我妈令我莫告诉奶奶，后来我说不出话，他也不瞒我了。你们这近来的事，虽是心里明白，却是不能分辩。现在我妈到哪里去了？我要找他去呢。"狄公听了这话，究竟是个小孩子，也不同他说什么，但道："你既要见你妈，我带你去。"随即取出衣冠，大堂伺候。

当时传命出去，顷刻之间差役俱已齐备。狄公升了公坐，将周氏提出。才到堂口跪下，那个小孩子早已看见，不无总有天性，上前喊道："妈呀，我几天不见你了。"周氏忽见她女儿前来，能够言语，这一惊实是不小，暗道："昨夜阎罗审了口供，今日他何以便会说话？这事我今日不能抵赖了。"只见狄公问道："周氏，你女本是个哑子，你道本县何以能将他治好呢？"周氏故意说道："此乃太爷的功德。毕顺只有这一女，能令他言语通灵，不成残废，不独小妇人感激，恐毕顺在九泉之下也是感激的。"狄公听了，笑道："你这利口，甚是灵便。可知非本县的功劳，乃是神灵指示。因你丈夫身死不安，控了阴状，阎罗天子准了呈状，审得你女儿为耳屎所哑，故指示本县，用药医治。照此看来，还是你丈夫的灵验。但是他遭汝所害，你既在阴曹吐了口供，阳官堂上自然毋庸辩赖。既有阳府牒文在此，汝且从实供来，免得再用刑拷问。"周氏到了此时，心下已是如冷水一样，向着上面禀道："太爷又用这无稽之言前来哄骗。女儿本不是生来便哑，此时能会言语，也是意中之事。若说我在阴曹认供，我又未尝身死，焉能得到阴曹。”狄公听毕，不禁拍案，连声喝叫：“掌嘴！”众差答应，打毕。狄公复又怒道：“本县一秉至公，神明感应，已将细情明白指示，难道你独惧阎王，具情供认，到了这县官堂上便任意胡供么？我且将实据说来，看你仍有何说。你丈夫身死，伤痕是头顶上面；女儿药哑，可是用的耳屎么？这二事本县从何知道？皆是阴曹来的移文，申明上面。故本县依法行事，将这小孩子治好。你若再不承认，不但目下要用官刑，恐半夜三更不能逃那阴遣。不如此时照前供认，本县或可从轻治法。”这派话早已将周氏吓得魂飞天外，自分抵赖不过，只得将如何起意，如何通奸，以及如何谋害，如何药哑女儿的话，前后在堂上供认了一遍。狄公命刑书将口供录毕，盖了手模印花，仍命入监收禁。当时将汤忠由捕厅内提出，申斥一番，说他固执不通，疏于防察：“因你是个一榜，不忍株连，着仍回家中教读。”徐德泰虽未同谋，究属因奸起见，拟定绞监候的罪名。毕顺的母亲同那女小孩子，赏了五十千钱，以资度活。吩咐已毕，然后退堂，令他三人回去，这也不在话下。

单表狄公回转书房，备了四柱公文，将原案的情节以及各犯的口供，申详上宪。将周氏拟了凌迟的重罪，直等回批下来，便明正典刑。谁知这案件讯明，一个昌平县内无不议论纷纷。街谈巷议说：“这位县太爷，真是自古及今有一无两。这样疑难案情，竟被他审出实供，为死鬼申了冤枉，此乃是我们百姓的福气，方有这如此好官。”那一个说：“你晓得毕顺的事不然难办，那个胡作宾，为华国祥一口咬定，说他毒害新人，那件事还格外难呢。若是别的县官，在这姓胡的身上必要用刑拷问，他便知道不是他，岂不是有先见之明么？而且六里墩那案，宿庙烧香，得了什么梦兆，就把那个姓邵的寻获。诸如这几件疑案，断得毫发无讹。听说等公文下来，这毕周氏要凌迟呢。那时我们倒要往法场去看。”谁知这百姓私自议论，从此便你传我，我传你，不到半月之久，狄公的公文未到山东，那山东巡抚已知这事。

此人乃姓阎，名立本，生平正直无私，自莅任以来，专门访问民情，严察僚属。一月之前，狄公因开验毕顺的身尸未得致命的伤痕，自请处分。这公事上去，阎公展看之后，心下想道："此案甚属离奇。岂能无形无影的便开棺揭验？莫非他因苛索平民，所欲不遂，寻出这事恐吓那百姓的钱财，后来遇见地方绅士，逼令开棺，以致弄巧成拙，只得自行请处？"正拟用批申斥，饬令革职离任，复又想道："纵或他是因贪起见，若无把握，虽有人唆使，他亦何敢开棺？岂不知道开验无伤，罪干反坐？照此看来，倒令人可疑。或者是个好官，实心为民理事，你看他来文上面说，私访知情，因而开验，究或风闻有什么事件，要实事求是地办理，以致反缠扰在自己身上。这一件公事，这人的一生好坏便可在这上分辨，我且批个革职留任，务获根究，以便水落石出。俟凶手缉获，讯出案情，仍因具情禀复。"这批批毕，回文到了昌平，狄公遂日夜私访，得了实情，现已列供详复。

这日，阎立本得了这件公事，将前后的口供推鞫一番，不禁拍案叫道："天下有如此好官，不能为朝廷大用，但在这偏州小县做个邑宰，岂不可惜！我阎某不知便罢，今日既然晓得，若是知而不举，岂非我蔽塞言路？"随即举笔起了一道奏稿，先将案情叙上，然后保举狄公乃宰相之才，不可屈于下位。此时当今天子，乃是唐高宗晏驾之后，中宗即位，被贬房州，武则天娘娘坐朝理政。这武后乃是太宗的才人，赐号武媚。太宗崩驾，大放宫娥，他便削发为尼，做了佛门弟子，谁知性情阴险，品貌颇佳。迨高宗即位之后，这日出外拈香，见了这个女尼，心下甚是喜悦。其时王皇后知道高宗之意，阴令他复行蓄发，纳入后宫。不上数年，高宗宠信，封为昭仪。由此他便生了不良之心，反将王皇后与萧皇后害死，他居了正宫之位。以后更宣淫无道，秽乱春宫。高宗崩后，他便将中宗贬至房州，降为庐陵王，不称天子。所有他娘家的内侄，如武承嗣、武三思等人，皆封居极品，执掌朝政。凡先皇的旧臣，如徐敬业、骆宾王这班顾命的大臣，托孤的元老，皆置之不用。其时荒淫无道，中外骚然，把个唐室的江山，几欲改为武姓。而且自立国号，称为后周。种种恶迹，笔难尽述，所幸有一好处，凡是有才有学之人，他还敬重。阎立本知道这武后为人，虽想整理朝纲，无奈一人力薄，此时见狄梁公有如此才学，随即具了奏本，申奏朝廷，请国家升狄公的官职。不知所奏如何，且看下回分解。

第三十回

赴杀场三犯施刑　入山东二臣议事

话说阎立本将狄公的人才并一切的案件，具本申奏。这日，武后临朝启事，官将原折呈上。武后展看毕，乃道：“这狄仁杰乃是太原人氏，高宗在位曾举明经。此人本先皇的巨子，应该早经大用，此时既是阎立本保奏，着升汴州参军之职。邵礼怀、毕周氏两案，分别斩首凌迟。俟此案完结，立赴新任。”这旨一下，未到一月，已由山东巡抚转饬到昌平，狄公得着这信，当即在大堂上设了香案，望阙谢恩。次日传齐合县的差役，置了一架异样的物件，名叫木驴，此乃狄公创造之始，独出其奇，后来许多官吏，凡有这谋杀夫主的案件，屡用这套刑具，以儆百姓。你道狄公置这样器具是何用意？为这个周氏将毕顺害死，乃是极隐微极秘密之事，除去徐德泰与周氏两人，并无一人知道，尚且天网不漏，将无作有，审出真情。可见世上男子妇人，皆不可生了邪念。狄公要警戒世俗，怕的合城百姓不得周知，虽然听人传说，总不若目睹为确，因此想出这主意；置了这木驴。其形有三尺高矮，如同板凳相仿，四只脚向下，脚下有四个滚路的车轮，上面有四尺长、六寸宽的一个横木面子，中间造就一个柳木驴，鞍上系了一根圆头的木杵，却是可上可下，只要车轮一走，这杵就鼓动起来。前后两头造了驴头、驴尾。差人领了式样，连夜打造成功。

到了第三日上，狄公绝早起来，换了元服，披了大红披肩，传齐通班差役及刽子手等，皆在大堂伺候。然后发了三梆，升了公差，标毕监牌，捆绑手先进监将邵礼怀提出，当堂验明正身，赐了斩酒杀肉。捆绑已毕，插好标旗，命人四下围护。随即又将徐德泰由监内提出，可怜他本是个世家子弟，日前在堂上受刑已是万分苦恼，此时坐在监内，忽见两个公差，一人执着监牌，一人上前在他肩头一拍，说道："恭喜你，喜期到了。"说着两手一分，早将红衣撕去，随即揪着发辫，拖出监来。徐德泰到了此时，知是欲身首异处，回想父母在家无人侍奉，只为一时邪念，遂尔明正典刑，一阵心酸，悔之已晚，不禁大哭连天。到了堂上，狄公也就命捆绑起来，标了"绞犯"二字，着人看守。然后方标明女犯。到了女监，将毕周氏提出，两手绑于背后，插了旗子。两人将木驴牵过在堂口，将他抬坐上去，和好鞍缰，两腿紧缚在凳下。此时周氏也是神魂出窍。吓得如死人一般，雪白的面目变作灰黑的骷髅，听人摆布。狄公见他上了木驴，先命两人执着拖绳，中间两人两边照应，然后命城守营兵并本衙的小队排齐队伍，在前开路，随后众差役执着破锣破鼓，敲打而行。狄公等这许多人去后，方命人先将邵礼怀推走，中间便是徐德泰，末后是那只木驴，两人牵着，出了衙门。狄公坐在轿内，押着众犯，刽子手举着大刀，排立轿前，后面许多武官，骑马前进。

此时城里城外，无论老少妇女，皆拥挤得满街，争先观看。无不恨这周氏，说："你这淫恶的妇，也有今日这样的现丑。那日谋害之时，何以忍心下手！到了此时，依然落空，受了凌迟的重罪。你看这面无人色的样子，我料他提时已经吓死。若是有气，被这木驴子一阵乱拖，木杵一阵乱打，岂不将尿屎全行撒下。"旁边一人听他这话，不禁大笑起来，说道："你倒说得好，真代他想尽了。不知他此时即便欲撒尿屎，也吓得撒不出来。不然那旁边的两个，岂不造了孽结么？"

他两人正是谈笑，后面有一老者说道：“他是已悔之无及了，你们还是取笑呢。古人说得好：‘天作孽犹可违，自作孽不可活。’他这个人，也是自寻的苦恼。可知人生在世，无论富贵贫贱，皆不可犯法。他如安分守己，与那毕顺耐心劳苦，虽是一时穷困，却是一夫一妻的同偕到老，安见得不转贫为富？他偏生出这邪念，不但害了毕顺，而且害了那徐德泰。不独害了徐德泰，还是害了自己。这就教个祸恶到头终有报，只争来早与来迟。你们只可以他为戒，不可以他取笑。”众人在此议论，早见三个犯人已走了过去，内有些少年豪兴的人跟在后面，看他临刑。纷纷拥拥，直至西门城外。

到了法场，所有的兵丁列于四面，当中设着两个公案，上首县官，下首是城守。狄公下轿入座。只见刽子手先将邵礼怀推于地下，向那两块小土堆上跪好，前面一人拖着发辫，旁边执定大刀。只听阴阳生到了案前，报了午时，四面炮响一声，人头已早落地。刽子手随即一腿将尸腔打倒，提起人头，到了狄公案前，请他相验。狄公用硃笔点了一下，然后将那颗人头摔去多远。复行到了徐德泰面前，也照着那样跪下，取出一条绵软的麻绳，打了圈子，在他颈项套好。前后各一人，用两根小木棍系在绳上，彼此对绞起来。可怜一个文墨书生，只因误入邪途，遂至遭此刑苦。只见他三收三放，早已身死过去。那片舌头，有五六寸长，拖于外面，见在眼内，实是令人可怕。刽子手见他气绝，方才住手松下。这才许多人将周氏推于地下，先割去首级，依着凌迟处治。此时法场上面那片声音，犹如人山人海相似，枪炮之声，不绝于耳。约有半个时辰，方才事毕。除邵礼怀无人收尸外，那两人的家属俱皆备了棺木，预备入殓。唯有徐德泰的父母同汤得忠，痛哭不已。狄公见施刑完竣，与城守营回转城中，到郡庙拈香。回至署中，升堂公座，击鼓排衙，然后退入后堂，换了便服，俟新任前来，便交卸往汴州到任。

一连数日，在衙无事。这日午后，忽然门役进来报道：“现有抚院差官在大堂伺候，说奉抚宪台命，特奉圣旨前来，请太爷到大堂接旨。”狄公听了这话，心下甚是诧异，不知是何事。只得命人设了香案，自己换了朝服，来至大堂，行了三跪九叩的礼。那差官站立一旁，打开一个黄布包袱，里面有个黄皮匣子，内中请出圣旨，在案前供好。等他行礼已毕，方才开读。乃是皇上爱才器使，不等狄公赴汴州新任，便升为河南巡抚，转同平章事。狄公接了此旨，当时望阙谢恩，将圣旨在大堂供好，然后邀那差官到书房入座。献茶已毕，安歇一宵。次日新任已到，当即交代印绶，择日起行。所有合县绅缙以及男妇老幼，无不攀辕遮道，涕泪交流。狄公安慰了一番，方才出城而去。

在路非止一日。这日到了山东，禀知卸任。阎立本见他前来，随即命人开了中门，迎于阶下。狄公见礼已毕，向前言道：“大人乃上宪衙门，何劳迎接？如此谦恭逮下，令狄某殊抱不安。”阎公道：“尊兄乃宰相之才，他日旋乾转坤，当在我辈之上。且在官言官，日前虽分僚属，今日是河南巡抚，已是敌体平行，岂容稍失礼貌。”狄公谦逊了一会，然后入座献茶。叙了一会寒暄，狄公方才问道：“下官自举明经之后，放了昌平县宰。只因官卑职小，不敢妄言。现虽受国厚恩，当此重任，不知目今朝政如何？在延诸臣，谁邪谁正？”阎公见他问了这话，不禁长叹一声，见左右无人，当即垂泪言道：“目今武后临朝，秽乱春宫，不可言喻。中宗遭贬，远谪房州，天子之尊降为王爵。武三思、武承嗣皆出身微贱之人，居然干预朝政，言听计从。还有那张昌宗这班狗党，伤天逆理，出入宫闱，丑迹秽言，非我等巨子所敢言，亦非我等巨子所能禁。现在如骆宾王、徐敬业、张柬之、房玄龄、杜如晦这般老臣宿将，皆是心余力乏，无能为力。眼见得唐室江山，送与这妇人之手。下官前日思前想后，唯有大人可以立朝廷，故因此竭力保举。唯望同心合力，补弊救偏，保得江山一统。那时不独先皇感激，即普天百姓也是感激的。”说着，不禁流下泪来。狄公听毕，言道：“大人暂且放心。古言君辱臣死，现在武后临朝，中宗远贬，既迁下官为平章之职，正我进忠报国之秋。此去不将那武三思、张昌宗等人尽治施行，也不能对皇天后土。”说着，也是闷闷不已。谁知狄公存了此意，入京之后适值张昌宗出了一件祸事，他便照例而行，受了一番窘辱。不知后事如何，且看下回分解。

第三十一回

大巡抚访闻恶棍　小黄门贪索脏银

话说狄公听阎立本一番议论，心下也是不平。当时在巡抚衙门住宿一宵，杯酒谈心，自必格外亲近。次日狄公一早启程，只带了马荣等人几个随身的仆众，长亭揖别。一路登程，渡过黄河已到河南境内。盖因唐朝承晋隋之后，建都在汴梁，河南一省乃畿辅要地，武后虽荒淫无道，也知都城一带，非有一人才出众、德望素著的人不能震慑，因此命狄公为河南巡抚。

这日已抵境内，当时不便声张，深恐沿路的各官郊劳迎送，那时不但供应耗费，且各处知巡抚前来，那些奸宄流氓、土豪恶棍以及那些贪官墨吏反而敛迹藏形，访闻不出，因此，只带有仆众数人在客店住下。当晚住宿一宵，次早命众人在寓守候，自己只带了马荣，出门而去，沿乡各镇私访一遭。

一日，来至清河县内。此县汉朝名为孟津县，晋朝改为富平县，唐朝复改为“清河”两字。这县地界与洛阳、偃师两县毗连，皆是河南府属下。当时清河县令姓周，名卜成，乃是张昌宗家的家奴。平日作奸犯科，迎合主人的意思，谋了这个县令的实缺，到任之后，无恶不作。平日专与地方的劣绅刁监狼狈为奸，百姓遭他的横暴，恨不能寝皮食肉。虽经列名具禀，到上宪衙门控告，总以他朝内有人，不敢理论，反而苛求责备，批驳了不准。狄公到了境内，正自察访，忽到了一个乡庄，许多人拥着一个五十余岁的老人在那里谈论。当时不知何故，与马荣两人到了前面。只听人众说道："你这人也不知利害，前月王小三子为他妻子的事件，被他家的人打了个半死，后来还是不得回来。胡大经的女儿现在被他抢去，连寻死都不得漏空。你媳妇为他抢骗，谅你这人有多大本领，能将他告动了，这不是鸡蛋向鹅卵石上碰么？我劝你省点气力，直当没有这媳妇的。横竖你儿子又没了，你这小儿子还小，即使你不顾这老命，又有谁人问你？"狄公听了这话，心下已知大半，乃向前问道："你这老人儿姓甚名谁？何故如此短见，哭得这样利害？"旁边一人说道："你先生是个过路的客人，听你这口音不是本地人氏，故不妨告诉你，谅你们听见，也是要怄气的。这县内有个富户人家，姓曾，名叫有才。虽是出身微贱，却是很有门路。"随又低声说道："你们想该听见，现在武后荒淫，把张昌宗做了散骑常侍，张易之做了司卫少卿。因他两人少年美貌，太平公主荐入宫中，武后十分喜悦，每日令他两人更衣傅粉，封作东宫。连武承嗣、武三思等人，皆听他的指挥，代他执鞭牵镫。现在又听见称张易之为张五郎，张昌宗为张六郎，皆是承顺武后的意旨。因此文武大臣恭维他，比恭维主子还胜十倍。这个姓曾的，乃是张家三等丫头的儿子。不知怎样得了许多钱财，来这地方居住，加之这县官周卜成又是张家的出身，彼此首尾相照。以故曾有才便目无法纪，平日霸占田产，抢夺妇女，也说不尽他的恶迹。这位老人家姓郝，叫干庭，乃是本地的良民。生有两个儿子，长子名唤有霖，次子名叫有雾。这有霖于去年七月间病故，留下那吴氏妻子。这吴氏，虽是乡户人家，倒还申明大义，立志在家中侍养翁姑，清贫守节。谁知曾有才前日到东庄收租，走此经过，见他有几分姿色，喝令佃户将他抢去。现在已有两日，虽经他到县里喊冤，反说他无理诬栽，砌词控诉。他知道这县官与他一类，还欲去告府状。若是别人做出这不法事来，纵然他老而无能，我们这邻舍人家也要代他公禀申冤。无奈此时世道朝纲俱已大变，即便到府衙去告，吃苦化钱，告了还是个不准。虽控了京控，有张昌宗在武后面前一说，无论你血海的冤仇，也是无用。现在中宗太子还无辜地遭贬呢，何况这些百姓，自然受这班狐群狗党的祸害了。你客人虽是外路的人，当今时事未有不知道的，我们不能报复此事，也只好劝他息事，落个安静日子，以终余年，免得再自寻苦吃。所以我们这合村的人，在此苦劝。"

狄公听了这话，不由得忿气填胸，心下叹道："国家无道，民不聊生，小人在朝，君子失位。你听这班人的言语，虽是纯民的口吻，心中已是恨如切骨了。我狄某不知此事便罢，既然亲目所睹，何能置之不问？"乃向那老者说道："你既受了这冤屈，地方官又如此狼狈，我指你一条明路。目下且忍耐几天，可知本省的巡抚现在放了狄大人了？此人与这班奸臣作对，专代百姓申冤，为国家除佞。目下已经由昌平到山东，渡黄河进京，不过一半月光景，便可到任。那时你到他衙门控告，包你将这状子告准。我方才听你众人说，还有两个人家，也受了他害，一个女儿一个妻子也为他抢去。你最好约同这两人，一齐前去，包你有济。我不过是行路的人，见你们如此苦恼，故告知你们。"众人连忙问道："这个人可是叫狄仁杰么？他乃是先皇的老臣，听说在昌平任上，断了许多疑难案件。如果是他前来，真是地方的福气了。"狄公当时又叮嘱一番，与马荣走去。沿路上又访出无限的案情，皆是张昌宗这党类居多，当时记在心上。然后回转客店，歇了一日，这才到京。

先到黄门官那里挂号，预备宫门请安，听候召见。谁知自武后坐朝以来，在京各员无不贪淫不法。这黄门官乃是武三思的妻舅，姓朱，叫朱利人，也是三思在武后面前竭力保奏，武后因是娘家的亲戚，便令他做了这个差使。一则顺了三思的意思，二则张昌宗这班人出入便无阻隔。谁知朱利人莅事以来，无论在京在外大小官员，若是启奏朝廷，入见武后，皆非送他的例规不可。自巡抚节度使起，以及道府州县，他皆有一定的例银。此时见狄公前来上号，知他是新简的巡抚，疑惑他也知道这个规矩，送些钱财与他。当时见门公进来禀报，随即命人请见。狄公因他是朝廷的定制，虽是人品微贱，也只得进去与他相见。彼此见礼坐下，朱利人开言说道："日前武后传旨，命大人特授这河南巡抚。此乃不次之擢，莫非大人托舍亲保奏么？"狄公一听，心下早已不悦。明知他是武三思的妻舅，复故意问道："足下令亲是谁？下官还未知道。"朱利人笑道："原来大人是初供京职，故而未知。本官虽当这黄门的差使，也忝在国戚之列，武三思乃本官的姐丈，在京大员，无人不知。照此看来，岂不是国戚么！大人是几时有信至京，请他为力？"狄公将脸色一变，乃道："下官乃是先皇的旧臣，由举明经授了昌平县令。虽然官卑职小，只知道尽忠效力，为国为民，哪知道与这班误国的奸臣、欺君的贼子为伍。莫说书信贿赂是下官切齿之恨，连与这类奸党见面，恨不能食肉寝皮，治以国法，以报先皇于地下。至于升任原由，乃是圣上恩典，岂汝等这班小人所知。"

朱利人见狄公这番正言厉色，知道是个冰炭，心下暗道："你也不访访，现在何人当国！说这派恶言，岂不是故意骂我？可知你虽然公正，我这规矩是少不了的！"当时冷笑道："大人原来是圣上简放，怪不得如此小视下官。这差使也是朝廷所命，虽然有俸有禄，无奈所入甚少，不得不取偿于诸官。大人外任多年，一旦膺此重任，不知本官的例银可曾带来？"狄公听了此言，不禁大声喝道："汝这该死的匹夫，平日贪赃枉法，已是恶迹多端。本院因初入京中，不便骤然参奏，你道本院也与你们一类么？可知食君之禄，当报君恩。本院乃清廉忠正的大臣，哪有这赃银与汝？汝若稍知进退，从此革面洗心，乃心君国，本院或可宽其既往，免予追究。若以武三思为护符，可知本院只知道唐朝的国法，不知道误国的奸臣。无论他是太后的内侄，也要尽法惩治的，而况汝等这班狗党！”朱利人为狄公骂这一顿，一时转不过脸来，不禁恼羞成怒，乃道：“我道你是个堂堂的巡抚，掌管平章，故而与汝相见。谁知你目无国戚，信口雌黄。这黄门官也不是为你而设，受你指挥，你虽是个清正大员，也走不过我这道门路。你有本领，去见太后便了。”说着，怒气冲冲，两袖一起，转入后堂而去。狄公那里容得下去，高声大骂了一阵，乃道：“本院因你这地方是皇家的定制，故而前来。难道有你阻隔，便不能入见么？明日本院在金殿与你辩个高下。”说毕，也是怒气不止，出门而去，以便明日见驾。不知后事如何，且看下回分解。

第三十二回

元行冲奏参小吏　武三思怀恨大臣

话说狄公为朱利人抢白一顿，大骂出来。马荣上前问道：“大人何故如此动怒？”狄公道：“罢了罢了。我狄某受国厚恩，升了这封疆重任，今日初次入京，便见了这许多不法的狗徒，贪婪无礼。无怪四方扰乱，朝政孤悬，将一统江山败坏在女子妇人之手。原来这班无耻的匹夫，也要认皇亲国戚，岂不令人可恼！”当时命马荣择了寓所，先将众人行李安排停妥，然后想道：“目今先皇崩驾，女后临朝，所有年老的旧臣不是罢职归田，便是依附奸党。明日若不能入朝见驾，不但被这狗头见笑，他必无端谎奏，陷害大臣。”自己想了一会，唯有通事舍人元行冲这人尚在京中，不与这班人为伍，此时何不前去访拜，同他商议个良策，以便将朱利人惩治。想毕，仍然带了马荣，问明路径，直到行冲衙门而来。

到了前面，先命马荣递进名帖。家人见是新简的巡抚，平日又闻他的声名，不敢怠慢，进内禀明主人。元行冲这连日正是为国忧勤，恨不能将张昌宗、武三思罢斥出朝，复了中宗的正位，无奈势孤力薄，没有同力之人，因此在书房长吁短叹。忽见家人取出名帖，说新任巡抚来拜，元行冲抬头一看，见是“狄仁杰”三字，心下好不欢喜。随即命人开了中门，自己迎接出去。彼此相见，携手同归，到了厅前，见礼入座。元行冲开言说道：“自从尊兄授了县令，倏忽光阴已有数载。近年公车到此，访闻德政，真乃为国为民古今良吏。目下圣心优隆，放了畿辅的大臣，此乃君民之福。可知这数年之内，先皇晏驾，女后临朝，国事日非，荒淫日甚。凡从前老成硕望，半就凋零。我辈生不逢辰，遇了无道之世，虽欲除奸佞启悟君心，无奈人微言轻，也只好靦颜人世了。”说到此处，不觉声音呜咽，流下泪来。狄公见他如此，乃道：“下官虽授了这重任，可知职分愈大，则报效愈难。武后荒淫，皆由这班小人煽惑。下官此来奉拜，正有一事相商，不知大人可能为力？”当时就将朱利人的话说了一遍。元行冲道：“此人却是武三思的妻舅，可恨在廷巨子谄媚求荣，承顺他的意旨。平时觐见，不有一千，便有八百，日复一日，竟成了牢不可破之例。不然便谎君欺君，阻挠觐见。前虽有据实参奏，皆为武三思将本章抽下，由此各官畏惧权势，争相贿赂。京中除下官与张柬之这四五人没有这陋规赃款，其余无不奉承。尊兄既欲除此弊端，必待下官明日入朝，然后尊兄如此这般，方可令朝廷得悉，随后这狗头也可知敛迹。”当下议论已毕，便留狄公在衙饮酒。杯盘肴核，备极殷勤，席中无非谈些乱臣贼子。到了二鼓以后，方才席散回寓，一宿无话。

次日五鼓起来，具了朝服，也不问朱利人代他启奏与否，公然到了朝房，专等入朝见驾。此时文武大臣见他是新任的巡抚，方欲与他接见，忽然见朱利人的小黄门进来一望，然后高声说道：“今日太后有旨，诸臣入朝启奏，俱各按名而进。若无名次，不准擅入，违者斩首。”说毕，当时在袖内取出一道旨意，上面写了许多人名，高声朗诵，从头至尾念了一遍，其中独没有狄公的名字，狄公知他是假传圣旨，随即向前问道：“你这小黄门，既然在此当差，本院昨日前来挂号，为何不奏知圣上，宣命朝见？”那个小黄门将他一望，冷笑道：“这事你问我么？也不是我不令你进去。等有一日你见了圣驾，那时在金殿上询问，方可明白。这旨意是朱国戚奏的，圣上谕的，你来问我，干我甚事？”狄公听了如此言语，恨不能立刻将他治死，只因圣驾尚未临朝，不便预先争论，但道：“此话是你讲的，恐你看错了。本院那时在圣驾面前，可不许抵赖。”说着，元行冲也进了朝房，众人也不言语。

不多一会，忽听景阳钟响，武后临朝。众大臣皆起身入内。狄公俟众人走毕，然后也就起身，出了朝房，直向午门而去。那个小黄门看见，赶着向前喝道：“你是个新任的巡抚，难道朝廷统制都不知道么？现有圣旨在此，若未列名，不准入见，何故忤逆圣旨，有意欺君？我等做此官儿，不能听你做主，还不为我出去！”说着抢上一步，伸手揪着狄公的衣襟，拖他回去。狄公当时大怒不止，举起朝笏向小黄门手掌上面猛力一下，高声喝道：“汝这狗头，本院乃是朝廷的重臣。封疆的大吏，圣上升官授职，理应入朝奏事。昨日前来挂号，那个朱狗头滥索例规，贪赃枉法，已是罪无可道。今又假传圣旨，欺罔大臣，该当何罪？本院预备领违旨之罪，先与你这狗头入朝见驾，然后与朱利人分辩。”说着，举起朝笏直望小黄门打下。小黄门本是朱利人命他前来，见狄公如此动怒，不禁有意诬栽，高声喊道：“此乃朝廷的朝房，你这人如此无理，岂不欲前来行刺么？”里面值日的太监，听见外面喧嚷，不知为着何事，随即命人奏知武后，一面许多人出来询问。

此时元行冲与众人正是山呼已毕，侍立两旁，见武后在御案上观各臣的奏本。忽有值殿官向前奏道：“启我主万岁，不知谁人紊乱朝纲，目无法纪，竟敢在朝房向小黄门揪打。似此欺君不法，理合查明议罪，请圣驾旨下。”武后正要开言，早有元行冲俯伏金阶，向上奏道：“请陛下先将朱利人斩首，然后再传旨查办。”武后道：“卿家何出此言？他乃黄门官之职，有人不法闯入朝门，他岂有不阻之理？为何反欲将他斩首？”元行冲道：“且奏陛下，新任河南巡抚现是何人？封疆大吏入京见驾，可准其陛见么？”武后道：“孤家正在思念此人。前山东巡抚阎立本保奏，狄仁杰在昌平县内慈爱惠民，尽心为国，颇有宰相之才。朕思此人虽为县令，乃是先皇的旧臣，因此准奏先授汴州参军，未及至任便越级升用，简了这河南巡抚同平章事。此旨传谕已久，计日此人也应到京，卿家为何询问？至于大臣由职进京，凡要宫门请安的人，皆须在黄门官处挂号，先日奏知，以便召见。此乃国家定例，卿家难道尚不知道么？”元行冲道：“因臣晓得，所以请陛下将朱利人斩首。此时朝房喧嚷，正是简命大臣狄仁杰因昨日往黄门官处挂号，朱利人滥索例规，挟仇阻挡，不许狄仁杰入朝，以故狄仁杰与他争论。朱利人乃宫门小吏，便欺君罔法，侮辱大臣，倘在廷诸臣皆相效尤，将置国法于何地？臣所以请陛下先斩朱利人首级，以儆臣僚，然后再追问保奏不实之人，尽法惩治，庶几朝政清而臣职尽，唯陛下察之。”武后听了元行冲之言，心下想道：“朱利人乃武三思妻舅，即是我娘家的国戚，前次三思保奏，方将他派了这差事。此事若准他所奏，不但武三思颜面攸关，孤家也觉得无甚么体面。且令三思出去查问，好令他私下调处。”当即向下面说道：“卿家所奏虽属确实，朱利人乃当今的国戚，何至如何贪鄙？且命武三思往朝房查办。若果是狄卿家入朝见孤，就此带领引见。”武三思知道武后的意思，当时出班领旨，下了金阶，心下骂道：“元行冲你这匹夫，朱利人与狄仁杰索规要费，干汝甚事？汝与张柬之平日一毛不拔，已算你们是个狠手，为什么还帮着别人不把银两。众人全不开口，你偏奏参一本。不独参他，还要参我。若非这天子是我的姑母，见了这亲戚情分，我两人的性命岂不为汝送去？你既如此可恶，便不能怪我等心狠了。迟早有一日，总要摘你一件短处，严参一本，方教你知道我的手段，随后不敢藐视。”

一人心下思想，走了一会，已到朝房。果见小黄门与一大员，朝服朝冠，在那里争论。一个说：“我是钦命的大臣，理应带领引见，为何所欲不遂，便假传圣旨。”一个说：“你若想走这门路，也是登天向日之难。你有本领见得到圣驾，我家爷也不当这差使了。没有钱孝敬，还如此威武！”狄公被他揪住，只是举朝笏乱打，大骂不止。此时武三思看见，只得向前来问。不知后事如何，且看下回分解。

第三十三回

狄仁杰奏参污吏　洪如珍接见大员

却说武三思来至朝房，果见小黄门与狄仁杰喧嚷。走到前面，向着狄公奉了一揖，乃道："大人乃朝廷大臣，何故与小吏争论，岂不失大人的体统。若这班人有什么过失，尽可据实奏闻。若这样胡闹，还算什么封疆大吏！现在太后有旨，召汝入见，汝且随我进来。"狄公将他一看，年纪甚是幼小，绿袍玉带，头戴乌纱，就知是武三思前来，当时故作不知，高声言道："我说朝廷主子甚是清明，岂有新简的大臣不能朝觐之礼。可恨被这班小人欺君误国，将一统江山败坏于小人之手。朱利人那厮还以武三思为护符，此乃是狗党狐群，贪赃枉法，算什么皇家国戚。既然太后命汝宣旨，还不知尊姓大名，现居何职？"武三思听他骂了这一番，哪里还敢开口，心下暗道："此人非比寻常，若令他久在朝中，与我等甚为不便。此时当我的面尚作不知，指桑骂槐如此，背后更可思想了。"复又见问他姓名，更是不敢说出，乃道："太后现在金殿立等觐见，大人赶速前去罢。你我同为一殿之臣，此时不知，后来总可知道。"说着，喝令小黄门退去，自己在前引路。

穿了几个偏殿，来至午门。武三思先命狄公在此稍待，自己进去，先在御驾前回奏，然后值殿官出来喊道："太后有旨，传河南巡抚狄仁杰朝见。"狄公随即趋进午门，俯伏金殿，向上奏道："臣河南巡抚狄仁杰见驾，愿吾皇万岁！万万岁！"武后在御案上龙目观看，只见他跪拜雍容，实是相臣的气象，当即问道："卿家何日由昌平起程？沿路风俗年成可否丰足？前者山东巡抚阎立本，保奏卿家政声卓著，孤家怜才甚笃，故此越级而升。既然到了京中，何不至黄门官处挂号，以便入朝见朕？"狄公当即奏道："臣愚昧之才，毫无知识，蒙恩拔擢，深惧弗胜。只以圣眷优隆，唯有竭身报效。臣于前月由昌平赴京，沿途年岁可卜丰收，唯贪官污吏太多，百姓自不聊生，诚为可虑。"武后听了这话，连忙问道："孤家御极以来，屡下明昭，命地方各官爱民谨慎，卿家见谁如此，且据实奏来。"狄公道："现在河南府清河县周卜成，便贪赃枉法，害虐民生，平日专与恶棍土豪鱼肉百姓。境内有富户曾有才霸占民田，奸占妇女，诸般恶迹，道路宣传。百姓控告，衙门反说小民的不是。推原其故，皆这两人是张昌宗的家奴。张昌宗是皇上的宠臣，以故目无法纪。若此贪官墨吏，再不尽法惩治，百姓受害日久，必至激成大变，此乃外官的积恶。京官的弊窦，臣甫入京，都未能尽悉。但以黄门官朱利人而言，臣是奉命的重臣，简授巡抚，进京谒见，理合先赴该处挂号。朱利人谓臣升任巡抚，是因请托武三思贿赂而来，他乃武三思妻舅，自称是皇亲国戚，勒派臣下送他一千两例规，方肯带领引见。臣乃由县令荐升，平日清正廉明，除应得俸禄，余者一尘不染，哪里有这赃银送彼？谁知他阻挠入觐，令小黄门假传圣旨，不准微臣入朝。设非陛下厚恩，传旨宣见，恐再迟一年也难得睹圣上。这班小人居官当国，皆是仰仗武三思、张昌宗等人之力，若不将此人罢斥，驱逐出京，恐官方不能整顿，百姓受害日深，天下大局不堪设想。臣受国厚恩，故昧死渎奏，伏乞我主施行。"武后听他奏毕，暗道："此人好大胆量。张昌宗、武三思皆我宠爱之人，他初入京中便如此参奏，可见他平日是为民为国不避权贵的了。但此时你虽奏明，教孤家如何发落？将他两人革职，于心实是不忍，况旦宫中以后无人陪伴了。若是不问，狄仁杰乃先皇的旧臣，百官更是不服。”想了一会，乃道：“卿家所奏，足见革除弊政，殊堪嘉尚。着朱利人降二级调用，撤去黄门官差使。周卜成误国殃民，着即行撤任。与曾有才并被害百姓，俟卿家赴任后，一并归案讯办，具奏治罪。张昌宗、武三思，姑念事朕有功，着毋庸置议。”狄公见有这道旨意，随即叩头谢恩。武后命他即赴新任，然后卷帘退朝。

元行冲出了朝房，向狄公说道：“大人今日这番口奏，也算得出人意外。虽不能将那两个狗贼处治，从此谅也不敢小视你我了。但是一日不去，皆是国家的大患，还望大人竭力访察，互相究办，方得谓无负厥职。”狄公道：“大人但放宽心，我狄某不是那求荣慕富的小人，依附这班奸党。到任之后，哪怕这武后有了过失，也要参他一本。”说着，两人分手而别。

狄公到了客寓，进了饮食，因有圣命在身，不敢久留京内。午后出门拜了一天的客，择定第五日接印。好者这巡抚衙门即在河南府境，唐朝建都在河南，名为外任，仍与京官一般，每日也要上朝奏事。加之狄公又有同平章事这个官职，如同御史相仿，凡应奏事件又多，所以每日皆须见驾。自从朱利人降级之后，所有这般奸臣，皆知道狄公利害，不敢小视于他。众人私下议道：“武张两人如此的权势，他甫进京中，便参他不法。圣上虽未准奏，已将三思的妻舅撤差，你我不是依草附木的人，设若为他参奏一本，也要同周卜成一样了。”

不说众人心怀畏惧，单说狄公次日先颁发红谕，择了十三日辰刻接印。一面命马荣去投递，一面自己先到巡抚衙门拜会旧任。此时旧任巡抚正是洪如珍，此人乃是个市侩，与僧怀义自幼交好。因怀义生得美貌超群，有一日被武后看见，便命他为白马寺住持。凡武后到寺拈香，皆住在里面，淫乱之风笔难罄述。怀义得幸之后，便是骄贵非常，敌尊王位，出入乘御马，凡当朝臣子皆匍匐道途，卑辞尽礼。武承嗣、武三思见武后宠爱于他，凡见他之时，皆以僮仆礼相见，呼他为师父。怀义因一人力薄，恐武后不能当意，又聚了许多无赖少年，度为僧尼，终日在寺内传些秘法，然后送进宫中。这洪如珍知道这个门径，他有个儿子长得甚好，也就送在寺内，拜怀义为师。此子生得灵巧，所传的秘法比众人格外活动，因此怀义欢喜他非常，进与太后，大为宠幸。由此在太后面前求之再四，将洪如珍放了巡抚。这许多秽迹，狄公还未知道。当时到了衙门，将名帖投进号房。见是新任大人，赶紧送与执帖的家人，到里面通报。此时洪如珍已得着他儿子的信息，说新任巡抚十分刚直，连武、张诸人皆为他严参，朱利人已经撤差，如到衙门，不可大意。洪如珍见了这书信，心下笑道："张昌宗这厮，平日专妒忌怀义，说他占了他的步位，无奈他没有怀义那许多秘法，不过些老实行情。现在被狄仁杰再参了一本，格外要失宠了。那时我的儿子能大得幸任，虽有这姓狄的在京，还怕什么？"当时见家人来回，也只得命人开了中门，花厅请会。自己也是换了冠带，在阶下候立。

抬头见外面引进一人，纱帽乌靴，腰束玉带，年纪在五十以外，堂堂一表，颇觉威严，当即赶上一步，高声说道："下官不知大人枉顾，有接来迟，望祈见谅。"狄公见他如此谦厚，也就言道："大人乃前任大员，何敢劳接？"说着彼此到了花厅，见礼已毕，分宾主坐下。家人送上茶来，寒温叙毕，各罄所怀。洪如珍先问道："大人由县令升阶卓授此任，圣上优眷可谓隆极了。但不知几时接印，尚祈示知，以便迁让衙署。"狄公道："下官知识毫无，深恐负任。只以圣恩高厚，命授封疆。昨日觐见之时，圣命甚为匆促，现已择定十三日辰刻接印，红谕已经颁发，故特前来奉拜，藉达鄙忱。至地方上一切公牍，还期不吝箴言，授以针指。"洪如珍见狄公如此谦抑，疑惑儿子所言不实，此时反不以他为意，乃道："大人乃简命的大臣，理合早为接印。至公牍案件，自本院莅任以来，无不整理有方，官清民顺，纵有那寻常案件，皆无关紧要，俟交印时自然交代，此时无烦过虑。”狄公见他这目空无人的言语，心下笑道：“我道你是个我辈，谁知你也是个狂妄不经的小人。你既如此倔傲，本院倒要驳你一驳。”乃道：“照此说来，大人在任数年，真乃小民之福了。但不知属下各官，可与大人所言相合。下官自山东渡黄河至清河县内，那个周卜成甚是殃民害国。昨日在殿前据实参奏，蒙旨将他革职。不知大人耳目，可知道这班污吏么？即谓官清民安，何以这项人员尚未究办？莫非是口不应心么？”洪如珍听他这言语，明是有意讥讽，乃道：“大人但知一面，可知周卜成是谁出身？乃张昌宗所保，武后放的这县令。现在虽然革职，恐也是掩耳盗铃。常言道，识时务者为俊杰，大人虽有此直道，恐于此言未合，岂不有误自己？”这番话说得狄公大怒不止。不知后事如何，且看下回分解。

第三十四回

接印绶旧任受辱　发公文老民申冤

却说洪如珍一番话，说得狄公大怒不止，乃道："我道你是个正人君子，谁知也与这班狗徒视同一类。但有一言问你，你这官儿是做的皇上的，还是做的张昌宗的？先皇升驾，虽为这班奸党弄得朝政不清，弊端百出，你若是忠心报国，理合不避权贵，面折廷诤，方是正理。而且这周卜成乃是汝属员，若不知情，这防范不严的罪名还可稍恕，你明明知道他害虐百姓，设若将民心激变，酿成大患，那时张昌宗还能代你为力么？汝识时务乃是如此，岂不也是欺君误国的奸臣，有何面目尚与本院相见。可知做官只知治民，即便为奸臣暗害，随后自有公论，何必贪恋这富贵，留万世骂名。本院今日苦口劝你，以后革面洗心，致身君国，方是大臣的气度。"这派话说得洪如珍哑口无言，两耳飞赤。过了一会，只得自己认过道："下官明知不能胜任，因此屡经呈请开缺。目下大人前来，此乃万民之福，下官岂有不遵命之理？"狄公见他惭愧，也就起身告辞，上轿而去。

回至客寓，却巧遇元行冲前来回拜。狄公便将方才这番说了一遍，乃问道："这洪如珍不知是何出身？何以数年之间，便做这封疆大吏。看他举止动静，实是不学无术。"无行冲长叹一声道："目今是绿衣变黄裳，瓦缶胜金玉了。你道他是何人？说来也是可耻，你我若非受先皇上厚恩，唯有罢革归田，不问时务，落得个清白留贻，免得与这班市侩为伍。”当时就将他儿子拜僧人怀义为师，送了宫中，以及怀义为白马寺主，圣驾常行临幸的话说了一遍。狄公也就长叹不止，说道：“我狄某若早在京数年，这班狗头何能容他如此！期初以为只张昌宗数人，谁知又有僧人邪道。但不知此人现在宫中，还在寺内？”元行冲道：“现在尚在寺中。若日久下来，难保不潜入宫中。”狄公当时又谈论了一会，元行冲方才走去。

到了十三这天，狄公先入朝请了圣安，回至寓中，已是卯正之后。因自己仆众无多，又无公馆，当时穿了朝服，乘轿来至巡抚衙门，在大堂升了公坐，命巡捕到里面请印。所有合署书差以及属下各官，见大人如此轻减，一个个也就具了冠带，在堂口两边侍立。洪如珍见巡捕进来，知是狄公已到，随即将王命旗牌以及书卷案牍，同印一并恭送出去。只听三声炮响，音乐齐鸣，暖阁门开，巡捕官披着大红，将印在公案上设好，狄公当时行了拜印礼，然后在堂下设了香案，谨敬叩头，望阙谢恩。升堂，公座标了硃书写了“上任大吉”四个字，用印盖好，贴于暖阁上面。方才堂下各官行庭参礼毕，众书役叩贺任禧。狄公随即在堂上起了公文，用六百里加紧，命清河县周卜成迅速来省，所有遗缺，着该县县丞暂行代理。并传知郝干庭、胡大经、王小三子并被告曾有才，着派差押解来辕，以便讯办。书办将文稿接过，心下甚是惧怕，各人暗道：“真是名不虚传，算得个有人有胆。从未见过方才接印，便动公事提人之事。”当即在堂上誊清已毕，盖了官印，由驿递去。这里狄公又阅城盘库，查狱点卯。一连数日，将这许多例行公事办毕。此时洪如珍已迁出衙门，入朝复命，这也不在话下。

且说周卜成自夤缘了这清河县缺，心下好不欢喜，一人时常言道：“古人说：将相本无种，男儿当自强。我看，古时这两句话或者有用，若在此时，无论你如何自强，也不能为官。我若非在张昌宗家作役，把结了这许多年日，那里能为一县之主？我倒要将这两句改换方好：将相本无种，其权在武张。你看目今做官的人，无论京官外任俱是这两家党类居多。我现在既做了这官儿，若不得些钱财，作些威福，岂不辜负了这个县令？”平时他如此想法，到任之后却巧又见曾有才居住在此地，更是喜出望外。两人表里为奸，凡自己不好出面的事，皆令曾有才去。无论霸占田产，抢夺妇女，皆让他得个先分。等到有人来告，皆是驳个不准。外人但知道他与曾有才一类，殊不知他比曾有才还坏百倍。那日将郝干庭的媳妇抢来，便与曾有才道：“此人我心下甚是喜悦，目下全听你受用，等事情办毕，还是要归我做主的。”两人正议之时，适值郝干庭前去告状，格外地驳得个干净，好令他不敢再告。谁知此时独被狄公访着，未有数日，京中已有旨下来，着他撤任，彼此甚是诧异，不知这姓狄的是谁，何以知道这县内案件。当时虽然疑惑，总倚着是张家的人，纵有了风波，也未必有碍。当即写了一封书信，并许多金银礼物，遣人连夜进京，请张昌宗从中为力，以免撤任。谁料此人才去，河南府已接到狄公的公事，吓得手忙脚乱。随即专差转饬下来，命县丞代理县印，立即传同原被告一并赴辕候审。周卜成接了这公事，心下方才着急，悔恨这事不该胡闹，好容易夤缘这个县缺，忽然为上宪撤任，已是悔之不及。虽想迟延，无奈公事紧急，次日便将印卷交代与县丞。县丞也随即出差，传知原告，准于后日赴辕讯办。如此一来，早把个郝干庭、胡大经等人弄得犹豫不定。听说巡抚亲提，遥想总非坏兆，当即到县禀到，同曾有才等人一齐赴省。

到了抚院，递了公禀，在辕门左近寻了客店住下。此时唯有周卜成同曾有才十分惧怯，唯恐在堂上吃苦。谁知公文号房见了这项公禀，知清河县已经到省，当即送入里面，请狄公示下。狄公命将被告并已革清河县交巡捕官看管，明日午堂听审。巡捕得了面谕，随即出来将曾有才与周卜成两人传进。

次日早晨，郝干庭便与胡大经三人来辕听审。狄公朝罢之后，随即升坐大堂。两旁巡捕、差官、书吏、皂役站满在阶下。只见狄公入了公座，书办将案卷呈上，展开看毕，用硃笔在花名册上点了一下，旁边书办喊道："带原告郝干庭。"一声传命，仪门外面听见喊"带原告"，差人等赶将郝干庭带进，高声报道："民人郝干庭告进。"堂上也吆喝一声，道了一个"进"字，早将郝老儿在案前跪下。狄公望下面喊道："郝干庭，汝抬起头来，可认得本院么？"郝老儿禀道："小人不敢抬头。小人身负大冤，媳妇被曾有才抢去，叩求大人公断。"狄公道："汝这老头儿也太糊涂了。此乃本院访闻得知，自然为汝等讯结。汝且将本院一看，可在哪里见过么？"郝干庭只得战战兢兢抬头向上面一望，不觉吃了一惊，乃是前日为这事要告府状那个行路客人。当时只在下面叩头道："小人有眼不识泰山，原来大人私下暗访，真我等小民之福。此事是大人亲目所睹，并无半点虚假。可恨这清河县不准民词，被书差勒索许多的银钱，反驳个'诬栽'两字，岂不是有冤无处申么？可怜胡大经与王小三子也是如此苦恼，现在辕门伺候。总求大人从公问断，令他将人放回。其余别事，求大人也不必问他了。他有张昌宗在太后面前袒护，大人若办得利害，虽然为我们百姓，恐于自己有碍。小人们情愿花些钱，余皆随他便了。"狄公听了这话，暗暗感叹不已："天下何尝无好百姓！你以慈爱待他，他便同父母敬你。本院为民申冤理直，他反请本院只将人取回，余皆不必深究，恐张昌宗暗中害我。这样百姓，尚有何说？可恨这班狗头，贪得无厌，鱼肉小民，以致国家的弊政反为小人痴议，岂不可恨！"当时说道："汝等不必多言，本院为朝廷大臣，贪官墨吏理合尽法惩治。汝等冤抑，本院已尽知的了，且命胡大经、王小三子上堂对质。"这堂谕一下，差役也就将这两人带到案前。狄公随命跪立一旁，然后传犯官听审。

堂上一声高喊，巡捕官早已听见，将周卜成带到仪门，报名而入。此时周卜成已心惊胆裂，心下说道："这狄仁杰是专与我作对了。我虽是地方官通同一类，抢劫皆是曾有才所为，何以不先提他，独先提我？这事就不妙了。"心下一怕，两只脚便提不起来，面皮上自然而然地就变了颜色。巡捕官见他如此，低声骂道："汝这狗头，此时既如此惧怯，便不该以张家仗势欺虐小民。昨日半天一夜，未见你有点孝敬，你怎么在任上会同人要钱的？还要装腔作势，不代我快走。"到了此时，也只好随他辱骂，到了案前跪下。不知狄公如何治罪，且看下回分解。

第三十五回

审恶奴受刑供认　辱奸贼设计讥嘲

却说周卜成到了堂口，向案跪下，道："革员周卜成为大人请安。"狄公将他一望，不禁冷笑道："我道你身膺民社，相貌不凡，原来是个鼠眼猫头的种子，无怪心地不良，为百姓之害。本院素来刚直，想尔也有所闻，汝且将如何与曾有才狼狈为奸，抢占良家妇女，从实供来。可知你乃革职人员，若有半句支吾，国法森严，岂能宽恕！"周卜成此时见狄公这派威严，早经乱了方寸，只得向上禀道："革员莅任以来，从不敢越礼行事。曾有才抢占民间妇女，若实有此事，革员岂不知悉？且该民人当时何不扭票前来，乃竟事隔多日，捏控呈词，此事何能遽信？而且曾有才是张昌宗的旧仆，何敢行此不端之事？革员虽经革职，负屈良深，还请大人明察。"狄公冷笑道："你这狗才，倒辩得爽快。若临时能扭控到县，他媳妇倒不至抢去了。你说他是张昌宗家的旧仆，本院便不问这案么？且带他进来，同你讯个明白。"

当时一声招呼，也就将曾有才带到。狄公见他跪在堂上，便将惊堂木一拍，喝叫左右："且将这厮夹起，然后再问他口供。此事乃本院亲目所睹，还容汝等抵赖么？"两边威武一声，早将大刑取过。上来两个差役，将曾有才腿衣撕去，套入圈内。只见将绳索一抽，哎哟两声，早已昏死过去。狄公命人止刑，随向周卜成言道："这刑具想汝也曾用过，不知冤枉了几许民人。现在负罪匪轻，若再不明白供来，便令尔尝这滋味。你以本院为何人，平日依附那班奸贼么？从来王子犯法与庶民同罪，即便张昌宗有了过失，本院也不能饶恕，况汝等是他的家奴出身。"周卜成到了此时，哪里还敢开口，只在地下叩头不止。连说："革员知罪了，叩求大人格外施恩，以全体面。"狄公也不再说，复命人用凉水将曾有才喷醒。众役如法行事，先将绳子松下，取了一碗凉水，当脑门喷去。约有半个时辰，只听哎哟一声："痛煞我也。"方才神魂入窍，苏醒过来。曾有才自己一望，两腿如同刀砍一般，血流不止。早上来两个差役，将他扶起，勉强在地下走了两步，复又令他跪下。狄公道："汝这狗才，平日视刑法如儿戏，以为地方官通同一气，便可无恶不作。本院问你，现在郝干庭的媳妇究在何处？王小三子的妻子与胡大经的女儿，皆为汝抢去。此皆本院亲耳所闻，亲目所睹，若不立时供出，刀斧手俱在，便要汝狗头。"曾有才此时已是痛不可忍，深恐再上刑具，那时便性命难保，不如权且认供，再请张昌宗为力，当时向上禀道："此乃小人一时之错，不应将民人妻女任意抢占。现在郝家媳妇在清河县衙中，其余两人在小人家内。小人自知有罪，唯求大人开一线之恩，以全性命。"狄公骂道："汝这狗才，不到此时也不吐实。你知道要保全性命，抢人家妇女，便不顾人家性命了？"随又命鞭背五十。登时拖了下来，一片声音，打得皮开肉绽。刑房将口供录好，盖了印花，将他带去收禁。

然后又向周卜成道："现有对证在此，显见曾有才所为，乃汝指使，汝还有何赖？若不将汝重责，还道本院有偏重呢。左右，且将他打四十大棍。"两边吆堂已毕，将他拖下，重打起来。叫喊之声，如同犬吠。好容易将大棍打毕，复行推到案前。周卜成哪里吃过这苦楚，鲜血淋漓，勉强跪下，只得向上面说道："大人权且息怒，革员照直供了。"随即在堂上将如何夤缘张昌宗补了这缺，如何与曾有才计议霸占民产，如何看中郝干庭媳妇，指使他前去，前后事情说了一遍。狄公令他画供已毕，跪在一旁，向着郝干庭道：“汝等三人可听见么？本院现在公文一封，命院差同汝回去，着代理清河县速将汝媳妇并他两个妻女追回，当堂领去。俟后地方上再有这不法官吏，汝等来辕投诉，本院绝不牵累。若差役私下苛索，也须在呈上注明，毋许私相授受。”说毕，郝干庭与胡大经等直是在地下磕头，说：“大人如此厚恩，小人们唯有犬马相报了。”当时书吏缮好公文，狄公又安慰一番，饬差同去不提。

且说周卜成跪在堂上，狄公心下想道：“若不在这案上羞辱张昌宗一番，他也不知我利害。唯有如此这般，方可牵涉他上。即使他在宫内哭诉，谅武后也不能奈我怎样。”主意想定，向周卜成道：“汝这狗才，乃是地方的县令，可知知法犯法加等问罪？以案情而论，一死尚有余辜。我且问你，还是要死要活？”周卜成听了这话，复又叩头不止，说道：“革员自知有罪，唯蝼蚁尚且贪生，人生岂不要命？求大人开恩，饶恕性命。”狄公道：“汝既要命，本院有一言在此，汝若能行，便免汝一死。不然，也免不了枭首示众。”周卜成听说可以活命，已是意想不到，还有什么不行？只是在地下叩头：“请大人吩咐，革员遵命便了。”狄公道：“本院也不苦汝所难。因汝等是张昌宗家的出身，动则以他为护符，若非本院不避权贵，这三个妇女岂不为汝等占定？虽有上宪衙门，也是告汝不准。细想起来，汝等罪恶皆是张昌宗为害。本院欲命汝将何时卖入他家为奴，何时为他重用，用何法迎合他的意旨，他又如何保举你为官，以及你如何仗他的势力做了这些不法的事件，现在被本院审出奏参革职，仍然是个家奴的话，在堂上用纸旗写好，明日同曾有才前去游街。凡到了一处街口，便停下高念一遍，晓谕军民人等。汝果能行此事，本院便施法外之仁，全汝狗命。”周卜成听了这话，心下实是为难。若说不行，眼见得王命旗牌供在上面，只要他一声说斩，顷刻推出辕门，人头落地，岂不是送自己的性命？若骤然答应，我一人无什么得事，张昌宗乃武后的宠人，显见的失了他体面。设或他一时之怒，反过脸来奏知武后，那时我也是没命。心内踌躇，口中只不言语。狄公知道他的用意，故意催促道："本院已宽厚待人，汝为何绝无回报？莫非怕张昌宗责你么？可知这事乃本院命你如此，张昌宗动怒，只能归罪本院，与汝绝无牵涉。汝既这样畏忌，想必是自知有罪，不愿在世为人。左右，代我将这厮推出斩首。"两边吆喝一声，早将周卜成吓得魂飞天外，连忙失声哭道："大人权请息怒，革员情愿做了。"狄公见他已经答应，随命巡捕赶造了一面纸旗，铺在地下，命书吏给了笔墨，使他在下面录写。周卜成此时也只顾要命，不问张昌宗如何，当时便在地下，从头至尾写了一遍，递上与狄公观看。狄公过目之后，用硃笔写了两行，乃是"已革清河县周卜成一名，因家奴出身，迎合权贵，保举县令，食禄居位，抢占妇女，直言不讳，审出口供，游街警众"。底下是"河南巡抚部院狄示"。这两行写毕，命巡捕仍将他带去看管，然后退堂。

次日五鼓入朝，在朝房见了元行冲，将这主意对他说明，元行冲也是得意。出朝之后，回到衙中，将例行的公事办毕，然后升堂。先将曾有才提出，将昨日的话对他说知，又将那面旗子取出，令书吏在堂上念了一遍，与曾有才听毕，然后向他说道："他尚是个知县人员，犯罪还如此处治。汝比他更贱一等，岂能无故开释？本院因他已经宽恕，若仅治汝死命，未免有点不公，命汝也与他一同游街，凡他到了街巷，你先执着个小铜锣敲上数下，俟街坊的百姓拥来观看，命他高声朗念。此乃本院法外之仁，汝愿意便在堂上先演一回，以便提周卜成前来，一齐前去。不然，本院照例施行，好令你死而无怨。"曾有才听了这番话，虽明知张昌宗面上难看，无奈被狄公如此逼迫，究竟是自己的性命要紧。而且周卜成虽是革员，终是个实缺的县令，他既能够答应，我又有何不可？当时也就答应下来。狄公便命巡捕取来一面小锣，一个锤子，递在曾有才手内，令他操演。曾有才接过手来，不知怎样敲法，两眼直望着那个巡捕。此时堂下许多书差百姓在那里观看，真是罕有之事，从来未曾见过。只见有个巡捕走上前来，不知说出什么，且看下回分解。

第三十六回

敲铜锣游街示众　执皮鞭押令念供

却说曾有才执着那个铜锣，不知如何敲法，两眼望着那个巡捕。下面许多百姓、书差，望着那样，实是好笑。只见有个巡捕上来说道：“你这厮故作艰难，抢人家妇女怎么会抢？此时望我们何用？我且教传你一遍。”说着，复将铜锣取过，敲了一阵，高声说道：“军民人等听了，我乃张昌宗的家奴，只因犯法，受刑游街示众。汝等欲知底细，且听他念如何。”说毕，又将锣一阵乱敲，然后放下道：“这也不是难事，你既要活命，便将这几句话牢记在心中。还有一件，在堂上说明。汝等前去游街，大人无论派谁人押去，不得有意迟挨。若是不敲，那时可用皮鞭抽打。现在先行禀明大人，随后莫怨我们动手。”狄公在上面听得清楚，向曾有才道：“这番话你可听见么？他既经教传，为何还不敲来与本院观看？”曾有才此时也是无法，只得照着巡捕的样子，先敲了一阵，才要喊“尔军民人等听了”，下面许多百姓见他那种坏形，不禁大笑起来。曾有才被众人一笑，复又住口不说。堂上的巡捕也是好笑，上前骂道：“你这厮在堂上尚且如此，随后上街还肯说么？还是请大人将汝斩首，悬首示众，免得你如此艰难。”曾有才听了这话，再望一望狄公，深恐果然斩首，赶着求道：“巡捕老爷且请息怒，我说便了。”当时老着面皮又说一句：“我乃张昌宗的家奴。”下面众人见他被巡捕恐吓了两句，把脸色吓变，又红又白，那个样子实是难看，复又大笑起来。曾有才随又掩住。巡捕见了，取过皮鞭上前打了两下，骂道：“你这混账种子，你能禁他们不笑么？现在众人还少，少顷在街上，将这锣一敲，四处人皆拥来观看，那时笑的人还更多呢，你便故意不说么？”骂毕，复又抽了两下。

曾有才被他逼得无法，只得将头低着，照他所教的话说了一遍。堂下这片笑声，如同翻潮相似。狄公心下也是好笑，暗道：“不如此不能令张昌宗丢脸。”当即命巡捕将周卜成带上，说道：“昨日你写的那面旗子，你可记得么？”周卜成道：“革员记得。”狄公道：“这便妙极了。本院恐你一人实无趣味，即使你高声朗念，不过街坊上人可以听见，那些内室的妇女，大小的幼孩，未必尽知。因此本院代你约个伙伴，命曾有才敲锣，等将百姓敲满了，那时再令你念供，岂非里外的人皆可听见么？方才他在堂上已经演过，汝再演一次与本院观看。”说毕，命曾有才照方才的样子敲锣唱说。曾有才知道挨不过去，只得又敲念了一遍。周卜成已不忍再看，把头一低，恨没有地缝钻了下去。这种丑态毕露，已非人类，哪里还肯再念？狄公道：“他已敲毕了，汝何故不望下念？”周卜成直不开口。旁边巡捕喝道：“你莫要如此装腔作势，且问他方才在大人面前所说何话。一经不念，这皮鞭在此，便望下打的。现在保全了性命，还不知道感激，这嘴上的言语还不肯念吗？”周卜成见巡捕催逼，只在地下叩头，向案前说道：“求大人开恩到底，革员从此定然改过。若照如此施行，革员实是惭愧。求大人单令革员游街，将这口供免念罢。”狄公道：“本院不因你情愿念供，为何免汝的死罪？现复得陇望蜀，故意迟延，岂不是有心刁串。若再不高念，定斩汝头。”周卜成见了这样，心下虽是害怕，口里直念不出来。无意之中向狄公说道：“大人与张昌宗也是一殿之臣，小人有罪与他无涉，何故要探本求原，牵涉在他身上。求将他保举的话，并他的名字免去，小人方可前去。”狄公听了这话，哪里容得下去，登时将惊堂木一拍，高声骂道：“汝这好大胆的狗才，敢在本院堂上冲撞。昨日乃汝自己所供，亲手写录，一夜过来，复想出这主意，以张昌宗来挟制本院。可知本院命汝这样，正是羞辱与他，你敢如此翻供，该当何罪？左右，将他重打一百！”两边差役见狄公动了真气，哪里还敢怠慢，立即将他拖下，举起大棍向两腿打下。但听那哭喊之声，不绝于耳，好容易将一百大棍打毕，周卜成已是瘫在地下，爬不起来。

狄公命人将他扶起，问道：“你可情愿念么？若仍不行，本院便趁此将汝打死，好令曾有才一人前去。”周卜成究竟以性命为重，低声禀道：“革员再不敢有违了。但是不能行走，求大人开恩。”狄公道：“这事不难。”随命人取出一个大大的篾篮，命他坐在里面，旗子插在篮上。传了两名小队，将他抬起，许多院差押着曾有才两个，巡捕骑马在后面，弹压百姓。顷刻，人众纷纷出了巡抚衙门，向街前而去。

到了街口，先命曾有才敲了一阵锣，说了那几句话，然后命周卜成照旗上念了一遍。所有街坊的百姓，无不同声称快，大笑不止。这个说：“目今张昌宗当道，手下的人哪里是些家奴，如同虎狼一般，无风三尺浪，把百姓欺得如鸡犬一样。”有的说：“这个狄大人虽办得痛快，我怕他太为过分，这不是办的周卜成，明是羞辱张昌宗。设若他在宫内哭奏一本，武后正爱他如命，未有不准奏之理。那时在别项事件上发作起来，将大人革职问罪，也是意中之事。”这班人不过在旁边私论，唯有那班无业的流氓以及幼童小孩，不知轻重，见了这两人如此，真是喜出望外，站在面前笑道：“周卜成，你为何不高念，还是怕丑么？你再不念，我代你念了。”说着，许多小孩子争先抢胜，叫念了一阵。回头见曾有才执着小锣，复又取过来，在周卜成耳旁没命的乱敲。一阵笑，一阵骂，一阵又念上两遍。满街的老少百姓，见这许多小孩无理取闹，真是忍不住好笑。那些巡捕正欲借此羞辱张昌宗，哪里还去拦阻。周卜成心下虽然羞恼，欲想起身阻拦，无奈两腿不能移动。

一路而来，走了许多街道，却巧离张昌宗家巷口不远。巡捕本来受了狄公的意旨，命他故意绕道前来，此时见到了巷口，随即命曾有才敲锣。曾有才道："你们诸位公差，可以容点情面，现在走了这许多街道，加上这班小孩不住的笑，我两手已敲得提不起来，可以将这巷子走过再敲罢。"巡捕骂道："你这混账种子，倒会掩饰。前面可知到谁家门首了？别处街坊还可饶恕，若是这地方不敲，皮鞭子请你受用。"说着在身上乱打下来。那些小孩子听巡捕这番话，知道到了张昌宗家，一声邀约，早在他家门首挤满。里面家人不知何事，正要出来观望，众人望里面喊道："你们快来，你们伙伴来了，快点帮着他念去。"家人见如此说项，赶着出来一看，谁不认得是曾有才？只见他被巡捕衙门的差官押着行走，迫令他敲那小锣。曾有才见里面众人出来，心想代他讨个人情，谁知张家这班豪仆，因连日听见狄公在朝将黄门官参去，武三思、张昌宗皆在其内，虽想为他讨情，无奈狄公不好说话，深恐牵涉在身上。再望着那篾篮内坐的周卜成，知道是为的清河县之事，乃是奏参的案件，谁人敢来过问？只见巡捕官执着皮鞭，将曾有才乱打，嘴里说道："你这厮故意迟疑，可知不能怪我们不徇人情。大人耳风甚长，你不敲念，责任在我们身上。你若害羞，便不该犯法。此时想谁来救你？"曾有才被他打得疼痛，见里面的人但望着自己，一个个一言不发，到了此时，迫于无奈，勉强的敲了两下。那些小孩子已喊说起来："军民人等"，听了这句一说，遂又笑声震耳，哄闹在门前。曾有才此时也不能顾全脸面，硬着头皮将那几句念毕。应该周卜成来念，周卜成哪里肯行，直是低头不语。巡捕官见他如此，一时怒气起来，复又举鞭要打。谁知众小孩在门外吵闹，那些家人再留神向纸旗上一看，那些口供明是羞辱的主子，无不同生惭愧，向里而去。顷刻之间，已是一人没有。

周卜成见众人已走，更是大失所望，只得照着旗上念了一遍。谁料张昌宗此时由宫内回来，正在厅前谈论，听得门外喧嚷，忙令人出来询问。你道此人是谁？乃是周卜成兄弟周卜兴。走出门来，见他哥哥如此，也不问是狄公的罚令，仗着张昌宗的势力，向前骂道："你们这班狗头，是谁人命汝如此？他也没有乌珠，将我哥哥如此摆布，还不赶速代我放下。"那些公差见出来一个后生，出此不逊言语，当时也就道："你这厮那里来的？谁是你的哥哥？我等奉巡抚大人的差遣，你口内骂谁？"就此一来，周卜兴又闹出一桩大祸。不知后事如何，且看下回分解。

第三十七回

众豪奴恃强图劫　好巡捕设计骗人

却说周卜兴见哥哥被院差押着游街，向巡捕恐吓了几句。那班人见他仗着张昌宗的势力，哪里能容他放肆。周卜兴见众人不放下来，心下着急，一时愤怒起来，上前骂道："你们这班狗娘养的，巡抚的差遣前来吓谁？爷爷还是张六郎的管家。你能打得我哥哥，俺便打得你这班狗头。"当时奔到面前，就向那个抬箴篮的小队一掌，左手一起，把面纸旗抢在手内，摔在地下，一阵乱踹。众院差与巡捕见他如此，赶着上前吓道："你这狗才，也不要性命。这旗子是犯人口供，上面有狄大人印章。手批的告示，你敢前来撕抢，你拿张昌宗来吓谁？"说着上来许多人，将他乱打了一阵，揪着发辫，要带回衙去。周卜兴本来年纪尚幼，不知国家的法度，见众人与他揪打，更是大骂不止。复又在地下将纸旗拾起，撕得粉碎。里面许多家人，本不前来过问，见周卜兴已闹出这事，赶即出来解劝。谁知周卜兴见自己的人多，格外闹个不了，内有几个好事的，帮着他揪打，早将一个巡捕拖进门来。

张昌宗在厅上正等回信，不知外面何事，只见看门的老者吁吁进来，说道："不好了，这事闹得大了，请六郎赶快出来弹压。这个巡抚非比寻常。"张昌宗见他如此慌张，忙道："你这人究为何事，外面是谁吵闹？”那人道：“非是小人慌乱，只因为周卜成在清河县任内，与曾有才抢占民间妇女，为狄仁杰奏参革职，归案讯办。谁知他将这两人的出身，以及因何做官、在任上犯法的话，录了口供，写在一面纸旗上，令人押解出来，敲锣游街，晓谕大众。外面喧嚷，即是巡抚的院差押着他两人在此。周卜成因在我们门口，上面的话牵涉主人体面，不肯再念，那班人便用皮鞭抽打。却巧周卜兴出去，见他哥哥为众人摆布，想令他们放下，因而彼此争闹，将那小队打了一掌，把那面旗子撕去。许多人揪在一处，欲将他带进衙去。我想别人做这巡抚，虽再争闹也没有事，这个姓狄的甚是碍手。我们虽仗着六郎的势力，究竟有个国法，何必因这事又与他争较？即使求武后设法，这案乃是奉旨办的，听他如何发落，何能殴打他的差役？而且那旗子上面有印，此时抢去，如何得了。所以请六郎赶快出去，能在门口弹压下来，免得为狄仁杰晓得最好。”张昌宗听了这话，还未开言，旁边有个贴身的顽童，听说周卜兴被人揪打，登时怒道：“你这老糊涂如此懦弱。狄仁杰虽是巡抚，总比不得我家六郎在宫中得宠。周卜成乃是六郎保举做官，现在将这细情写在旗上，满街的敲锣示众，这个脸面置于何处？岂不为众百姓耻笑。此次若不与他较量一番，随后还有脸出去么？无论何人皆可上门羞辱了。”张昌宗被这人一阵唆弄，不禁怒气勃发，高声骂道：“这班狗才，胆敢狐假虎威，在我门前吵闹。狄仁杰虽是巡抚，他也能奈我何？前日在太后面前无故参奏，此恨尚未消除，现又如此放肆。”随即起身，匆匆地到了门口。

果见周卜兴睡在地下，口内虽是叫骂，无奈被那些院差已打了一顿，正要将他揪走。周卜成转眼见张昌宗由里面出来，赶着在篮内喊道：“六郎赶快救我，小人痛煞了。”张昌宗再向外一看，只见他两腿淋漓，尽是鲜血，早是目不忍视，向着众人喝道：“汝这班狗头，谁人命汝前来，在这门前取闹？此人乃我的管家，现虽革职人员，也不能用刑拷打，羞辱旁人。汝等在此放下，万事皆休，若再以狄仁杰为辞，明日早朝，定送汝等的狗命。”说着，喝令众人将周卜兴扶起。然后来拖曾有才，想就此将他两人拦下，明日在太后面前求一道赦旨，便可无事。

此时众巡捕与院差见张昌宗出来，总因他是武后的幸臣，不敢十分拦阻，只得上前说道：“六郎，权请息怒。可知我等也是上命遣差，六郎欲要这两人，最好到衙门与狄大人讨情。那时面面相觑，有六郎这样势力，未有不准之理。此时在半路拦下，六郎虽然不怕，就害得我们苦了。”周卜成见巡差换了口吻，一味地向张昌宗情商，知道是怕他势焰，当即说道：“六郎，不要信他哄骗。为他带进衙门，小人便没有性命。他虽是上命差遣，为何在街道上任意毒打！”张昌宗听了这话，向着众人道：“汝等将这班狗头打散，管他什么差遣。人是我要留下。”这一声吩咐，许多如狼似虎的家人便来与院差争夺。彼此正欲相斗，谁知狄公久经料着，知道周卜成到张家门口便欲求救，唯恐寡不敌众，暗令马荣、乔泰两人远远的接应。此时见张家已经动手，赶着奔到面前，分开众人到里面，喝道：“此乃奉旨的钦犯，遵的巡抚的号令游街示众，汝等何人，敢在半途抢劫么？我乃狄大人亲随马荣、乔泰的便是。似此目无法纪，那王命旗牌是无用之物了。还不赶快住手，将那个撕旗的交出。”张昌宗本不知什么利害，见马荣陡然上来，说了这派混话，更是气不可遏，随即喝道：“汝这大胆的野种，干汝甚事，敢在此乱道。尔等先将这厮打死，看有谁人出头。”马荣见他来骂自己，也不与他辩白，举起两手向着那班豪奴左三右四，打倒了六七个。还有许多人站在后面，见他如此撒野，正想上来帮助，哪知乔泰趁着空儿早把周卜兴在地下提起，向前而去。张昌宗知道不好，还要命人去追，这里周卜成与曾有才已经被那些小队院差抬上肩头，蜂拥回去。马荣见人众已走，拾起纸旗向张昌宗说道：“我劝你小心些儿，莫谓你出入宫闱，便毫无忌惮，可知也有个国法。狄大人也不是好说话的。”张昌宗见众人将周卜成抢去，登时喊道：“罢了罢了，我张昌宗不将他置之死地，也不知我手段。明日早朝，在金殿上与他理论便了。”说毕，气冲冲复向里面进去。所有那班豪奴，见主人如此，谁还敢前来过问？也就退了进去。马荣见了，甚是好笑。

当时回转衙门，却巧众人已到堂上，两个巡捕先进去禀知狄公。狄公道：“我正要寻他的短处，如此岂不妙极。”随向巡捕如此如此说了一遍，然后穿了冠带，立即升堂，将周卜成跪在案上，高声喝道：“汝等方才在堂所供何事？本院命汝游街，已是万分之幸，还敢命人在半途抢劫。本院的旗印，竟大胆的撕踹，还能坐这大位么？你兄弟现在何处，将他带来。”乔泰答应一声，早将一人纳跪在堂上，如此这般，把张昌宗的话回了一遍。狄公也不言语，但向周卜兴问道：“你哥哥所犯何法，你可知道么？本院是奉旨讯办，那旗上口供是他自己缮录，本院又盖印在上面，如此慎重物件，你敢抢去撕踹，还有什么王法？左右，将他推出斩了。”两个巡捕到了此时，赶着向案前禀道：“此事卑职有下情容禀。周卜成乃周卜兴的胞兄，虽然案情重大，不应撕去纸旗，奈他一时情急，加之张昌宗又出来吆喝，因此胆大妄为。求大人宽恕他初次，全其活命。”狄公听了这话，故意沉吟了一会，乃道：“照汝说来，虽觉其情可恕，但张昌宗不应过问此事。即便有心袒护，也该来本院当面求情，方是正理。而且家奴犯法，罪归其主。周卜成犯了这大罪，他已难免过失，何致再出来阻我功令？恐汝等造言搪塞。既然如此说项，暂恕一晚，看张昌宗来与不来，明日再为讯夺。”说毕，仍命巡捕将三人带去，分别收管，然后拂袖退堂。众人也就出了衙门。

且说巡捕将周卜成带到里面，向他说道：“你们先前只恨我们打你，无奈这大人过为认真，不关你我之事。谁人不想方便？只要力量得来，有何不可？方才不是我在大人面前求情，你那兄弟已一命呜呼。但是只能保目前，若今晚张六郎不来，不但你们三人没命，连我总要带累。此人的名声，你们也该知道，怎样说项，从来不会更改。

在我看来，要赶快打算，能将张六郎请来方好。总而言之，现在是当道的为强，在京在外的官，谁人不仰仗武张这两家的势力？虽僧人怀义现今得宠，他究竟是方外之人，与官场无涉。能张六郎来此一趟，那时面面相觑，莫说不得送命，连打也不得打了。若他再下身分说两句情商的话，还怕你们不立时释放么？这是我方便之处，故将这话说与你听，你们倒要斟酌斟酌，可不要连累我便了。”这派话，说得三人破忧为喜。不知后事如何，且看下回分解。

第三十八回

投书信误投罗网　入衙门自入牢笼

话说周卜成听了巡捕这番话，心下想道："昨日他们那样凶恶，虽再哀求与他，全不看一点情面。此时由外面回来，虽然狄大人仍然恐吓，为他只两句话一说，便转过话来。看这蹊境并非因他求情，实是方才巡捕将张六郎的话告诉于他，他怕明日早朝彼此会面，在金殿上理论起来。他虽然是个大员，终不比六朗宠信，故而借话开门，使我们去求张六郎求情。这事虽如此说，设若他竟不来，那时狄仁杰恼羞成怒，拼作与他辩论，一时转不过堂来，竟将我等治罪，那便如何是好？巡捕的话虽不能尽信，倒也不可不听。"当时说道："你的好意我岂不知道，但是我们之人，皆被押在此。张六郎但说在殿上理论，未曾说来衙门求情，他处又无人打听，我们又无人去送信，他焉能知道你有什么主见？还请代我想想。"巡捕道："这有何难？你既在他家多年，你的字迹他应该认得，何不写一书信，我这里着人送去。他见了这信，自然知道，岂有不来的道理。若再怕他固执不行，再另外写一信，托你们知己的人在他面前求一求，也就完了。你想我这主意可用得？你若以为然，我便前去喊人，此事可不能再迟了。若再牵延时刻，里面升堂审问，便来不及再去。"周卜成不知是计，随即请他取了笔砚，挨着疼痛扶坐起来，勉强写好书信，递与巡捕道：“谁人前去，但向那门公说声，请他在旁边帮助，断无不来之理。他乃六郎面前最相信之人。”巡捕答应，将信取出，转身来至衙门，回禀了狄公。狄公命陶干前去投信，若张昌宗肯来，务必超先回来，以便办事。陶干领命，将信揣在怀中，换了衣服，直向张家而来。

到了门口，止步向里面一望，但听众人说道：“我家六郎今日也算是初次动怒。平时皆是人来恭维，连句高声话皆未听过。自从这狄仁杰进京，第一次入朝便参了许多人，今日又将周卜成到门口来羞辱，岂不是全无肝胆么。莫说六郎是个主子，面上难乎为情，我们同门的人也是害臊。此时他们弟兄到堂上审问，还不知是打是夹呢。能将今晚过去，明早六郎入朝，便可有望了。”陶干听得清楚，故意咳嗽两声，将脚步放实，走进里面。只见门房坐了许多人，在那里议论。陶干上前笑问道：“请问门公，这可是张六郎府上么？”里面出来一人，将他一望，说道：“你也不是外路的人，不知六郎的名望，故意前来乱问。你是哪里来的？到此何干？”陶干道：“不是小人乱问，只因这事要秘密方好，露出风声，小人实担当不住。日间巡抚衙门押人在门口取闹，被六郎骂了一顿，那些人将周老爷仍然抢去，禀知了狄大人。狄大人立即升堂，要将周卜兴斩首治罪。幸亏有位巡捕竭力的求情，说他是六郎得用之人，一时情急做出这事。狄大人见六郎出面，登时便改口说道：‘汝等不许撒谎，张六郎既重用他两人，理应到我衙门求情。未见他来，显是搪塞。本院暂且收管，俟今晚不来，明早定尽法惩治。’因此周老爷写了书信，请我送来，便命我代门公请安。若六郎不肯前去，务必在旁边帮助两句，方可有命。此乃犯法之事，小人因此地人多，不敢遽然说出，所以先问一声。此事万不能缓，我还要等到回信，方好回去呢。”说毕，在身边取出信来。众人见得周卜成的笔迹，知非假冒，赶着命陶干在门旁等候，两三个人取着书子向里而去。

此时张昌宗正为这事与那班玩童孌女互相私议，预备在这事上将狄公纳倒，方免随后之患。忽见家人送进一封信来，照着陶干的话说了一遍。张昌宗取开观看，与来人所说大略相同，下面但赘了几句："小人三人之命，皆系于六郎之手，六郎不来，则我命休矣。"张昌宗看毕道："这事如何行得？他虽是巡抚，我的身份也不在他之下，前去向他求情，岂不为他耻笑？谅他今夜也不敢十分究办，明日早朝，只要面求了武后，那时圣命下来，命他释放，还怕他违旨么？"众人见他不去，齐声说道："六郎虽然势大，可知其权在他手中，人又为他押着。此时不敢处治，已是惧畏六郎，若再不给他点体面，那时恼羞成怒，竟将他三人处死，等到明日已来不及。此乃保全自家的人性命，与狄仁杰无涉。难得有此意见，何不趁此前去拜会，不但救了他三人，还可借释前怨，随后事件也好商议。常言冤家宜解不宜结，小人的意思，还是六郎去得妥当。"张昌宗见众人如此说项，乃道："不因周卜成是我重用之人，等他处治之后，自然有法报复。不过此去便宜他了。你们且命来人回去报信，说我立刻就来。"众人见张昌宗肯去，当时出来对陶干说明，令他赶速回去。陶干口内答应，心下甚是好笑，暗道："今番要在堂上吃苦了。不是这条妙计，你何肯自己送来。"当即忙忙地回转衙门，直至书房里面，回复了狄公。狄公也是得意，命人布置不提。

且说张昌宗打发来人去后，随即进去换了一身簇新的衣服，乌纱玉带，粉底靴儿，灯光之下越发显得他脸上如白雪一般。本来武后命他平时皆傅香粉，此时因为是拜会狄公，格外多揸了许多，远远的望见，比那极美的女子还标致几分。许多娈童顽仆跟在后面，在厅前上了大轿，直向巡抚衙门而来。

到了署前，在仪门住下，命家人投进名帖。号房见是"张昌宗"三字，心下甚是诧异，道："今日我们大人故意羞辱他一番，现在三个人犯还押在衙内，此时他忽来拜会，莫非他又来争论么？我看你主意打错了。这位大人不比寻常的巡抚，设若争论不过，看你如何回去。

你现在既来，也只好代你去通禀一声。”一面说着，已到了暖阁后面，进了巡捕房中，照来人的话说了一遍，将名帖递上。此时巡捕已经知道，当时起身到了里面。狄公见他已来，骂道：“这个狗才，居然便来拜会，岂非是自讨其辱！”随即传命，令大堂伺候。所有首领各官以及巡捕书吏，皆在堂口站班。本来预备停妥，专等他来，此时一声招呼，无不齐来听命，顷刻之间已经站满。狄公换了冠带，犹恐张昌宗不循规矩，将供奉的那个万岁牌子由后面请出，自己捧出大堂，在公案上南面供好，然后命巡捕大开仪门，堂见来人。

此时张昌宗坐轿内，见号房取了名帖进里面，去了多时，只不见他出来请会，心下甚是疑惑。忽见仪门大开，出来两个巡捕，到了轿前抢三步请了个安，高声禀道：“狄大人现在大堂公干，请六郎就此相会。”张昌宗听了这话，疑惑狄公本来有事，忽见他来，就此请在后厅相会，总以为巡捕说话不清。当时命人住轿，走出轿来，再向堂上一望，那等威严，实是令人可怕。只见狄公高坐在堂上，全不动身，心下已是疑惑，无奈已经下轿，也不好复行出去，只得移步向堂上走来。绕到堂口，有个旗牌上前喊道：“大人有命，来人就此堂见。”张昌宗一听这话，晓得有个变卦，赶着上前向狄公一揖道：“狄大人请了，张某这旁有礼。”狄公也不起身，向下面问道：“来者何人？至此皆须下跪，而况万岁的牌位供奉在上面，何故立而不跪，干犯国法！左右为我将他拉下。”张昌宗见狄公以皇上来压他，知道有意寻衅，一时不敢争论，当时向上笑道：“大人莫非认错人么？此地虽是法堂，奈我不能跪你，不如后堂入见罢。”狄公将惊堂木一拍，高声骂道：“汝这狗才，竟如此不知礼法。可知道天无二日，民无二主，这公堂乃是国家的定制，无论何人到此，皆须下跪参见。汝既是张昌宗本人，为何不知国法，莫非是冒充他前来么？左右还不将他拿下，打这狗头，以儆下次。”张昌宗见他如此吩咐，赶着走下堂来，欲转身就走。谁知下面上来四五个院差，将他拦住。不知张昌宗如何发落，且看下回分解。

第三十九回

求人情恶打张昌宗　施国法怒斩周卜成

却说张昌宗拜会狄公，狄公命他在大堂跪下。知道是有意寻衅，随即转身欲走。早见堂下走来四五个院差，将他拦阻道："你这狗才，受谁人指使，竟敢冒充张六郎穿插衙门，究是何故？现被大人看出真假，又想转身逃走，岂非梦想么？"说着，上来将他拿下。张昌宗早知中计，向堂上喝道："狄仁杰，你敢设计枉我，此时便跪立下来，也是跪的万岁，你能奈我何？可知早迟总要出这衙门，那时同你在金殿辩论便了。"狄公哪里能容，高声骂道："你这厮假扮禁臣，已为本院察觉，还敢矢口辩说。今日本院的巡捕在他家门首还有事件，也未听说他前来。你说是张昌宗本人，来到本衙何事，可快说明。若果与案件相合，本院岂有不知之理，自然与汝相商。不然便冒充无疑，那时可尽法惩治。"张昌宗听了这话，恍然悟道："人说他心地刁钻，实是可惧。难怪他如此做作，深恐不是本人前来，误做人情，不但与我不能释怨，还要为我耻笑，因此在堂上问明真假，然后等我说情，那时大众方知他因我前来始行释放，随后太后即便知道，他也可推到在我身上。你既如此用意，我已经到堂，岂能不说出真话？"当时向狄公说道："大人但放宽心，此乃我本人前来。只因周卜成冒犯虎威，案情难恕。虽是武后奉旨讯办，也不过是官样文章，掩人耳目。听说实事求是，照例施行，故特趁晚前来。一则拜谒尊颜，二则为这家奴求情，求大人看张某薄面，就此释放，免予追究。随后复命之时，但含糊奏本，便可了事，谅武后也不致查问。”

狄公等他说毕，将惊堂一拍，在刑杖筒内摔下许多刑签，大声喝道：“左右，还不将这厮恶打四十，显见这派言词是胡乱捏造。本院今日将周卜成示众游街，张昌宗这狗头还吆喝恶奴，意图抢劫。幸本院命亲随前去，将人犯押回，并将那个周卜兴带案讯办。张昌宗乃是他三人主子，已是难逃国法，他方且要哭诉太后，求免治罪。莫说他不敢前来，即不知利害，今日被本院羞辱一番，也就愧死，还有什么面目前来求情？据此看来，岂非冒充而何？左右，快将这厮重打四十大棍，然后再问他口供。”堂上那些院差先前本不敢动手，此时见狄公连声叫打，横竖不关自己事件，加之他平日虐待小民，已是恨如切骨，趁此机会便一声吆喝，将他拖下，顷刻之间，将腿打得血流满地。张昌宗从未受过这苦楚，其初还喊叫辱骂，此时已是噤不出声。众院差虽因狄公吩咐，唯恐将他打坏，那时自己也脱身不得，当即将他扶起，取了一碗糖茶，命他吃下。定了一定疼，方才能够言语。张昌宗此时只恨自己的家人不来抢护，到了此刻独受苦刑。你道他家人此时为何不问？只因自古及今，邪总不能胜正。虽然这班豪奴平日仗着主子的势力欺压小民，擅作威福，现在到法堂上面，见狄公那派有威可畏的气象，自然而然将平时的邪气压了下去。加之主人方且为狄公摆布，自己有多大胆量，敢来自讨苦吃？因此一个个吓得如死鸡一般，虽然全在，皆躲在那仪门外面向里张望。狄公见他打毕，复又问道：“汝可冒充张昌宗么？若仍然不肯认供，本院拼作一顶乌纱，将汝活活打死。可知张昌宗乃误国奸臣，本院与他势不两立，即便果真前来，也要参奏治罪，何况汝这狗头，装头换面。再不说出，便行大刑。”张昌宗到了此时，深恐再用刑具，那就性命不保，心下虽然愤恨，只得以真作假，向上说道："求大人开恩。某乃张昌宗的家奴王起，因同事周卜成犯罪，恐大人将他治罪，故此冒充主人前来求情。此时自知有罪，求大人饶恕释放。"

狄公听他供毕，心下实是暗笑："你这厮也受了狄某的摆布。现在不得汝一个手笔，明日汝又反害。"当时命刑书录了口供，令他画了冒充的供押，心下想道："苦是教你受毕，须得嘲笑你一番，方知本院的利害。"举眼见他满脸的泪痕，将他那脸上香粉流滴下来，当即喝道："汝这厮好大胆量。本院道你是个男子，哪知你还是女流，可见你不法已极。"张昌宗正以画供之后便可开恩释放，忽又听他问了这句，如同霹雳一般，吓得魂不附体。连忙求道："小人实是男子，求大人免究。"狄公道："汝还要抵赖。既是男人，何故面涂脂粉？此乃实在的痕迹，还想巧辩么？"张昌宗无可置辩，只得忍心害理，向上回道："小人因张昌宗平时入宫，皆涂脂粉，因冒充他前来，也就涂了许多，以为掩饰，不料为大人看出。"狄公冷笑道："你倒想得周密。本院也不责汝，汝既要面皮生白，本院偏令他涂得漆黑，好令你下次休生妄想。"遂命众差在堂口阳沟里面取了许多臭秽的污泥，将他面皮涂上。此时堂上堂下差官巡捕，莫不掩口而笑，皆说狄公好个毒计。张昌宗见了如此，心内如急火一般，唯恐污了面目。无奈怕狄公用刑，不敢求饶，只得听众差摆布。登时将一个雪白如银的面脸，涂得如泥判官相似，臭秽的气味直向鼻孔钻去。到此境界，真是哭笑不得。狄公见众人涂毕，复又说道："本院今日开法外之仁，全汝的狗命，俟后若再仗张昌宗势力，挟制官长，一经访闻，提案处治。"说毕，也不发落，但将他口供收入袖中，退堂入后。后有张昌宗的家人，见狄大人已走。方才赶着上来，也不问张昌宗如何，纳进轿内，抬起便走。

狄公在内堂俟他走后，随即又复升堂，将周卜成弟兄并曾有才三人提来，怒道："汝等犯了这不赦之罪，还敢私自传书，令张昌宗前来求情。如此刁唆，岂能容恕。今日不将汝治罪，尽人皆可犯法了。”随即将王命牌请出，行礼已毕，将三人在堂上捆绑起来，推出辕门将他斩首，然后将首级挂于旗杆上面示众。就此一来，所有在辕下听差各官，无不心惊胆怯。盖狄公本来无心将这三人处死，因张昌宗既出来阻止，现又受了如此窘辱，直要明日进宫，必定就有赦旨。那时活全三人还是小事，随后张昌宗便服压不住。故趁此时猝不及防，将他三人治罪。明日太后问起，本是奉旨的钦犯，审出口供，理应斩首。而且张昌宗也有函的供认在此，彼时奏明，武后便不好转口。当时发落已毕，到书房起了一道奏稿，以便明早上朝，这也不在话下。

且说张昌宗抬入家中，众人见了如此，无不咬牙切齿，恨狄公用这毒计。张昌宗骂道：“你们这班狗才，方才本说不去，汝等定说要去。现在受了这苦恼，只是在此乱讲，我面孔上的污秽，你们看不见么？腿上鲜血已是不止，还不代我熏洗好，让我进宫哭诉太后！”那些人听他说了这话，再将他脸上一看，真是面无人色，心下虽是好笑，外面却不敢启齿，赶着轻轻地将下衣脱去，先用温水将面孔洗毕，然后将两腿熏洗了一回，取了棒伤药代他敷好。果然灵效非凡，顷刻定疼。当即用细绸将两腿扎好，勉强乘轿，由后宰门潜入宫中。

此时武后正与武三思计议秘事，忽闻张昌宗前来，心下大喜，道：“孤家正苦寂寞，他来伴驾岂不妙极。”随即宣他进来。早有小太监禀道：“六郎现在身受重伤，不便行走，现是乘轿入宫，请旨命人将他搀进。”武后不知何故，只得令武三思带领四名值宫太监将他扶入。张昌宗见了武后，随即放声大哭，说：“微臣受陛下厚恩，起居宫院。谁知狄仁杰心怀不愤，将臣打辱一番，几乎痛死。”说着，将两腿卷起，与武则天观看。武则天忙道：“孤家因他是先皇旧臣，故命他做这河南巡抚。前日与黄门官争论，将他撤差，不过全他的体面。此时复与卿家作对，若不传旨追究，嗣后更无畏惧了。卿家此时权在宫中安歇一夜，明日早朝再为究办。”张昌宗见武则天如此安慰，也就谢恩起来，与武三思谈论各事。一夜无话。

次日五鼓武后临朝，文武大臣两班侍立，值殿官上前喊道：“有事出班奏朝，无事卷帘退驾。”文班中一人上前俯伏奏道：“臣狄仁杰有事启奏。”不知狄公所奏如何，且看下回分解。

第四十回

入早朝直言面奏　遇良友细访奸僧

却说武则天临朝，狄公出班奏道："臣狄仁杰有事启奏。"武后心下正是不悦，忽见他出班奏事，乃道："卿家入京以来，每日皆有启奏。今日有何事件，莫非又参劾大臣么？"狄公听了这话，知道张昌宗已入宫中，在武则天面前哭诉，当即叩头奏道："臣职任平章，官居巡抚，受恩深重，报答尤殷。若有事不言，是谓欺君；言之不尽，是谓误国。启奏之职本臣专任，愿陛下垂听焉。只因前任清河县与曾有才抢占民间妇女，经臣据实参奏，奉旨革职，交臣讯办。此乃案情重大之事，臣回衙之后，提集原被两告，细为推鞫。该犯始以为张昌宗家奴，仰仗主子势力一味胡供，不肯承认。臣思此二人乃知法犯法之人，既经奉旨讯办，理合用刑拷问。当将曾有才上了夹棒，鞭背四十，方才直言不讳。原来曾有才所为，皆周卜成指使。郝干庭媳妇抢去之后，藏匿衙中，至胡王两家妇女，则在曾有才家内。供认之后，复向周卜成拷问，彼以质证在堂，无词抵赖，当即也认了口供。臣思该犯始为县令，扰害生民，既经告发，又通势力，似此不法之徒，若不严行治罪，嗣后效尤更多。且张昌宗虽属宠臣，国法森严，岂容干犯。若借他势力为该犯护符，尽从皆能犯法，尽人不可管束了。因思作一儆百之计，命周卜成自录口供，与曾有才游街示众，俾小民官吏咸知警畏。此乃臣下慎重国法之意，谁知张昌宗驭下不严，恶仆豪奴不计其数，胆敢在半途图劫，将纸旗撕踹，殴辱公差。幸臣有亲随二名，临时将人犯夺回，始免逃逸。似此胆大妄为，已属不法已极，臣在衙正欲复提审讯，谁料有豪奴王起，冒充张昌宗本人来衙拜会，借口求情，欲将该犯带去。当经臣查出真伪，讯实口供，方知冒充情事。”

说到此处，武则天问道：“卿家所奏，可是实事么？设若是张昌宗本人，那时也将他治罪不成吗？”狄公道：“若果张昌宗前来，此乃越分妄分，臣当奏知陛下，交刑部审问。此人乃他的家奴，理合听臣讯办。”武则天道：“汝既谓此人是冒充，可有实据么？”狄公道：“如何没有？现有口供在此，下面亲手执押，岂有讹错？”说着，在怀内取出口供，交值殿太监呈上。武则天从头至尾看了一遍，皆是张昌宗亲口所供，无一处可以批驳。心下虽然不悦，直是不便施罪，乃道：“现在该犯想仍在衙署。此人虽罪不可逭，但朕御极以来，无故不施杀戮，且将他交刑部监禁，俟秋间处斩。”狄公听了这话，心下喜道：“若非我先见之明，此事定为他翻过。”随即奏道：“臣有过分之举，求陛下究察。窃思此等小人，犯罪之后还敢私通情节，命人求情，若再姑留，设或与匪类相通，谋为不轨，那时为害不浅，防不胜防。因此问定口供，请王命在辕门外斩首。”武则天听了这话，心下也吃了一惊：“此人胆量可为巨擘。如此许多情节，竟敢按理独断，启奏寡人。似此贤才，虽碍于张昌宗情面，也不能奈他怎样。”当时言道：“卿家有守有为，实堪嘉尚。但嗣后行事，不可如此决裂，须奏知寡人方可。”狄公当时也就说了一声：“遵旨。”退朝出来。所有在廷大臣，听狄公如此刚直，连张昌宗俱受棒伤，依法惩治，无不心怀畏惧，不敢妄为。

谁知狄公退入朝房，却巧与元行冲相遇。彼此谈了一会，痛快非常。元行冲道："大人如此严威，这几个狗头想要从此敛迹了。但是这些人皆彰明较著，易于访查，唯有白马寺僧人怀义，秽乱春宫，有关风化。武则天不时以拈香为名，驻跸在内，风声远播，耳不忍闻。大人能再整顿一番，便可为清平世界。"狄公道："下官此次进京，立志削奸除佞。白马寺僧人不法，久经耳有所闻，只因行远自迩，登高自卑，若不先将这出入宫闱的幸臣、狐假虎威的国戚惩治数人，威名不能远扬，这班鼠辈也不能畏服。即便躐等行事，他反有所阻挠，于事仍然无济，因此下官先就近处办起。但不知这白马寺离此有多远？里面房屋究有多少？其人有多大年纪？须访问清楚，方可前去。"元行冲道："这事下官尽知。离京不过一二十里之遥，从前宰门迤北而行，一路俱有御道。将御道走毕，前面有一极大的松林，这寺便在松林后面。里面房屋不下有四五十间，怀义住在那南花园内，离正殿行宫虽远，闻其中另有暗道，不过一两进房屋便可相通。此人年纪约在三十以外，虽是佛门孽障，却是闺阁的美男。听说收了许多无赖少年，教传那春宫秘法，洪如珍发迹之始，便是由此而入。"狄公一一听毕，记在心中。彼此分别回去。

到了衙门，安歇了一会，将马荣、齐泰喊来，道："本院在此为官，只因先皇晏驾，中宗远谪万里，江山皆为武三思、张昌宗等人败坏。现又听说将国号要改为后周，将大统传于武三思继极，如此坏法乱纪，岂不将唐室江山送于他人之手。目今唯有徐敬业、骆宾王欲兴师讨贼。在朝大臣唯有张柬之、元行冲等人，是个忠臣。本院居心，欲想将这班奸贼除尽，然后以母子之情，国家之重，善言开导这武后，使他回心转意，传位于中宗。那时大统固然，丑事又不至外露，及君臣骨肉之间，皆可弥缝无事。此乃本院的一番苦心，可以对神明、可以对先皇于地下者。此时虽将张昌宗、武三思两人小为挫抑，总不能削除净尽。方才遇见元行冲大人，又说有白马寺僧人，叫什么怀义，武后每至寺中烧香住宿，里面秽行百出、丑态毕彰。因此本院欲想除此奸僧，又恐不知底细。此寺离此只有一二十里远近，从前宰门出去，将御道走毕，那个松林后面便是这白马寺所在，你可同乔泰前去一访。闻他住在南花园内，教传那无赖少年的秘法，访有实信，赶快回来告禀。”马荣道：“这事小人倒易查访，但有一件，不知大人可否知道？”狄公道：“现有何事本院不知，汝可从实说来。”马荣道：“这个僧人尚是居住在宫外，还有一个姓薛的，名叫薛敖曹，此人专在宫里，与张昌宗相继为恶。所作所为，真乃悉数难尽。须将此人设法处治，不得令他在京，方可无事。小人因是宫中暖昧之事，不敢乱说，方才因大人言及，方敢告禀。”狄公叹了一声道：“国家如此荒淫，天下安能太平。此事本院容为细访，汝等且去将此事访明。”

马荣、乔泰两人领命出来，当时先到街坊探问一趟，到了下昼时分，两人饱餐晚膳，穿了夜行衣服，各带暗器出了大门，由前宰门出去，向大路一直而去。行了有一二十里，果见前面一个极大的树林，古柏苍松夹于两道，远远望去好似一团乌云盖住，涛声鼎沸，碧荫葱茏，倒是世外的仙境。马荣道：“你看这派气概，实是个仙人佳境，可惜为这淫僧居住，把个僻静山林改为龌龊世界。究不知这松林过去，还有多远？”两人渐走渐近，已离林前不远。抬头一望，却巧左边露出一路红墙。墙角边一阵钟声，度于林表，但觉鲸铿两响，令人尘俗都消。

两人见到了庙寺，便穿出松林，顺着月色，由小路向前而去。谁知走未多远，看见庙门，只是不得过去，门前一道长河，将周围环住。乔泰道：“不料这个地方如此讲究，一带房屋已是同宫殿仿佛，加上这个松林，这道护河，岂非是天生画境。那个木桥已被寺内拉起，此时怎么过去？”马荣道：“你为何故作艰难。别人到此无法可想，你我怕他怎样！却巧此时月光正上，一带又无旁人，此时正可前去寻访。若欲干那混账事件，此时正当其巧。”说罢，两人看了地势，一先一后，在河岸上用了个燕子穿帘势，两脚在下面一垫，如飞相似早就穿过护河，到了那边岸上。乔泰道："我且去到寺门口看一看，若是开着，就此掩将进去。不然还要蹿高，方能入内。"马荣也就与他一齐同来。

顺着红墙，转过几个斜路，但见前面有个极大的牌坊，高耸在半空，一转雕空的梅兰竹菊的花纹，当中上面一块横额，上写着"天人福地"四个金字。牌坊过去，两边四个石莲台，左右一对石狮子。三座寺门，当中门额上面有块石匾，镌就的"敕赐白马禅寺"六字。两扇朱漆山门，一对铜环如赤金相似，钉于门上。马荣向乔泰低声说道："山门现已紧闭，我们还是蹿高上去。"乔泰道："这个不行。虽然可以上屋，那时寻找他的花园，有好一会寻觅方向。且推他一推。"说着乔泰进前一步，将身子靠定山门，两手将铜环抓住，用了悬劲轻轻向上一提，复向里一推。幸喜一点未响，将门推下。当时招手喊了马荣，两人挨身进去。复向四下一望，但见黑漆三间门殿，当中有座神龛，大约供的是韦陀。彼此蹑着脚步过了龛子，向二门走来，也就如法施行，将门推下。才欲进去，忽听左边有派板壁，格着半间房屋，里面好像有人谈心。马荣知是看山门的僧人所住，当时将乔泰衣袖一拉，乔泰会意。彼此到了板壁前面，屏气凝神，在板缝内向里一看，却是一盏油灯，半明不灭的摆在桌上，上首一个四五十岁的僧人，坐在椅子上面，下首有个白须老者，是个乡间的粗人，坐在凳上，好像要打盹的神情。只见那个和尚将他一推，说道："天下事总是不公平。你醒来，我同你谈心，免得这样昏迷。"那人被他推了两下，打了个呵气，睁眼问道："你同我有何话说，方要睡着，又为你推醒。现在已近三更，那人还未前来。"和尚道："想必他另有别人了，本来女流心肠，不能一定。直可怜那许多节烈的人，被他困在里面，真乃可恼。"马荣见他们话中有因，便向里细听。不知那和尚又说出什么，且看下回分解。

第四十一回

入山门老衲说真情　寻暗室道婆行秽事

却说马荣、乔泰两人，听那僧人说道：“那人不来，许多贞节好人为他困住在里面，岂不是天下事太不公平。即如我，虽不敢说是真心修行，从前在这寺中为住持，从不敢一事苟且。来往的僧人在此挂锡，每日也有七八十人。虽然不比有势力，总是个清净道场。自他到此，干出这许多事来，怕我在里面看见，又怕我出去乱说，故意奏明武则天，令我在此做这看山的僧人，岂不鹊巢鸠占么？而且那班戏子，虽是送进宫中，无不先为他受用。你看昨日那个女子，被他骗来，现在百般的强行。虽然那人不肯，特恐那个贱货花言巧语，总要将他说成。”老者听了此言，不禁长叹一声，说道：“你也莫要怨恨。现在尼姑还做皇帝，和尚自然不法了。朝廷大臣，那个不是武张两党？连庐陵王还被他们谗间，贬出房州。他母子之情尚且不问，其余别人还有何说？我看你也只好各做各事罢。”马荣听得清楚，将乔泰拖到旁边，低声言道：“我等此时，何不将此人喝住，令他把寺内的细情说明，然后令他在前引路，岂不是好？”乔泰也以为然。

当时马荣拔出腰刀，使乔泰在外防备，恐有出入的人来，自己抢上一步，左脚一起，将那扇山门踢开。一把腰刀向桌上一拍，顺手将和尚的衣领一起揪住，高声喝道：“你这秃驴，要死还是要活？”那个和尚正然说话，忽然一个大汉冲进了来，手执钢刀，身穿短袄，满脸露出杀气，疑惑他是怀义的党类，或是武则天手下宠人，命他前来访事，方才的话为他听见，此时早吓得神魂失散，两手护着袈裟，浑身发抖，嘴里急了一会，乃道：“英英英雄，僧僧僧人不不敢了。方才才是大意之言。求求英雄饶命，随后再不说他坏处。”马荣知他误认其人，喝道：“汝这秃驴，当俺是谁？只因怀义这秃厮积恶多端，强占人家妇女，俺路过此地，访知一件实事，特来与你寻事。方才听汝之言，足见汝两人非他一党，好好将他细情并那藏人的所在，细细说明，俺不但不肯杀你，且命你得个极大的好处。若是不说，便是与他一类，先将你这厮杀死，然后再寻怀义算账。”和尚听了此言，方才明白，乃道：“英雄既是怀义的仇家，且请松手，让僧人起来慢慢的言讲。难得英雄如此仗义，若将这厮置之死地，不但救人的性命，国家大事也要安静许多。且请英雄释手，僧人总说便了。”马荣听了此言，将腰刀举在手内，说道：“我便松开，看汝有何隐掩。”当时将手一放，只听咕咚一声，原来和尚身体极大，不防着马荣松手，一个跟斗栽倒在地。

马荣见他如此模样，知道他害怕，乃道：“你好好说来，俺定有好处与你。究竟这怀义住在何处？方才你两人说那人未来，究是谁人？”和尚爬起来，说道：“僧人本是这寺中住持，十年前来了这怀义，在寺中挂锡，当时因他是个游方和尚，将他留下。”说到此时，复又低声道：“英雄千万莫要声张，我虽然说出，可是关着人命。你若声张起来，我命就没有了。只因当今天子武则天，被太宗逐出宫闱，削发为尼，彼时见怀义品貌甚好，命老尼暗中勾引，成了苟且之事。后来高宗即位，武后收入宫中，不时到这庙中烧香，已是不甚干净。那时因关国体，虽知其事，却不敢说出。谁知高宗驾崩，他把太子贬至房州，登了大宝，竟封这怀义做了这寺中住持，命我看这山门。从此奸淫妇女，无恶不作。前日见村前王员外家的媳妇有几分姿色，他自己便假传圣旨，到他家化缘，说太后欲拜四百八十天黄忏，令他到王公大臣家募化福缘。王员外见他前去，知他来历不轻，当时给了五千银子。他又说，银子虽然送出，还要合家前去行礼，若是不去，便是违旨。次日，王员外只得领着合家大小男女入庙烧香。他便令人将他媳妇分开，骗到暗室里面。随后王员外回去，不见他媳妇，前来寻找。他反说人家扰乱清规，污浊佛地，欲奏知朝廷论法处治。王员外不敢与他争论，只得抱头鼠窜的回去。听说连日在家寻死觅活，说这冤情没处申了。谁知怀义将他媳妇藏入暗室，百般强污。所幸这李氏竭力抗拒，终日痛骂，虽然进来数日，终是不能近身。现在怀义无法，将平时那个相好的王道婆找来，先行出火，然后许他的钱财，命向李氏劝说。若李氏答应，遂了心愿，遂将他两人作为东西夫人。昨日在此一夜，午前方走。约定今晚仍来，故此山门尚未关闭。”马荣道：“既有此事，你且带我进去，先将这厮杀死，岂不除了大患。”和尚忙道：“英雄切勿粗莽，此去岂不白送了性命。他自大殿起，直至他内室暗室，各处皆有关键，而且暗室前面，有四人把守。听说这四人是绿林大盗，犯了弥天大罪，应该斩首，他同武则天讲明，宽他不杀之罪，命他在此把守暗室，以防外人入内。武则天视他如命，岂有不依之理，当时便命这四人前来。马上步下，明来暗去，无不皆精。只要进了大殿，无意碰上暗门，当即突陷下去，莫想活命。四人听见响动，立刻上来杀成两段。游人到此，无故送命的也不知多少，何能前去？我看你休生妄想。你这样虽有本领，恐不是他的对手。这是我一派真言，那个王道婆要来了，若是见有生人，你我一齐没命。我话虽说明，你可赶快出去罢。”马荣道：“你放心，包不累你，我出去便了。”当时将腰刀插入了鞘内，出了房门，将门带好。然后与乔泰说道：“你我躲在龛内等候，且待道婆前来，随他进去，方访得明白。”两人计议已毕，一前一后蹿上神台，在龛内藏躲。

未有一个更次，果然门外有人谈心道：“今夜这个月色正是明亮，怀义大约同热锅蚂蚁一般，在那里盼望呢。”后面一人又道：“本来你也太装腔作势的。人家昨日同你千恩万爱的，叫你今晚早来，你到此时方才动身。我看你也是挨不过去了。”那人道：“你知道拿我垫闲。一经将那个好的代他说上，你抱着他就，他也不问你的。今日总要叫他认得我，方才知我的利害。”说着，咯咋一声已将山门推下，高声问道：“净师父哪里去了？这半夜三更，不在此看守，若有歹人钻了进来，岂不误了大事。”里面和尚赶着答道：“王婆婆来了？我方才进房有事，可巧你便来了。”马荣向外面一看，见是个四十上下的妇人，虽是大脚，却是满脸满身的淫气。见和尚出来，向着后面那个女子说道：“你回去罢，明日不见得回去。本欲令你同我进去，那个馋猫见了你，又要动手动脚的了。随后有便，我再代他上那，这几日先让我快活快活。”外面那人啐了一声，果然回去。

这里道婆命和尚将山门关好，自己提着个灯笼，向大殿而去。乔泰听他这派言语，已是气不可遏，欲想上前就此一刀结果他性命，马荣赶快拦住，低声说道：“正要随他进去，访明道路，此时杀死，岂不误事！”两人见他进入大殿，跳出神龛，蹑着脚步随后跟来。只见在大殿口站定，左脚向门槛上两蹬。忽然一阵铃声，顷刻之间里面出来几人，见是道婆，齐声笑道：“你这老崽子，如此装腔。他在那里乱来了，前后不分，揪着人胡闹。”当时说笑着向里面而去。马荣、乔泰欲想随他而行，又恐众人转身，为其看见，彼此没有退步，而且这班人皆非善类。当时两人只得蹿身上了房屋，在上面随着灯光，一路而去。

穿过几处偏殿，见前面有个极大的院落。院左边有个月洞门，众人到了门口，并不推敲，但将门外那块方石一敲，两扇门自然开来。

里面却是个花园，梅兰竹菊，杨柳梧桐，无不齐备。两人在墙头伏定，但见前面一带深竹，过了竹径，乃是三间方厅。众人到了厅内，道婆喊道：“秃子，还不出来迎接。你再在里面，我便走了。”这话还未说完，好像一人道：“我的心肝，你再走，我便死过去了。”正说之间，众人哄然大笑。马荣不知何事，当时蹿身下来，隐在竹园里面，向厅前一看，只见一个少年和尚精赤条条站立在前面，因道婆说要回去，他来不及穿衣服，便这样出来，所以引得众人大笑不止。马荣虽是愤气，只得耐着性子向里望去，见怀义同那道婆，手搀手到了那上首房间里去，众人顷刻间全然不见。遥想此时，这奸僧干那苟且之事，不忍听那淫秽之声，只得又等了一会。

约计干毕之后，走到窗下，侧耳细听，闻得道婆说道：“你这没良心的种子，现在无人，竟拿我垫闲。今日火是出了，日后怎样说法？我们是下贱人，比不得你上至武后，下至宫人，皆可亲热的。今日不允我个神福，那件事你也莫想上手。我这利口，你也该知道。”怀义道：“你莫要这样说，昨晚已允过你了，若把他说妥，这两个房间一东一西，为你两人居住。若武则天前来，横竖他也不在这里，另有那个地方。听说我找的那班戏子，无不个个如意，加之薛敖曹又入宫中，他已是乐不可支，一时也未必想起我来。即便我间或进宫，也是躲躲藏藏，焉能同你们如此忘形。你看我这小怀义又怒起来了，你可再救我一救。”说着，便搂抱起来。马荣听到此时，实在忍耐不住，拔出腰刀便想进去动手。忽听里面隐隐的露出哭声，知是李氏困在里面，复又按着性子，想道：“我此时进去，就要将这狗男女杀死。设若误入暗室，岂不反误了大事。”只得转身到了院内，命乔泰在竹院内等候，自己顺着声音暗暗听去，却是在地窖里面。走了两趟，只不见有门路。忽然奸僧与道婆一阵笑声出了厅门，马荣反吃了一惊，深恐被他看见。正要躲避，复又铃声一响，许多男子齐行出来，向道婆说道：“王婆婆，我们在下面说了两天，为他骂了无限，只是不依。你现在人浆也吃过了，火已平了，可以将此事办成，免我们这位寻人乱闹。”道婆道：“你们这许多人，垫垫工也不为过。若再向我取笑，便显个手段你看。”众人道：“我等如此说，须也是为的你日后做二夫人，岂不快活。”说着，道婆一笑，将那门槛一踹，众人顷刻复又不见。马荣甚是诧异。不知后事如何，且看下回分解。

第四十二回

王虔婆花言骗烈妇　狄巡抚妙计遣公差

却说马荣见怀义同众人忽然不见，知是下入地窖。见四下无人，当即走身出来，与乔泰并在一处，侧耳细听。但听道婆到了里面说道："王家娘子还在这里么？我看你们这些人，为什么不打盆面水来，为娘子净面。就是想娘子在此，也该殷勤殷勤些，方令人心下舒服。常言道，不怕千金体，三个小殷勤。人心是肉做的，他看你这温柔苦求，自然生那怜爱的心了。而况怀义有这样品貌，这样人物，还有这样声势富贵，旁人还想不到呢。目下虽是个和尚，可知这个和尚不比等闲。连武后也是来往的。王公大臣，哪个不来恭维？只要武则天一道旨意，顷刻便官居极品。那里做了正夫人，岂不是人间少有，天上无双。到那时，我们求夫人让两夜，赏我们沾的光，恐也不肯了。总是你们不会劝说，你看哭得这可怜样子，把我们这一位都疼痛死了。你们快去取盆水来，好让我为娘子揩脸。凡事总不出'情理'二字，你情到理到，他看着这好处，岂有不情愿之理？"

正说之间，忽听铃声一响，马荣两人吃了一惊，赶着用了个蝴蝶穿花势，蹿至竹园里面隐身。向原处一望，早有两个人来，捧着一个磁盘向东而去。马荣道："你听老虔婆这张利口，说得如此温柔，想必取水之后便要动手了。你我索性在此听个明白。”两人在私下议论，未有一会工夫，那人已取了水来，依然铃声响动，入内而去。马荣复又出来，但听道婆又道：“娘子且请净面，即便要去，如此夜深，也不好出庙，我们再为商议。还有一句不知进退的话，娘子既来此地，就是此时出去，也未必有干净名声。若是清洁，最好不来。现在至此，你想，怀义的事情谁不知道？那时落个坏名，同谁辩白？我看不如成了好事，两人皆有益处。这样一块美玉似的人，还不情愿，尚要想谁？我知道你的意思，昨日进来，羞答答的不好意思，故此说了几句满话，现在又转不过脸来，其实心下早已动情了。只总是怀义不好，不能体察人的意思，我来代你收拾，好让你两人亲亲热热的在一处。”说着，好像似上去代他揩脸解衣的神情。马荣正是怒气填胸，只听得响喨一声，打了一个巴掌，一人高声骂道：“你这贱货，当着我是谁，敢用这派花言巧语。可知我乃金玉之体，松柏之姿，怎比得你这蝇蛆逐臭的烂物。今日既为他困在此地，拼作一死，到阴曹地府，同他在阎王前算账。若想苟且，也是梦话。他虽与武则天来往，可知国家也有个兴败，何况这秃厮罪不容诛，等到恶贯满盈，那时也要碎骨粉身，以暴此恶。你这贱货若再动手，先与你拼个死活。打量我不知你的事情，半夜三更乱入僧寺，你也不怕羞煞。”

乔泰向马荣耳边说道：“这个女子实是贞烈，若果这虔婆与怀义硬行，也只好冒险前去了。”马荣道：“怕的怀义到别处去了，这半时不听他言语。且再听一会，看是如何。”乔泰只得将腰刀拔出，专候厮杀。谁知虔婆被他这一顿痛骂，并不动气，反哈哈笑道：“娘子你也太古怪了，我说的是好话，反将我骂这一顿。我就不动手，你看这要死不死要活不活的样子，几时是了。我且出去，免得你生气。”说罢，向众人道：“你们在此看守，我去回信。遥想秃驴，不知怎样急法呢。”当时又听铃声一响，马荣两人疑惑里面有人出来，复又隐入竹内。谁知听了一会，并不见有动静，马荣道：“这下面地方想必宽大，方才怀义下去，不听他有甚言语，此时铃声响，竟虔婆又不出来，想是另有道路，到别处去了。你我此时且到后面寻觅一番，看那里有什么所在。现已打四更了，去后也可回城通报。你我两人在此，虽知其事，终无有益。”两人言定，由竹园内穿出院落，蹿上厅房，向后而去。但见瓦屋重重，四面八方皆有围墙护着，欲想寻个门路，也是登天向日之难。看了一会，知是他的暗室，当时只得出来，蹿过护河，向城内而去。

到了衙前，却巧天色已亮。自己吃了饮食，正值狄公起身，当即到了书房。狄公问道："汝等去了一夜，可曾访出什么？"马荣道："大人听了此事，也要气煞。世上有这等事件，岂非是君不成君，臣不成臣。"当时两人便把白马寺的话，从头至尾说了一遍。狄公自是气不可遏，忙道："汝等今夜可如此如此，先将这虔婆杀死，本院一面命陶干前去，将王家的原主唤来，本院自有章程。"马荣领命出来。随即狄公将陶干喊进，又将方才的话说了一番，命他立刻出城，如此如此。陶干当时出了衙门，飞马向城外而来。

一路问了乡人，约至辰牌之后。已到王员外庄上。赶着下马，在树上拴好，自己走到庄前，见有四五个庄丁在那里交头接耳，不知说些什么。陶干上前问道："你这庄主可是姓王？你且进去通报一声，说有个陶干，特由城内前来，同他有机密事商议。从速前去，迟则误事。"不说那些人见他是公门打扮，不知是好是歹，乃道："天差到此，虽是正事，可巧我主人现在抱病，不能见客，且请改日来罢。"陶干知他是推诿，乃道："你主人的病由我知道的，若能见我，不但可以除病，而且可以申冤。这话你可明白吗？近日你家庄上出了何事？你主人的病就因这事而起，是与不是？快去快去，莫再误事，这个地方非谈心的所在，到了里面，你们便知我来历了。"众人见他如此说法，明明指着白马寺之事，当时只得说道："且请天差稍待一刻，我进去通报一声，看是如何？"说着那人走了进去，稍停一会出来，向着陶干道："我主人问你是何处衙门的天差？"陶干道："俺乃巡抚衙门狄大人那里前来，还不知道么？"那人听了此言，赶着道："既是巡抚衙门，我主人现在厅前，就此请见罢。"陶干当即随他进去。过了几处院落，来至厅前。只见一个五六十岁的中年老者站在厅前，见是陶干进来，赶着说道："天差光降，老朽适抱微恙，未克远迎，且请坐奉茶。"陶干当时说道："小人奉命前来，闻得尊处现有意外之事，且请说明，敝上或可代为理恤。但不知员外是何名号？"王员外道："老朽姓王名毓书，曾举进士。只因钝拙无能，家有薄田可以度日，因此不愿为官，住居于此。乡间农户见老朽有些薄产，妄为称谓，此庄唤着王家庄，称老慕。此时天差前来，有何见教？"陶干见他不肯说出，乃道："当今朝廷大臣，半皆张武两党，狄大人削奸除佞，日前已将两人严加惩治。小可前来，正为白马寺之事。何故员外见外，尚不言明？岂不有负来意！"王毓书听了此事，不禁流下泪来，忙道："非是老朽隐瞒，只因此事关着朝廷统制，若是走漏风声，性命难保。目下谁不是奸党的爪牙？犹恐冒充前来探听虚实，以致未敢真言。其实老朽这冤枉，是无处申的了。"说罢，泪流不止。陶干道："员外且莫悲苦，这其中细情，俺已知悉，令媳此时并未受污。"当时就将马荣、乔泰昨夜去访的话，说了一遍。然后道："大人命我来此授意员外，请员外如此这般，大人定将此事办明。所有沉重，皆在大人身上，外面耳目要紧，幸勿自己有误。小可不能在此久坐，回辕还有别次差遣。"说毕，起身告辞而去。王毓书听毕，心下万分感激，虽然犹豫不决，不敢就行，复又想了一会道："我家不幸，出了此事，难得狄公为我出力，若再畏首畏尾，岂不自取其辱。"当时千恩万谢将陶干送出大门，依议办事。

且说陶干回转城中，回复了狄公，各人在辕门伺候。到了下昼，忽然堂上人声鼎沸，许多乡人拥在堂上，狂喊申冤。一个中年老者，执着一个鼓槌，在鼓上乱敲不已。当时巡捕不知何事，赶着出来问道："你这老人家有何冤抑，为何带着许多人前来喊冤。明日堂期，可以呈递控状，此时谁人代你回禀？"那老人听了此言，抓着鼓槌便向巡捕拼命，说道："我家媳妇被白马寺和尚骗入庙内，不知死活存亡。这样冤枉不来控告，你这衙门在此何用？你不替我回禀，我就自己进去。"说罢，有八九十个农户一齐拥入暖阁，要冲进宅门。把个巡捕吓煞，忙道："你们在此稍待，我进去回大人便了。若是将暖阁挤倒，这哄闹公堂的罪名，你们可担受不起。"

此时辕门外百姓，见有这许多人前来喊冤，皆不知是为何事，纷纷拥拥，皆进来观看。巡捕只得传齐值日差，并辕下的小队，将众人拦住，自己进入书房。却巧狄公在里面办事，况现在早已听见外面喧嚷，故意等巡捕来回。巡捕进内禀道："现有东门外王家庄主人，率领农户八九十名，前来击鼓鸣冤。说是白马寺僧人将他媳妇骗入寺内，现在死活存亡全未知悉，特来请大人申冤。"狄公道："白马寺乃怀义主持，是武后常临之地，岂得有此不法之事！他的状词何在？"巡捕道："小人向他取索，他说请大人升堂，方才呈递，不然就要哄进来了。"狄公假意怒道："天下哪有这样事件。若果没有此事，本院定将这干人从重处治。若是怀义果真不法，本院也不怕他是敕赐僧人，也要依律问罪。既这原告如此，且传大堂伺候。"

巡捕领命，出来招呼了一声，早见许多书差皂役由外进来，在堂上两班侍立。顷刻之间，暖阁门开，威武一声，狄公升堂公坐，值日差在旁伺候。狄公问道："且将击鼓人传来。"下面听了这句言语，如海潮相似，异口同声，八九十人一齐跪下，口称："大人申冤。"为首一个老者，穿着进士的冠带，在案前跪下，身边取出呈子，两手递上。狄公展开，先看了一遍，与马荣回来说那看山门的和尚所说的话无异。然后问道："汝便叫王毓书么？"老者道："进士正是王毓书。"狄公道："你这呈上所控之人，可是实事么？怀义乃当今敕赐的住持，他既是修行之人，又是武后所封，岂不知天理国法，何故假传圣旨到汝家化缘，勒令你出五千两银子，又命你合家入庙烧香，将你媳妇骗入在里面。此是罪不容诛之事，若所控不实，那个反坐的罪名可是不轻。汝且从实供来。”王毓书听了此言，说道：“进士若有一句虚言，情甘加等问罪。只求大人不畏权势，此事定可明白。”说罢，放声大哭。不知狄公如何发落，且听下回分解。

第四十三回

王进士击鼓呼冤　老奸妇受刀身死

却说狄公见王毓书说："大人如能不避权势，定可将此事明白。"当时拍案怒道："汝虽未入仕途，也是科名之士，岂不知国家立官为达民隐。本院莅任以来，凡事皆秉公评断，汝何故出此不逊之言！且将汝交巡捕看管，俟本院访明再核。若果不实，便将汝重处。余人一律开释。"说罢，拂袖退堂。所有那些百姓，听见此事无不切齿痛骂。说怀义这秃驴，平日干的事件已是杀不胜杀，只因有关国体，朝廷大臣无奈他何，近又将王毓书媳妇骗入里面，还敢假传圣旨，这样大罪还可容得么？可惜这老人家呈控了一番，狄公但问他是虚是实，那个意思也不敢办，这岂非有心袒护么？你言我语，私下议论不了。

当时王毓书随巡捕而去，众农户见狄公如此发落，齐向王员外道："员外在此且耐心两日，若大人再不肯办，我们明日再来。"说罢，齐声而散。你道狄公何故说这松懈的话？只因怀义党类甚多，就要今晚马荣、乔泰两人事情办成，明日方可奏知武后，严加惩办。若此时在堂上过于决裂，满口要办怀义，设或有人与怀义一党，当时前去报信，走漏风声，反为不美，因此但将控告的缘由在堂上细问了一遍，使百姓知道，又见自己不肯替王毓书申冤，此乃他禁止人通报信息的意思。此时退堂之后，将控呈收好，已是上灯时节，命陶干去喊马荣，说他二人已经前去。当晚也不安寝，专等马荣的回信。

谁知马荣与乔泰早就吃了晚膳，出衙门由原路向白马寺来。约至二鼓左右，已到前面。两人走过的熟路，直至寺口，依旧将山门轻轻一推。幸喜又未掩着，两人挨身进去，复行掩好。来至和尚房内，那个和尚见他又来，忙道："昨晚你们几时出去，里面的事情曾访明白？"马荣道："全晓得了。但问你，昨晚山门不关是等那个道婆，昨日听得说，今晚不回去，为何此时仍将山门开着？"和尚道："英雄不知。他每夜皆如此说法，到了次日便自回去。因他那个庵中，也是个龌龊世界，所有的尼姑，把这京城中少年公子，不知坑害了多少。他每日回去，仍要办那些牵马打龙等事。今日巳正之后，方才出去，言定三更复来。英雄此时又来何干？"马荣道："可真来么？"和尚道："僧人岂敢说诳。"马荣当即说道："你且在里面静坐，若山门外有什么响声，千万莫出来询问，切记切记。"说毕，仍然与乔泰出寺，在牌坊口站定。看看天色尚早，复又在周围一带游玩了一回。

约至三鼓，月色已是当顶，心下正在盼望，远远地见松林外面有团亮光一闪一闪的。马宁招呼乔泰道："你看对面，可是来了么？"乔泰道："被这树枝挡住，看不清楚，且待我前去，看明白了。"当时蹑着脚步，向松林内走来，定睛一看，却是一个少年女子提着个灯笼，照住那道婆前来。乔泰赶忙出了树林，来至牌坊前面，低声向马荣道："这贱货来是来了，你我在那里动手？"马荣道："就在这山门前结果他性命。"当时背着月光，倚着牌坊的柱子，掩住身躯。只听树林内二人说道："王婆婆你何以认识怀义？听说他与别人不同，浑身全瘫在身上，唯有那件东西如铁棍子相似，两下一来，便令人筋骨酥麻。可是真的么？你天天如此受用，可惜我未尝过这滋味。你那一天也松松手，给点好处于我。每天送你来，便不许我进去，岂不令人想煞。不听这妙事，也就罢了，既然晓得，不能身入其境，你想可怪难受的。"

王婆婆听了，笑道："你这骚货，每日两三个男人上下，还要得陇望蜀，想这神仙肉吃。可知他虽是如此，也要逢迎的人有那种本领，软在一处，瘫在一堆，方有趣味。不然，独角戏唱得来也无意味。"

两人一头走着，嘴里只顾混说这邪话，不防着已到了牌坊前面。马荣将腰刀一举，蹿身出来，高声喝道："老虔婆做得好事，今日逢着俺了。"说着左手将头发揪住，随手一摔，早跌倒地下。那个少年女子正要叫喊，乔泰早踢了一脚，将灯笼踢去，露出明晃晃钢刀，向着两人说道："你们如喊叫一声，顷刻就送你的狗命。"虔婆见是两个大汉，皆是手执钢刀，疑是劫路的盗贼，早已吓得魂不附体，当时说道："大王饶命。我身边没有银钱，且放我进寺。定送钱财与你。"马荣两人也不开口，每人提着一人，直向松林而来。

到了里面，咕咚摔下，乔泰向马荣道："大哥，我们就此开刀，先将他那个贱货剥下，究竟看他什么形象，就如此淫贱。然后挖出他心来，就挂这树上，让乌鹊吃了罢。再将头割下，为那烈妇报仇。"马荣故意止住，说道："这事不怪他一人，总是怀义这狗头秃驴造的这淫孽。若是这虔婆肯将那地窖的暗门，何处是关键，何处是埋伏，何处是怀义淫秽的地方，共有几个所在，他能说明，常言道冤有头，债有主，我们仍寻怀义算账，与他二人无涉。"乔泰听了此言，向着王道婆说道："你这虔婆，可听见么？爷爷本欲结果你们的性命，这位大哥替你们讨情，饶你狗命。你还不赶快说么？"王道婆听了此言，心下想道："这两人是何处而来？为何与怀义有这仇恨？我且谎他一谎，只要将此时过去，告知怀义，命他明日进宫奏知武后，传出圣旨，捉拿这两个盗贼，还怕他逃上天去么？"当时说道："大王要问他地窖，此乃他自己的埋伏，外人焉能知道？我不过偶然到此烧支香，哪里知道他的暗室。"马荣冷笑道："你这刁钻贱婆，死在头上还来骗人。打量爷爷们不知道？昨日夜间打洗脸水，是谁叫的东西？夫人是谁要做的？我不说明，你道我未曾看见么？你既偏护着孤老，爷爷就要得你性命。先送点滋味你尝尝。”说着，刀尖一起，在虔婆背臀上戳了一下，登时“哎哟”一声，满地的乱滚，鲜血直流，嘴里喊道：“王爷千万饶命，我说便了。”马荣道：“爷爷叫你说，你偏要谎；我现在不要你说，你又求饶。要说快说，不说就下手了。”当时将钢刀竖起，刀背子靠在颈项上，命他直说。王道婆到了此时，已是身不由己，欲待不说，眼见得性命不保，只得说道：“他那个厅口的门槛，两面皆有子口，在外面一碰，便陷入地窖。下面皆是梅花桩、鱼鳞网等物，陷了下去，纵不送命，已是半死。由里一得脚，那门槛下面有两块砖头铺嵌在木板上面，用铁索子系在槛上，只要一碰铁链子，便落了下来。当时两块石板左右分开，下面露出坡屋。由此下去，底下有十数间房屋，各是各的用处。我昨日在那里是第二间房内，李氏娘子是第五间，其余皆是他娈童顽仆的所在。将这所房屋走尽，另有五大间极精美的所在，便是武后的寝宫了。这全是真实的言语，并无半句虚词，求大王饶命罢。”

马荣听完，笑道：“爷爷倒想饶你，奈我伙伴不肯。”王道婆疑惑说的乔泰，也就向乔泰道：“是这位大王，也高抬贵手，饶我一命。”乔泰笑道：“他有伙计，俺也有伙计，只问我伙计肯饶你，便没有事。”王道婆道：“大王不要作耍，统共只有你两人，那里再有伙计？”乔泰将刀一起，喝道：“就是这伙计饶你不得。”王道婆“哎哟”一声，早已人头两处。那个少年女子见道婆被杀，自分也是必死，只得求道：“大王如不杀我，我便把身上这金锡与你两人。”马荣骂道：“你这骚货，也饶你不得。你且说来，庵在何处？里面共有多少尼姑？”女子道：“此去三里远近有座兴隆庵，便是武后从前为尼之所。这道婆与怀义是多年的情人。现在共有三四十间暗房，三四十个尼姑，专门招引王公大臣，少年子弟，在内顽笑。凡有人家暧昧之事，不得遂心的，也来此处商议。我是去年方才进庵，专随这道婆出入。有时他迎接不上，便命我替代。因此知道这里面的滋味。不料今日此处遇见大王，但求大王饶命。”马荣听了骂道：“汝这贱货，留着你也非好事。你既同他前来，一齐再同他前去。”当时也是一刀，把那女子杀死。马荣道：“你我此事是干毕了，明日怀义出来，自必奏知武后，缉拿凶手。尸骸在山门前面，岂不有累这看门的和尚？你且进去对他说知，我把这两人头送到怀义那个厅上去，先把点惊吓与他。”

说着，起手在下面将两颗首级提起，一路蹿房过屋，向那竹园而来。到了里面，见下面有人说道：“这个老东西，此时又不来了，每日夜间总不得令人早早安歇。他不来，这一个便逢人胡闹。”马荣见四下无人，蹑着脚步，顺着道婆所说的路径走到里面，轻轻把两颗首级一里一外，在那关键处摆好。随即蹿身上房，连蹿带纵，到了山门口，向里喊道：“乔泰，你我快点回去，顷刻里面惊觉，便走不去了。”乔泰正值里面出来，两人一齐向城内而去。半路之间，马荣问道：“你如何同他说？”乔泰道：“我同他说明是巡抚衙前来，若是怀义在他身上追寻凶手，命他到辕门控告，但说怀义骗奸人家妇女，致杀两人。他见我是狄大人差来，感激不尽，说代他出了冤气。虽是他的私意，遥想也不至有误。”当时两人赶急入城，已是四更以后。

进了衙门，却巧狄公正拟上朝，见他两人回来，知是事情办妥，问明原委，上车来至朝房。此时文武大臣尚未前来，幸喜元行冲已到，狄公当将王毓书的事告知与他。行冲道：“此事唯恐碍武后情面，难以依律惩办，只得切实争奏，方可处治。”狄公道：“本院思之已久，稍停金殿上如有违拂之处，尚望大人同为申奏。”元行冲道：“大人不必烦虑，除武后传旨免议，那时无法可想，若是武三思、张昌宗等人阻挠，下官定然伏阙力争。”二人计议已毕，众臣陆续而来。

少顷，景阳钟响，武后临朝，文武两班侍立。早有值殿官上前喊道：“有事出班奏驾，无事卷帘退朝。”只见狄公匍匐金阶，上前奏道：“臣狄仁杰有事启奏。兹因进士王毓书，昨夜投臣衙门击鼓呼冤，说有媳妇李氏，为白马寺僧人怀义骗入寺中，肆行强占，目下不知生死如何。臣因该寺是敕赐的所在，恐其所控不实，当即在堂申驳。谁知此事合境皆知，听审百姓齐声鼓噪，声言此案不办，便欲酿成大祸。臣思若果王毓书诬告，何以百姓众口一词？如再不奏明严办，不但有污佛地，于国体有关，且恐激成民变。求陛下传旨将白马寺封禁，俾臣率领差役前去搜查一番，方可水落石出。如果没有此事，这王毓书诬告僧人，扰乱清规，也须依律惩办。”武则天听了此言，不禁吃惊道：“怀义是寡人的宠人，准是因薛敖曹现入宫中，他不能时常前来，加之寡人又久不前去，因此忍耐不住，做出这不法事来。但此事有碍我的情义，设若被他审出，如何是好？”当时要想阻止他不办，一时又不好启齿。武后想来不知所说如何，且看下回分解。

第四十四回

金銮殿狄仁杰直言　白马寺武三思受窘

却说武后听狄公奏怀义骗诱王毓书媳妇，请传旨交他查办，心下难以决断：“欲待不行，显见碍于私情，恐招物议，而且狄公非他人可比，照常自己前去，搜出实据，那时更难挽回。若遽然准旨，此去怀义定然吃苦，那种如花似玉的男人，设若用刑拷问，我心下何以能忍。况此事也不能怪怀义，总因薛敖曹、张昌宗等人日在宫中，便令我将他忘却，以至他心火上炙，难以遏止。此事唯有推诿在别人身上，若果他实事求是的认真起来，那时也只好如此这般，传道旨意开赦便了。”当时答道：“狄卿家所奏王毓书击鼓呼冤，孤家虽不知怀义果有此事，但此寺乃是先皇敕建，加以寡人允了神愿，偶往烧香，见怀义苦意修行，不愧佛门子弟，因此命他为这寺中主持。此时既有此事，固不能因他是敕封的僧人违例不办，但也要访明。唯恐别处僧人冒充其事，那时坏了佛法是小，坏了国体是大，卿家是明白之人，也应知寡人的意见。此去但将王毓书媳妇查访清楚，令其交出便了，余下若能宽恕，看他是出家之人，容饶一二。”狄公心下骂道：“好个无道的昏君，金殿上面竟命我违例宽恕，明是袒护怀义。我且不问如何，你既命我去，当时也不怕你有什么私意，也要奏上一本。不然全没有天理国法。”随即奏道：“臣定仰体圣意。若怀义果真不法，也只好临时再看轻重了。”

当时正要退朝，忽然黄门官奏道：“现有白马寺主持怀义，报道山门前不知何人杀死两口女尸，首级不知去向，特命人来报官，转请代奏。”武则天听了此言，心下疑道：“莫非怀义真个妄为，两个女子是他骗来，行奸不从，致将他杀死，反来奏朕发落？现在狄仁杰在朝，如何遮掩得过去。”当即怒道：“白马寺乃敕建的寺院，何人敢在此行凶。若不严办，法律安在？且山门有人看守，僧人净慧岂不听见？莫非他干出不端之事，抵赖在怀义身上？狄卿家此去，先将净慧严刑拷问，然后再奏明核办。”狄公心下明白，当时并不再奏，领旨下来，退朝而去。

且说怀义何以知道山门前有了死尸，只因他与众娈童在暗室内胡闹了半夜，轮流更替，皆不得王道婆那件顺意。一看玉杵如钢炭一般，直是无处安放。等到三更，仍是不来。欲想与王毓书媳妇勾当，见他那样哭骂，深恐他拼命寻死，反而断了望想。直至四更，疑惑道婆真是不来，不得已揪着了极小的道童，硬行干了一会，勉强出了点火。心下终不除疑，向着众人道：“这个老崽子骗得我好苦。他明知我熬不过去，偏是不来。此去他庵中不远，你们带我寻他，究竟看他在那里何事，莫非又遇见了个妙人儿，舍不得前来？”那些娈童皆是百说百依的，随即三四个人由暗室内出来。才将铜铃一抽，将那暗门开下，忽然一个滚圆的物件如西瓜一般，骨碌碌的由坡台上直滚下来，把众人吓了一惊。皆定神向前一看，叱咤一声未曾喊得出口，早又咕咚栽倒地下。怀义忙道：“你们怎样了？”那人舌已吓僵，但听说道：“人人人人头。”怀义再细为一望，正是血淋淋一颗首级。当时也魂飞天外，忙喊道：“前面英雄赶快出来，此地出了命案了。”

原来门槛外面那个陷入坑四面，有四个绿林大盗在那里把守，日间无事，夜间专在此处，恐有人来陷入坑中，他四人便一齐上前，乱刀砍死。此时听见怀义叫喊，知又出了事件，也就将铜铃抽起，开了暗门，依然一样，早有个如西瓜大小的东西，从上面滚了下来。为首一人正望上走，不防着正滚在自己头上，吓了一惊，也不知何物，顺手一摔，滚了过去，但觉头额上冰凉，再用手一抹，不看犹可，再举手一看，乃是鲜红的人血，忙叫道："这事奇了。此地哪里有人头？"怀义那边听这边也喊叫起来，格外害怕，复又叫道："你们英雄快来，这里也有个人头。"四人不解其故，只得一齐攒身上来。过了门槛，复到里面暗室，见那边一人已吓昏在地下，忙道："你等不要慌，此事必仇家所为，而且是个好汉，方有胆量干得出这事。且取个烛台来照一照，看是何人。"怀义连忙移过烛光，这一吓非同小可，忙道："不不好了，就是王王道婆为人杀了。我的心肝，你死得好苦，这来我怎么得过。"大汉道："你们莫要大惊小怪的。可知我那边还有个人头，一同看清楚了，再想这凶手是谁。"说着过去，两人把那颗首级取来。众人一看，正是道婆的伙伴。怀义道："这明是他两人前来，行至半路被仇人所杀。这事如何得了。"

正闹之间，忽听前面又叫喊起来，说道："你们里面快点出来，现在山门口杀死两人，尸骸不知由何处而来。这事不是儿戏，有关人命那。"怀义听道："不好了，这分明是净慧狂叫，莫非赵老儿也被人杀死？"四个大盗听得此言，忙道："只要凶手在此，也不怕他逃上天去。我等且去将他擒获。"说毕，四人如飞一般，穿蹦纵跳，到了前面。见净慧面如土色，还在那里叫喊，忙问道："净师父，凶手在哪里？"净慧道"我与赵老儿在山门内等候道婆，直不见他前来。因为天色不早，正要小解，一人出去瞧望，见有一个大汉，肩头上背着两件东西，向牌楼前一摔。我正要上前去问，那人大喝一声：'你来便送汝狗命！'我见他手中执着一把亮刀，一吓一个筋斗，昏了过去。过了半会，方才醒来，那人已不知去向。因此前来喊叫，不知你们里面如何。"四人齐道："这事奇了。里面只有两颗人头，莫非与山门前那个尸骸是一人？我们赶快追去。”

四人各执兵器，蹿出山门，果见牌坊前两口尸骸横在下面。向脚下一望，却是两个女尸，知是身首两处。四人在左近追寻了一会，不见有人影，只得依旧回寺，来到里面，告知怀义。怀义道：“这事如何是好？若他今夜再来，哪里有这许多人来杀。可见这人本领非常，一人杀死两人，还敢将人头送至里面，竟无人知觉。遥想我们这内里的事，他皆知道了。似此若何办法？”四人道：“你何必这样惧怕。此时赶快命人至武三思衙门，报知此事。现在天已将亮，请他立刻上朝，奏明武后，转旨刑部衙门，九门提督，一体严拿凶手。如此雷厉风行，还怕他逃脱么？这个人头，从速在后面掩埋灭迹，就说是无头的命案，在别处杀人之后，将身尸移在寺前，有意拖害。武后听见此奏，岂有不办之理？”怀义听了此言，甚有主见，随即命人赶快入城。谁知到了城内，武三思已去上朝，那人只得到黄门官处禀知此事，请他随即代奏。

此时武后退朝，赶命武三思入宫，说道：“怀义干出此事，现为狄仁杰奏明寡人。他乃先皇的老臣，而且孤家见他便有三分惧怯，这事若被他审出真情，为祸不浅。王毓书控告之事还未明白，复又闹出这命案，岂非叠床架屋，令人难救。你此时赶先到白马寺去，命他将所有的罪名移卸在净慧身上，孤家便可转圜了。”武三思本是他们一类，听说是狄仁杰承办此事，也是为怀义担心。当时领旨由后宰门出去，骑马出城，由小路飞奔白马寺而来。

下了牲口，果见山门前横着两口女人的尸骸，地甲等人在那里看守，仍有许多百姓，来来往往，拥在那里观看。武三思恐人议论，当时进了山门，直向内厅而去。正见怀义与众人议论说：“命人前去，何以仍未回来？不知武后如何发落。”忽见武三思匆匆而进，正是喜出望外，忙道：“皇亲请坐。寺中闹出这项事件，如何是好？”三思笑道：“本来你们也太乐极了，日夜的在此快活。可知有人告了师父？”怀义道："这是何说？有谁告我？"三思正色道："我此来正奉武后的密旨。现在王毓书在老狄辕门击鼓鸣冤，说你将他媳妇李氏骗困在里房内面，而且假传圣旨，勒令出五千两饷银。方才老狄上朝奏明武后，武后正如此这般为你掩饬，谁知黄门官又启奏说寺前杀死两人，这明是你因奸不从下这毒手。少顷老狄便来相验。武后特命我来，命你推在净慧身上，随后方好转圜。"怀义听了此言，也是吃惊不小，忙道："这不是冤煞人了。王毓书所控虽有此事，只因我久不进宫，故而一时妄为。可知杀死的人，并非什么百姓，乃兴隆庵的王道婆。他与我的事件，你也晓得，何忍将他杀死？这明是仇家所为。现在老狄前来，唯恐这事不能掩饰，却是如何是好？"武三思道："横竖有武后做主，尚无大碍，但不可与他硬办。从前我与张昌宗尚吃他大苦，何况你是出家之人，虽有这私情在内，可知外面说不出口。我还不能在此久坐，设若他来，两下对面，反为不美。他来后怎么样，赶快命人到我那里送信，好进宫复奏。这个地方也不能久坐，他进来径在前殿上请他起坐，免得露形迹。"说着，匆匆起身而去。就出了山门，正望小路上走来。

谁知前面鸣锣开道，纷纷而来。许多百姓齐声嚷开，说道："巡抚狄仁杰大人来了，少顷便要相验。"武三思见狄公已来，只好站立一旁，挤在人群里面。谁想狄公在轿内早经看见，心下骂道："这厮前来，必有什么密旨传教怀义。我且将他拘在此地，令他亲目所睹，方无更变。"随即命人住轿，走出轿来，高声喊道："武大人在此何干？莫非怕下官徇情，相验不实，从旁监视么？"武三思被他喊了两声，彼此转不过脸来，只得上前答道："下官因有己事下乡，路过此地，特来一瞧。大人乃清正之官，何敢生疑？大人且请办公，下官即告退了。"狄公见他如此，心下笑道："你也太乖巧了。既来，如何能去？"忙道："下官正恐一人照应不到，欲请一位亲信大人同办此事。既然大人在此，且请一刻同为查验，稍缓何妨。"武三思心下正是着急，明知他是有意缠缚，忙道：“大人乃奉旨而来，下官未奉主命，何敢越分行事？”狄公正色道：“汝未奉命办此案件，难道私下至此，便行得么？此乃案情重大之事，你此时前来，非通消息而何？食君之禄，理合报君之恩，为何徇私废公，不办国家之事，今日虽未奉旨，且越分一次，所有罪名，老夫奏知圣上，自请处分便了。若不在此同办这案，便是汝有意欺君。”武三思被他抢白了一顿，只是回答不来，只得道：“下官怎敢如此，奉陪大人便了。”

当时两人一齐进了山门，早有人通信告知怀义。怀义平时妄自尊大，任凭你何人也不出来迎接，此时有亏心的事件，加是狄公清正刚直，无人不知，早已心中惧怕，迎接出来，在大殿前侍立。见了狄公，待行礼已毕，邀入前厅共坐下，怀义也就入座。狄公当时喝道：“汝是何人，竟敢与钦差对坐。即此一端，可知目无法纪。平日因汝是敕建的住持，稍为宽待，胆敢将良家妇女骗困在寺中。本院奉旨查办，汝便是为首的钦犯，还不向我跪下，从实供来。王毓书媳妇现在何处？山门外两人汝何时所杀？”这番话早将怀义吓得满身乱战，不知后事如何，且看下回分解。

第四十五回

搜地窖李氏尽节　升大堂怀义拷供

却说怀义见狄公说了一番言语，吓得浑身乱抖，乃道："僧人奉旨命在此主持，何得谓之钦犯？王毓书媳妇是谁骗来？大人何能听一面之词，以为信谳。"武三思在旁道："大人且待相验之后，再为审讯。此时未分皂白，也不能命御赐僧人便尔下跪。"狄公道："不然。王毓书也是个进士，断无不顾羞耻捏控于他人之理。以命案看来，在他寺前，无论他是谋与否，杀人之时未有不呼救之理。他既为寺中住持，为何闻声不救？照此论来，也不能置身事外。而况王毓书所控，又是被告，临案质讯也须下跪。本院又是奉旨的钦差，他虽是敕赐的住持，乃敕赐他在这寺中修行，非敕赐他在此犯法。若以'敕赐'两字，便为护符，难道他杀人也不治罪么？可知王毓书之事，阖境皆知，若不严审明白，设若激成民变，大人可担当得住？"这番话把武三思说得不敢开口。狄公又向怀义大喝道："汝这奸僧所作所为，本院久经知悉。今日奉旨前来，还想恃宠不跪么？若再有违，本院便将万岁牌请来，用刑处治。"怀义见此时武三思已为他抢白得口不能言，只得双膝跪下。狄公道："汝犯何罪，谅也难逃，且将大概说来。这两口尸骸，是谁家妇女？为何因奸不从，将他杀死。"怀义忙道："这事僧人实是冤屈。若谓我见死不救，这个寺院不下有二三十进房屋，山门口之事，里面焉能听见？此事显是看山门的僧人净慧所为。自从僧人奉旨住持，便命他在山门前看守，平日挟仇怀恨，已非一朝一夕。近闻他奸骗妇女，在山门前胡行，僧人恐所闻不确，每日晚间方自去探访。谁知昨夜三更，便闹出此事。只求大人将他传来，问明此事。"狄公道："汝既知有此事，为何不早为奏明，将他驱逐出寺。可见是汝朋比为奸，事前同谋，事后推卸在他身上。本院且待相验之后，再向汝询问。"说着起身与三思同出了山门。

早见仵役书差在那里伺候，当时升了公座，仵作如法验毕，唱报是刀伤身死，填明尸格。复又进入庙中，狄公命将净慧带来。净慧到了庙前，早已跪了下去。狄公喝道："汝这狗秃，圣上命汝看守山门，乃是慎重出入之意，汝何故挟仇怀恨，胆大妄为，做出这不法之事。此两人是谁家妇女，因何起意将他害杀？"净慧本受了乔泰的意旨，乃道："大人明见。僧人自从入庙，皆是小心谨慎，从不敢越礼而行。昨日三鼓时分，山门尚未关闭，当时出去小解，忽见有此死尸，明是仇人所为，求大人明察。"狄公当时怒道："汝这狗秃，还说不关己事，为何半夜三更尚不关门？此言便有破绽，还不从实招来。"净慧道："这事仍不关我事，求大人追问怀义。"狄公道："怀义，你听见么？庵观寺院乃洁静地方，理合下昼将山门关闭，何故夜静更深，听其出入？"怀义听了此言，深恐净慧说出真情，连忙道："净师父你不可混说。现在狄大人同武皇亲同在此间，乃是奉旨而来，你可知道么？你管的山门不自关闭，为何推在我身上？"狄公知他递话与他，说武三思由宫中出来，叫他先行任过的道理，连忙喝道："净慧，你是招与不招？若再不说，本院定用严刑。"净慧道："大人明鉴。这事虽僧人尽知，却不敢自行说出，所有的缘故，全在前面厅口，请大人追查便知。"狄公听了此言，向着武三思道："本院还不知他有许多暗室，既然净慧如此说法，且同大人前去查明。"说着便命马荣、乔泰并众差役一齐前去。此时武三思心下着急，乃道："里面是圣上进香之所，若不奏明，何能擅自入内？这事还望大人三思。"狄公冷笑道："贵皇亲不言，下官岂不知道。可知历来寺院，皆有驾临之地，设若他在内谋为不轨，不去追查，何能水落石出？此事本院情甘认罪，此时不查，尚待何时？"武三思道："既然大人立意要行，也不能凭净慧一面之词扰乱禁地。设若无什么破绽，那时如何？"狄公道："既皇亲如此认真，先命净慧具了甘结，再行追究。"

当时书差将结写好，命净慧书押已毕，随即穿过大殿，由月洞门抽铃进去。净慧本是寺内的僧人，岂不知道他暗室？况平时为怀义挟制，正是怀恨万分，此时难得有此干系，拼作性命不要，与他作这对头。当时将月洞门抽开，怀义已吓得魂不附体，心下想道："若能陷他入坑内，送了性命，那时死无对证，武后也不能将我治死。"谁知马荣早已知道这暗门，先命净慧进去，自己与众人站在竹林里面。只见净慧将门槛一碰，铃声响亮，早将两扇石门开下。向外面喊道："皇亲大人，此便是怀义不法的所在，现在李氏还在里面痛哭呢。"狄公凝神，果然一派哭声，隐隐由地窖内送出。随向武三思道："贵皇亲曾听见么？若因禁地不来，岂不令妇女冤沉海底。"武三思直急得无言可答。只见狄公向怀义怒道："你这贼秃，竟敢如此不法。且引我等入内，究竟里面有多少暗室，骗人家多少妇女？"怀义欲想不去，早被马荣揪着左手，向前拖来，此时身不由己，只得同马荣在前引路，由坡台而下。

狄公入了地窖，但见下面如房屋一般，也是一间一间的排列在四面。所有陈设物件，无不精美。狄公道："清静道场变作个污秽世界了。李氏现在哪间房内，还不为我指出。"怀义到了此时，也是无可隐瞒，只得指着第二间屋内说道："这便是他的所在。"当时狄公命马荣同净慧将门开了，果见里面一个极美的女子，年约二十以外，真乃是沉鱼落雁之容，闭月羞花之貌，见有男子进来，当时骂道："你这混账种子，又前来何事？我终久拼作一死，与怀义这贼秃到阎罗殿前算账。”马荣道：“娘子你错认人了，我等奉狄大人之命，前来追查这事。只因王毓书在巡抚衙门控告说，怀义假传圣旨，骗奸娘子，因此狄大人奏明圣上，前来查办。此时钦差在此，赶快随我出来。”李氏听了此言，真是喜出望外，忙道：“狄青天来了么？今日我死得清白了。”说着放声大哭，走出房来。抬头见两位顶冠束带的大臣，也不知谁是狄公，随即倒身下拜道：“小妇人王李氏，为怀义这奸僧假传圣旨，骗我爹爹命合家入庙烧香，将奴家骗入此间，强行苦逼。虽然抗拒，未得成奸，小妇人遭此羞辱，也无颜回去见父母翁姑。今日大人前来，正奴家清白之日，一死不足惜，留得好名声。”说罢，对定那根铁柱子拼命的碰去。早把狄公吃了一惊，赶命马荣前去救护，谁知又是一下，脑浆迸裂，一命呜呼。把个武三思同怀义，直吓得浑身抖战。狄公也是叹息不已，向着武三思道：“此是贵皇亲亲目所睹，切勿以人命为儿戏。”当时命差役将怀义锁起，然后各处又查了一番。所有那里娈童顽仆以及四个大盗，早由地道内逃走个干净。

狄公查了一会，明知前去还有房屋，因碍于武后的国体，不便深追。正要出来，忽见坡台下许多鲜血，随向怀义喝道：“汝这没王法的秃贼，奸盗邪淫，杀人放火，这八字皆为你做尽了。现有形迹在此，还想那里抵赖？人是汝所杀，首级弃在何处？”怀义急道：“此事僧人实系不知，现已自知犯法，但求大人开一线之恩，俯念敕赐的寺院，免予深追。僧人从此改过，决不再犯。”狄公那里容他置辩，随命人先将怀义同净慧一齐带回衙署，自己与武三思回转城来。所有寺内僧众全行驱入偏殿，将月洞门各处发封。

到了辕门，先传巡捕将王毓书带来，向他说道：“汝所控的原告，本院现已带来，定然依刑严办便了，但是汝媳妇节烈可嘉，自裁而死。汝且赶速回去，自行收殓，明日午堂前来听审。”王毓书听了此言，不禁放声大哭道：“可怜我媳妇，硬为这奸僧逼死，若非青天追究水落石出，岂不冤沉海底。”当时叩头不止，起身退出。此时王家庄早已得信，毓书的儿子已在辕门等候，父子抱头大哭。当时回家备了棺木，连夜又来辕请起标封，次日一早，大殡已毕，抬回庄上不表。

且说狄公将武三思困在衙门，当时命人摆了酒饭，与武三思吃毕，然后说道：“下官即将怀义带回，又是彰明实据之事，非得先审一堂，问实口供，明日奏明圣上不可。”武三思此时恨不能立刻出衙，好往宫中送信，无奈被他圈住，不得脱身，心下甚是着急。现又见他要审，格外着忙道：“大人虽是为民申冤，可知他乃御赐的住持，若过于认真，恐圣上面上稍有关碍，还望大人三思。”狄公道：“有圣明之君，始有刚正之臣。下官今日追究此事，正是为国家驱除奸恶，贵皇亲所言也只看了一面。”当时命人在大堂伺候。顷刻间，书差皂役排立两班。狄公犹恐怀义刁滑，当时又将万岁牌位供在大堂，然后升堂公座，传命将净慧带来。两边威武一声，早将净慧带至堂上。狄公问道：“汝且将怀义的事，悉数供来，好在这堂上对质。”净慧道：“僧人本在这寺内住持，自从看这山门，凡里面的细情虽不知悉，至他奸淫妇女，却日有所闻。久已思想前来控告，终因他势力浩大，若是不准，反送了自己的性命。现在大人既究出这根底，其余之事已自包罗在内。唯山门前这两口尸骸，没有事主，求大人将怀义带来，交出人头，好收棺掩埋。如此惨暴寺前，实于佛地有碍。”狄公听罢，明知他隐藏武后的事件，不敢直说，当时也不过问，但提出怀义对质。巡捕答应一声，将奸僧带到。狄公喝道：“汝这秃厮，胆敢在寺内立而不跪。若非本院寻出这暗室，随后更是目无王法了。现在当今牌位供奉于此，汝且跪下从实供来，究竟那两颗首级，藏置何处？”怀义道：“这事僧人实不知情，总求大人开恩，追问净慧。昨夜是他开门小解，叫喊起来，方才知道。当时便没有人头了，这是他亲口所说。”净慧道：“昨夜你们哄闹出来，我方才开门而去。彼时你等众人怎么说杀人了，人头滚到地窖去了。安知你们不将人杀过，故意哄闹出来。不然为何说人头呢？”狄公听罢，将惊堂一拍，喝道：“你这秃囚，至此还敢抵赖。可知王子犯法，与庶民同罪，何况汝是个僧人。难道本院不能用刑审问？左右，先将他重打六十，然后再问他口供。”你道狄公是命马荣将王道婆杀死，除了兴隆庵之患，为何反有意在怀义身上拷问，岂不是狄公冤人么？殊不知，狄公除恶正是务尽的意思。若不将道婆杀死，虽然搜寻出这事，王道婆定要出入宫门，暗通消息，将怀义救了出去。而且兴隆庵又是武则天出家之所，若再如白马寺这样严办，于武后面上万下不去。因此暗中除了此恶，随后再办那三十四房的尼姑。现在令怀义招供，也是恐武后赦罪，故意将此事推在他身上，好令武后转不过口来。有这几件道理，所以命人拷打。不知怀义肯招与否，且看下回分解。

第四十六回

金銮殿两臣争奏　刑部府奸贼徇私

却说狄公见怀义不肯招认，命人重打六十大板。当时威武一声，拖了下去，顷刻间吆五喝六，将六十板打毕。可怜怀义虽是个僧人，自从到白马寺以来，为武后朝亲夕爱，住的高房大厦，吃的珍肴百味，与王公大臣一般，十数年来，皆是居移气、养移体的，哪里受过这样苦恼。此时受打之后，早是皮开肉绽，鲜血淋漓，叫声不止。狄公命人将他拖起，仍到公案跪下，喝道："汝这狗头，妄自尊大，哪里将国法摆在心上。一味的奸盗邪淫，无恶不作。除了本院，谁还敢同你如此。你究竟招与不招？不然，本院便用大刑夹起。"此时怀义也是无法，忙道："大人乃堂堂大臣，何故有意刻薄，苛责僧人。大人欲我招供不难，先将我'敕赐白马寺住持'这几个字奏销，那时再想我认供。你说我目无法纪，我看你也目无君上呢。皇上御封的僧人，擅敢用刑拷问。今日受汝摆布，明日金殿上再与汝谈论。"狄公听了此言，哪里忍耐得住，大声喝道："汝这派胡言，前来吓谁？可知本院执法无私，欲想依阿权贵，坏那国家的法纪，也非本院的秉性。汝既是御赐的住持，知法犯法，理合加等问罪。本院情愿领受那擅专的罪名，定欲将汝拷问。"

当时把惊堂连拍了数下，命左右取夹棍伺候。马荣、乔泰知道狄公的性情，随即连声答应，扑通一声，摔了下来。武三思连忙说道：“怀义之罪，固不可恕，且求大人宽恕一日，俟明日奏明圣上，再行拷问。”狄公怒道：“贵皇亲也是朝廷命官，本院办这案件情真事确，尚有何赖？这秃僧胆敢顶撞大臣，种种不法，该当何罪？乱臣贼子，人人得而诛之。本院已将这万岁牌供奉在上面，今日审问，正是为国家办事。若有罪名，本院一人承认。”说着，连连命人将他夹起。下面众役见狄公动了真怒，赶着上来数人，将怀义拉下，脱去僧鞋，将两腿放入圆眼里面，一声吆喝，将绳索一收，只见怀义喊叫连天，大呼没命。狄公冷笑道：“你平时不知王法，且今受些苦楚，以后方不敢为非。”随命再行收紧。下面又一声威武，绳子一收，只听怀义“哎哟”两声，昏了过去。众差役赶着止刑，上来回报。狄公命人将他扶起，用火酸醋缓缓抽醒。众人如法炮制，未有顿饭工夫，忽听怀义大叫一声：“痛煞我也！”方才醒转过来。

狄公命人扶着怀义，在当堂两边走了数趟。此时怀义已痛入骨髓，只是哼声不止。狄公命人推跪在案前，喝道：“这刑具谅汝还可勉强挨受，若再不招，本院便用极刑了。”怀义听了此言，不禁哭道：“求大人再勿用刑，僧人情愿招了。两颗人头现埋在竹林墙根底下，此人乃兴隆庵两个道婆，不知为何人杀死在寺前，致将两颗首级送在暗室外面。僧人昨夜开门，忽然一个人头滚入地窖，已是诧异万分，谁知外边地窖也有一个人头。再命人提起一看，方知是王道婆同庵中使用的那个女子，因此叫喊起来。此乃实情，全无一句虚言，求大人再为探访。僧人这苦刑，实受不下去了。”狄公道：“只要有了首级，便是实在的形迹，谁教你埋在下面？”当时命招房录了口供，令他在下面画押已毕，仍交巡捕看管，然后退堂。到了里面，向着武三思道：“方才供认之事，非本院一人私行，有贵皇亲自在此听见，明日早朝，还要请大人一同面圣。”当时三思满口应允。见他审问已毕，随即告辞出了辕门。已是天色将晚，当时并不回府，直由后宰门到了宫内。虽说天色夜晚，所幸那些太监无不认得三思，每每的穿宫入户，这时到了武则天宫中。

却巧张昌宗为则天洗足，只听则天问道："你两人自入宫来，你封为东宫，薛敖曹封为西宫，如意君每日无忧无虑，在此快乐。可怜怀义是孤家的旧交，许多时日未曾亲近。今日上朝，为狄仁杰奏他一本，说有进士王毓书控告怀义将他媳妇骗入庙中，意在强行，死活存亡不知如何。狄仁杰奏知，寡人委他亲自入寺搜查。你看那个人的性情甚是刚直，若去查出破绽，狄仁杰非别人可比，一点不看情面，此去唯恐他总要吃苦。孤家已命武三思前去报信，不知何故，此时尚未回来。"三思在外听见，忙道："姑母不必过虑，臣儿已回来了。"当时便将在山门前如何会遇狄公，如何为他圈困在寺内，以及搜出暗室，李氏寻死，怀义带回辕门，用刑拷问，前前后后的说了一遍。武则天听毕，吃了一惊，忙道："怀义那种雪白如玉的皮肉，焉能受这重刑。设若将他拷死，如何是好？狄仁杰又不比他人，明日早朝，定有一番辩论，令孤家如何处治？"武三思道："现有一法在此。王道婆被人杀死，此案未有凶手，怀义亦未认供。明日圣上说他二人各执一是，难以定谳，着交刑部问讯。刑部大堂乃是武承业管理，他是臣儿的兄弟，又是圣上侄儿，岂有不偏护怀义之理？"张昌宗在旁奏道："这老狄在朝中，终不是好。不但与我们作对，专与圣上怒言怒色。诸如怀义这事，明知是朝廷敕赐的地方，他偏要追寻出暗室。似此办理，国体岂不有亏？陛下说他是刚直，在我等看来，明是瞧不起陛下，故意如此。若不将他革职退朝，我等诸人何能久在宫内？陛下隆恩，万分亲爱，奈他只是不容，岂不令陛下日后冷清，无人在宫中陪伴？"武则天道："汝等所言，朕岂不知，只因狄仁杰乃先皇旧臣，平日又无过处，何能轻易革职？而且，你我在此尽是私情，他办的乃是公事，何能因私废公？且待明日上朝，再行定夺。"

不说众人在宫中私议，单言狄公当晚退堂之后，随至书房，写了一道极长极细的表章，将怀义的恶迹，全叙在上面，预备早朝奏驾。灯下写毕，次日五鼓来至朝房，却巧景阳钟响，当时入朝，匍匐金阶。山呼已毕，狄公出班奏道："臣狄仁杰，昨日奉旨查办白马寺案件，所有恶迹诛不胜诛。当在暗室里面，将王毓书媳妇搜出。该妇节烈可嘉，触柱而死。山门前两口尸骸，也是怀义所杀，首级被他埋藏在地窖里面。此两案皆臣与武三思两人亲目所睹，又有净慧僧人为证。似此奸僧，显干王法，动以敕赐的住持恃为护符，将天理国法全行不惧，岂不有坏国体，有污佛地，百姓遭其奸害。臣于昨日回辕之时，升堂讯问，胆敢恶言顶撞，有辱大臣。此时因他不吐实供，以故将他重打六十大板。此虽臣擅责御僧，却是为国体之故，依法处治。强逼一妇，杀害两人，又是御赐的僧人，知法犯法，理合凌迟处死，今特奏明圣上，请旨发落。"武后听毕，将他奏折细看了一遍。乃道："卿家所奏，固是实情，理合将他问罪。但阅原奏，怀义虽将人头掩埋，并非是他所杀，这事恐尚有别情，何能遂行定谳？"武三思也出班奏道："昨日臣在狄仁杰衙门，也恐此事另有别故。只因狄仁杰立意独行，他乃奉旨的大臣，故不敢过问。但恐怀义为仇家所害。"狄仁杰听了此言，忙道："姑作这两人非他所杀，人头何以在他地窖里面？白马寺乃清净地方，何故造这地窖暗室？显见平日无恶不作。即以王毓书媳妇而论，这事乃武大人亲目所睹，强逼良家妇女，该当何罪？而况此妇又尽节而死，就此而言，也该斩首。岂得因他所供不清，便尔宽恕，于国体何在？于法律又何在？从来国家大患，皆汝等这班党类怙恶欺君，遂至酿成大祸。今日不将怀义斩首，恐王家庄那许多百姓激成大变，臣实担忧不起，且请陛下三思。"武三思直不开口，等他言毕，乃言道："狄大人，你虽痛恨这怀义，在我看来，说他骗困李氏有之，若说强逼，他又未尝成奸。是李氏自己触柱而死，于怀义何涉？"狄公听了此言，愈加怒道："汝这欺君附恶的狗头，李氏不为他强逼，为何自己寻死？他死正为的怀义啰唣。此事不依例论斩，且请圣上将国法注销，免得徒有虚文。罪轻者无辜受杀，罪重者反逃法外，何能令百姓心服？”武则天见他二人争辩不已，乃道：“此乃案情重大之事，两人各执一见，寡人疑难偏信。且将怀义交刑部审讯，问实口供，再行论罪。”狄公还要再奏，武则天早卷帘退朝。

狄公闷闷不已，出了朝堂，高声骂道：“武三思，汝这狗头，护庇奸僧，如此妄奏。你仗着武承业是你兄弟，将此案驳轻，可知法律俱在，哪怕他有心袒护，本院也要在金殿申奏。”武三思只是淡笑不言，各自回去。狄公到了辕门，早有刑部差役前来提人。当时狄公又大骂不止，只得命巡捕将怀义交去，一人进了书房。心下想道：“不将武承业这狗头痛辱一番，也不能将怀义除去。今日武承业必不讯问，准是将他送入宫中，哭诉武后。若不如此如此，何以除这班奸党。”却巧王毓书来辕探信，听说怀义为武承业要去，不禁大哭不止，说道：“血海的冤仇，不能报复了。”当时便在堂痛不欲生，恨不能立刻寻个自尽。狄公在里面听见，命马荣如此这般对王毓书说了，叫他赶快回去。马荣依命出来，将王毓书拉在旁，将方才的话说了一遍。毓书自是感激不尽，遵命而去。这里狄公换了便服，带了马荣、乔泰以及亲信的差役，来至刑部衙门左近，等候动静。

约至午后，忽然一乘大轿由衙门抬出，如飞似的向东而去。马荣远远看见，赶着上前喊道：“汝这轿内抬的何人，也不是上杀场去，这样飞跑，将我肩头碰伤，如何说项？”那人认不得马荣，大声骂道：“你这厮也没有神魂，访访再来胡缠。俺们在刑部当差，抬的是皇亲国戚，莫说未曾碰你，便将你这厮打死，看有谁出头敢说个闹字！你这厮敢来阻挡，这轿内乃是武皇亲的夫人，现在武后召见，立刻进宫，若是误了时刻，你这狗头莫想牢固。爷爷今日积德，不与你作对，为我赶快滚去罢。”马荣听了此言，心下实佩服狄公，当时怒道：“你这厮用大话吓谁？我也不是没来历的，你说抬的武皇亲的夫人，我还说你是抬的钦犯呢。莫要走，现在巡抚衙门来了许多百姓，闹得不了，说武承业卖法，将怀义放走。我们大人还说不信，特地命我前来探信，究竟刑部可曾审讯。哪知你们通同作弊，竟将怀义抬走。我等且看一看，如果是他的夫人，情甘认罪。若是怀义，此乃重大的钦犯，为何将他释放？且带回抚院，请狄大人定夺。”说着，走上来便掀轿帘。那轿夫听了此言，吓得魂不附体，赶紧前来阻止。不知后事如何，且看下回分解。

第四十七回

众百姓大闹法堂　武三思哀求巡抚

却说马荣正要掀那轿帘，那几个轿夫听了此言，赶着喝道："你这人也没有胆量，皇亲国戚汝等可乱看的么？莫要动手。你冒充抚院的差人，先将你打个半死。"马荣哪里睬他，见他来阻止，随即高声喝道："你们众人前来，这轿内明是怀义。"此时乔泰、陶干以及书差皂役全围裹上来。狄公也就上前喝道："汝这四人受谁指使？里面究是何人？本院的声名，汝等也该知道，且从实说来。"四人见是狄大人亲自前来，这一吓魂不附体，也不答应，赶着转身便想逃走。早有差役并陶干等人，每人上前揪住一个，马荣把轿帘掀起一看，正是怀义。随即命人将原轿抬起，回转衙门。狄公随即来至辕门，升堂审讯。

此时王毓书早带了许多百姓，在衙门哄闹，说："怀义如此不法，小民受害不甘。若今日不将他斩首，我等拼死在此处，看巡抚大人如何发落。不然我等便到午门去了。"当时正闹个不了，忽见狄公回来。许多人揪着轿夫，抬了一乘轿子，在大堂坐下。命人先将轿夫提案，陶干一声答应，早将四人在案前跪下。狄公喝道："汝四人好大胆量，敢在刑部衙门去劫钦犯。左右，先将他们重责一百，然后斩首示众。"轿夫一听，无不魂飞天外，连忙在下面叩头不止，道："此事非小人之意，大人若将小人等治死，小人皆有老小，那就活活饿死了。此皆刑部武皇亲命我等将怀义抬出，送入宫内。若半途有人询问，便说是他的夫人，因此小人方敢如此。现在大人欲将小人们治死，岂不冤煞。”狄公道：“胡说，武皇亲乃是朝廷的大臣，奉旨承办此案，未经审讯，何故将他送入宫中？这明是汝等不法。”那些百姓听了此言，无不齐声说道：“世上有如此坏官，一味偏看情面，不照顾百姓，我们也是民不聊生，不如到刑部将武承业揪出打死，拼作死罪。”说着，一哄而去，皆到了刑部衙门。

此时武承业正命人将怀义送进宫中，预备哭诉武则天，商议个善策，将这事完结。好一会，直不见原人回来，忽听门外如鼎沸相似，无限人声，蜂拥而来，正是诧异，命人出去探问，早见外面有人来报道：“现在许多百姓将大堂挤满，说大人将怀义放去，半路为百姓拦阻，逼令狄大人带了回去。说大人徇私卖法，不将怀义治罪，他们便要哄堂，到宅门内来与大人讲论。”武承业听了惊道：“我将怀义送入宫中，正是想他躲藏，请武后传旨释放，哪怕狄仁杰再为认真，也便无事。谁知又为众百姓知道，现在带至抚院衙门吃苦。明日老狄定与我有一番纠缠，这事如何是好？”正说之间，忽听喧嚷一声，早将暖阁门挤倒。只听百姓喊道：“他是刑部，理该为民申冤，何故私放怀义？他既徇得私，我等便打得他，横竖民不聊生，打出祸来，拼得将我们众百姓杀尽了，好让和尚为皇帝。”说着已进来四五十人，见了承业，齐声叫抓住。承业见动了众怒，不敢出去禁止，正要由旁边逃走，早为一人抓住。接着上来五六人，你打一拳，他踢一脚，早把武承业打得鼻青眼肿。承业深恐送了性命，只在地下求道：“诸位百姓，我将怀义重办便了。你们怎说怎好，千万不能再打。”内中有几个做好的做歹的人说道：“你们权且住手，等我问他说话。”众人道：“还同他说什么？他不顾我们百姓，百姓要这狗官何用！”武承业忙道：“这位百姓要说何话，我武承业总遵命何如？”那人复又将众人止住，道：

"你既为朝廷大臣，昨日白马寺的暗室，以及李氏碰死，皆是你哥哥亲目所睹，你也不是狼心狗肺，何故因一个和尚如此枉法？今日要想活命，除非你命人将狄大人请来，在此共同审讯，定成死罪。所有白马寺的暗室，一概拆毁，我众人等便随时散去。若非如此，我等逃不了殴辱大臣的死罪，你也休想活命。"武承业见人众滔滔，不敢答应，忙道："我随汝等所言，立刻请狄大人去。"随即命人拿帖子到巡抚衙门，一面命人到各衙门送信，以便带兵前来，将这干人驱逐，为首的治成死罪。那些众家丁领命出来，分头而去。

先说狄公见众百姓到了刑部，当时也就退堂，仍将怀义交巡捕看管。四个轿夫录了口供，交差役带去，自己在书房静候。过了一会，忽见巡捕带进一人，到了书房取出一个帖子。向着狄公道："刑部武大人特命差官请大人赶速前去，现在百姓哄堂，万不得了，若再不去，便有大祸。"狄公故意说道："此乃武皇亲自不小心，干犯众怒，我现已为他受累。自从圣上将怀义交他审讯，此事已不干我事。忽然百姓闹至辕门，说武皇亲徇私枉法，把怀义释放，逼令我捉获。本院恐激成民变，只得同他前去，遥想断无此事。谁知走到半途，百姓已将轿子掀开，将怀义拖出，彼时面面相觑，只得将人带回，虚问一堂。谁知轿夫说明真情，乃是武皇亲将他释放，所以动了众怒，到刑部衙门而去。此时来请本院，本院何能前去？又未奉旨会审。若皇亲不能制度百姓，反说本院有意把持，越俎行事，此欺君之罪如何能当！"那个差官见狄公不肯前去，赶着说道："此是武大人亲命来请，现有名帖在此，岂能致累大人？务求大人前去一趟，不然百姓闹出祸来，在京皆遭其累。"狄公道："本院未曾奉旨，万不能去。汝何不到武三思大人那里去报信，请他前去排解。不然便将怀义请你带去，看百姓如何说项。"那个差官何敢答应将怀义带回，岂不为众人打死？只得退了出来，飞奔回衙。

早见合城官员，带着许多兵丁，拥在门口，随即分开众人，挤入里面。只见百姓高声喊道：“武承业，你这狗头，还调兵来恐吓我们。”说着，许多人上前，将武承业举起，向外说道：“汝等若进这门来，便将他请你开刀。”众官员见了如此，哪个还敢动手？连忙说道：“汝等权且放下，命兵丁退出便了。”武承业已吓得屁滚尿流，满口喊道：“诸位大人不必进来，且等狄大人来发落。”正是扰乱一堆，那个差官只得说道：“狄大人不肯前来，说此事不关己事，又未奉旨，不能越俎而谋。现在已经为大人受累，说为众百姓在辕门争闹，并拟将怀义送来，仍听大人审讯。”武承业还未开言，只见许多百姓说道：“巡抚大人也如此偏护，他如送来，一齐将他治死。”说着，复又争闹不已。武承业赶忙喊道：“此乃他不肯前来，非关下官之事。诸位百姓便将下官治死，也无好处，何不仍到巡抚衙门去，向怀义理论？”众人骂道：“汝这奸贼，倒会推诿。狄大人不来，乃是怕你谎奏朝廷。此时这许多官员在此，为何不令他们前去同请，用这些兵丁来吓我何事。若再不去，我等爽性不畏王法了。”说着，两人将武承业倒举起来，头朝下脚朝上，如同摔流星一般，摔来摔去，把个武承业摔得头晕眼花，如猪喊相似，只是乱叫。众官见了如此，真是进退两难，欲想上前阻止，反怕送了性命，若待不去，又见承业乱叫。适武三思此时已来，只得高声叫道：“我与众大人一同前去，汝等可勿动手。”众人道：“限你三刻，不来便摔。”说罢，咕咚一声摔于地下。武三思只得领着众人，飞奔而去。

到了巡抚衙门，也等不及巡捕通报，直至书房而来。狄公见众人到此，知是仍为怀义的事件，不等武三思开口，忙道：“这事叫下官怎处？众怒难犯。许多百姓来辕门哄闹，设若激出大变，下官怎担待得住？令弟乃承审大臣，为何又将怀义释放？四名轿夫异口同声，皆说刑部大人的指使，不是下官虚张声势，怀义几为众百姓治死。现在贵皇亲前来，下官可卸这承任。好者是圣上命令弟承审，将人犯请贵皇亲带去，免得百姓又来此地乱闹。”武三思见狄公用这封门的言语，忙道："大人乃先皇的老臣，久已为小民信服，现在舍弟命在顷刻，务请大人前去一趟，先将怀义的罪名定下，好让众人散去。随后若开活怀义，再为计议。此时且看一殿之臣的情面，免得酿成大祸。"狄公连忙言道："贵皇亲岂不杀害老夫。令弟审讯，乃是奉旨而行，老夫前去乃是越分。设若圣上说我多事，那欺君专擅的罪名也还了得！贵皇亲尚要原谅，此事万不能行。"武三思道："大人此去，救我兄弟之命，圣上知道正要加恩，岂有问罪之理？"狄公道："但凭诸公言语，老夫不敢遵命。可知人心总难问，现为此事已受累不浅，设事后奸臣妄奏一本，说我唆令百姓大闹法堂，将怀义抢回，那时圣怒之下，如何辩别？岂不反送了性命。诸位如果要下官前去，且请在此立一凭单，将武承业如何私自放怀义，为众百姓哄闹法堂，以致来请的话，写成凭单，各位签字在上面，老夫或可前往。不然，事不关己，何必多管。"武三思明知狄公有心推辞，只得依他。匆匆忙忙地写毕。许多官员皆是武氏的奸党，全行执押在上面，然后狄公同众人乘轿来至刑部。

百姓正在那里说："武三思未曾去请，大约也躲避去了，不然此时也该来了。他把我们作叛民看待，用兵来挟制我等，便摔得他。"说罢，一齐呐喊，如潮水涌来的一般，顷刻又把武承业头朝下脚朝上，当流星摔来。狄公赶着上前，抢到里面，高声说道："汝等在此，还是要为王李氏申冤，还是趁此作乱？"众人见狄公前来，齐声道："率土之滨，莫非王臣，谁人没有身家性命，何敢作乱？只因平日为这般奸党虐害生民，奸淫妇女，已是民不聊生，昨日王毓书媳妇在白马寺自尽，乃是大人同武三思搜查，彰明较著，罪无可逃。为何不将他问罪，反交在刑部里来，被这狗官将他私放。不是我等闻风前来，岂不又幸逃法网。如此发落，百姓焉得安处？此时既大人前来，只求将王李氏冤枉申雪，怀义治罪，我等情愿认大闹公堂之罪。若不这样，断难散去。"狄公道："本院既到此地，汝等尚有何虑。立刻去提怀义，汝等且将武皇亲放下，方成体统。似此哄乱在一处，还有什么上下？"

百姓道："此地万不能审讯怀义。到了此间，我等不能时时看守，若他夜间仍然放去，至何处与他要人？若要审问，仍到巡抚衙门去，方才妥实。"狄公听了此言，故意说道："汝等那能如此横暴。武大人乃奉旨的钦差，岂能到巡抚院内审问？如此次再行私放，汝等皆向本院要人便了。"随向武承业道："贵皇亲，今日下官前来，可知要将怀义的罪名拟定。不然，下官也承任不起。"武承业此时只想众人走散，无不满口应允，说："大人为下官做主，无论如何，一同奏知圣上便了。"当时百姓听他如此说定，方将他放下。狄公命人去提怀义，不知后事如何，且看下回分解。

第四十八回

武承业罪定奸僧　薛敖曹夜行秽事

却说狄公命人回辕去提怀义，顷刻之间，人已提到。狄公命武承业公服升堂，自己坐在一旁，听他审讯。承业道：“众百姓请大人前来，本望从公拟罪，此时大人何以一言不发？”狄公笑道：“怀义之罪，例有明条。贵皇亲也非不知法律之人，他所犯何罪，依何律处治，百姓尚有何言？下官此来，不过替大人解和，何敢越俎审问？”武承业此时逼得前后为难，若不审讯，堂下这许多百姓断不答应。一经定了罪名，怀义便无生路了。想来想去，实在为难。谁知他还未开口，众百姓早将怀义纳跪下来，向上面说道：“狄大人如不定罪，我等又要动手了。”狄公复又向武承业道：“皇亲呀，事已到临头了，若再存私袒护，下官便不好在此。圣上命你承审，为何此时还不开言？”武承业恐又干众怒，只得向怀义问道：“那两人究竟是为汝所杀。可知下官为汝之事，也是情非得已，乃汝亲目所见。现在实逼处此，权且供来，你可明白么？”狄公听了此言，心下骂道：“这个奸贼，几乎送了性命，现在又递话与怀义。打量我不知你心下的话，教他权且认供，将此时挨了过去，便可哭诉武后，赦他的重罪，岂非是梦想！你是乖的，拼作吃苦，直不审问。百姓当真不知王法，将汝治死么？你既害怕，只要说定罪名，哪怕你再倚仗武后，欲想更改，也是登天向日之难。”只见怀义见武承业如此说法，知不说也不得过去，当时只得供道：“所杀两人，乃是兴隆庵的道婆，平日时常入寺四下搜寻，恐他将暗室看破，走漏风声，因此起这不良之心。昨夜在半路等候，却巧他路过此地，将他杀死。又恐日后追寻凶手，因此将人头带入寺中，埋于竹林墙角下面灭迹。不料为狄大人看出破绽，致尔败露。以上所供，悉是实话，求大人从宽发落。僧人自知有罪，总求俯念是敕建的地方，免致有伤国体。”武承业听毕，问狄公道：“例载挟仇杀害，本身拟抵，怀义杀毙二人，罪加一等。加以王李氏受逼身死，此乃凌迟的重罪。唯念他是敕封的主持，恐于圣上情面有关，权且拟一斩监候罪名，嗣后入秋，再为施刑。此时权行收入天牢，在大人意下如何？”狄公道：“贵皇亲所拟的当之至。但怀义虽然供认，却未画供，贵皇亲拟定罪名，且未立案，何能成为定谳？且命书差录供，使怀义模印，那时下官便可命众百姓退散。”武承业听毕，心下恨道：“老狄，你也太狠了，定欲做得无可挽回，将怀义置之死地，这是何苦？也罢，此时便如你心愿，随后一道圣旨，将怀义赦去，看他究有何说？”当时便命书差将怀义的口供录下，画供已毕。狄公道：“汝等众百姓本为王毓书媳妇申冤而来，现在已蒙武大人定成斩监候罪名，实是依律严办。汝等此时还不退去，又是何干？可知未定罪之先将人私放，乃武大人一时之误，既定罪之后，汝等仍在此地取闹，并不是为死者申冤，乃是有意叛逆，挟制大臣，似此叛民，国家岂能容恕，便调兵前来，将汝等一律处死，看汝等能成何事？还不赶快回去？各勤农事，将王毓书带来，好备此案。”那许多百姓见狄公如此吩咐，随即一哄而散，出衙回去。

顷刻工夫，将王毓书带了进来，见怀义跪在下面，当时也不问是法堂上面，抢上来将怀义揪住，对定背心一口咬着。只听怀义”哎哟”一声，众差役忙上来拦阻，已咬下一块肉来。嘴里还是骂道：“汝这秃驴，日前怎样说项，说武后命你前去化五千银子，要拜黄忏。你假圣旨骗去银两，这事还小，何故起那不良之心，致将我媳妇逼死。若不是狄青天审问，这冤枉何时得申？此时还想哀求奸人，私行释放，岂不是无法无天么？”说罢，大哭不止，怒气填胸，又要上来揪闹。狄公连忙喝道：“王毓书，你既是进士出身，为何不早来听审。现已经发办，依例定罪，汝此时无理取闹，全不听官解说，天下哪有这糊涂的书生！”说罢，命人将怀义录的口供念与王毓书听毕，他也在原呈上执了押，随后命他回去听信。王毓书千恩万谢，叩头下来。然后狄公将案件原呈一并收好，两人退堂，将怀义带了进去。狄公向武承业道：“贵皇亲今日受窘，实是自取其辱。岂有要紧的钦犯，私下释放之理！国家以民为本，大兵调来，难道全将他们杀死不成？从来得天下者得民心，失天下者失民心。小民无知，岂能干犯众怒？今日下官若是不来，岂不将贵皇亲任性地乱摔，纵不至身死，那头昏眼暗，肚肠作呕，这些丑态无不百出。朝廷的大员，皇家的国戚，为徇私荐人致被这羞辱，岂不愧煞。照此看来，我等虽不能算好官，也不落坏名被人笑骂。”这番话把武承业说得满脸通红，无言可答，只道说是：“大人之言，何尝不是。只因碍于圣上的国体，故此稍存私见。谁知百姓竟不能容，还是大人来禁阻，实是感激不尽了。”狄公知道他是嘴上的春风，冷笑道：“同是为国为民之事，有什么感激，在人居心而已。百姓也是人，岂没有个知感的意思。你待他不好，他自向你作对。下官此时也要紧回辕，怀义现在堂上，贵皇亲可莫再私心妄想。这许多蠢民，照常仍在左近访问，若再为他们知悉，本院虽再来，恐亦无济了。”说罢，起身告辞，回辕而去。

不说武承业与怀义私下议论，单表狄公来至书房，做了一道奏稿，次日五鼓上朝，好奏明武后。谁知武承业见众人散去，心虽放下，浑身已为众人摔得寸骨寸伤，动弹不得，向着怀义哭道：“下官为汝之事，几乎送了性命，现在如何是好？狄仁杰不比得他人，明日早朝，定有一番辩论，叫我如何袒护？他已将口供案件全行带去。”怀义已知难活，不禁哭道：“现在唯有请大人私往宫中，请圣上设法，总求他看昔日之情，留我一命。”武承业忙道：“你这话岂不送我性命。日间因送你入宫，为百姓半途揪获。我此时出去，设若再为他们碰见，黑夜之间打个半死，有谁救我？我现在吃苦已经匪浅，若再痛打，便顷刻呜呼。”怀义急道：“武皇亲，你我非一日之义。今日我死活操之你手，除得圣上解救，更有何人挽回？你不肯去，如何是好？”武承业也是着急，只得问武三思说：“此事还是哥哥进宫一趟，将细情奏明圣上，请他设法。只要将狄仁杰一人阻止，余下便可无事。”武三思总因怀义是武后的宠人，恐怕伤了情面。当时说道：“愚兄此时姑作回衙之说，径入宫中。今夜却不能来回信，好歹总求武后为力便了。”随即乘轿出来，故意命轿夫说道：“汝等闲人让开，武大人回衙。”说罢，如飞而去。

由后宰门进去到了里面，小太监连忙止住道：“武后现在宫中，与如意君饮酒呢，连我们皆不许进去，请皇亲在此稍待罢。”武三思知薛敖曹在里干事，只得站在纱窗外面等候。耳边但听薛敖曹吁吁呼呼的，武后也是那种沉吟的声音，把个武三思听得忍耐不住，只得移步走远过去。停一会再来，仍然如此神情。如是两三次，方听武后说道：“我封你这‘如意君’三字，实是令我如意。可怜怀义昨日受狄仁杰一顿恶打，两腿六十板，打得皮开肉绽。今日交我侄儿审讯，不知如何了结。”武三思在外听见，知他们事情完毕，故意咳了一声，里面武后问道：“是谁在此？”早有小太监走去，说是武三思在帘外立候多时了。武后道：“我道是谁，他还无碍，且听他进来。”武三思听了此言，随即进去，与薛敖曹见礼坐下，并将武承业如何送怀义，如何百姓哄闹，如何请狄仁杰定罪的话，说了一遍。武后吃惊道：“这事还当了得！狄仁杰是铁面御史，如此一来，岂得更改？端端的好怀义，将他送了性命，使孤家心下何忍？”武三思道：“臣等也无法可想。怀义特命臣连夜进宫，求陛下看昔日的恩情，传旨开赦。不然，便难见陛下之面了。”武后踌躇了半会，乃道：“孤家早朝也只好顺着狄仁杰的言语，如此这般发落，或可活命。汝且前去，命他安心便了。”武三思见武后应允，只得出宫而去。回转辕门。

到了五鼓入朝，早见狄仁杰坐在朝房里面，见他进来，连忙问道：“昨日之事乃是贵皇亲众目所睹，本院乃事外之人，反又滥予其间了。”当时听景阳钟响，文武大臣一齐入朝。山呼已毕，狄公出班奏道：“昨日武承业激成民变，陛下可曾知道么？”武后见他用这重大的话启奏，忙道：“寡人深处宫中，又未得大臣启奏，哪里知道？”狄公道：“陛下既然不知，且请将武承业斩首，以免酿成大祸，然后再将怀义所拟的罪名，照律施行。武承业乃是承审的人员，竟将钦犯徇私释放，致为百姓在半途拦截，送入臣衙，哄闹刑部。若非武三思同众大臣议，将臣请去压服，几乎京畿重地倏起衅端。求陛下宸衷独断，将徇私枉法之武承业治罪，于国家实有裨益。”武后道：“百姓哄闹法堂，此乃顽民不知王法，理该调兵剿斩，于武承业何涉？”狄公道：“陛下且不必问臣，兹有凭字并各人手押，以及将怀义所拟定的罪名，誊录在此，请陛下阅后便知。”说罢，将奏折递了上去。武后展开，细阅了一遍，欲想批驳，实无一处破绽，只得假意怒道：“外间有如此大变，武承业并不奏闻，若非卿家启奏，朕从何处得悉？私释钦犯，该当何罪？本应斩首，姑念皇亲国戚，加恩开缺，从严议处。怀义拟定斩监候罪名，着照所请，交刑部监禁。俟秋审之候，枭首示众。王毓书之媳妇节烈可嘉，准其旌表。”狄公复又奏道：“白马寺虽是敕建地方，既为怀义所污，神人共怒。此种秽屑之所，谅陛下随后也未必前去，请传旨将厅院地窖一律拆毁，佛殿斋堂一并封禁。所有寺中田产，着充公永为善举。”武后见他如此办理，虽恨他过于严刻，只是说不出口，也就准奏退朝。狄公回辕，分别措置，百姓自是感激不尽。

谁知武后进宫之后，薛敖曹上前奏道：“陛下今日升殿，怀义之事究竟如何？”武后见问，闷闷不乐，乃道：“寡人与汝恩同夫妇，无事不可言说。自从早年在兴隆庵与怀义结识，至今一二十年，云雨之恩不可胜数。今为狄仁杰拟定斩监候罪名，虽俟秋间施刑，此乃是掩耳盗铃之意。随后传一道旨意，便可释放。唯恐他不知寡人的用意，反怨寡人无情，岂不可恨。”薛敖曹道：“这事他岂不知道，可以不必过虑。唯是狄仁杰如此作对，我等何能安处！现有一计与陛下相商，不知陛下可能准奏。”欲知后事如何，且看下回分解。

第四十九回

薛敖曹半路遭擒　狄梁公一心除贼

却说薛敖曹道："陛下莫虑怀义，他岂不知此事，而且昨日武三思又传信于他，谅他总可知道。但狄仁杰一日在京，我等一日不能安枕，陛下何不将他放了外任，或借作别事将他罢职，岂不去了眼前的肉刺。"武后叹道："寡人岂不想如此。只因朝中现无能臣，所有官僚皆是寡人的私党。设若有意外之事，这干人皆不能办理，所以将狄仁杰留在朝中。一则是先皇的旧臣，外人也不议论，说我尽用私人，二则国家之事他可掌理，因此不肯将他罢职。汝且勿多言，孤家今日心绪不佳，满心记挂着怀义，汝明日私自出宫，先到武三思家内，同他到刑部监内安慰怀义，说孤家此举，也是迫于法律。一半月之后，等外间物议稍平，定然开赦便了。"薛敖曹见他如此，当时也只得答应。随命小太监摆酒，将张昌宗复又请来，两人执杯把盏，代武则天解闷。武则天本天生的尤物，见他两人如此殷勤，不禁开怀畅饮。半酣之际，春兴高腾，薛敖曹便对坐舞动了一番，然后酒阑灯灺，共寝宫中。

次日一早，武后上朝，敖曹便换了太监的装束，带了两名穿宫小太监，由后宰门出去，直向武三思家中而来。也是合当有事，却巧狄公昨日回辕之后，将王毓书传来，将圣旨旌表他媳妇、即定了怀义的罪名秋间施刑的话，说了一遍。王毓书当时叩头不止，说："朝廷大臣能全像大人如此忠直，小民自高枕无忧了。今日将此事审明，我媳妇在九泉之下也要感激。"狄公复行劝慰了一番，命他回去准备，今日早朝之后，便到白马寺拆毁地窖。谁知由朝房出来，走至半途，忽见武三思的家人带领三个少年，向刑部衙门那条路上而去，心下甚是疑惑，暗道："前面那个少年正是熟识，曾记在何处见过，何以与武家的人一路行走？"随即将马荣喊至轿前，低声问道："汝见前面几人可认识么？"马荣道："如何不认得？为首的是武家的旺儿，后面三人不便在街坊说明，且请大人回辕面奉。"狄公会意，随道："汝命乔泰跟在他后面，看他究竟向何处而去，赶着回辕奉报。"马荣答应，叫乔泰前去。这里狄公命人赶快抬回辕门。轿夫听了此言，不知何故，只得如飞似的进了抚辕。

狄公下轿，到了内书房后面，马荣已随了进去。狄公道："你方才见后面三人究竟是谁？"马荣道："那个三十上下雪白面皮的，此人便是这南门外一个无耻的流氓，叫做小薛。不知何时为武三思所见，送入宫中。日前所说的那个薛敖曹，便是此人。"狄公听了此言，不禁起身勃然怒道："这个无道昏君，自己的亲生太子远贬房州，将这无赖的奸人收入宫内。此去必是到刑部私通消息与怀义，商议事件。今日遇见本院，也是他自投罗网，不将他治死，也令他成为废物。"

正说之间，果见乔泰匆匆跑来说："那少年正是薛敖曹。小人跟在他后面，见旺儿与他三人一齐到刑部去了。"狄公听了此言，随命差役伺候，说至白马寺拆毁地窖。外面许多皂役，听说到白马寺去，无不高兴非常，想在寺中搜罗些钱财，顷刻众人毕至。狄公带了人众并马荣等人，出辕而来。当时坐在轿内，心下想道："如这个狗头能再半途碰见，便可如此这般的行事。若不能碰见，也只好借拆毁之名，到刑部前去提怀义。"一路正是思想，渐渐离刑部不远，忽见前面那个少年，又由对面而来，心下好不欢喜。正要命马荣前面去，谁知他早经会意，抢上几步，到了前面，故意在薛敖曹身边一撞。随即骂道："汝这狗头，为何不带着眼睛。汝也不是瞎子，走在爷爷面前，还不看见！"马荣见他叫骂，也就喝道："汝这厮破口骂谁？这街坊上面，皆是皇上的地土，谁人不派行走？也不是你要买的路途，为何不让我走路？你说我未带眼睛，不看见你，何故你看见不让我呢？你也不访探我是哪个衙门而来，在此狐假虎威。"薛敖曹哪里忍得下去，随向小太监道："汝等在此，还不将这厮捆起，送至九门提督处，活活将他打死。敢在此间与我抢白！"

两人正闹之际，狄公轿子已到面前，忙令住轿，向外问道："马荣，本院命汝先到刑部去提怀义，好往白马寺拆毁厅屋，何故在此与人争论？"马荣道："此人乃是南门外无赖，名叫小薛，往年为非作歹，地方官出差严拿，为他逃逸，现又潜回都中。小人一路而来，因差事紧迫，行路匆匆，他撞在小人身上，反将小人乱骂。"狄公喝道："胡说。他是个少年子弟，何以知他是无赖？且命众差役来询问。"马荣把当时辕门的院差，一齐喊来。众人一望，一个个皆吃了一惊，不敢开口。狄公道："汝等可认得此人么？若果是无赖小薛，或者前次犯法，现已改邪归正，本院但须略问数言，便可释放。若不是小薛，本院倒要彻底根究，是谁人如此横暴，胆敢殴辱院差，拦阻官道，本院定须严加重责。"武三思的家人见是狄公前来，早吓得魂不附体，知道又出了祸事，见狄公如此言语，恨不得众人说是小薛，免得彻底根究。无奈众人知道薛敖曹之事，无一人开口。狄公怒道："汝等想必与他同类，以致不敢言语。且将这厮带回本院，审讯一番，也就明白。"薛敖曹见了这样，已是心惊胆战，深恐自己吃苦，忙道："我正是小薛，求大人宽恩免责。"狄公听了，喝道："狗头，从前已幸逃法网，此时依旧在此行凶。若非本院深究，汝必不肯供认。皇城禁地，岂容汝这奸民溷迹。左右，且将他锁了，送回辕门，交巡捕看管。候本院由白马寺回来，再行发落。”乔泰、陶干答应一声，不问青红皂白，锁了起来。后面两个小太监不知利害，见薛敖曹被锁，忙上前拦道：“你们这班人好大胆子，他乃是宫中的人，敢用铁链锁他，圣上晓得，你们也不顾性命。”旺儿见小太监说出真情，心下实是着急，唯恐干累自己，赶着挤出了人围，逃回去了。这里狄公道：“汝这两个小孩子，为何说出此话，难道小孩你认得他么？汝是何人？赶快说来，本院放汝回去。”小太监道：“我两人是穿宫的太监，我名叫王喜，他名叫李顺，与他一齐前来。”狄公也怕他说出不尴尬的话，连忙喝道：“你两个小狗头，毋得混说。他既为小薛，何敢往入宫中？此事大有疑窦，一并交差带去，俟本院回衙严讯。”说毕，乔泰将三人锁回抚院。

狄公便至刑部，将怀义提出，到白马寺拆毁了地窖，直至偏晚方才回来。谁知旺儿见小太监说出真话，赶紧跑回家内，与武三思说明。三思也是焦急万分，乃道：“这事如何又为他碰见？他若认真的究办，薛敖曾说出真情，这事如何是好？”当时也只得来至宫中，告知武后。武则天听了此言，更是羞惭无地，又愧又恨。忙道：“汝等赶速前去，说我宫中逃走了三名太监，既为他拿获，令他送进宫来，听我发落。设若狄公审讯，千万传信薛敖曹，莫说出真情，那个老狄非比别人。”武三思只得遵命出来，着人到抚辕说：“武后有旨，将太监送去。”早有巡捕回道：“我等奉大人差遣，看管人犯，此时大人尚未回辕，不敢擅自专主。且不知圣旨是真是假，不能凭贵皇亲口言，信以为实。”来人无可奈何，只得回复三思。谁知狄公早料着有这次情事，故意到晚方回。

进了辕门，已是上灯之后，当时巡捕将上项说话回明，狄公道：“这明是假传圣旨，且待本院审问。俟明早奏明再核。”当时也就升堂，命人将仪门关闭，恐有闲人观审。先将太监传来，喝道：“小薛乃是地方上的无赖，汝等说他来往宫中，莫非他受人指授，欲想行刺么？此乃大逆不道之事，汝且从实供来。还是与他同谋，抑是遭他的骗惑，本院审明口供，便将他斩首。”薛敖曹在旁听见，早已魂飞天外，深恐性命不保。只见小太监供道：“这小薛也与我等同类，为圣上的穿宫太监，实非行刺之人。适才圣上已经有旨，请大人将我等送进宫中。只因我等私自出宫，圣上未曾知悉，现在查出，已获罪不轻，求大人开恩释放。”狄公听了此言，不禁拍案大怒，命人用刑。不知后事如何，且看下回分解。

第五十回

查旧案显出贺三太　记前代阉割薛敖曹

却说狄公拍案喝道："汝这两个小狗头，纯是一派胡言。小薛自己已供认是无赖，为何汝等反说他是穿宫太监，这事明有别情。若不直供，定将汝处死。"小太监道："小薛实是太监，方才圣上已经传旨，请大人送进宫中，与圣上发落。这事何敢撒谎？"狄公道："本院看小薛断非太监，汝等既矢口不移，且命书差查他旧案，若果确有实据，本院断不轻恕。"谁知众书差虽不敢开口，内有一个刑房书办，姓贺名三太，此人自幼与薛敖曹为邻，凡敖曹的恶迹无不尽知。他早年有个女婢，为敖曹强占，俟后报官究办，正拟出差获案，忽为武承嗣将他送进宫中，因此这愤气至今未出。现在见狄公如此追究，又值众人不敢开口，心下想道："小薛虽是入宫，权势浩大，既有本官招呼，我且将他陈案翻出，令他眼前受点创棒。"随即上前说道："此人的系无赖，串同太监在外胡行。所有案件，书办尽知。"说着，退了下来，将薛敖曹从前案情悉数查出，呈上堂来。狄公看了几件，尽是奸淫的案情，不禁拍案怒道："汝这狗头，犯了此等罪恶，尚敢在此串同太监作恶胡行。左右，先将他重责百板，先行收禁，两名太监交巡捕看管。"左右答应一声，早将薛敖曹拖下，一五一十，打得叫喊连天。

然后将他收入禁中，以便明早上朝申奏。

谁知狄公退堂之后，贺三太心下想道：“本官虽然重办这薛敖曹，终不能治之死地。一经武后传旨送往宫中，虽狄大人也无法可想。他既自称是太监，方才受责之时，何以那件浊物犯了无限的罪名，我要报他的前仇，拼得性命不保，方可为国家除害。”主意想毕，等到二鼓之后，一人想着暗暗到了监门。那个禁卒认得是贺三太，忙迎上来问道：“贺先生来此何干？”三太道：“我同你商议一事。听说你从前也为小薛累得很苦，可是不是？”那人道：“提起来话长呢，恨不能食他之肉，寝他之皮。小可从前的家私，虽不能说是丰富，也还小康。自从与他赌钱，被他赚了数千两银子，嗣后我将家产输得干净，再去找他，他不认我，因此无法可想，钻了门路来当这禁卒。可怜每日落不上数吊钱，家中老小仍是不能敷衍的。他现在进了宫中，又有这般势力，自是心满意足。谁知天网恢恢，遇见了我们这大人，将他打个百板，收入禁中。现在想趁此报复他前仇，只是想不出主意。你先生可有良策？我们商议商议。”贺三太道：“我从前之事你也知道，此时前来正想与他打点。你可知他在堂上供认的是穿宫的太监，太监哪有派留阳具的道理？……”禁卒道：“你想得虽好，这一来送他性命，固报了前仇。明日狄大人要人，如何是好？”贺三太道：“你不知道，这物件并不是致命，将他割下，依然可活。你看宫中太监，皆没有此物。但不可伤破他卵子，便可无碍。”禁卒道：“能够这样，就妙了。现在堂上明明供认是太监，即便明日上堂，他也不敢说出，这物件在别人身上是不可少的，在他身上却是犯禁。这个暗苦，教他受罪，正是却好。”两人商议妥当，禁卒取了一柄尖刀，取了两碗酒杯，一包末药，同贺三太两人来至狱内。

此时薛敖曹正因棒伤打得利害，在那里哼声不止，心下只想武三思告知武后，命狄公释放。此时听见狱门响亮，掉头一望，见是三太，连忙喊道：“贺三哥，你救我一救。我的事情谅你知道，能在这事上周全于我，不出三日，定叫你富贵两全。”贺三太道：“正是同你商议。你现在得了好处，把我们旧邻居、旧朋友皆忘却了。我家那个女婢，至今日还在我家。你此时在此苦恼，命他前来服侍你好么？”禁卒也在旁说道：“你的婢女虽可服侍，但在狱中没有钱用。我积得有数十串钱在此，我们三人赌钱如何？”薛敖曹见他二人说了前仇，连忙道：“二位老哥千万莫记前仇，我已悔之莫及了。能够救我，将我放出辕门，逃回宫中，定然厚报。如何？”贺三太冷笑道：“放你出去，这个沉重到可担得，但是要同你借一物件，不知可肯与不肯。”薛敖曹见他两人允从，甚是欢喜，忙道：“岂有不肯之理。只求你将我放出，无论金银珠宝，功名富贵，皆包在我身上。好朋友，我这棒疮实是疼痛不过了，可先代我取点水来，让我熏洗熏洗，然后同你们一同出去。”贺三太道：“你虽肯允，只是你所说的，我二人全用他不着。想在你身上借用一物。”薛敖曹道：“我由宫中出来，万不料遇着这事，此时我身上除随身衣服，另外哪有别物？”贺三太道：“你莫要装作聋子，故作不知，放爽快，快点送出。”薛敖曹见他两人只不说明，心下急道：“好朋友，你明说罢，只要你能救我命，此外随你要什么总可。”禁卒上前骂道：“你这烂乌鬼，老子看这禁狱的门，少一个敲门锤子。方才在堂上见你被打，露出那个怪物，又长又粗，取下来适当合用，就同你借这物件。”薛敖曹听了此言，自是吓慌，忙道：“好朋友，我今日已在难中。从前虽有不是，我已自知，自今以往，定然酬报。现在何必取笑，哪里敲门用这肉锤头的道理。”禁卒不等他说完，当头啐了一口，骂道：“谁同你这鸟种子取笑。老子的家产，被你骗尽，同你借一二百银子尚是不睬，还说什么酬报，功名富贵包在你身上。即如贺三爷，同你做邻居，哪件事不周济你，你反恩将仇报，将他婢女奸骗。你也不想想是何人物，仗着这件长大的怪物，便尔秽乱春宫，行出这无法无天之事。平日深居宫院，想见这人一面，也是登天向日之难。今日也是天网恢恢，冒充太监到刑部与怀义私论事件，独巧被大人看见。你既做了太监，哪里派有这物件？长在你身上也是作怪，不如交代我们，还成一样器皿。老子的性情你也晓得，告诉你句实话，叫你受点疼痛，绝不至送命便了。”

薛敖曹听了此言，自是吓得魂不附体，连忙求道：“两位朋友可高抬贵手，留我一条性命，以后再不敢放肆了。”禁卒道：“随后已迟。老子既到此地，你不肯便可了事么？难道还要我动手不成。”贺三太道：“同他说什么闲话。此时不报前仇，明日朝罢，又寻他不着。”说罢，禁卒抢上一步，便将薛敖曹拖倒下来。敖曹到了此时，知道斗他不过，只得叫喊连天，大呼救命。哪知禁卒晓得必定狂叫，遂取了一张宽凳，将他纳在上面，两手背绑在凳腿之上，上半截已是动弹不得。贺三大也就在旁边将他两腿绑好。禁卒取出两张草纸，在酒内浸潮，向着薛敖曹骂道：“你这狗头，还想叫喊！老子请你吃酒，看你可能言语。”薛敖曹也不知道何故，正是狂叫连天。忽见禁卒将草纸在嘴边一蒙，只见薛敖曾将眼睛一闭，连连的闷咳了数声，复将眼睛睁开，满脸急得通红，欲想说半句言语，却是难乎其难。贺三太本是刑房，岂不知道这私刑，赶着说道：“不可不可，如此一来，便送了他性命，随后反不好令他受罪了。”禁卒道：“哪里如此快法，我们快点动手，不再加草纸，便不至死去，免得他乱喊乱叫，取得不安静。”贺三太笑道：“还是你想得周到。”随即代他将衣裤撕去，露出两腿，又肥又白，摸在手内实是爱人。贺三太道：“俺是报复他前仇，若好男风，此时倒可舒服舒服。”禁卒道：“贺先生，你也太下贱了，这种混账种子，还有什么爱慕？你看这怪物，岂不同畜生一般，除了驴马，哪有这样如此雄大的。”说着，又跑了出去，取了一个簸箕，装上石灰，摆在板凳下面。然后将衣袖卷起，取出一柄尖刀，向着贺三太说道：“我今日干了此事，这两只手必然污秽，只得随后浸浸擦洗。”说着，将怪物抓在手中细望了一会，又用手搌了几下，复又代他抹上抹下的弄了一会。顷刻之间，鼓怒起来，人睡在凳上，这件东西如铁棍一般足有二尺上下。贺三太看了，实是好笑。那个禁卒格外怒道："你看这个混账狗头，死在头上，还不知道，尚且如此放肆。可见在宫中格外的不安分了。"说罢，将尖刀在阳具根上试了一试，样了地步，随后向薛敖曹骂道："你这鸟种子，可莫怪老子心狠，只恨你罪太大了。这件怪物，且待我留下。"只见他一刀刺下。不知薛敖曹性命如何，且看下回分解。

第五十一回

薛敖曹哭诉宫廷　武则天怒召奸党

却说禁卒取着尖刀，对定薛敖曹阳具根上一刀下去。贺三太深恐伤了他那卵蛋，赶着说道:“小心一点，莫送了他的性命，那反不好。”禁卒道:“你叫什么！前日我见人割那驴子，便是如此。”说着，又见他将刀执定，由上往下四周一旋，顷刻之间，只见薛敖曹在板凳上，半截身子跳上跳下，知是他疼痛万分，两眼不住的流泪，嘴里只说不出话来。贺三太犹恐他身体肥大，将宽凳跳翻过来，赶着上前将他纳住。又见禁卒将周围旋开，唯有中间那个溺管未断，尚挂在上面。此时两手上血流不止，将一簸箕的石灰，全行染得鲜血。贺三太虽是恨他前仇，到了此时，也觉有点不忍，赶着向禁卒道:“你用刀尖子将他溺管割断，从速用末药代他敷好了。遥想这厮，罪已受足，若再耽延工夫，恐他昏死过去，那时便费了大事。”禁卒果然依他所言，将溺管割断，将阳具摔在地下，然后用好药在四下敷满。果然神效非凡，顷刻将血止住。又在薛敖曹衣襟上面撕下一块绸子，将伤痕扎好，始行取过木盆，倒了冷水，将手上血迹洗去。

贺三太方将薛敖曹脸上草纸一揭，只见他已不能言语。贺三太忙道:“你手脚太慢，致将他闷死过去，这如何是好？”禁卒道:“你莫要慌乱，他如死去，我来偿命。”说着将他扶坐起来，禁卒出去取了一支返魂香，燃着送在他鼻孔前。抽了一会，没有顿饭工夫，但见薛敖曹有了进出的生气，又停了一会，忽然将脸一苦，将嘴一张，大叫一声：“痛煞我也。”禁卒骂道：“你这鸟种子，早知有此疼痛，为何从前犯法？舒服得好。便叫你痛得利害，以后看你还能放肆了。”说着，在地下将阳具拾起，用水洗了几次，抓在手中，向薛敖曹道：“也不知你这狗头如何生长的，你自己看看，可像个敲门的锤子？”说着，摔起来便在他头上打了一下。

薛敖曹此时方疼痛稍定，低头向下身一望，一个威威武武的丈夫，变作个坑坑洼洼的女子。这一节非同小可，比送他的性命格外伤心，高声骂道：“你两个伤心的杂种，下这毒手，我姓薛的与你誓不甘休。除非将我治死，不然叫你家败人亡。你把这长具取去，想必是送你老婆，送你姐妹去了。”禁卒那里容他辱骂，他骂一句，便将那件怪物在他嘴上打一下。于是你骂我打，愈打愈骂，两人闹作一团。贺三太实是好笑，赶着向禁卒拦住道：“你我已报了前仇，既割下来了，也不能复行合上，他骂自然要骂。我且问他的言语，你莫要在此胡闹。”禁卒道：“我实气他不过，你有何话说他？”贺三太问薛敖曹道：“我两人虽是报自己的前仇，可知为国家除了大患，也免得日后露出破绽，有那杀身之罪。可知你此时恨骂，没有益处，我两人既摆布你到此，还怕你怎么？你倚仗不过那个兴隆庵的尼姑，爱你这怪物，封你为如意君。此时既已割去，成了废物，还能如从前得宠么？即使你进宫哭诉，将我两人治罪，我们也不是死的，难道不会逃走？告诉你句实话，顷刻与他逃走他方，看你有何本领害得我两家。莫说你借了太监，说不出受了我两人恶苦，便那个尼姑，也不能彰明较著的奈何我两人。你要骂便骂，我们是出去了。”说着，拖着禁卒，飞奔出狱，薛敖曹要想去追他，无奈两脚锁了铁镣，不能动弹，心下越想越怄，看看下面，格外伤心。想贺三太所说的言语，也是不差，只恨自己不应出宫去看怀义，反送了自己的性命。一人只是在监中哭骂。

且说武三思到宫中，说明此事，武则天命人到辕门去要薛敖曹，反为巡捕回却，说狄大人尚未回来，不敢信以为实，将人交出。武则天接着此信，自己也悔恨不已，心下想道："薛敖曹为狄仁杰捉去，尚是小事。他两人为他擒去，设或露出破绽，彻底根究，岂不令人愧死。"一人在宫中翻来覆去，只是想不出主见。到了四鼓之时，只得上朝理事。众人齐在殿前，只见狄仁杰出班奏道："臣奉旨拆毁白马寺地窖，昨日已经完毕，特来复命。并奏明圣上，在半途寻获了两名穿宫太监，与那无赖小薛在外胡行。臣已带回辕门，查出小薛的案件，全是不法之事，理合依例处治。适因回辕之后，又闻传旨要此三人，不知真伪，特来启奏陛下。内寺阉官，何能与无赖为伍，在外乱行。此中关系甚大，求陛下拟定罪名，如何究办，臣好遵旨施行。"武则天听了此言，心下不禁胆寒："此人实是个铁面冰心，寡人之事，竟敢如此启奏。无奈你也太认真了，若再为你说出实情，孤家颜面何在？"乃道："卿家所奏，寡人已早尽知。但此审人是孤家宫中的内监，私逃外出固罪不容宽，也不便令外官审问。卿家回转，立刻押送宫中，寡人亲自发落。"狄公当时只得遵旨，心下暗道："我昨日若非超先审问一堂，打了他一百重板，岂不又为他逃过。"说罢，众人散朝。狄公回转衙中，只得在监中将薛敖曹提出，也不再审，命巡捕同着那两个小太监一齐押送宫中而去。

此时武则天退朝入后，正思念薛敖曹不知几时方可回来，拟命人前去催促，忽见后宫太监引着薛敖曹，薛敖曹见到武则天登时放声大哭，向着武则天奏道："自沐重恩，情深似海，从此万不能如前了。"武则天见他如此凄惨，忙惊讶道："寡人已将汝三人要回宫来，还有何事害怕？"薛敖曹道："此非说话之地，且请圣上入内。"武则天也不知何事，只得进入寝宫。薛敖曹便将贺三太与禁卒如何怀恨前仇，将自己阉割的话说了一遍。武则天本以此为命，这一听真是又羞又恼，恨不得将贺三太等人顷刻碎尸万段，当时说道：“这也是孤家误你，不是命你去看怀义，何至有如此之事？也是情分圆满了。汝且住在宫中，陪伴寡人，以便调养。但是这姓贺的同那个禁卒，非将他处死不泄心中之恨。”当时懊恨不已，只得将张昌宗召来。薛敖曹是哭痛不已，张昌宗闻知，也是骇意之事，向着武则天说道：“这事总是狄仁杰为祸。若非他与陛下作对，将薛敖曹带进衙门，追究前案，何至如此！照此看来，我等竟不能安处了。我看狄仁杰一人，也未必如此清楚，唯恐他手下另有私党，访明宫中之事，想了最毒的主意，命他出头办事。现在陛下三人已去其两，只有我一人在此。陛下若不访拿那班奸贼，将他党类灭尽，随后日渐效尤，再将我等逼出宫中，我等送了性命尚是小事，那时陛下一人在宫内，岂不冷清。”说着，两眼流下泪来。武则天见薛敖曹变为废物，已是懊闷不堪，此时见张昌宗又说了这番，更是难忍，不禁怒道：“孤家因静处深宫，唯恐致滋物议，因此加恩，凡是老臣概行重用。不料他如此狠毒，竟与寡人暗中作对，不将这班奸人暗治，这大宝还要为他们夺去。”当时大发雷霆，命太监赶着召武承嗣前来，命他访问这班奸人，以便按名拿问。

武承嗣在家，正与武三思议论薛敖曹，说老狄虽是心辣，也只得打了他一百大板。现为武后在金殿上认为太监，命他送入宫中，他也别无法想。但是怀义常在刑部，恐武后心中不悦，必得设法将他放出送入宫中，此事方妙。正在谈论，忽然有个内监匆匆进来说道：“二位爷赶快进宫，陛下此时恼恨非常。薛敖曹如此这般，受了重苦，圣上因此大怒，命你进去访拿这班奸人，好按名治罪呢。”武承嗣听了此言，心下大喜，向着武三思道：“我等可于此时报复这狗头了。唯恨狄仁杰、元行冲等人，平日全瞧不起你我，今日进宫，如此如此启奏一番，先将这个狗头办去。随后老狄一人在京，便是一个独木难支，无能为力。”三思也以为然，随即命他同太监一齐前去。

到了宫中，武则天见他前来，不禁怒道：“孤家因汝等是我娘家之人，因此重用。原想各事协心办理，凡外面所有事件，以及奸人为害，早奏朕躬。现在薛敖曹、怀义等人，连连遭了此事，置朕颜面于何地？显有奸人与狄仁杰狼狈为奸。若不将这班人除尽，朝廷何能安处？召汝前来，可赶速暗访，将奸人的名姓开单呈阅，好按次严办。”武承嗣见武则天动怒，随即跪下奏道：“臣儿早知有此祸事，从前屡次奏明。自从庐陵王远贬房州，许多大臣心下不悦，意在谋反，废黜圣上，总因未得其便。现在这几件恶事，皆是这奸人唆出老狄，先除了陛下的左右近宠，然后再将我等除尽，那时便带兵入禁，拥立庐陵王。臣儿虽有所闻，欲奏明圣上，无奈圣上以狄仁杰为大臣，不肯深信，故不敢深奏。陛下再不严办，这天下恐非陛下所有了。”说罢，痛哭不止。这番话将武则天说到深信不疑，不知后事如何，且听下回分解。

第五十二回

怀宿怨诬奏忠良　出愤言挽回奸计

却说武承嗣奏了一番言语，武则天怒道：“寡人从前也不过因先皇巨子，不肯尽行诛绝。明日早朝，汝便在金殿奏明，好立时拿问。”武承嗣道：“陛下能如此，则安居无事矣。”说罢，复安慰了武后一番。命薛敖曹安心在宫内陪伴，然后出来，与武三思计议了一晚。

次日，五鼓进朝，山呼已毕，左右文武大臣两班侍立。忽然武承嗣上前奏道：“臣儿受陛下厚恩，正思报效。风闻有旁人怨恨，说陛下严贬亲子，废立明君，致将天下大权归己掌握，不日便欲起兵讨逆，以辅立庐陵王为名，欲将臣等置之死地，逼陛下退位。臣等受国厚恩，不敢隐匿，求陛下俯念臣等身受无辜，准臣罢职，免得受此大逆之名，致将陛下有滥用私人之议。现在庐陵王远在房州，仍求陛下即日传旨，召进都中，复登大宝，以杜意外之祸。”武承嗣奏了这番言语，两边文武大臣无不大惊失色，彼此心中骇异，也不知是谁有此议论，致为武承嗣妄奏。只见武后怒道：“此乃是寡人家事。前因太子昏弱，不胜大宝之任，因此朕临朝听政。是谁奸臣妄议朝事，意在谋反，汝即闻风，未有不知此人之理，何故所奏不实，一味含糊。着即明白奏闻，以便按名拿办。”武承嗣道：“此人正是昭文馆学士刘伟之，并苏安恒、元行冲、桓彦范等人。每日在刘伟之家中私议，求陛下先将刘伟之赐死，然后再将余党交刑部审问。”武则天听了此言，只见刘伟之现在金殿上，随即怒道：“刘伟之，寡人待汝不薄。汝既受国厚恩，食朝廷俸禄，为何谋逆造反，离间宫廷。汝今尚有何说？”刘伟之此时，自觉已是吃惊不小，赶着俯首金阶，向上奏道：“此乃武承嗣与臣挟仇，造此叛逆之言，诬惑圣听，陷害微臣。若谓臣等私议朝事，自从太子受屈，贬至房州，率土臣民无不惋惜，臣等私心冀念，久欲启奏陛下，将太子召回，以全母子之情，以慰臣民之望。且陛下春秋高大，日理万机，旰食宵衣，焦劳不逮。家有令子，理合临朝，国有明君，正宜禅位。随后优游宫院，以乐余年。含饴弄孙，天伦佳话。此不独于陛下母子有益，即普天率土臣民，亦莫不有益。如此一来，那些奸臣贼子，窥窃神器扰乱朝纲之小人，自然不生妄想，不惑君心。此皆臣等存诸于心，未敢明言之意。若说臣等谋逆造反，实武承嗣诬害之言，求陛下明降谕旨，问武承嗣有何实据？”武则天听了此言，格外怒道：“汝说武承嗣诬奏，即以汝自己所奏，已是目无君上。太子远谪，乃是昏弱不明，为何说率土臣民无不惋惜？此非明说寡人的不是为众怨恨，孤家年迈，岂不自知，要汝诬奏何故？依汝所言，方可有益；不依汝所言，便是无益；这叛逆情形已见诸言表，汝尚有何辩？左右，且将刘伟之推出午门外斩首。”一声传旨，早有殿前侍卫蜂拥上来，便想动手。只见元行冲、苏安恒一班人，齐跪在阶下奏道：“武承嗣奏臣等同谋，臣等之冤无须辩白。但是武承嗣不能信口雌黄，乱惑君听。且请陛下将臣等衙府概行查抄，若有实据，不独刘伟之理合斩首，即臣等也情甘认罪。”武则天哪里准奏，喝道：“汝等受国深恩，甘心为逆，今将刘伟之一人斩首，已是法外之仁，汝等尚敢渎奏。”

狄仁杰此时见众人所奏不准，心下知是武则天心怀懊恼，欲借此出那闷恨，当时上前奏道：“刘伟之妄议朝政，理当斩首。但臣访闻尚不止数人，仍有武三思、武承业等人在内。陛下欲斩刘伟之，须将二武处斩，方合公论。”武则天听了此言，连忙说道：“狄卿家不可胡乱害人，三思、承业皆是朕的内侄，岂有谋反之理？莫非是卿家诬奏么？”狄公道：“他两人何尝不想谋反？自从太子远贬，他便百计攒谋，逢迎陛下，思想陛下传位与他。进见陛下未曾传旨，他便怨恨在心，欲想带兵入宫，以弑君上。不料为刘伟之等人闻知，竭力禁止，方免此祸。故而武三思等人恨他切骨，又恐他奏知圣上，故今日先行诬奏，以报私仇。若不将他三人斩首，恐将激成大变。”武三思听了此言，吓得魂不附体，连忙与承业奏道：“臣儿何敢如此，实是狄仁杰有心诬奏，用这毫无影响之言，欺蒙圣上。”狄公不等武后言语，忙道：“你说我毫无影响，刘伟之影响何在？陛下说汝是皇上的内侄，断不造反，刘伟之也是先皇的老臣，各人皆忠心义胆，更不至造反了。要斩刘伟之，连武氏弟兄一同斩首，随后连老臣也须斩首，方使朝廷无人，奸臣当道。若开恩不斩，须一概赦免，方觉公允。”武则天见狄公一派言语，明是袒护的刘伟之，乃道：“狄卿家不可诬奏。寡人的家事，要他议论何干？方才在殿前所奏，已是满口叛逆，如此奸人不令斩首，尚有何待？”狄公忙又奏道：“陛下之言也失了意旨。天下者，乃天下之天下，刘伟之所言，正是为天下的公论，岂得谓陛下的家事。若因此斩杀忠臣，恐陛下圣明之君，反蒙以不美之名了。太子远谪房州，岂不远望慈宫，夙夜思念，若因武承嗣诬奏，致将大臣论斩，恐天下之人不说陛下为奸臣所惑，反说陛下把持朝位，无退禅太子之心。既灭母子之恩，又失君臣之义，千秋而后，以陛下为何如人？岂不因小人之害，误了自己的名分，误了国家的大事？武承嗣所奏，实是有心诬害。请陛下另派大臣，审明此事，方可水落石出，无罔无偏。臣因国家大事，冒死直陈，祈陛下明鉴。”这番话，说得武则天无言可对，只得准奏，将刘伟之等人交刑部问讯，然后退朝。

不说那武三思恨狄公阻挠其事，且说刑部尚书自从武承业开缺之后，武后恐别人接任不能仰体己意，当即传旨，命许敬宗补受。此人乃是杭州新城县人，高宗在时举为著作郎之职，其后欲废王皇后立武则天为正宫，众大臣齐力切谏。他说："田舍翁剩十斛麦，尚欲更新妇，天子富有四海，立一后废一后，有何不可？"高宗听了此言，便将武则天立为皇后。从此武后专权，十分宠任，凡朝廷大事，皆与敬宗商议。敬宗遂迎合意旨，平日与武张二党狼狈为奸，不知害了多少忠臣。此时为了刑部尚书，也是武后命他照应怀义的意思，现又将刘伟之发在他部内。当时回衙，便将武承嗣所奏一干人带回衙内。一时未敢审讯，等至晚间，私服出了衙门，来至武三思府内。家人传禀进去，顷刻在书房相会。敬宗开言问道："贵皇亲今日所奏，已是如愿以偿，将他斩首，又为这老狄无辜牵诬贵皇亲身上，致将此事挽回。但此事命下官承审，特来与皇亲商议，如何方可令刘伟之供认。"武三思道："大人在朝已非一日，可知此事不怕钦犯狡赖，唯是狄仁杰阻挠太甚，必得如此如此，不与他知道，然后方好行事。"许敬宗道："此言虽是，但是圣上面前，如何能行？"武三思道："圣上此时已是闷恨非常，早朝之事正是舍弟昨晚进宫说明缘故。大人如能如下官办法，这事便无阻格了。"当时又将薛敖曹之事，说了一番，许敬宗自是答应。

次日一早，敬宗也不上朝，天明便传齐书差，在大堂审案。将刘伟之、苏安恒一干人分别监守，自己升了公座，先将刘伟之提来。伟之见是敬宗，知道这事定有苦吃，此时已将自己性命置之度外，因是皇上的法堂，不能不跪。当时许敬宗在上言道："刘大人，你也是先皇的旧臣，你我同事一君，同居一殿，今日非下官自抗，高坐法堂，只因圣上旨意，不得不如此行事。所有同谋之事，且请大人从实供来，免得下官为难，伤了旧日之情。"刘伟之高声答道："在官言官，在朝言朝，大人是皇上的钦差，审问此事，法堂上面理合下跪。但是命下官实供，除了一片忠心保助唐皇的天下以外，没有半句口供。那种诬害忠良、依附权贵，将一统江山送与乱臣贼子，刘某恨不能将他碎尸万段，岂有谋反之理！大人既看昔日之情，但平心公论便了。”许敬守笑道：“这事乃圣上发来，何能如此含糊覆奏？昨日在朝说圣上伤了母子之情，太子受屈百姓怨望，这明是你心怀不愤，想带兵进宫，废君立嗣，不便出诸己口，故借旁人措辞，可知此乃大逆不道之事。若不审出实供，本部也有处分，那时可莫恨下官用刑了。”这番说得刘伟之大骂不止，不知后事如何，且看下回分解。

第五十三回

用匪刑敬宗行毒　传圣诏伟之尽忠

却说刘伟之听了许敬宗一派言语，高声骂道："汝这欺君附贼的奸臣，汝敢用刑拷谁？先皇在日，为汝欺蒙，致将王皇后废立。现太子在外，圣上年高，不思天下为重，竟敢依附武党，陷辱大臣。我刘伟之又未奉旨革职，汝何敢擅自用刑？"许敬宗听了此言，登时怒道："你道汝未经斥革，本部院因同你为一殿之臣，故而稍存汝面。既谓如此，且将圣旨请出，使汝明白。"当时起身入内，果然捧出一道圣旨，说刘伟之结党同谋，案情重大，虽经交许敬宗审讯，犹恐他抗官不服，抵赖不供，着将原官革去，如不吐供，用刑严讯。刘伟之听他念毕，更是大骂不止。许敬宗在上怒道："汝究竟供与不供？汝此时既经革职，便与小民无异，钦定匪刑具在堂上。"刘伟之道："误国的奸臣，我刘某也非贪生之辈。今日生死虽难预知，若想刑求，为汝等这班狗头在宫中献媚，认那谋逆之名，虽刀锯鼎烹，也无半句言语。本学士忠心赤胆，举国皆知，汝等将唐室江山断送于他人之手，一旦身首异处，恶贯满盈，有何面目见先皇于地下乎？"许敬宗为他骂得无言可对，不禁恼羞成怒，也就喝道："本部院奉旨承审，若想逃过此时，也不知道我的手段。左右，快取刑来。"两边齐声答应，早将一个火盆端在堂上，红光高起，火焰腾腾。复见个人取了个铁锅，顿在火上。许敬宗道：“刘伟之，可知这刑具不比寻常，若能认了口供，免却目前之苦。你看这里面，乃是锡质熔化，沾上身躯，顷刻浆流泡起。”刘伟之复又骂道：“本学士死且不惧，岂畏这私刑！但汝害虐忠良，须保武氏永掌大权，方得保全首领。一旦新君嗣位，恐汝这狐群狗党，明正典刑，刀锯鼎烹，免不得万年遗臭。”许敬宗见他仍然不屈，忙命众人施刑。

早有一班如狼似虎的恶差，将刘伟之的衣袍撕去，两手捆在背后，一人取了个小铁勺子，在铁锅内取了一勺子的热锡，先在刘伟之肩背上倒去。只听他大叫一声，那热锡由上至下，直流至毂道前面，但见一股青烟，飞起在公案前面。再将伟之身上一望，那一路皮肉，已焦烂万分，鲜血淋漓，浆水外冒，刘伟之早已烫昏过去。许敬宗在上面看得清楚，向他笑道：“你平日与老狄同声附和，视我等众人如肉上之刺，眼中之钉，今日且叫你知我利害。”随命人用醋汁倒于炭上，将刘伟之扶起，受了这酸醋的烟气，停了一会，依然大叫一声，复行苏醒。见许敬宗坐在堂上，冷笑不言，伟之不禁的丹田怒起，大声喝道：“我刘某身受无辜，为这奸畜诬害，皇天后土，鉴我忠心。武后秽乱春宫，革命临朝，僭居大统，汝等不知羞耻，谄媚妇人，致令武氏党人把持盘踞。本学士也不忍活命，且同汝拼个死活存亡，好见先皇于地下。”说着，摔开众人奋勇上前，来奔许敬宗揪打。许敬宗知他虽是文士，两膀却很有膂力，深恐遭其毒手，随即起身向后便走。哪知刘伟之拼命来斗，早将公案上一方砚台抢在手内，对定许敬宗脑门一下打来。敬宗不防着他用这物件，赶着偏转身躯，欲想避让，额角上早中了一下，登时一个窟窿，血流不止。所有堂上的差役，见本官为钦犯所伤，也不问伟之是好人坏人，端起火锅，向着伟之身上一泼。伟之正是想揪着许敬宗，同他扭结，猝不及防，浑身上下为热锡浇满，登时痛入骨髓，两腿在地下一阵乱跳，把个皮肉身躯如在油锅之内，当时鲜血淋淋，露筋露骨，要想有一块好肉，也万难寻出。只见他大叫连声，倒于地下。许敬宗见他栽倒在地下，自己虽已受伤，也不好再来摆布，命人将刘伟之抬往里面，自己将额角用绸子扎好。命人先到武三思府中打听，问三思在家与否，自己便在书房做了一张假供，使人誊写清楚。那个打听的家人已来回信，说武三思正在府中候此地的信息。许敬宗听了此言，便乘了大轿，来至武三思府内，直入书房坐下。

此时武三思正与武承嗣相议，欲想借此事为词，便将狄仁杰诬害。听说许敬宗前来，弟兄三人同至书房里面。忽见许敬宗面带损伤，当时笑道："老许今日是喜欢极了，连行路皆不留心，致将额角栽破。如此时升了宰相，岂不将头颅跌散。"许敬宗道："人家为了刘伟之这事，吃了如此重苦，你还是取笑。可知此事须要令老狄不知。现在虽已将刘伟之用了匪刑，已经离死不远，不趁此时商议良策，火速将刘伟之置之死地，随后之祸更不得了，因此来斟酌。你们三人之中，须得一人就此入宫，得一道圣旨出来，将刘伟之事完毕。明日早朝，狄公虽是晓得，那时已身首异处，他也无可奈何。"武三思听了此言，说道："果然妙计。这事仍令承嗣前去。"当时便将许敬宗自拟的假供取来，放在身边，即便服入宫而去。

武后连日因各事烦集，皆不如心，只得与张昌宗饮酒为乐。听见小太监启奏，说武承嗣前来奏事，忙召他进来，问道："汝深夜前来，有何事奏？"承嗣道："只因早朝圣上将刘伟之等人交刑审讯，谁知伟之实是谋逆不法，为敬宗用刑拷问，招了这供。自知罪无可赦，竟敢在法堂用武，将许敬宗头颅击伤，因此敬宗不能上朝，特请臣进宫入奏，请陛下独断施行，赶传密旨，将他正法。不然为狄仁杰等人知悉，势必激成大变。"武则天听了此言，不禁怒道："狄仁杰自升巡抚，寡人因他是先皇老臣，性情刚直，凡事皆优容宽恕，乃竟不知报效，结党同谋，殊非意料所及。着传旨先将刘伟之在刑部赐死，余党候明日早朝再核。”武承嗣得着此旨，随即出宫，飞马到了刑部。

许敬宗已早回衙，在大堂等信。见武承嗣匆匆而来，口传接旨，许敬宗当即设了香案，命人将刘伟之提出，将圣谕宣读已毕。刘伟之此时已如死人相仿，浑身无一处完肤，听得许敬宗宣明圣旨，不禁两眼圆睁，高声骂道："汝等这班误国的狗头，诬奏朝廷，害我刘某。本学士在九泉之下，待汝对质。”说罢，大骂不止。许敬宗仍是一言不发，但命人取了一条白绸，递与伟之。伟之取在手中，自缢而死。武承嗣随命人传信，报他家属，说他谋逆不道，赐死天牢，本应暴尸示众，主上加恩，着令家属收殓。顷刻之间，刘伟之家得了此信，自是号啕痛哭，以便收拾呈报。

且说狄公正在衙门观书，忽见马荣匆匆进来，说道："不好了，小人方才出去巡夜，听说刘大人为刑部私刑拷问，将周身用热锡浇烂。逼出口供，命武承嗣禀知武后，已将刘大人赐死，现在报知家属，前去收尸。如此一来，不知苏安恒等人若何处置？”狄公听了此言，不禁放声大哭道："刘学士，你心在朝廷，身罹刑戮，这也是唐室江山应该败坏。总之有狄某一日在朝，定将汝这无妄之冤申雪便了。”当时听大堂上面，已交三鼓，他也不去安歇，随在书房将所有的公事办清，自己穿了朝服，上朝而去。

却说武承嗣在刑部，见刘伟之已死，心下好不欢喜，向着许敬宗道："这厮自谓忠臣，平日将你我绝不放在眼内。私心妄想，欲请武后退位。昨日金殿上犹敢如此说强，岂不是他自寻死路。但是他一人虽已除去，唯有老狄在朝，十分不妥。明日早朝，能再将元行冲等人如此这般，奏明天子，那时一并送了性命，然后再摆布老狄。将这干人尽行除绝，嗣后将庐陵王废死，这一统江山便可归我掌握了。大人能为我出力，随后为开国元勋，也不失公侯王之位。”许敬宗本是极不堪的小人，见他私心妄想，也就附会了一番，把武承嗣说得个不亦乐乎，如同自己做了皇帝一般。交到四鼓之后，但听见刘伟之的妻子等，又在大堂哭一起骂一起，皆说是许武两人残害忠良，有日恶贯满盈，竟斩首之时，定将他五脏分开，为鸟兽争食。许敬宗虽听见，如耳聋一般，反而大笑不止。两人不知不觉，脱去官服，乐不可支。直至五鼓，方才由衙门出来，上朝而去。

到了朝房，见文武百官俱已齐集。许多人见他进来，皆起身出迎，齐声问道：“许大人承审案件，闻已讯明，奉旨赐死。设非大人的高才，何能如此迅速？”许敬宗当时并未见狄公在座，不知后事如何，且听下回分解。

第五十四回

狄仁杰掌颊武承嗣　许敬宗勾结李飞雄

却说许敬宗到了朝房，许多人说他高才，心下甚是得意。当时并未见狄公在座，武承嗣向众人笑道：“这些须小事，何足介意。则要有俺弟兄在朝，哪怕老狄再吹毛求疵，也要将他一班的党类削去。他也不知当今的皇帝现是何人，欲想传位与谁，常将唐室江山谈论。”众人见他说出这话，知道狄公在此，一个不敢回言。狄公哪里忍得下去，忙起身推开众人，问道：“贵皇亲乃圣上的内侄，圣上传位与谁，贵皇亲想必知道了。狄某居唐朝之官，为唐朝之臣，不以唐室江山为重，以何事为重？此言乃众耳公听，且请说明，俾大众知悉。”武承嗣见狄公前来问他，方知此言犯法，赶着带笑说道：“此乃下官一时戏言，大人何必计较？”狄公当时喝道：“汝此言岂非胡说！朝房之内，国事攸关，岂容汝这班狗头妄议。目今武后临朝，太子远谪，并未明降谕旨，立嗣退朝，汝何敢大言议论？岂非扰乱臣民，欲想于中篡逆。刘伟之被汝等诬奏，滥用匪刑，致令身死，现又牵涉在狄某身上。汝此时不将话讲明，与汝入朝一齐判个明白。唐皇天下，为汝这班奸贼已坏败得不可收拾，还想陷害大臣，私心谋逆。老夫有何党类，有何实据，为我从快说来。”说着，走上前来，直奔武承嗣。武承嗣此时自知理屈，为他骂了一顿奸贼狗头，也就恼羞成怒，回声骂道：“你这老死囚，圣上几次宽容，尚不知感，胆敢暗中作对，结党同谋。刘伟之现有口供，看汝从何抵赖。”狄公见他回言詈骂，不禁左手一伸，将他衣领揪住，喝道：“老夫问的你圣上传位却与何人，你反敢廷辱大臣，造言生事。如此情形，岂不要造反么？”武承嗣为他揪着衣领，格外愤怒起来，高声叫道：“狄仁杰，你在朝房放肆，还不是有心作乱。”这句话尚未言毕，早为狄公在脸颊上左右两边，每处掌了两下，顷刻浮肿起来，满口流出鲜血。

正闹之际，直听景阳钟响，武后临朝。众大臣见他两人揪作一团，又不敢上前分解，只得各顾自己，起身入朝。山呼已毕，许敬宗上前奏道：“现有叛臣狄仁杰，因逆党刘伟之经臣审讯，问出实供，奉旨赐死。不料狄仁杰因武承嗣启奏陛下，迁怒于他，竟敢在朝房内殴辱皇亲，实属不法已极。听陛下临朝，犹自肆行殴打，叛逆之状，已可概见。不将狄仁杰严加治罪，不能整率臣下，恐大局亦为其败坏了。”武后听了此言，不禁大发雷霆，向下怒道：“狄仁杰乃朝廷大臣，竟至目无君上，着传将狄仁杰锁拿前来，在金殿审问。”所有殿前侍卫，皆是张武二党的羽翼，赶着领旨下来，到了朝房，将狄公锁拿了进去。武承嗣知是许敬宗为他启奏，心下甚是得意，想趁此重怒之下，便将狄仁杰送了性命，报了前仇，免他在京阻挠各事。

且说狄公到了金殿，不等武后开言，当即奏道：“微臣今日入朝，方知武承嗣与许敬宗等人谋篡大位，诬害大臣，胆敢在朝房宣言，说陛下传位有人，不以唐室江山为重。似此贼子乱臣，人人得而诛之，臣正拟扭解入朝，请陛下明正典刑，以除巨患，不知何人妄奏，致令侍卫传旨释放叛臣。”武后听了此言，哪里相信，不禁怒道：“孤家听政以来，待汝不薄。刘伟之等人谋逆，理合按罪施行，汝为朝廷大臣，虽未与谋，何不先行启奏？许敬宗审明罪迹，请旨行刑，此乃寡人之意，何故牵怒旁人，致与武承嗣在朝房争扭。非与刘伟之同谋叛逆，尚有何赖？”狄公连忙奏道：“陛下所问，乃许敬宗一人妄奏，微臣所奏，乃武承嗣在朝房所说。文武大臣，皆所共听。许敬宗与武承嗣一党，自然为他粉饰，诬奏微臣。陛下如不信武承嗣等人谋逆，且看他两人衣服。他既忠心报国，入朝面圣理合朝衣朝冠，何故便衣前来见驾？此明是目无君上、欲趁便行弑。若非臣早至朝房，听他所言，恐此时陛下已不能安座朝廷矣。微臣一死本不足惜，可惜庐陵王无辜受屈，不能尽孝于陛下，先皇以天下重任付托陛下，不能传位于太子。陛下身登九五，宠待武氏弟兄，反开其篡弑之谋。臣若不言，千秋而后为万人唾面。今日之事，决断全在陛下。且刘伟之等人，忠心赤胆，誓报陛下，竟被许敬宗用热锡浇烫，身无完肤。如此匪刑，虽桀纣也无此酷虐。仍敢妄拟口供，诬奏陛下，致令赐死。”说罢，放声大哭。

武则天听了狄公这番言语，反说得哑口无言，一言不发。再看许敬宗与承嗣两人，果是居常的便服。此时他两人将自己周身一看，也就吓得魂不附体。原来昨夜将刘伟之赐死之后，两人在书房议论，无意之间将衣服脱去。到了入朝之时，疑惑在堂上施行，朝服穿在身上，便自前来。现在为狄公指为口实，深恐武后信以为实，究罪不起，两人面面相觑，浑身汗流不止。武后停了半晌，向着许敬宗问道：“汝是刑部大臣，为何妄奏朝廷，致说狄卿家谋反。明是汝浮躁性成，与武承嗣妄议朝事。入朝见驾，如此不敬，已是罪无可赦，既非谋反，也难胜刑部之任，着即行离任议处。武承嗣姑念为孤家母属，着记大过一次，非召不准入朝。所有张柬之、元行冲等人，既经狄仁杰保奏，全行释放。余着毋庸置议。”狄公还要启奏，武后已卷帘入朝。众官各散，狄公自是闷闷不乐。虽是刘伟之冤屈未申，所幸将元行冲等人赦免，只得回转衙中，一人感叹。

谁知武承嗣退朝出来，将许敬宗邀入自己府中，两人怒道：“不料老狄如此利害。今日满想将他治死，反为他如此妄奏，将你离任议处，将我记了大过。幸是圣恩广大，不然我两人性命岂不送在他手内？而且在朝房里面，当着众臣掌我两颊，这次羞辱，何能罢休！我等不能奈何他，怎样反被他将每人摆布。你想薛敖曹、怀义以及我弟兄三人，并张昌宗同你，无人不受他的挟制。虽圣上十分宠信，皆为他一番廷辩，致无可言语，随后总是如他心愿，将我等治罪。后日方长，此人一日不去，一日便不得安稳。还想得这唐皇的天下么？”许敬宗道：“下官倒有一计在此，不知贵皇亲果有此胆量否？”三思在旁言道：“只求大事能成，随你天大的罪名，我三人皆可承认。但不知你有何计？”许敬宗道：“目今老狄等人所希望者，不过想庐陵王入朝，请武后退政。虽我等众人屡次启奏，说庐陵王谋反，圣上总是个疑信参半。能得一人领一支兵马，在房州一带攻打城池，冒称是庐陵王所使，那时如此这般启奏一番，不怕圣上不肯相信。虽老狄再有本领，也令他无可置词。到了急迫之时，朝廷出兵征逆，到房州将太子灭去，这一座万里江山，还不是归汝弟兄掌握么？”武承嗣与三思两人听了此言，如获珍宝一般，喜出望外，齐声说道：“此计实是大妙。但一时未得其人，如何是好？”许敬宗道：“这事不难。此去怀庆府有座山头，名叫太行山，绵亘有数千里远近，其间峰谷岩洞峻险非常。山内有一伙强人，为首的叫赛元霸。此人姓李，名飞雄，手执一柄大刀，有万夫不当之勇。从前未入山时，曾经破案，为地方官诱获，解入京城。下官见他相貌魁梧，实是个英雄气派，恐日后有用他之处，特地设法救了他性命。谁知逃生之后，路过太行，为从前的强人阻住去路。他杀上山寨，将头目杀死，自己为了寨主。因感下官活命之恩，每年皆命人私送礼物，以报前德。手下现聚有数万人马，兵精粮足，兴旺非常。若令此人干这事件，自然于事有济。”三思忙道：“既有此人，正是难得。此事万不宜迟，须命谁人前去？”许敬宗道：“这事务要机密，不可走漏风声。若为老狄访闻，那便误事不浅。俟我回去，自有人前去，至此来往不过一月之久，便可命李飞雄亲自前来。”

武承嗣弟兄听了此言，自是喜之不尽。许敬宗随即回至刑部，因奉旨离任，只得次日迁出衙门，听武后另行放人。

到了晚间，将那个贴身的家人喊来——此人名叫王魁，平日李飞雄来往的事件，皆是他经手。当时向他说道："今日有一差事，命汝前去，若是干得妥帖，不但自家随后提拔与你，连武大人皆要保举你个大大的前程。不知你可有这胆量？"王魁见问，也不知何事，忙道："小人受大人厚恩，虽赴汤蹈火也不敢辞。且请大人说明，竟是何往？"不知许敬宗如何对他言语，且听下回分解。

第五十五回

太行山王魁送信　东京城敬宗定谋

却说许敬宗见王魁满口答应，乃道：“目今朝廷之事，你也尽知，武大人想圣上传位与他，总因狄大人屡次阻挠，以致各人皆为他挟制。现在想出一条妙计，欲你到太行山一遭，将李飞雄请来，与他商议要事。若武大人得了天下，我为开国的元臣，你也不失封侯之位。但此去关系甚大，设或走漏风声，性命难保。不但你一人受累，连我与武大人也不得了。因此同你商量，赶速即日动身，限一月便须来往。”王魁道：“我道何事，这事也不费许多时日。此地离怀庆府只有一千余里，小人的脚力大人尽知，多则二十个日子，便可回京。李飞雄受过大人的厚恩，加之小人前去告知他此事，他见功名富贵之事，岂有不允之理？”当时主仆计议停当。晚间许敬宗便取出了一千银子，命他作为路费。王魁道：“大人何须费此钱钞，只须一二银两，便可够用。其余皆存在府中，日后有功，再行领赏。”自己带了包裹，次日天明，别了敬宗，直向太行山而去。

在路非止一日。这日已到山脚下面，正拟上山命小喽啰通报，忽听一派锣声，一字排开，走出数百喽兵，各执刀枪，阻住去路。只听高声叫道：“汝这人好大胆量，走到山前还不孝敬丢下买路钱来，顷刻命你回老家享福。”王魁笑道：“汝这班狗头，乌珠也未瞎去，敢向爷爷要钱，唯恐汝等反要送钱与我。”那些喽兵齐声骂道：“你这油子莫想胡缠，再不送了出来，我等便要动手。”王魁道：“你要同俺动手，恐你没有这胆量，快去通报李飞雄，说都中有个王魁前来相望，着他迅速下山见我。”那班喽兵见他说出寨主的名姓，知非外人，赶着四五个小头目跑上山去，嘴里招呼道：“孩子们招呼好了，这是自家人。”说着，如飞而去。

顷刻工夫，只见山顶上飞来一匹坐骑，远远地高声叫道：“来的莫非王兄弟么？愚兄接待来迟，孩子们冒犯虎威，多多得罪。”王魁抬头一看，正是李飞雄，赶着迎了上去，也就招呼道：“小弟相隔已久，特来宝山探望。”两人对面走来，行至半山，彼此相望，李飞雄欢喜非常，忙问道：“贤弟不在京中，特来荒山何干？大人精神可好么？”王魁道：“小弟此来，正是大人指使。此地非说话之所，且到山中再行议叙。”当时李飞雄命牵过喽兵一匹马来，让他骑坐，自己在前领路。过了三道木城，方至聚义厅上。彼此见礼坐下，随即命人送上茶水，为王魁洗尘。然后摆了酒席，两人入座。王魁道：“小弟此来，恭喜大哥，要官居极品了。”李飞雄不知何故，忙道：“贤弟何出此言！愚兄乃化外野人，罪恶滔天，为王法所不宥。设非大人成全，活了性命，久做刀头之鬼，那里还想为官作宰。此不是贤弟有心取笑么！”王魁道：“小弟不言，老哥从何知道。只因太子远贬房州，武后欲想传位与承嗣。只因狄仁杰在朝各事阻格，特命小弟前来，请老哥进京商议，如此这般。”李飞雄本是个亡命之徒，听了此言，自是高兴非凡，当时说道：“非是愚兄夸口，就是那一柄大刀，也算得惊人出色。既然许大人如此提拔，岂有不去之理？明日便与贤弟动身。”

当下两人你斟我酌，痛饮一番，方才席散。随又带王魁到山前山后，游玩一番。又将军械粮草，看视一周，果然兵精粮足。王魁道：“老哥有此佳境，也算得个化外诸侯。一人独占此山，无拘无束，岂不令人羡慕？若能功成之后，再得富贵功名，实不愧英雄一世。”李飞雄见王魁如此称赞，格外颜笑眉开，十分得意。晚间将那总头目喊来，此人名叫出洞虎赵林，本领虽较李飞雄稍逊一筹，两柄四方锤也不在人之下，山中除了寨主，便以他为长。当时见王魁上山，知道定有事故，随即到了聚义厅上。李飞雄道：“愚兄明日须往京都，因许武两大人有要事面商。山下的买卖，且请贤弟照管数日，嗣后愚兄回山，那时定有用贤弟之处。”说着，便将王魁来意告诉赵林。这班强人，哪里知道王法，但听说武承嗣得了天下，随后自己可以做官，便自欢喜非常。

一夜已过，次早李飞雄带了盘缠，暗藏兵器，与王魁一同下山，望京都而去。两人本是好汉，脚力飞快，未有数日已到都中，一直到了许敬宗府内，王魁先命他在厅内坐定，自己来到书房。却巧许敬宗到武三思府内有事，只得命人安排了李飞雄，自己到了武三思府上，也不要人通报，径自进入书房。三人望见他回来，敬宗忙开言问道：“你前去如何？李飞雄可曾同来？”王魁道：“既已到了府中，只因大人在此，故而前来送信。”武三思听了此言，甚是欢喜，随说道：“许大人且请回去。能将这李英雄带来，待下官试验一番。那就更妙了。”许敬宗道：“大人既要前去试验，但命他前来便了。下官府内正恐地方偏窄，易于走漏风声，住在这里面，耳目较少许多。”随向王魁说道：“你仍回去，将李飞雄带来，说武皇亲命他到府中居住。”王魁领命而去。

少顷，果带了一个大汉走了进来。武承嗣向外一望，此人身高九尺向外，紫红色面目，两道浓眉，一双虎目，大鼻梁，阔口，年约四十，大踏步到了檐前，向着许敬宗说道：“小人李飞雄为恩公请安。”说着叩头下去。武三思不禁赞道：“好一个英雄气概。你便是李飞雄么？”许敬宗道：“此乃皇亲武三思大人，汝且叩见。”当时李飞雄按次行礼已毕，侍立檐前。许敬宗先将王魁何日到山，在路行了几日的话，问了一遍，然后向飞雄道：“本院唤汝前来，所有用汝之处，王魁想已言及，汝可敢行么？”飞雄道：“山人蒙大人活命之恩，加之武皇亲如此提拔，焉有不行之理？但不知大人几时起事，一切如何布置，还须示下，方可遵行。”武承嗣与三思两人，见他满口答应，忙道：“汝能干成此事，定要封汝个大大的前程，但军装旗号，须要照庐陵王而行，方令他地方官相信。不知汝还有多少帮手？若欲下山开兵，先打何处城池？”李飞雄道：“小人初到此地，虽有一身本领，只能提刀开战，拼个你死我亡，若欲定谋运略，还须大人指示。”武三思道：“既然如此，且到后面安歇一宵，明日依计行事。”

当下王魁将他带出书房，早有武府的家人前来照应。三思又命厨下备了上等的酒肴，款待飞雄。当晚便请许敬宗计议了一晚，先拟了一道檄，照着庐陵王的口气说：“孤家乃高宗长子，天下储君，理合继统称尊，临朝听政。只以母后武氏，残虐不仁，信听谗言，致遭贬谪。抚躬自问，抱憾良深。兹特命太行山寨主李飞雄，带兵征取，以复大统，以定名分。所过各府州县，理合望风承顺，纳款相应。属在臣民，宜尊君上。若与王师相抗，便为叛逆之臣，攻破城池，斩首不赦。将此通谕知之。”三人先拟了这道草檄，以便出兵之先，命人投递好，令地方官以此为凭，通报武后。然后又拟了大旗的式样，用何号令，由何处进兵，何处屯扎。直至四鼓以后，方才议定。

次日朝罢回来，武三思向许敬宗说道：“李飞雄虽有这本领，但下官未曾目睹，深以为憾。欲想令他操演一番，不知他可肯应允？”许敬宗道：“此事何难？且命他前来便了。”当下将李飞雄喊到书房，指着院中一块峰石，说道：“武大人命汝当此重任，若不在此开演一回，武皇亲何以知你手段？这峰石汝能举起否？”李飞雄听了此言，恨不能将周身的本领全卖与他，方令他敬服，随向敬宗说道：“小人本领虽不高明，这一座峰石也不难提起。”说着，抢走几走，到了前面，将左手衣袖高卷，右手撑在腰间，两脚用了个丁字步，伸开手爪，先把峰石向外一推，离了地土。只见身躯一弯，手掌往下面一托，说声“起”，早见一只手将一人高的一块石头举了起来。前后走了一回，然后到了原处，又轻轻摆好。把个武承嗣吓到伸不出舌来，忙道：“本领大的人也曾看见过许多，这样天神似的力气，实未见过。据此一端，便可知他的武艺了。”

两人称赞了一会，然后在书房摆了一桌酒肴，自己把杯，请李飞雄上坐。飞雄赶忙辞道：“小人何等之人，敢与皇亲对坐，这事万不敢当。所有差遣之处，小人定尽力便行。”武承嗣道：“此乃谋天下大事。昔汉高祖欲用韩信，尚且登坛拜将，今某请英雄出兵，此席也是这用意，何必固执谦让？”许敬宗也命他上坐，李飞雄见众人如此，只得谢罪告座。酒至数巡，许敬宗便将所拟的草檄、旗号，交代与他。然后武承嗣送出两万金银，命他带回山中，作为粮饷。李飞雄一一遵命。直至三鼓，方才席散。次日一早，飞马回山发兵起事。不知后事如何，且听下回分解。

第五十六回

李飞雄兵下太行山　胡世经力守怀庆府

却说武三思如此厚待飞雄，次日将银两如数取出，飞雄扮作客商模样，雇了几辆大车，回转太行而去，约期出月初间起事。

在路非止一日，这日已到山头。喽兵见寨主回来，当即前来，将牲口下去，银两搬上山寨。李飞雄到前聚义厅上坐下，赵林忙上来问道："大哥到都中去过，事情如何举办？"李飞雄便将武三思弟兄并许敬宗所议的话，说了一遍。然后洗了行尘，又问了山下买卖。赵林交代已毕。次日，李飞雄便将合山的大小头目并那喽兵的花名册籍查阅一遍，选出几个头目：一名草上飞王怀，一名硃砂记洪亮，一名双枪将吴猛。这三人马上步下的工夫，皆不在人之下，先命这三人各带一万银两，采办生铁火药，并马匹旗幡之类，限本月办齐回山，以便打造军装。再着郭泉、齐霖、陶石、王宾四人，派为山头领将，专督喽兵操演等事。每日施枪放炮，威武非凡。

且说怀庆府离这太行山仅有百里之遥，怀庆太守姓胡，名世经，乃是进士出身。此人虽迂拘腐儒，并不与张武两家附和。武承嗣等人屡欲想撤他职任，无奈他深得民心，凡有离任消息，总是百姓到巡捕衙门挽留。又值狄公为河南巡抚，知道他政声，也就屡次保奏，承嗣诸人也不能怎样奈何他。近日闻太行山操兵练将，随命人前去打听。回来说是庐陵王的党类命李飞雄带兵入京，以便复夺大位。胡世经吃了一惊，暗道："这事何能行得？武后虽是无道，别人如此而行还有所借口，他自己何能彰明较著，欲夺江山。母子分上，如何解说？"一人正是诧异，复又想道："这事万分不实，想是奸人诬害太子，以假弄真，串出人来干出这事，好令武后信以为实，究罪于他，以便于中篡逆。照此看来，不是张昌宗所为，定是武氏兄弟干的这事。庐陵王现在房州，彼此相离数千百里，即使他欲想复位，房州老臣宿将正自不少，徐敬业等人已干过此事，皆非出自他口，他要直意举行，何不由房州一路而来，反令这强寇作此大事，此事明是疑案。"一面写了一封细信，命人星夜往巡抚狄公衙门投递，请他在京中暗访。若有人直指太子，好请他面奏朝廷，挽回其事。一面将四门把守得铁桶相似，以备强人入境。

谁知胡世经在城内防备，李飞雄山上早已将军械粮草，号令旗幡，布置得如火如荼。择了初一下山，先取怀庆府城，然后相机前进。三日之前，便杀牛宰马，犒赏三军，将两万大军分着四队，命赵林、王怀、洪亮、吴猛四人统带。行兵吉日一早，李飞雄披挂齐整，按着军礼，祭旗已毕，然后拔队登程。一路之间，浩浩荡荡而来，真是旌旗蔽日，刀甲如云。当日行了五六十里，安营下寨。次日一早登程，便向府城进发。

这日胡世经见探马报来，说贼兵已离城不远，赶紧登城遥望。但见对面如乌云盖地相仿，无限的兵马，向城下而来。当头一面大旗，上书："庐陵王驾下统领兵马复国将军李"，所有旗幡均是用的五彩颜色。胡世经看毕，心下实是疑惑。先命人将檑石滚木，排列在城头。但见贼兵渐走渐近，离城十里，扎下营盘。到了下昼时分，忽然敌营一声炮响，当中显出一匹马来。为首一员大将，手执大刀，飞至城下，高声大叫道："城上军兵听了，赶快飞报太守，命胡世经前来答话。”胡世经见贼人会话，也就挺身上前，向下说道：“贼囚汝是何人，敢冒太子之名兴兵作乱，攻犯城池，是谁主谋，从实供来，本府详奏朝廷，罪在为首之人，或可开恩免于死罪。若是执迷不悟，天下皆皇上的赤子，食毛践上，俱有天良，谁敢甘心附逆？谁不知汝是冒名？庐陵王远在房州，岂有母后登朝，太子夺位之理？这明是奸臣诡计，离间宫廷。本府幼读诗书，岂不明伦常纲纪。从此速退兵丁，休生妄想，这座铁桶似的城池，汝焉能攻破？”李飞雄听了此言，心下大惊不止，暗道：“我等在京计议，原想冒名行事，使地方各官信以为实，好飞奏朝廷，以便暗中诬害。谁知初次出兵，便为这胡世经说明破绽，随后如何前进？现在进退两难，也只得矢口不移，同他辨论。”当时向城上笑道：“你既幼读诗书，为何不明事理？武后奸淫无道，秽乱春宫，杀姊屠兄，弑君鸩母，人神之所共殛，天地之所不容。庐陵王乃高宗长子，天下明君，岂能视母后奸淫，不顾社稷生民之理。只因前次徐敬业用兵未当，猝致身亡，特命李某统领山寨大兵，入京兴复。汝乃唐朝巨子，何故甘事妇人。不开关迎师，已罪无可赦，还敢以真为伪，抗逆王师。汝即不信，且将通檄与汝观阅。”说罢，身边取出一角公文，插上箭头，弓响一声，向城头射上。胡世经展开观了一遍，向下骂道：“此乃汝这班逆贼，将骆宾王的讨诏依样葫芦，造成这道通檄。天下人可欺，欲想欺我胡某，也是登天向日之难。要我开关，非得庐陵王亲自前来，方能相信。”说罢，命人将礌石滚木打将下去。李飞雄见城上把守得十分严谨，真是无隙可乘，当时只得拨马回营，以便次日攻打。

且说怀庆府城守姓金，名城，是个无赖出身。平时与武三思的家奴联为一气，鱼肉乡民，不知怎样逢迎三思，保举了一个守备。自从狄仁杰进京之后，这班狐群狗党，不敢再如从前，却巧怀庆守备出缺，他便求了武三思，补了此缺。武三思从李飞雄入京以后，知道太行山在怀庆属下，唯恐胡世经看出奸计，有所阻格，便私下写了一封书信，命人送与金城。等到兵临城下，请他相机而行，务必请胡世经通详具奏，便可成事。金城此时见胡世经看出伪诏，心下也是吃惊，一人想道："武三思日前致信于我，命我从中行事，不料他居然料着。无奈这个迂儒甚为固执，必得如何，方可使他详奏。"自己思想了一会，向着胡世经说道："大人既知他冒名前来，有末将一身本领，何不就此开关，杀他个大败亏输，然后申奏朝廷，岂不为美？若仅闭关自守，设或相持日久，粮草空虚，岂不难乎为继？"胡世经知他是武三思一党，说此言语，明是诱他开关，好让贼人进城，当时喝道："此地乃本府镇守，战守自有权衡，何容汝等多言。贼人此来，止想开城会敌，方可以伪乱真，借庐陵王之名，好遂奸贼之计。本府且严加防守，星夜命人到房州询问。如果庐陵王行出这不法之事，他自承认无辞，命我等开关迎接。若不然，他必有回文照复，或命人带兵前来征剿。那时真伪分明，圣上母子之间也不至为人谗间。"金城听了此言，知他是个迂儒，说得出做得到，那时便误事不浅，当时急道："大人之言虽想得周到，无乃缓不救急。你看他数万人马，如火如荼，不出十日，定将这城池攻破。大人是个文官，固然有革职的处分，末将是个武士，干戈扰乱，责任较大人尤重。设有不测，悔之晚矣。此事不据实申奏朝廷，请领大兵前来退敌，何能解这重围？且徐敬业与骆宾王之事已行之在先，庐陵王既能命他两人兴兵犯境，不能勾结李飞雄进取么？此事毋庸疑惑，定是庐陵王指使。我看大人十载寒窗，方把结个进士出身，受了多少辛苦，始为这怀庆的太守，若因此事误了功名，岂不可惜！"

胡世经见他如此辩白，明欲顺着奸计，不禁大怒起来，乃道："本府为此地的太守，虽由诗书而来，多年辛苦，到了为难之时，也须顾名思义，不能听那班奸臣信用私党，欺惑朝廷，致令唐室江山送与无赖之手。"这番话，把个金城说得满面羞惭，当时说道："你我文武分曹，不相统属。你既迂缪固执，某不能随你而行，将这座城池失去。

各做各事便了。”当时也不再言，怒气冲冲，回衙而去，竟自起了一道详文，说庐陵王命李飞雄攻打城池，复取天下，并将伪檄抄录在上面，连夜命人飞马出城，向京中告急。并参胡世经匿情不报，隐与李飞雄勾通一气，势同谋反。

未有数日，早至都中。先到兵部投递，请他奏明圣上，火速发兵。谁知兵部尚书自武承业因怀义之事将刑部尚书撤任，未有数月，便补了这兵部尚书，连日正与武三思、许敬宗诸人盼望怀庆府的紧报，只是未见前来，心下甚是思念。这日接到金城的禀报，拆开看毕，随即来至三思府中。商议了一会，众人只恨胡世经不肯通禀。武承业道：“此事本应怀庆府通详巡抚，既是城守有告急文书，我为兵部大臣，也不怕朝廷不肯相信。明日早朝，定可分晓。”说罢，回转自己部内，以便来朝启奏。不知后事如何，且看下回分解。

第五十七回

安金藏剖心哭谏　狄仁杰奉命提兵

却说武承业回转了兵部衙门，次日五鼓入朝，俯伏金阶，上前奏道：“目今庐陵王兵犯怀庆，势甚猖狂。命贼首李飞雄带领数万大兵，直逼城下，心想攻破城池，向东京进发，复取天下。怀庆太守胡世经，与贼通同一气，匿报军情。幸有守备金城，单名飞报，现在告急文书投递在臣部，请臣具情代奏。城中虚弱，危急万分，一经胡世经出城投降，以下州县便势如破竹。并有庐陵王伪诏，抄录前来，请圣上御览。”说着，将金城的公文伪诏，一并由值殿侍卫呈上。武则天展开看了一遍，不禁叹道：“前者寡人因太子懦弱不明，故而将他远贬房州，原期他阅历数年，借赎前咎，然后赦回，再登大宝。不料他天伦废绝，与母为仇。前次徐敬业、骆宾王请人兴兵犯境，孤家以他误听谗言，并未究罪，此时复又勾结贼人，争取天下。如此不孝不义之人，何能身登九五，为天下人君？他既不孝，朕岂能慈，着发五万大兵，星夜赴怀庆。剿灭破贼之后，再赴房州，将太子锁拿来京，按律治罪。”两边文武见武则天如此传旨，无不面如土色，盛怒之下，又不敢上前劝谏。狄仁杰到了此时，明知是太子受冤，不得不上前阻谏道：“圣上休断了母子之情，为天下臣民耻笑。此必奸臣勾引强人，冒充庐陵王旗号，以伪乱真，使圣上相信。此乃兵情军务，如果是太子作乱，为何不在房州起事，反在怀庆进兵？怀庆太守胡世经，虽是文士出身，未有不知利害，如果城池危急，理合他飞禀到臣，请巡抚衙门代奏，何敢匿情不报，致令金城到兵部告急？兵部尚书乃是武承业本任。日前他弟兄诬害刘伟之等人，蒙蔽朝廷，致令赐死，后经臣两番复奏，方才蒙恩开释，安知非他弟兄挟嫌怀恨，私结太行山强寇攻犯城池，好今陛下相信弟兄之言，发兵剿灭太子，随后嗣位无人，他便从中窥窃。这事断非庐陵王所为，请陛下发兵，但将李飞雄提入京中，交臣审讯，定有实供。”武三思听了狄公所奏，深恐他又将此事辩驳个干净，忙伏奏道：“这事求陛下善察真情。臣等在京供职，每日上朝，何忍辜负国恩，敢与强人谋反？此明是狄仁杰勾通太子，擅动干戈，威吓陛下。日前刘伟之请陛下召太子还京，退朝诿位，陛下未能准奏，反将伟之赐死。狄仁杰亦屡次请陛下将太子召还，因未能俯如所请，故激成如此大变。臣等宁可奏明，听圣上裁夺。但恐陛下以慈爱待太子，太子不能以仁孝待陛下。到了兵犯阙廷，不过将大恶大罪推在李飞雄身上，那时复登朝位，不知将陛下置诸何地。若说臣等诬奏，天下事皆可冒充，唯这旗号伪诏，万万伪借不来，圣上何以不明此故？恐此次干戈较之骆宾王尤甚了。”这番话，把个武则天说得深信不疑，向狄仁杰怒道：“汝这班误国奸臣，汝既身为巡抚，怀庆府又在汝属下，太行山有此强人，何不早为剿灭。此时养痈成患，兵犯天朝，岂非汝等驭下不严之故？似此情节，与庐陵王同谋可知。叛逆奸臣既伤我母子之情，复损汝君臣之谊，此番不将太子赐死，国法人伦皆为汝等毁灭。等至水落石出之时，再与汝等究罪。”说罢，便命武承业发五万大兵，带领将士，先到怀庆，将李飞雄灭去，然后便往房州捉拿庐陵王。

武承业得了这道旨意，心下好不欢喜，正要领旨退朝，忽见左班中出一人来，身高九尺向开，两道浓眉，一双圆目，走上前高声奏道：

“陛下如此而行，欲置太子于何地？前者太子贬谪，在廷臣工莫不知是冤抑。彼时有罢官归隐者，有痛哭流涕者，这干人皆忠心赤胆，日夜望陛下悔心，复承大位。武承业等乃不法的小人，江洋大盗，绿林强人，无不暗中勾结。此事明是奸臣造成伪诏，令李飞雄冒名而来，使陛下堕其计中，好趁机为乱，攘夺江山。陛下何不顾母子情面，反听奸贼之言，恐唐朝非李家所有了。”说罢大哭不止，声震殿廷。武后见他说不顾母子情面，愈加怒道：“汝等食禄在朝，天下大事漫不经心，凡朕有事举行，便尔纷纷饶舌，寡人乃天下之母，庐陵王不遵子道，若不加诛，何以御天下？如有人再奏，便先行斩首。”众人听了此言，再将那人一望，乃是太常工人，姓安，名金藏。只见他大哭一声，向着武后奏道：“陛下不听臣言，诬屈太子，臣不忍目睹其事，请剖心以明太子不反。”说罢，只见他拔出佩刀，将胸前玉带解下，一手撕开朝服，一手将刀望胸前一刺，登时大叫一声：“臣安金藏为太子明冤，陛下若再不信，恐江山失于奸贼了。”说罢，复将刀望里一送，随又拔出，顷刻五脏皆出，鲜血直流，将众臣的衣服，溅得满身红血。

当时两边文武猝不及防，忽见他如此直谏，无不大惊失色，倒退了几步。武后此时，也不料他竟不顾性命，见他倒于阶下，也就目不忍睹，龙袖一展，将两眼遮住，传旨说道：“孤家母子之事不能自明，致令汝出此下策，诚为可叹。”旋命人用车辇将安金藏送入宫中，命太医赶速医治，如能保全性命，定行论功加赏。这道旨下来，随有穿宫大监将安金藏弄入辇中，已是不知人事，手中佩刀，依然未去。众大臣候他去后，早有元行冲、桓彦范一干人，齐声痛哭道：“安金藏乃太常工人，官卑职小，尚知太子之冤，以死直谏。陛下再不听臣等所奏，也只好死于金殿了。”当时众人有欲拔刀自刎的，有欲向金殿铁柱上撞死的，把个金銮殿前，当作个寻死的地府。武则天见众人异口同声，皆说李飞雄冒名诬害，只得说道：“众卿家如此苦谏，孤家岂好动干戈。依汝众人所言，若何处置？总之怀庆兵临城下，此是实情，无论是真是伪，皆要带兵去剿洗。”狄仁杰道：“陛下若能委臣一旅之师，带同武将前往征讨，定可将李飞雄活捉来京。一面命元行冲将敌人的伪诏带往房州，与太子观看，太子见此逆书，岂不以朝廷为重？那时陛下虽不命他征剿贼人，太子也要奋力前驱，以明心迹。似此一举两得，陛下恩义俱在，那班奸贼也无从施其伎俩。”武后此时，到也骑虎之势，只得准奏。将武承业之兵，归狄公统带，听其挑选猛将百员，星夜往怀庆灭寇。复又下一道御书，并李飞雄伪诏一并交元行冲，带往房州而去。两人谢恩已毕，然后退朝。

单说狄公次日一早，便在教场点了五万大兵，带了十数员有名的上将，皆是忠心赤胆，公而忘私，一路浩浩荡荡，直向怀庆而来。此时胡世经早已得报，听说是狄公前来，不禁喜出望外，向着部下说道：“本府自与金城争论之后，明知他飞檄到京，请兵告急，深恐张武二党带兵前来，便令太子衔冤莫解。现在狄公到此，诚为万分之幸。”当时将城中所有的兵丁，齐行在城中把守，自己带领数名牙将，徒步出城，向大队迎来。到了前队，早有差官问明职名，到中军来见狄公。狄公见是怀庆府亲自前来，当即问道：“贵府为一方领袖，兵临城下镇静不移，深为可敬。日前接尊函，足证钜识。贵府现将何法退贼？”胡世经见狄公如此询问，乃道：“下官明知金守备起文申报，但不肯迎合奸臣，致令太子受屈。此事定是李飞雄受人指使，冒名而行。若是庐陵王果有此举，为何不在起事之先通行手诏，等到贼兵入境，方将伪诏投递，据此一端，可知伪冒。现已命人先到房州询问，俟真伪辩明，再行具报，免得有劳圣虑，致伤母子之情。此时大人前来，实为万幸。”当即与狄公到了城前，依城下寨。

次日，狄公升坐大帐，传金城前来问话。金城此时已是心怀恐惧，满想将告急公文递到兵部，武氏弟兄带兵前来，便可合而为一。不料不能如愿，反命巡抚大人带兵到此，当时只得到大帐请安侍立。

狄公道:“本院在京接汝告急文书，说庐陵王与李飞雄勾通，兵犯怀庆。汝既为守备，何故不开城迎敌，杀退贼兵。若说胡世经阻挠，加意防守，此固迂儒见识。本院既已到此，且命汝就此前去骂敌，若不得胜而回，提头来见。”金城听了此言，不禁心惊胆战，领下命来，上马而去。不知后事如何，且看下回分解。

第五十八回

开战事金城送命　遇官兵吴猛亡身

却说金城见狄公命他出马，虽将令箭领下，心下甚是惧怕。一人想道：“我虽是个武职人员，补了这怀庆守备，无奈我不是绿营出身，平日与武氏家奴横行里党，尽是虚张声势，狐假虎威，哪里有什么本领！就是这功名，也是武三思瞻徇情面，私自保奏。现在上阵交锋，岂不是自寻死路！”欲想不去，又知狄公法令森严，不容推诿，当时只得披挂整齐，上马端刀，来至阵上。李飞雄自从由太行山来此，虽属日夜攻打，皆为胡世经严加防守，攻破不开。昨日听说京中大队前来，疑惑是武氏弟兄的党类，随命人到营中私探。回营报知，方知是狄公到此。正是诧异，现又见小军来报，说官兵阵前讨战。李飞雄听了此言，随即端刀坐马，望众人说道：“愚兄禀许大人之命，干此要事，今日狄仁杰到此开兵，务必胜他一阵，方破了他锐气。诸位贤弟，可到战场一同看战。”所有那硃砂记洪亮，双枪将吴猛，草上飞王怀，这强寇无不齐声说道：“我等在山杀人如草，绿林中谁不知我等威名，莫说狄仁杰是个懦弱书生，徒以哼文为上，他便是个三头六臂，也将他杀得片甲不回。”说着，众人上马，提兵冲出山寨。

李飞雄抬头见是金城，连日见他在城上与胡世经把守，早已认熟在眼中，忙将马头一领，上前喝道："来者莫非怀庆守备金城么？"金城见他道出他名姓，疑是武三思曾经与李飞雄言过，说他在这城中为守备，也就答道："老爷便是金城。汝既知名姓，谅知我来历。今奉巡抚之命，上马前来，与汝决一死战。"李飞雄不知他说的暗话，连忙喝道："汝这无名的小辈，既食君禄，当报君恩。唐室江山乃庐陵王天下，现为武后荒乱朝纲，宠嬖小人，致将太子远谪。目下亟思复位，整理朝纲，特下血书，命本帅念社稷艰难，为其征讨。日前草诏，言在于兹，汝何不知顺逆，闭关自守，抗拒王师。此时大队前来，首先开战，来得好。本帅不将汝分为两段，也不知俺手段。"说着，一个泰山压顶，当头劈来。金城见他认真杀来，本是个无赖出身，从不知阵前利害，抬头一看，已吓得魂不附体，赶将两手把单刀握定，迎了上来。碰上大刀，如同火炭一般，早将虎口震得迸裂，一时抵挡不住，把个兵刃飞在半空。正要拨转马头落荒而走，措手不及，李飞雄一刀已砍于马下。贼兵一声呐喊，掩杀过来。幸得狄公手下人多，用乱箭将阵脚射住，难以上前。李飞雄只有得意洋洋，敲着得胜鼓，回营而去。

且说狄公命金城出马，因他与武一党，故用借刀杀人之计，令他身死。此时见已丧命，忙传令赵大成、方如海，只听两边齐声得令，出来两人，到案前站下。此两人乃是高宗御前都指挥，平时历著战功，封为永胜将军之职。赵大成身躯短小，相貌精豪，手执两柄六角锤，有万夫不当之勇。那个方如海，也与他一般职位，手执一杆烂银枪，如蛟龙出水相似。当时狄公说道："汝两人就此出征，先将李飞雄获一胜仗，挫了锐气，本院自有破敌之策。"两人得令下来，随即披挂上马。到了战场，见李飞雄已经收队，只得到敌营前面高声挑战。双枪将吴猛正押着后队，向前退去，忽听后面又有人来骂战，当即拨转马头，双枪并起，迎将上去。赵大成见敌人来会战，上前喝道："贼将通名，本将军锤下不打无名之辈。"吴猛道："俺乃庐陵王麾下复国大将军帐前，偏将吴猛是也。汝是何人，快通名来。”赵大成喝道：“汝这叛贼敢冒太子之名，暗行诬害，勾结奸臣，本将军乃唐皇天子驾前，巡抚麾下，永胜将军赵大成是也。”说着，六角锤一分，用了个流金赶月，一先一后相继打来。吴猛见他来得利害，双枪高举，贯了平生之力，拼力格来。无奈赵大成乃是长征惯战之人，比这山寨强人自强胜百倍，两锤打下，如泰山一般，吴猛那里开得过去，顷刻满脸震得飞红，虎口血流不止。晓得不好，赶着连招带拖拖了过来，便想趁此逃回营内。谁知赵大成手段飞快，两锤见他招架不住，唯恐他逃走，赶将左手一起，飞起锤头捽过马来。吴猛正向前走，不防着后面来了兵器，只听咕咚一声，早把吴猛栽到马下，再望他那颗头颅，已是脑浆迸裂。敌营见吴猛身死，众兵丁一声呐喊，各自逃生。赵大成仗着一身本领，邀动方如海手提兵刃，杀入重围。两匹马如入无人之境，正是逢枪便死，过锤即亡，顷刻之间，早已尸骸满地。李飞雄自将金城杀死，正是得意非凡，忽听前营有撼撼声音，赶着命人盘问。谁知探军已到了大帐，奉请主将出营对敌：“现在官兵队里来了两员猛将，一名赵大成，一名方如海。吴猛与他交战，已死在赵大成手下。现已杀近营来，主将再不出去，便到大帐了。”李飞雄听了此言，大叫一声：“无名的小辈，杀了我山头的将士。”只听他高叫：“掀开！”跃马提刀冲出阵上。劈面遇见大成，两人并不搭话，刀锤并举。二马相争，一往一来，杀了有十数个回合，李飞雄渐渐招架不住。方如海唯恐让他逃脱，也就拍马提枪，前后夹战。李飞雄自是不能相斗，两手将大刀一举，用个横扫千人的刀法，将赵大成双锤掀开，大叫一声：“本将军战你不过，休得追来。”说着马头一领，落荒而走。赵大成恐他另有暗算，也就不去追赶，回转本营。

此时狄公正在营前观战，见赵大成杀退贼将，得胜而回，当时进入大帐，记上功劳。向着胡世经言道：“此贼本领也甚平常，若能设法生擒，方令太子之冤水落石出。但不知贼营前后有小路通行，并往他山寨上有避道可去？”胡世经还未开言，早有马荣上前说道：“这事大人不必过虑，小人疑惑李飞雄是个三头六臂异样的强人，谁知是从前那个白鹤林的小李。不知何人为他起这插号，叫做赛元霸。小人的出身，大人无不尽知，此人与小人早年是一党，陆道上买卖彼此通行。明日待小人到他营中，如此这般套出他的真话，然后里应外合，用计破他，易如反掌。”狄公听了此言，心下甚是欢喜，忙道：“汝若能干成这事，不独解了目前之危，俟后太子还朝，也当加恩升赏。可知此事关系国家伦常之大，务必前去，将主谋人访出，那时本院便可启奏了。”马荣领命下来，一宿已过。次日改换装束，仍扮成绿林的模样，由后营出去，绕上大道，然后向贼营而来。

且说李飞雄败回营中，闷闷不乐，与洪亮等人说道：“愚兄受许大人深恩，又承武皇亲重托，着我干出这事。满想功名富贵，从此发达，谁知今日初次开兵，虽将金城杀死，我处亦伤一吴猛，愚兄又打了这败仗。官兵主将又是狄仁杰前来，此人足智多谋，从前做县令时并访出许多无头案件，此时掌这大权，手下有许多精兵猛将，我等何能与他对敌？虽承武许两人重用，设若事败，岂非是画虎不成，反类乎狗？”洪亮道：“大哥何得多虑。胜败乃兵家常事，赵大成虽是勇猛，明日我等并马出营，用个车轮大战，哪怕他如天神的手段，也要大败亏输。”众人正在帐中议论，忽见小军进来报道：“外面有一好汉，自称马荣，说与寨主从前在白鹤林交好，日前访问寨主在太行山聚义，特地千里相投。到得山前，闻又提兵到此，因此来营求见。请寨主示下。”李飞雄正恐营中将少，没有能人，听说马荣前来，连忙道：“此人与俺自幼的好友，他此时前来，正可助我一臂。”随即起身，带领众人接出营来。

抬头向前一望，果见一人短衣窄袖，元色缎的小袄，排门密扣，铺列胸前，两腿元色丢裆叉裤，铁尖快鞋，头戴一顶英雄盔，一朵红缨拖于脑后，肩头背着个小小包袱，腰间佩了一柄单刀，气宇轩昂，正是马荣到此。李飞雄高声叫道："马大哥几时到此？小弟接驾来迟，望祈恕罪。"马荣见他出营，也就上前答道："贤弟名亨利达，掌此兵权，曾记得白鹤林旧友么？"李飞雄哈哈笑道："自从别后，念念不忘。今日相逢，实为万幸，且请入营畅叙。"说着，邀马荣入营而去，一同到了大帐，见礼坐下。不知马荣此来能否访出实情，且看下回分解。

第五十九回

访旧友计入敌营　获胜仗命攻大寨

却说马荣进入大帐，李飞雄开言问道：“小弟自别尊颜，历经数载，从白鹤林劫夺官眷，得了资财，嗣后在何处得意？”马荣道：“一言难尽。自从那年分手，东奔西荡，卒无定程。近年在山东一带干了捕快班头；无奈贪官污吏不识人才，反与绿林朋友结下许多仇恨。因此悔心，将卯名除退，依旧做往日生涯。日前方知贤弟在太行聚义，不料到了宝山，又值领兵到此。不知贤弟何以有此大志，竟干出这惊人出色之事。愚兄到此，不知可能委用么？”李飞雄听了此言，便将白鹤林劫夺之后众人分散，不料地方缉捕，为班快擒获，解入京都，承许敬宗开活，以及在太行山聚义的话，说了一遍。当时命人摆酒，为马荣接风。

入席之间，马荣复又问道：“贤弟所言皆是从前之事，现在攻打城池，还是欲夺唐室江山称孤道寡，抑是另有别人主使？近日胜负若何？官兵是何人统带？”李飞雄见他来问这话，忙道：“小弟哪有如此妄想。设非有人命我如此，无论本领不能取胜，便是粮草也不能接济。”马荣听了此言，心下实是暗喜，果不出大人之料，竟是有人暗中指使，乃道：“此乃贤弟鸿运当头，故有如此机遇。方才来营，见大旗上面写的庐陵王旗号，莫非是房州太子复夺江山，命贤弟辅助？”李飞雄哈哈笑道：“老哥不是外人，此来正可助小弟一臂之力，不妨将这细情告知。哪里是什么庐陵王，说来大哥也可知道，目今武后临朝，将武三思弟兄皆封了大官，掌理朝政，将太子贬至房州，一心想将大统传与武承嗣接位。无奈狄仁杰一班忠臣义士，屡次阻挠，不但不能令武氏为天子，反请武后将庐陵王召回。因此武氏弟兄想出这主见，命我冒充太子的旗号，攻打城池，使地方各官通报到京，说太子造反，好令武后伤了母子之情，将太子赐死，这万里江山，便归入武氏弟兄之手。不料这怀庆太守胡世经，闭关自守，攻打不开，目下狄仁杰又带兵前来，互相交战。不料他皆是能征惯战之将，昨日初次开兵，虽将守备金城杀死，本营中双枪将吴猛亦为敌营送命。小弟本领大哥深知，这一座海大营盘，加上这许多精兵猛将，何能将他退去？幸得大哥前来，明日上阵交锋，助我一臂。倘能武承嗣得了天下，你我这功名富贵，还怕不得么？”马荣也装喜悦的情形，满口应道：“贤弟有如此出路，若将此事办成，岂不比绿林买卖强似十倍？愚兄明日出马，定杀他个大败亏输，以报昨日之恨。”李飞雄见马荣如此应允，自是得意非常，又将王怀、洪亮这干人喊来相见。彼此通名道姓，开怀畅饮，直吃到下昼之时，方才席散。马荣道：“贤弟这座营寨，虽是十分雄壮，但不知前后左右可有小路通行？大凡扎营，须要四通八达，方可进退自如。若是一面开兵，三面闭塞，设若前队打败，无一退步，岂非是束手待毙？”李飞雄道：“小弟哪里知道什么兵法，横竖有武承嗣等人暗中布置，只求将官兵打退，弄假成真，那时便功成名就。既是老哥讲究，此时便请前去巡视，若有破绽的地方，不妨更改。”说着起身。众人出了后营，四周察看一番，尽是依山带水，颇得地势，唯有左边一座高山，相离有一二里远近，若能在此伏兵，便可以高临下。马荣随即问道：“这座山头虽是险固，不知这山后通于何处？”李飞雄道：“山后乃是怀庆府西门的大道，我这座大营，依他南门而扎。若非这高山阻隔，也不在此扎立营盘。”马荣巡视已毕，复行看了他粮草的所在。天色已晚，李飞雄复命摆酒叙谈，直至二鼓频催，方才安寝。

次日一早，李飞雄请他出战，将自己的马匹兵刃让他使用。马荣道：“愚兄秉性贤弟深知，这口佩刀很可与人对敌。那马上功夫，反不能爽快。”说罢，仍旧是随身衣服，出了营门，到战场喊战。官兵队里见是马荣讨战，众人无不诧异，赶着进帐报与狄公知道。狄公随命乔泰前去会敌，说道：“马荣此来，必有消息。汝去只可诈败，看马荣有何话说。”乔泰本是个步下，此时唯恐敌营生疑，只得坐马提刀，向阵前而去。马荣见是乔泰前来，故意喝道：“来将何人，快通名纳命。俺家李大寨主昨日为汝等杀败，命俺来报仇。不要走，吃我一刀。”说着左手一刀，劈面砍来。乔泰见他故作惊人，心下实是好笑，也就举刀迎上。两人一来一往，杀了有二三十回合，乔泰已是只能招架，不能还兵。复又战了数合，拨转马头落荒而走。马荣高声喝道：“逆贼往哪里走！俺追来也。”当时连窜带纵，紧紧追来，不下有十数里远近，左右皆是树林，后面贼兵全行不见，乔泰住马笑道：“大哥你做什么鬼脸，究竟营中怎样？”马荣道：“若不如此，何能使他相信！”当即将敌营的话说了一遍，然后道：“左边高山，可以伏兵，明日如此这般，由西门前进，那时便可一鼓成擒了。”乔泰听罢大喜。

两人正要回去，远远的贼兵追来，马荣道：“你仍就败走前去，好令众人除疑。”乔泰赶即伏在马头，盔斜甲卸，现出受伤的模样，没命向前逃走，马荣见贼兵已到，高声喊道：“汝等赶速拦阻去路，莫要为这厮逃走。”一声招呼，依旧紧紧地追来。乔泰早已扣定鞍乔，越树穿林，回转本寨。那些贼兵齐声呼声：“李寨主有令，请将军就此回营。山路崎岖，恐遭敌人的暗计。”马荣见众人如此，反说道：“汝等早来一步，也不至为这厮逃脱。且待明日开兵，再将这厮擒住。”当时同众贼一同回营。

早见李飞雄出来迎道："老哥，今日获此胜仗，虽未将敌人擒获，所幸尚未败回。有老哥如此本领，还怕不能取胜么？"马荣也就进入帐中，李飞雄早已预备下酒席，两人入座畅谈。马荣道："愚兄到此，疑惑敌营很有能人，谁知今日争场，乃是无能之辈。本营有如此兵马，何不分成四队，将他那座营盘团团围住，四面杀入，没有一日之久，定可将狄仁杰擒获。何故在此久久相持，反长了他人志气。"李飞雄见他如此言语，乃道："小弟营中虽有许多兵将，无奈操练未久，皆非能征惯战之将。若老哥在此缓缓交锋，每日与小弟出营皆获胜仗，将他几名妙手送了性命，然后四面夹攻，哪怕他逃奔天外。"马荣道："贤弟此言差矣。天有不测风云，人有暂时祸福，若不趁此锐气一鼓而下，但凭愚兄一人每日出战，何能必定取胜？若敌营再添了能人，那时又如何说项？兵事宜速不宜缓，且营中旗号尽以庐陵王为名，设若太子在房州得信，带兵前来，前后夹攻，那时将这机关败露，又便如何？成败好丑，在此一举。贤弟幸勿自误。"李飞雄本是个极粗莽的人，见马荣这番言语，不禁鼓舞起来，道："大哥所言，真是妙计，小弟何敢不依，但前进必须后退，明日一早，先命人到京都送信、告诉许敬宗大人，说狄仁杰到此，万分难破，现已四面攻打，请他赶速设法接济，以便在太行山招兵救应。一面须斟酌一人在营中看守，恐有敌兵前来冲寨。"马荣道："贤弟如虑无人，愚兄在营，可万无一失。大队若得胜好极，否则愚兄领队出营，将贤弟接应回来，岂不是好。"李飞雄听罢，当时依计而行。次日，先写了一封信命人送往都中，到许敬宗衙门交递。然后命洪亮打东门，王怀打南门，自己打西门，其余将弁，选派数名攻打北门。所有粮草军械，皆在后营，并留下三千兵士，请马荣在营看守，仍不时到营前观战。若是为官兵战败，便上前接应。诸事分派已定，只等次日开兵。

且说乔泰回转本营，将马荣的话说了一遍。狄公听了此言大喜，次日一早，便命赵大成、方如海，各带精兵五十，由西门大道绕至高山，等夜晚之间，率众登山，在树林内埋伏，但听炮声响亮，一齐杀下山去，务必与马荣合为一队，将李飞雄生擒他来，勿伤他性命，方可随后作证。两人领命，下边自去埋伏不提。

再表李飞雄，当日传令已毕，一宿已过。次日天明，各人带领兵丁，放炮开营，直向官兵前队围绕上来。顷刻之间，数万贼兵把个偌大的怀庆府并一座大营，四面围住。李飞雄一马当先，上前喊道："营外兵丁听了，前日本将军为那赵大成杀败，又伤我一员将士，此仇此恨尚未报复，今日特来与汝等决一死战，好报庐陵王付托之意。汝等速去报与狄仁杰知道，命他速派能人前来会战。不然，这四面兵将拥挤上来，立刻将汝等营盘踏为平地。"官兵见贼兵围拢上来，不知他受了马荣之赚，不禁大惊失色，飞报进来。欲知后事如何，且看下回分解。

第六十回

四面出兵飞雄中计　两将身死马荣回营

却说李飞雄依着马荣之计，四面出兵，将唐营围攻，小军不知何故，赶着进帐报知。狄公命了四员偏将：一名裘万里，一名曹其龙，更有徐标、王泰，各带两千兵卒分头会敌。

四人得令起身，裘万里跨马提鞭，直向东门迎出，劈面遇见洪亮，举手一鞭，肩头打下。洪亮提刀格架相迎，两人杀在一团，斗在一处。战有二三十回合，洪亮杀得性起，大吼一声，直向裘万里拼力劈去。裘万里赶即两膀用了足劲，钢鞭飞舞，开去单刀，随手一鞭，打中洪亮的顶门，翻于马下。后面军士见敌人落马，呐喊一声，上前冲杀。裘万里见自己得了胜仗，赶着下马取出佩刀，将洪亮首级割下，复跃上马匹，杀向南门而来。远远听见战鼓声音震动山谷，赶着勒马加鞭，飞到前面。但见曹其龙一杆长枪，为王怀的双刀逼住，气喘吁吁，行将败下。裘万里大吼一声："曹贤弟休得慌忙，愚兄前来助你。"说着窜到阵上，钢鞭拦中一格，将王怀的双刀架格过去，让曹其龙突出重围，随即一连几鞭，向敌打下。王怀虽是个草寇，在太行山上也算他是第一把好手，正想摆布敌将，忽见一人前来助战，不禁大吼连声，一手招架钢鞭，一手对着裘万里的要害，拼力刺去。两人你想我死，我想你亡。刀去鞭来，好似山中猛虎；鞭来刀会，宛比出海蛟龙。彼此杀作一团，沙灰雾起，约战了有五六十回合，早已日光当头。裘万里深恐战他不过，误了大事，赶着虚晃一鞭，诈败而去。王怀正是杀得兴起，那里肯舍不追，高声叫道："无能的匹夫，向哪里逃走！爷爷来也。"只见飞虎镫一拍，那马如腾空一般，在后紧紧追来。裘万里见他来赶，跑去有二三里远近，忽将裆劲一松，那马忽然停住。裘万里将脚尖在搭镫扣稳，一个筋斗，跌向马腹里面。王怀疑惑他是失足落马，心下大喜，高叫道："裘万里，也是你性命该绝，落下马来，看刀！"说着，一刀在裘万里背心劈下。裘万里见他到了背后，脚尖在搭镫上一垫，一个转身，早倒跨在马上。王怀正弯腰用刀来劈，措手不及，早被裘万里一鞭打中脑门，咕咚栽于马下。裘万里骂道："你这狗头，方才那样骁勇，此时英雄何在？且命汝身首异处。"当时就将王怀的刀取来，割下首级，复向城前奔来。

且说李飞雄自己攻打西门，一柄大刀逢人便杀。正遇徐标将他拦住，两人各举兵刃，大显生平。谁知徐标一柄三尖刀，较之李飞雄高出数倍，彼此刀来刀去，未有十数个回合，已杀得两膀酸麻，高抬不起。正想王怀等人前来接应，忽见劈面人声喧乱，鸾铃响处，裘万里早到面前，高声骂道："贼囚，汝羽翼已去，还想在此逞能！你看这两颗首级是谁？还不下马受缚。"李飞雄正是危急，听了此言，抬头一望，却是洪亮、王怀两人的首级，晓得不好，赶将马头一领，斜刺里冲出重围，欲向本营而走。忽见本营烟雾连天，喊声大震，四面八方全是火起。李飞雄到了此时，已心惊胆战，知道有了内变，只见许多逃残兵士，蜂拥而来，向着李飞雄说道："寨主，不好了。出兵之后，马将军并不到营前观战，忽自出了后营，放了几声大炮，顷刻左边山后，出来许多兵马，穿山越岭，向本营拥来。我等正请他退敌，谁知他反将敌兵带入营中，放火烧寨。现在军中粮饷以及帐篷，皆为他焚烧殆尽，前面万不可去了。"李飞雄听了此言，只见大叫一声："马荣，我道你是旧日良朋，前来助我，谁知你是个奸细，害得我瓦解冰消。今日俺也拼作一死，与汝送了这性命。”当时便想去寻马荣。后面裘万里追兵已到，高声叫道：“李飞雄，汝巢已失，还不下马投降。”飞雄正是怒火中烧，举起大刀，向万里复战。彼此又战了四五回合，早见大兵如潮水相似，纷纷拥拥，四面围来，将两匹坐马困在核心，齐呼“捉贼”。李飞雄见大势已去，料想难已脱逃，狂叫数声，便想举刀自刎。裘万里早已看见，右手将钢鞭顺转，身躯一进，左手只在李飞雄腰间一把，说声“带过”，早把飞雄提离坐骑，复行向地下一摔。四面兵丁见贼首已得，一声呐喊，捆绑起来。裘万里因自己擒了贼首，心下得意非常，拨转马头，提鞭执辔，押着大队回营。

此时狄公在营，早已得着捷报，命乔泰赶速到敌营，传令：贼人如愿投降，一概准予自新，放归田里。所有粮草器械，命赵大成、方如海两人收解回营，着马荣先回本寨，以便与李飞雄见面。

乔泰得令，出营走至半途，已与马荣相遇。彼此一同到了大帐，马荣将敌营事说了一遍。狄公命他先到后营安歇，然后升座大帐。只见众兵将敲着得胜鼓而来，大队排列两旁，直至营门之外，随后许多人，捆缚着一个大汉，裘万里押在后边。到了帐前，报功已毕，将李飞雄推跪在阶下。飞雄此时大骂不止：“汝等这班叛逆贼臣，庐陵王乃天下明君，命俺复夺江山，重兴天下，误中马荣贼狗头之计，使我大营焚掠，山寨难归。汝等要杀便杀，想我投顺汝等，这叛国奸臣，也是三更梦想。”当下只是骂不绝口。狄公见他到了此时，仍是矢口不移，冒充庐陵王的旗号，暗道：“这人颇有恒心。据他对马荣说来，因为许敬宗活命之恩，故而为这班奸臣干出这事，此时被擒，命在顷刻，仍然始终如一，不肯推赖他人。且待本院以恩待他，看他若何言语。”当即起身下堂，将众人喝退，自己为他亲解其缚，向他言道：“将军乃一世英雄，何苦受人之愚，不顾自己性命。本帅若想杀汝，何不在军前取汝首级？不日庐陵王便来营中，那时本院再为你分辩，何如？”说毕，也不问别事，命人将他送入后营，暗下命乔泰、裘万里两人防守，每日好酒好肴，使他饮食。一连数日，直不见狄公之面，所有服侍他的兵丁皆是你来我往，无一定之人。李飞雄初进营时，自分必死，此时见这样情形，反不知狄仁杰是何用意。又听他说庐陵王不日前来，疑惑等太子来时，再行斩首。果是如此，又不应这样款待。想来想去，实是委决不下。

这日性急起来，却巧小军来送午饭，李飞雄将他揪住，横按在磕膝上面，露出腰刀，向他喝道："俺到此间是个贼首。狄大人为何不将我斩首，究竟是何用意？汝将他意思说明，俺便饶汝性命。不然先令凉风贯顶，与阎王相见。”那个小军为他按住，动弹不得，忙叫道："狄大人命我等如此，哪晓得他是何用意？但听他与马将军说此人误听人言，干出非礼之事，若欲天下太平，还须在他身上。其余的话，虽将我杀死，也不知道了。”李飞雄听了此言，高声骂道："马荣，你这狼心狗肺的死贼，俺好心待你，反遭汝毒手。此时又虚情假意，前来骗谁？汝今生除非不见俺面，一日相逢，定与你势不两立。”

正说之间，只见外面走来一人，向里说道："贤弟，愚兄这旁请罪了。可知此事不能怪我。许敬宗乃误国的奸臣，唐室江山要入武氏之手，汝冒庐陵王之名攻打怀庆，朝廷以伪乱真，竟将庐陵王赐死。若非众位忠臣竭力保奏，早送了太子性命。从来误国奸臣后来绝无好处，万人唾骂，遗臭万年。自今武则天临朝，春宫秽乱，以他一生而论，先是太宗的才女，后来削发为尼，勾引了高宗，复又收入宫内，封为昭仪。高宗死后，又将张昌宗弟兄并怀义这秃驴，以及薛敖曹等人，可谓天地间的贱货。庐陵王是高宗的长子，理合传位于他，接承大统，反将他贬在房州，把那些奸淫的狗头，灭伦的奸贼，宠用在身边。如此不仁、不义、不慈、不爱之人，何能母仪天下？你我皆是顶天立地的汉子，做事俱要正大光明。曾记得在白鹤林聚义之先，立志专与贪官污吏、恶霸强豪作对。现在许敬宗虽有恩贤弟，可知他并非好意救你，想你代他干了这叛逆的事件成功，他与武承嗣弟兄平分天下。那时他为君，你为臣，我们堂堂英雄，反屈膝在这班狗头之下，听他指挥，岂不羞煞。事情不成，所有罪名全推在贤弟身上，与他无涉。我等虽是草寇，也该知个君臣、父子、天理、人情。武三思等人乃是遗臭万年之人，恨不能食他之肉，寝他之皮。不料贤弟中他之计，反把国家的太子、天下的储君诬害。自己思量，岂不大错。前日到你营中，实是有心骗诱，想贤弟解邪归正，做个好人。贤弟如信我言，此时便同去见大人，以便日后临朝对个明证。若不相信，愚兄欲为好人，也不能有负贤弟，致受一刀之苦，不如先在你面前寻个短自尽。”说罢，便要自刎。不知马荣性命如何，且看下回分解。

第六十一回

李飞雄悔志投降　安金藏入朝报捷

却说马荣劝说了一会，便要自刎。李飞雄听了此言语，已是开口不得，心下暗想：“实是惭愧。”见他如此情形，赶着上前把马荣的刀夺下，说道：“大哥之言使我如梦方醒。但是我从前受过许敬宗之恩，照你说来，不过想我同狄大人到京，将太子冤屈辩明，好令武后母子如初，并将武三思等人处治。可知此事虽是关系甚大，害了武许两人，小弟依然没有活命。损人利己之事，固不可做，损人害己之事，更何必做。老哥既将我擒入营中，焚烧山寨，尚有何面目去到京中？不如请狄大人将我枭首，免得进退两难。”马荣道：“愚兄若想杀你，进营之时何不动手？直因你我结义之时，立誓定盟同生同死。言犹在耳，今昔敢忘？你若能为太子辨明这冤情，狄大人自有救汝之策。设若我言不实，有累贤弟九泉之下，也无颜去见汝面。”李飞雄见他说得如此恳切，心下总是狐疑不定。马荣道：“贤弟，你莫要犹豫不决。今将实话告你，狄大人带兵来时，元行冲已到房州，此事你也知道。只等他来至此地，便一齐起队到京。那时措手不及，先将奸党拿获，然后奏明太子，救汝之死。与他对质，还有何惧？”马荣说罢，见他只不开口，知他心下已经应允。随即挽着李飞雄的手腕道：“你我此时先见了大人，说明此意，好命人前去打听庐陵王曾否前来。”说毕，挽着飞雄便走。飞雄到了此时，为他这派劝说，又因他连日如此殷勤，自是感激，当时只得随他到了大帐。

马荣先进帐报知狄公，然后出来领他入内。李飞雄到了里面，向着狄公纳头便拜，说道：“罪人李飞雄，蒙大人有不杀之恩。方才听马荣一派言词，如梦初醒，情愿投降，在营效力。俟后如有指挥，以及国家大事，我李某皆甘报效。”狄公见他归顺，赶着起身将他扶起，命小军端了一个座头，命他坐下。李飞雄谦逊了一会，方才敢坐。狄公道：“本院看将军相貌，自是不凡。目今时事多艰，脱身落草，也是英雄末路之感。本院爱才如命，又值朝廷大事，唐室江山，皆想在将军身上挽回，岂有涉心杀害？本院已于前日派探前去，想日内当得房州的消息。”

三人正在帐中谈论，只见中军进来说道：“元大人行冲现有差官公文来营投递，说要面见大人，有话细禀。”狄公听了此言，赶命将原差带进。中军领命下去，果然带了一个年少差官，肩头背着个公文包袱，短衣窄袖，身佩腰刀，到帐前单落膝跪下，口中报道：“房州节度命衙门差官刘豫，见大人请安。”狄公听他所言，不是元行冲派来之人，而且行冲出京时，只是主仆数人，那里有这多使用，赶着问道：“汝方才说是元大人命汝前来投递公件，何以见了本院，又说是节度衙门呢？”那人道：“小人虽是节度差官，这公文却是元大人差遣。大人看毕，便知这里面的细情了。”狄公听他所言，当时将来文命人取上。自己拆开看毕，不禁怒道：“武承嗣，汝这个狗头，如此丧心害理。此地命李飞雄冒名作乱，幸得安金藏剖心自明，本院提兵到来，方将此事明白。汝恐此事不成，复又暗通刺客，奔到房州，若非节度衙门有如此能人，岂不送了庐陵王性命。本院不日定教你做个刀头之鬼便了。”看毕，向刘豫道：“原来将军有救驾之功，实深可敬。且在本营安歇一宵，本院定派人与将军同去接驾。”

原来元行冲自奉旨到房州而去，武承嗣与许敬宗等人便恐他访出情形，又值狄公提兵来到怀庆，那时将李飞雄擒获，问出口供，两下夹攻，进京回奏，追出许武两人同谋之故，自己吃罪不起。因此访了个有名的刺客，名叫千里眼王熊，赏他二万金银，命他到房州行刺。但将庐陵王送了性命，带了证件回京，再加二万。俟后等他登了大宝，封个大大前程。谁知王熊到了房州，访知庐陵王在节度衙门为行官，这日夜间便去行刺。不料刘豫虽是差官，从前也是个绿林的好手，改邪归正，投在节度衙门当差，以图进身。这晚却巧是他值班，听见窗格微响了一声，一个黑影蹿了进去，晓得不好，赶着随后而至，乃是一个山西胯汉，手执苗刀，已到床前。刘豫恐来不及上去，顺手取了一根格闩，打了过去。王熊正要下手，忽然后面有人，赶着转身来看，刘豫已到面前，拔出腰刀，在脊背砍了一下。王熊已措手不及，带了伤痕，复行蹿出院落，欲想逃走。刘豫一声高叫："拿刺客！"惊动了合衙门兵将，围绕上来，将他拿住。元行冲此时已到房州，审出口供，方知是武承嗣所使。随即枭首示众，将首级带回京中，以便使武承嗣知道。次日庐陵王知道，对元行冲哭道："本藩家庭多难，奸贼盈朝，致令遭贬至此。设非众卿家如此保奏，岂不冤沉海底。但是目今到怀庆剿贼，这房州又无精兵良将，设若半途再有贼人暗害，那便如何？"元行冲道："殿下此去，万不能不行。无论狄仁杰提兵前去胜负如何，须得前往，方可水落石出，若恐半途遭事，便命刘豫到怀庆送信，命狄仁杰派队来接。"因此刘豫到了狄公营内。此时狄公知道此事，随命裘万里、方如海两人，各带部下十名，与刘豫星夜迎接。

不说他两人前去，且说武承嗣自命王熊去后，次日朝罢，便到许敬宗衙门，向他说道："老狄日前带兵前去，不知连日胜负如何。我看他也无什么韬略，若能李飞雄将怀庆攻破，那时不怕老狄是什么老臣，这失守城池的罪名也逃不过去。连日李飞雄可有信前来？"许敬宗道："我也在此盼望。若得了信息，岂有不通知你的道理。老狄亦未有胜负禀报前来。心想明日早朝，如此这般，奏他一本。若圣上仍将老狄调回，这事便万无一失了。"武承嗣听了此言，大喜道："这样三面夹攻，若有一处能成，倘王熊之事办妥，便省用许多心计。"二人谈了一会。

次日五鼓，各自临朝。山呼已毕，许敬宗出班奏道："臣位居兵部，任重盘查，理合上下一心，以国事为重。月前李飞雄奉庐陵王之命，兵犯怀庆。陛下遣狄仁杰带兵征剿，现已去有数日，胜负情形未有边报前来。设若狄仁杰与叛贼私通结兵之处，岂不是如虎添翼。拟请陛下传旨，勒令从速开兵，限日破贼。"武后见他如此启奏，尚未开言，见值殿官奏道："太常工人安金藏，前因谏保太子剖腹自明，蒙圣上赐药救治，越日苏醒，现在午门候旨。并有狄仁杰报捷本章，请他代奏。"武后此时正因许敬宗启奏此事，随道："既狄卿家有报捷的本章，且命安金藏入朝见孤。"

值殿官领旨下来，顷刻安金藏入朝，俯伏金阶，谢恩已毕，然后在怀中取出狄公的奏本，递上御案。武后看毕，不容不怒，向着许敬宗道："汝这误国奸臣，害我母子。平日居官食禄，所为何事？李飞雄乃汝旧人，敢用这冒名顶替之计，诈称庐陵王谋反，并勾结武氏弟兄，使我皇亲国戚结怨于人，万里江山几为祸乱。若非安金藏、狄仁杰等人保奏阻止，此事何以自明？现在李飞雄身已遭擒，直认不讳。元行冲行抵房州，太子痛不欲生，号啕痛哭，立志单身独骑驰赴怀庆，与狄仁杰破贼擒王，以明心迹。现即将贼首拿获，以俟太子驾到，得胜回朝。孤家因汝屡有功劳，故每有奏章，皆曲如所请。今日辜恩负国，几将大统倾移，似此奸臣，本该斩首，且俟狄仁杰入朝，李飞雄对质明白，那时绝不宽容。"说毕，在御案亲笔写了一道谕旨，向安金藏道："卿家保奏有功，太子既往怀庆，着卿家传旨前往，召庐陵王与狄仁杰一同入朝，以慰离别。"安金藏接了此旨，当即谢恩出朝。此时众文武大臣，见武后如此发落，忠心报国的无不欢喜异常，不日可复见太子；那些狐群狗党，见了这道旨意，无不大惊失色，为许敬宗、武承嗣担忧。

当下武后传旨已毕，卷帘退朝，百官各散。许敬宗到了武三思家内，告知此事，彼此皆吓得面如土色，说道："这事如何是好？不料老狄手下有如此能人，竟将李飞雄生擒过马。若果太子还朝，我等还有什么妄想？但不知王熊前去如何，现在也该回来了。圣上现已传旨，召令还京，安金藏这厮断不肯随我等指使，必得设法在半路结果了性命，方保无事。"两人商议了一番，忽然武三思的家人在他耳边说了许多话，三思不禁大喜，命他赶速前去。不知后事如何，且看下回分解。

第六十二回

庐陵王驾回怀庆　高县令行毒孟城

却说武三思听那家人之言，大喜道："汝能将这事办成，随后前程定与汝个出路。"许敬宗忙问何事，三思道："此去怀庆府有一孟县，现任知县乃是我门下家生子，提拔做了这县令，名叫高荣。这家人名叫高发，是他的弟兄。此时大兵前来，得胜还朝，非得如此这般，不能令老狄结果性命。既如此这般，岂不是件妙计。"许敬宗听了，也是欢喜。

不说高发前去行那毒计，回头再说刘豫同裘万里、方如海带了偏将，赶至房州，次日庐陵王听说李飞雄已经擒拿，放心前往。一路乘太平车辇，直向怀庆进发。在路非止一日，这日到了怀庆府界内。探马报入营中，狄公带领前队沿路接来。离城一百余里，前面车驾已到，两下相遇，狄公赶着下马。到辇前行了军礼，君臣相见，悲喜交集，两边队伍鸣炮壮威，敬谨恭接。庐陵王见众官跪到两旁，传旨一概到营相谒，然后命狄公同行。直至下昼，方到怀庆城下。早有胡世经上前奏道："微臣恐太子一路辛苦，营中僻野，风雨频经，不免有伤龙体。现已将臣衙门概行让出，改为行宫，请太子进城驻马。"狄公见胡世经如此敬奏，也就请太子入城，并将李飞雄兵临城下，幸他闭城自守，不肯告急的话，说了一遍。庐陵王道："孤家命途多舛，家事国事如此纷纭，今日前来，正宜与士卒同甘苦，以表寸心，挽回母意，何能再图安乐，广厦高居。"狄公道："殿下之言虽是切当，此时贼首已擒，两三日后俟指差回营，看圣旨如何发落，那时便可进京。"庐陵王见众人谆谆启奏，只得准旨，与元行冲、刘豫等人，在胡世经衙门住下。

次日一早，受百官叩谒，然后命驾出城，到营中巡视一番，又将敌营事问了一遍。狄公便将前后事尽行告知，又将京中武氏弟兄、许敬宗诬害，亏得安金藏剖腹保奏的话，说了半日。庐陵王流泪道："母子之间，岂有别故？皆是这班奸贼欺奏，以致使我容身不得，定省久疏，言之深堪痛恨。不知卿家报捷的本章入朝，如何处置。"君臣正在营中谈论，营门外忽有报马飞来，到了营前，飞身下骑，也不用人通报，走入大帐跪下报道："禀大人，现在安金藏大人钦奉圣旨，前来召太子回京，钦差已离营不远了。"狄公听了喜道："果是他来么？太子可从此无虑了。"赶着命人在大帐设了香案，同庐陵王接出营来。

未有一刻，前站州县派了差官护送前来。狄公因太子是国家的储君，不便去接钦差，但请在营前等候。自己上前，将安金藏迎接下马，邀请入了大帐，随着太子望阙行礼，恭请圣安。然后安金藏将圣旨开读，说："狄仁杰讨贼有功，回京升赏。庐陵王无辜受屈，既已亲临怀庆，命狄仁杰护送回京，以慰慈望。钦此。"当时太子谢恩已毕。这日先命裘万里带同大队，先行启程，仅留一千兵丁保护太子。众将依令前往，马荣等人同着李飞雄，随着狄公等人一起而行。道路之间，欢声震耳，皆说太子还朝，接登大宝，不致再如从前荒乱。

君臣在路，行了未有两日，到了孟县界内。忽见前站差官，向前禀道："现有孟县知县高荣，闻说太子还朝，特备行宫，请太子暂驻行旌，聊伸忠悃。"此时庐陵王由房州一路而来，未曾安歇便尔启程，连日在路甚觉疲困，只因狄公耐辛受苦，随马而行，不便自己安歇。

现听高荣备了行宫，正是投其所欲，向着狄公道：“这高荣虽是个县令出身，却还有忠君报国之心。现既备下行宫，且请卿家同孤家暂住一宵，明日再行如何？”狄公也知太子的意思，只得向差官道：“且命孟县知县前来接驾。”差官领命，将高荣带至驾前，只见俯伏道旁，口称：“孟县高荣接驾来迟，叩求殿下恩典。”庐陵王赐了平身，向他说道：“本藩耐寒触苦，远道而来，皆为奸臣所误。卿家服官此地，具有天良。本藩今日暂住一宵，一概供张概行节省。”

高荣当时领命起身，让车驾过去，方才随驾而来。狄公在旁将他一望，只见此人鹰鼻鼠眼，相貌奸刁，心下便疑惑道：“日前本院也由此经过，他果赤心为国，听见大兵前来，也该出城来接，为何寂静无声，不闻不问。现在虽太子到此，却竟如此周到，莫非是武氏一党，又用什么毒计？所幸胡世经随驾护送，现在后面，此地又是他属下，这高荣为人他总可知道。”此时也不言语。等太子进了行宫，果见一带搭盖彩篷，供张美备，也说不尽那种华丽。狄公见了这样，越觉疑惑不止。无论他是武氏一党与否，单就这行宫供应而论，平日也就不是好官，不是苛刻百姓得来赃银，哪里有这许多银钱置办。当时与太子入内，所有的兵将概在城外驻扎，只留马荣、乔泰、元行冲、胡世经等人在内。传命已毕，狄公将胡世经喊至一旁，向他问道：“孟县乃贵府属下，这高荣是何出身，及平日居官声名，心术邪正，谅该知道，且请与本院说明，好禀明太子。”胡世经见问，忙道：“此人出身甚是微贱，乃武三思家生的奴婢。平日在此无恶不作，卑府屡次严参，皆为奸臣匿报不奏。现在如此接待，想必惧卑府奏明太子，故来献这殷勤。”狄公道：“既是如此，恐为这事起见。唯恐另有别故。”随命马荣、乔泰加意防护，匆离太子左右。

且说高荣见庐陵王驻歇行旌，心下大喜，赶即回转衙门向高发说道：“此事可算办妥。但我不能在此耽搁，须到行旌伺候。乃不令人生疑。其余你照办便了。”高发更是喜出望外。当下高荣又到行旌，布置一切。到了上灯时分，县衙里送来一席上等酒肴。高荣向庐陵王奏道：“太子沿路而来，饮食起居自必不能妥善。微臣谨备粗肴一席，叩请太子赏收。”庐陵王也不知他心怀叵测，见他殷勤奉献，当时准奏收下。顷刻间设了座位，山珍海味摆满厅前。庐陵王因自己尚在藩位，也就命狄公、元行冲两人陪食。此时狄仁杰早已看出破绽，只见高荣手执锡壶，满斟一盏，跪送在庐陵王面前。然后又斟了两杯，送狄、元两人。狄公见怀中酒色鲜明，香芬扑鼻，当时向庐陵王道：“微臣自提兵出京，历有数月，不知酒食为何物。今日高知县如此周到，敬饮酒肴，足证乃心君国。此酒色香味俱佳，可谓三绝，但太子此时虽是藩位，转瞬即为大君，外来酒食必当谨慎。古有君食臣尝之礼，殿下面前之酒，且请赐高荣先饮，以免他虞。”庐陵王见狄公如此言语，心下暗道：“此事你也多疑，这不过县令报效的意思，哪有为祸之处，要如此郑重。”一人虽这样说项，总因狄公是忠正的老臣，不能不准他所奏。当时向高荣道：“此酒权赐卿家代饮。”这句话一说，顷刻把个高荣吓得面如土色，恐惧情形见诸面上，当时又不敢不接，欲想饮下，明知这酒内有毒，何能送自己性命？便眉头一皱，计上心来，赶紧跪下谢恩。故作匆忙的情状，两手未曾接住，哨唧一声，把个酒杯跌在地下，瓦片纷纷，酒已泼去，复又在下面叩头请罪。狄公知他的诡计，随时脸色一沉，怒容满面，向高荣喝道：“汝这狗头诡计多端，疑惑本院不能知道。汝故意失手将酒泼去，便可掩饰此事么？武三思如何命汝设计，为我从实说来，本院或可求殿下开恩，免汝一死。不然，这锡壶美酒既汝所献，便在此当面饮毕，以解前疑。”庐陵王听狄公如此言词，方知他的用意。也就命高荣饮酒。高荣此时见狄公说出心病，早是汗流不止，在下面叩头说：“微臣死罪，何敢异心。陛下既不赏收，便命人随时撤去。微臣素不善饮，设若熏醉失仪，领罪不起。”狄公听了，冷笑道：“你倒掩饰得爽快。本院不将此事辩白清楚，汝也不知利害。”随命到县署狱中，提出一个死罪的犯人，将酒命他饮下。顷刻之间，那人大叫不止，满地乱滚，喊哭连天，未有半个时辰，已是七窍流血而死。庐陵王见了这样，不禁怒道：“狗贼如此丧心害理，毒害本藩，究是谁人指使？若不说明，将汝立刻枭首。”高荣到了此时，也无可置辩，只得将武三思的话说了一遍。庐陵王自是大发雷霆，命马荣到县署将高发捉来，一同枭首。随命刘豫做了这孟县知县，以赏房州救驾之功。

次早仍然拔队启程，向京都而进。行未数日，已到都城。裘万里先将前营各兵扎于城外，听候施行。此时各京官衙门得报，听说太子还朝，虽是奸贼居多，也只得出城迎接。不知武三思等人接着此信后事如何，且看下回分解。

第六十三回

见母后太子还朝　念老臣狄公病故

却说庐陵王到了京中，狄公命裘万里将大营扎在城外，与元行冲、安金藏三人来至黄门官处，请他赶速奏知武后，说太子回朝，午门候旨。黄门官何敢怠慢，却巧武后在偏殿理事，当即奏明。武则天听说是太子前来，虽是淫恶不堪的人，到了此时不无天性或发，随命入宫见驾。黄门官出来，将三人领至宫内。庐陵王见了武后，连忙俯伏金阶，泪流不止，说："臣儿久离膝下，寝食不安，定省久疏，罪躬难赦，只以奉命远贬，未敢自便来京。今获还朝，得瞻母后，求圣上宽恩赦罪，曲鉴下情。"奏毕，哭声不止。武则天见了这样情形，明知他是负屈，又不好自己认过，只得说道："孤家由今返昔，往事不追。汝既由狄卿家保奏还朝，且安心居住东宫，以尽子职，孤家自有定夺。"庐陵王听了此言，只得谢恩侍立。狄公与元行冲、安金藏三人复命请安，将各事奏毕，然后齐声说道："目今太子回朝，圣心安慰。但奸贼不除，何以令天下诚服？设非臣等保奏，误听谗言，以假作真，适中奸计。那时江山有失，骨肉猜疑，是谁之咎？许敬宗、武三思等人，若不依罪处治，恐日后小人诬奏，尤甚于前。臣等冒死陈词，叩求陛下宸断。"武则天此时为三人启奏得名正理顺，心下虽想袒护，也不好启齿，当即传旨：“命元行冲为刑部尚书，许敬宗立即拿问，与武承嗣等到案讯质，复奏施行。”三人当时谢恩出来。自是太子居住东宫。

且说武承嗣与许敬宗自命高发往怀庆去后，每日心惊胆战，但想将此事办成便可无事。这日正在家中候信，忽听京都城外有号炮声音，吃了一惊，忙道：“这是畿辅之地，那里有这军械响声。”赶着命人出去查问。那人才出了大门，只见满街百姓不分老幼，无不欢天喜地，互相说道：“这冤屈可申了。若不是这三人忠心为国，将李飞雄擒住，庐陵王此时也不能还朝。现在前队已抵城外扎营，顷刻工夫车驾便要入宫，我们且在此等候。好在两边跪接。”当时纷纷扰扰，忙摆香案，以备跪接。那人听说如此，心下仍不相信，远远的见有一匹马来，一个差官飞奔过去。众百姓拦阻马头，问道：“你可由城外而来？庐陵王可进城么？”差官道：“你们让开，后面随即到了。”那人知是实情，赶着分开众人，没命地跑回家内，气喘吁吁，向着武承嗣道：“不好了，庐陵王已经入朝了。方才那个炮声，乃是狄仁杰大队扎营。想必高发弟兄未能成功，这事如何是好？唯恐狄仁杰等人不肯罢休，究寻起来获罪非轻。”武承嗣听了此言，登时大叫一声道：“狄仁杰，我与你何恨何仇，将我这锦绣江山得而复去。罢了罢了，今生不能奈何与你，来生狭路相逢同他算账。”说罢，自知难以活命，一人走进书房，仰药而死。当时武承业见了此事，也知获罪不起，随带了许多金银细软，由后门带领家眷，逃往他方。唯有武三思不肯逃走，心下想：“这武后究是我姑母，即便追出实情，一切推到他两人身上，谅武后也要看娘家分上，不肯追问。”

正闹之间，外面已喧嚷进来，说巡抚衙门许多差官衙役，将前后门把守，说刑部现在放了元大人，许敬宗为李飞雄事革职归案审办。现在狄大人与元大人已经奉旨将许敬宗拿下，顷刻便来捉拿他弟兄。武三思听了此言，也不慌忙，一人坐在厅前等候。少顷，元、狄两人到了里面，先将旨意说明，便要命他同赴刑部。三思道："二位大人既奉旨前来，下官亦何敢逆旨。但此事下官实是不知，乃舍弟与许敬宗同谋。现已畏罪身死，且圣上只命二位大人审问，并未查封家产，舍弟身死，不能听他尸骸暴露、不用棺盛殓之理。权请宽一日，将此事办毕，定然投案待质。若恐下官逃逸，请派人在此防守便了。"元行冲见他如此言语，明知武后断不至将他治死，此时见武承嗣已经自尽，大事无虑，落得做点人情，向着狄公说道："武承嗣乃是要犯，既是畏罪服毒，且奏知圣上，请旨定夺。"当时两人依然回转刑部。这里武三思一面命人置办棺木等件，自己一面入宫。见了武后，哭奏一番，说："前事皆武承嗣所为，现在已经身死。承业恐其波及，复又逃逸。武氏香火，只剩自己一人，如圣上俯念娘家之后，明日早朝赶速传旨开赦。不然前后皆是一死，便碰死在这宫中。"说罢，大哭不止。此时武后回想从前，悔之已晚，当时也只得准奏，命他回去收殓承嗣。

次日早朝，也就赦旨，说武承嗣虽犯大罪，死有余辜，姑念服毒而亡，着免戮尸示众、武承业在逃，沿途地方访拿解办。三思未与其谋，加恩免议。狄公听了此奏，知是奸臣不能诛绝干净，深以为恨。所幸庐陵王入京，奸焰已熄，目前想可无虑。当下退朝出来，随同元行冲到刑部，升堂将许敬宗审讯。敬宗知是抵赖不去，只得将前后各事直供一遍。随即录了口供，次日奏明朝廷，奉旨斩首。狄、元出朝，随将许敬宗绑赴市曹，所有在京各官，以及地方百姓，受过凌辱之人，无不齐赴法场，看他临刑。到了午时三刻，人犯已到，阴阳官报了时辰，刽役举起一刀，身首异处。百姓见他头已落地，无不拍掌叫快。许多人拥绕上来，你撕皮，他割肉，未有半个时辰，将尸骸弄得七零八落的，随后自有家属前来收殓。

且说狄公与元行冲监斩之后，入朝复命，武后封他为梁国公，同平章事，入阁拜相。所有元行冲、安金藏等人，皆论功行赏。李飞雄姑念自己投诚，误听奸计，着免其斩首，戴罪立功。众臣次日上朝谢恩。从此那班奸臣皆畏狄公威望，不敢再施诡计。庐陵王居住东宫，每日侍奉武后，曲尽孝恩。

谁知乐极悲来，狄公自入京以来，削奸除佞，整理朝纲，全无半刻闲暇，加以年岁高大，精力衰颓，以至积勤成疾。这年正交七十一岁，武后见他年迈，一日问道："卿家百年归后，朕欲得一佳士为相，朝廷文武，可命谁人？"狄公道："文武蕴藉，有苏味道、李峤两人。若欲取卓荦奇林，则有荆州司马张柬之。此人虽老，真宰相材也，臣死之后，以他继之，断无贻误。"武后见他如此保奏，次日便迁为洛州司马。哪知狄公保奏之后，未有数日，便身体不爽。到了夜间三更，忽然无疾而逝。在朝各官得了此信，无不哭声震地，感念不忘。五鼓上朝，奏明武后，武后也是哭泣道："狄卿家死后，朝堂空矣。朝廷大事，有谁能决？天夺吾国老，何太早耶！"随传旨户部尚书，发银万两，命庐陵王亲去叩奠，谥法封为梁文惠公，御赐祭奠。回籍之日，沿途地方官妥为照料。然后传旨命张柬之为相。

谁料那班奸臣，见狄公已死，心下无所畏惧，故态复萌，复思奸诈。张昌宗、张易之两人，愈复肆无忌惮，平日狐媚武则天。所有朝廷大臣，阁部宰相，一连数日皆不得见武后之面。庐陵王虽居东宫，依然为这般人把持挟制。张柬之一日叹道："我受狄公知遇，由刺史荐升宰相，位高禄重，不能清理朝政，致将万里江山送与小人之手，他日身死地下，何颜去见狄公？"一人思想了一会，随命人将袁恕己、崔元暐、桓彦范等人请来，在密室商议。袁恕己道："听说武后连日抱病，不能临朝，因此二张居中用事。设有不测，国事甚危，如何是好？"张柬之道："欲除奸臣，必思妙计。现在羽林卫左将军李多祚，此人颇有忠心，每在朝房，凡遇奸贼前来，他便侧目而视。若能与他定谋，除去国贼，则庐陵王便无后虑。"众人齐声道好，说："此人我等皆知，事不宜迟，可令人就此去请。"当下张柬之出来，命人取了名帖，请李将军立刻过来，有事要相商。

此时李多祚，正因连日武后抱病，朝政纷纭，一人闷闷在家，长吁短叹，想不出一个善策可以将张昌宗两人除去，忽然家人来禀说："张柬之命人请你去议事。"不禁心下一惊，复又暗喜道："我与他虽职分文武，他这宰相乃是狄仁杰保举。此时请我，莫非有什么妙计？"当时回报，立刻过来。家人去后，随即乘轿来至张柬之相府。柬之先命袁恕己等人退避，一人穿了盛服在后书房接见。两人行礼已毕，叙了寒暄。张柬之见他面带忧容，乃道："目今圣明在上，太子还朝，老将军重庆升平，可为人臣的快事，何故心中不乐，面带忧容？莫非因官职未迁，以致抱憾么？"李多祚见问，知道试探他的口气，乃道："老夫年已衰迈，还想什么迁官加爵。但能如大人所言重庆升平，虽死而无怨。若以毕身而论，除国事未能报效，其余也算得富贵两全了。"张柬之见他说了此言，也是同一心病，趁机便将除贼的话与他相商。不知后事如何，且看下回分解。

第六十四回

张柬之用谋除贼　庐陵王复位登朝

却说张柬之见李多祚所言，也是同一心病，趁机说道："将军可谓富贵双全。但不知今日富贵，是谁所致？"多祚听了此言，不禁起身流泪道："老夫南征北讨，受先皇知遇之恩，以致荐居厥职。今日之富贵，先皇所赐也。"柬之道："将军既受先皇之赐，今日先皇之子为二竖所危，何以不报先皇之德？"多祚到了此时，正是伤心不已，乃道："老夫久有此心，只因未得其便。大人乃朝廷宰相，社稷良臣，苟利国家，唯命是德。"柬之见他此言出于至诚，也就流泪道："此时请将军正为此事，刻下武后抱病，将军能率部下斩关而入，将张昌宗诛绝，然后请武后养病于上阳宫，则唐室江山岂不仍归李姓？"多祚当时哭拜于地道："宰相之言真国家之福，老夫何敢不从。"

当时议定，柬之又命袁恕己等人出来，彼此相见，议论了一番。多祚道："老夫依计而行，设若外有奸人闻风起乱，那时何能兼顾？必得再有一人，以靖外乱，方可万全。"柬之想了一会，起身道："此人已得之矣。下官在荆州之时，与长史杨元琰泛舟江中，偶谈国事，慨然有匡复之志。自张某入相，引为羽林卫右将军，与将军朝夕相见。其人赤心报国，具有肝胆，何不此时前去邀来，共议此事。"李多祚忙道：“此人实可与谋，设非宰相言及，几乎忘却。老夫此时便去。”说罢起身，来至杨元琰府内。元琰见是多祚前来，随即出见。看他面有泪痕，忙问道：“将军从何而来？为何面色不乐？”多祚道：“适自宰相府中至此，闻将军从前为荆州长史，与张公意气相投，不知可有此事么？”元琰道：“某一身知遇，唯张公一人，岂仅意气相投而已。”多祚道：“既然如此，张公立等，有言面商，特命老夫前来奉约。”杨元琰听了此言，心下已猜着几分，因有家人侍立两旁，不便追问，随即乘轿同至相府。走入里面，见袁恕己这干人全在书房，无不忧形于色。入座问道：“相公呼我何来？若有用某之处，万死不辞。”柬之道：“将军曾记江中之言乎？此其时矣，不能再缓。”元琰道：“某亦久有此心，只因独力难支，未敢启齿。此正为臣报国之秋，何敢退避。”当下六人商议已毕，柬之道：“前议虽佳，究竟决裂。张昌宗虽在宫中，他家下未必无人。莫若用调虎离山之计，引他出来，将他诛杀，岂不是好。”众人道：“若能如此，便省无限周折，且免武后震恐。”众人直至三鼓以后，方才各散。

次日李多祚打听得张易之每日自回家中，将宫中禁物肆行搬运，至四鼓之时方进宫去。多祚访问清楚，当即选了五百亲信兵丁，到了二鼓之后，借巡夜为名，向张昌宗住宅而来。合当二张诛杀，却巧张易之带了许多宫禁之物，命两个小太监随着自己，由宫内回来。方欲进门，后面李多祚已至，上前喝道：“汝是谁人，竟敢犯夜。”张易之见是羽林卫的军兵，哪里能受，骂道：“汝这许多狗头，不知此地是谁的府上，在此呼喝。”众兵本是李多祚指使，为捉他而来，当时上来数人，将他揪住道：“不问是谁的门前，我们李将军要将你带去。”说着也不问情由，早将两手背于后面。小太监想来帮助，无奈身边俱有要物，不敢动手，只得说：“汝等勿得啰唣，此乃西宫张六郎府前。若不放手，可获罪不浅。”李多祚见已将张易之拿住，心下好不欢喜，随即上前问道：“汝是谁人？可从实说明，本将军自有发落。”张易之连忙答道："李将军，你我皆一殿之臣，我乃张易之，难道未曾见过么？"李多祚喝道："误国的奸臣，汝既说出姓名，何故深夜不在家中，带着太监意欲何往？为我从实言明。"张易之道："目今武后抱病，方才进宫看视病症。蒙武后龙恩，命小太监送我回来，你何得在门前拦阻？"李多祚道："胡说。这太监身上明有宝物，显见汝偷盗禁物，潜运家中，该当何罪？"说着命人将小太监身上搜查。顷刻上来数人，搜出许多物件。多祚道："汝这奸贼，此乃人赃两获，尚有何赖？显见家中私藏不少了。"随命兵丁分一半在门外把守，一半同自己入内起赃。

当时呐喊一声，众兵丁将太监并易之三人拥入里面。无论男女老少，见一名捆一个，见两名捆一双，上下里外，不下有四五百人，一名未能逃脱。然后将张易之捆倒在地，取出腰刀，在他颈项上试了两下，然后问道："汝是要死要活？"张易之到了此时，早吓得魂飞天外，连忙答道："蝼蚁还想贪生，谁人肯死？"多祚道："你既要活，可快命人入宫，将你哥哥喊来，问他迁我何官，送我多少银两。说明之后，随后不但不杀你，还要感激。"张易之不知是计，疑惑他因未升官故而挟仇，忙道："这事容易。"立刻命人前去，说家中出有要事，请六郎即速回来，千万勿误，再迟便有性命之虞了。

当时释放了一个家人，领着易之的言语，拼命地奔入宫中，照着原话说了一遍。张昌宗正伏侍武则天安睡已毕，听了此言，便鬼使神差，随着原人乘轿回来，以为李多祚见了自己，总要看点情分，将兄弟释放。谁知才到里面，兵丁看见，齐声喊道："奸贼来也，莫要为他逃走。"只见你推我拥，早将张昌宗捆起，押至厅前。昌宗见了多祚之面，还未知道是他的妙计，忙道："李将军快来救我。你手下兵士不知道我的权势，竟敢将我捆起，你还不为我解下。"多祚喝道："汝想谁救汝？乱臣贼子，人人得而诛之。汝欺君误国，死有余辜，今日还想活命么？"当时吩咐将张昌宗弟兄斩首，所有家属数百人全行杀戮。

独将两名小太监放去。这两人是死里逃生，自是没命地跑回宫中。谁知张柬之、袁恕己等人，已到玄武门内。太监到了里面，正值武后查问，赶忙奏道："不好了，右羽林卫将军李多祚谋反，现已将张六郎弟兄杀死。"武则天虽在病中，听说有人谋反，知道李多祚有兵权在手，赶着起身问道："谁人作乱？何不拿下。"此时张柬之等人皆已听见，随即在外答道："张易之、张昌宗两人欺君误国，久存谋反之心。今趁陛下病中，欲行己志，又将宫廷禁物私运家中，臣等奉太子之令，特命右羽林卫将军李多祚将两贼斩首，以杜乱萌。"

正说之间，桓彦范同敬晖等人已将太子由东宫请出，来此候旨。武后见了他面，乃道："是汝指使耶？小子既诛，可还东宫而去。"此言未毕，桓彦范领着众人跪于阶下，奏道："太子乃天下明君。昔先皇以爱子托陛下，国家玉器自有所归。今年齿已长，既蒙加恩由房州赦归，久居东宫恐失民望。人心天意，久思李氏，虽有二张为乱，群臣不忘先皇之德，故奉太子诛乱臣。陛下春秋已高，理合静养余年，以臻上寿。从容闲暇，含饴弄孙，愿传位于太子，以顺天人之望。"武后到了此时，只得准奏。

当时庐陵王谢恩已毕，此时正值四鼓以后，将次临朝。张柬之赶忙为庐陵王换了天子章服，来至金殿御案前坐下。张柬之随敲了龙凤钟鼓，朝房文武有一半得知此事。其余尚不知道。忽然听得钟鼓齐鸣，无不惊讶，若非有了大典，何以两器同敲。当下众臣纷纷入朝，两班侍立。再朝金殿上一望，正是惊者大惊，喜者大喜，不知庐陵王何以复登龙位。张柬之高声说道："在廷文武大小臣工，兹因张昌宗、易之两人谋为不轨，张某奉太子之命，率同李多祚等人将昌宗斩首。既蒙武后传旨，传位东宫，今日登极之初，理合排班恭贺。"众人听了此言，无不俯伏金阶，行那君臣之礼。庐陵王首先传旨，率百官上武后尊号，称为则天大圣皇帝，徙居上阳宫。每日请安问膳，定省晨昏，曲尽子职。

次日，大赦天下，后人称为中宗。随又传出一道圣旨：加封狄仁杰公爵，世袭罔替；张柬之、桓彦范、袁恕己这一干人，皆加封侯爵；李多祚封为勇猛侯；刘豫升为怀庆府；胡世经着来京升用。其余有功大臣，哨弁偏将，无不加封实职。从此太平无事，君明臣良，官为国家，民知君上，江山万里依然李氏家传，社稷千秋，终赖狄公政治。